WILLIAM KENNEDY

Quinns Buch

ROMAN

Aus dem Amerikanischen
von Walter Hartmann

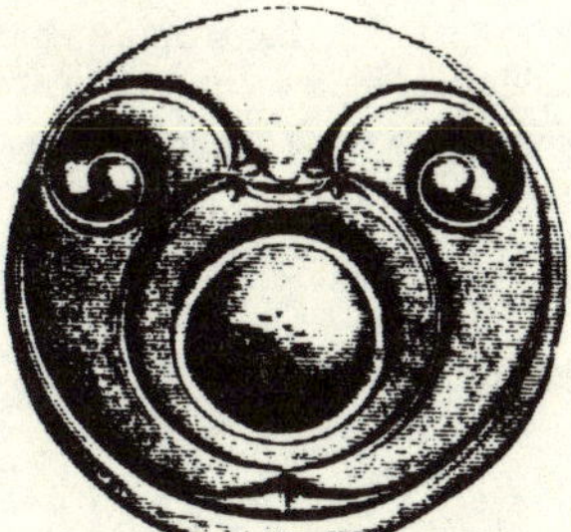

ROWOHLT

Die Originalausgabe erschien 1988
unter dem Titel «Quinn's Book»
bei Viking Penguin Inc., New York
Schutzumschlag- und Einbandgestaltung
Barbara Hanke

Mein Dank gilt der MacArthur Foundation
für die Unterstützung während der Jahre,
in denen dieses Buch geschrieben wurde.

1. Auflage September 1990

Satz aus der Janson (Linotronic 500)
Gesamtherstellung Clausen & Bosse, Leck
Printed in Germany
ISBN 3 498 03463 4

Dieses Buch ist für
Dana,
ganz allein

Erstes Buch

... das Werk eines Menschen ist nichts anderes als die mühsame Reise, die über die Umwege der Kunst hinführt zur Wiederentdeckung jener zwei oder drei großartigen und einfachen Bilder, in deren Gegenwart sich sein Herz zum erstenmal öffnete.

Albert Camus

EINE SINTFLUT DER LIEBE

Albany
Winter & Frühling
1849–1850

Ich, Daniel Quinn, weder der erste noch der letzte Abkömmling dieser Quinns, erblickte die erstaunliche Maud an einem späten Dezembertag des Jahres 1849 am Ufer des Flusses der Aristokraten und Armen, als die große Kurtisane Magdalena Colón, auch bekannt als La Última, eine Frau, in deren Gegenwart Männer sich in geifernde, masturbierende Schweine verwandelten, ein Boot bestieg, das sie von Albany über die eisigen Wasser des Hudson nach Greenbush bringen sollte, ihre erste Station auf dem Weg nach Troy, der Stadt des Eisens, wo sie am Abend wieder einmal in der Rolle der lasziven Lais – jener legendären Dirne, die Demosthenes' Gold verschmähte und sich ohne Entgelt dem tugendhaften, bettelarmen Faßbewohner Diogenes hingab – aufzutreten gedachte.

La Última hätte früher am Tag, ehe die Hölle losbrach, weitaus sicherer ein Stück weiter nördlich mit der zuverlässigen, stabil gebauten Fähre übersetzen können, die sie ohne Zwischenfälle über einen schmaleren und ruhigeren Abschnitt des Hudson befördert und an den Stufen des Troyer Kais abgesetzt hätte. Doch Verwegenheit war viel eher dazu angetan, den Männern Lustschauer über den Rücken zu jagen, ihren Ehefrauen und Töchtern vor Neid die Galle schwellen zu lassen und den Klatschmäulern Stoff zu geben, woraufhin der Saal bei La Últimas nächstem Auftritt zum Bersten gefüllt gewesen wäre; darum hatte sie in der *Albany Chronicle* annonciert, daß sie demjenigen Fährmann, der um vier Uhr nachmittags sie, ihr Gepäck, ihre Kammerzofe und das mit ihr reisende Kind von Albany aus über den Fluß nach Greenbush brächte, wo sie eine Kutsche besteigen wolle, um über Land nach Troy zu reisen, 100 Dollar zahlen würde, ein verdammtes Vermögen.

La Últimas Annonce erschien am Ende einer Woche, die für die Jahreszeit ungewöhnlich mildes Wetter beschert hatte. Fünf Tage lang hatte sie in Albany Station gemacht und Theaterbesucher mit ihrem Tanz und ihrer Schauspielkunst, ihrer Schönheit und sinnlichen Ausstrahlung in Bann geschlagen. (In der Tat gab es in der Stadt später manche, die sie nicht nur für die Wärmeperiode, sondern zudem für jegliches Unglück und Leid verantwortlich machten, das am Tage ihres Abschieds über uns kam.) Das milde Wetter hatte zu einem teilweisen Abschmelzen der dicken Eisdecke auf dem Fluß geführt und jeder Überquerung mit dem Pferdeschlitten Einhalt geboten. Ein Kanal von beträchtlicher Breite öffnete sich in der Flußmitte, und ein paar Schaluppen fuhren sogleich ohne große Schwierigkeiten flußabwärts. Die Strömung mit ihren Eisschollen indessen in einem Ruderboot zu durchkreuzen, war eine andere Sache.

Die Bootsleute waren zahlreich zu der in La Últimas Annonce festgesetzten Stunde erschienen und drängten sich unter dem Großen Pier um ihre Boote, die auf dem Eis am Flußufer ruhten. Angesichts der weiterhin ansteigenden Temperatur, der an Größe und Menge zunehmenden Eisschollen, ja angesichts des ganzen gegenwärtigen Zustands des Flusses, der einer leichten Flut gleichkam, waren sich diese umsichtigen Wasserratten (ich schließe meinen Herrn hier mit ein) indes darüber einig, daß Ruderboote auf einem Wasser wie diesem nichts verloren hatten; allesamt waren sie dieser Meinung, ja, bis auf Carrick, der widerwärtige bucklige Schotte, der mit seinem syphilitischen Gesicht in keinem Bordell Albanys mehr Einlaß fand: der war keineswegs zu dieser Entscheidung gelangt und spielte hingebungsvoll die Rolle seines Lebens als unerschrokkener Fährmann, allzeit bereit, die eilige Post, die traurige Nachricht oder den furchtlosen Passagier bei Sturm oder Flut überzusetzen, und heute die einzige Seele am Kai, die willens war, diese federgeschmückte Fracht ans gegenüberliegende Ufer zu befördern.

La Últimas Überfahrt hatte eine solche Menschenmenge angelockt, daß die Brücke von der Quay Street hinüber zum Großen Pier (der dreißig Yards vom Ufer entfernt parallel zu ihm verlief) unter dem Gewicht Hunderter von Schaulustigen ächzte, als La Última, ihre Kammerzofe und das Kind mit der Kutsche eintrafen. Ein Dutzend Männer auf dem Kai schoben die Bande zerlumpter Bälger beiseite, die um das Recht wetteiferten, La Últimas Schrankkoffer zu tragen und sich, nach ihrer behandschuhten Hand fassend, der majestätischen Señora (sie hatte immerhin drei legitime Ehemänner überlebt, dazu einige hundert Liebhaber) als Eskorte anzudienen. Noch während sie der Kutsche entstieg, brachte sie Ordnung in das liederliche Getümmel, suchte zwei muskulöse Männer aus und gab jedem fünf Dollar (womit sie für die kommenden vierzehn Tage das Auskommen zweier Familien oder zumindest das Stillen zweier durstiger Kehlen sicherte), damit sie ihr den Schrankkoffer und das Handgepäck trugen. Sie stolzierte voran und geradewegs in die Menge hinein, die sich vor ihr teilte, um ihr Zutritt zu der Treppe zu verschaffen, die zu den Booten hinunterführte. Dort, auf dem Eise vor seinem Boot stehend, begrüßte Carrick sie, biederte sich unterwürfig an und erklärte, er als einziger sei bereit, dieses Wasser mit ihrer werten Person zu durchqueren, was La Última dazu veranlaßte, uns Bootsmänner naserümpfend zu mustern und mit vorgerecktem Kinn ihre Verachtung für unseren Mangel an Courage zu bekunden.

«Es ist mirrr ain Vergnügen, einem ächten Mann gegenüberzustähn», sagte sie in vorgeblich hispanisiertem Englisch (sie war irischer Abstammung und beherrschte die Sprache perfekt). Sie schob Carricks Wollmütze hoch und küßte ihn auf die gedrungene Stirn, so, wie sie ein zahmes Ferkel küssen mochte, und überreichte ihm dann für jedermann sichtbar die versprochene Hundert-Dollar-Note. Die Menge johlte dem Buckligen zu, der sein zahnloses Lächeln aufblitzen ließ, den Geldschein einsteckte und dann La Última die Hand reichte, um ihr ins Boot zu helfen. Das Kind und die Kammerzofe, letztere hinsichtlich Größe, Gesichtsschnitt und Haarfarbe nahezu ein Ebenbild der Schauspielerin (es war allgemein bekannt, daß die Frauen sich für besondere Verehrer wie Zwillinge kleideten), folgten ihr nach. Dann lösten Carrick und sein Helfer die Leine von dem Pflock, an dem das Boot vertäut lag, und stießen vom vereisten

Ufer ab. Die Bootsmänner standen aufrecht im Boot und stakten, Gondolieren gleich, am Ende des Großen Piers vorbei; Carrick stocherte vor dem Bug im Wasser, spürte Eisschollen auf und dirigierte sie mit seiner Stake aus dem Weg. Und so begann an diesem düsteren, zutiefst tragischen Nachmittag die Überfahrt, und das Skiff manövrierte hinaus aufs offene Wasser.

Das Boot hatte die Flußmitte erreicht, als wir sahen, daß es sich in eine Eisscholle verkeilte, die unter dem Gestocher der Staken nicht auswich, sahen, daß es sich in der Strömung drehte, und, langsam rückwärts flußab treibend, dem Buckligen außer Kontrolle geriet. Ich konnte sehen, daß La Última mit der einen Hand fest die Bootswand umklammerte und mit der anderen ihren Hut festhielt. Die lange, bernsteingelbe und der Jahreszeit gänzlich unangemessene Straußenfeder an diesem Hut, farblich abgestimmt auf ihren bernsteingelben Mantel mit dem Biberpelzkragen, ist mir ebenso unauslöschlich in Erinnerung wie der Anblick ihrer Kammerzofe, die das Kind umfaßt hielt, und der Carricks und seines Helfers, die mit ihren langen Stangen ins Eis stießen, ein paar Nadeln, die einen Eisberg pieksten, indes das Boot wie ein Spielzeug im Wasser trudelte.

Mein Herr und ein weiterer Bootsmann namens Duff stießen sogleich ab – ich saß bereits in unserem Fahrzeug und wurde gar nicht erst gefragt –, und wir eilten zu Hilfe, um, so dachte ich, zu beweisen, daß die Tugend nur eine Herausforderung braucht, um aus ihrem Schlaf erweckt zu werden. Doch war der Beweggrund meines Herrn ein ganz anderer, und aus besagtem Grund waren wir etwa auf halbem Wege zu dem in Not geratenen Boot, als wir sahen, wie eine gewaltige Eisscholle gegen Carricks Fahrzeug krachte und die Bordwand eindrückte, woraufhin es sogleich Schlagseite bekam und voll Wasser lief. Wir erreichten es zu spät, um Carrick, seinen Helfer oder die Kammerzofe zu retten, die durch den Aufprall aus dem Boot geschleudert worden waren. Ich indessen bekam das dem Ertrinken nahe Kind zu fassen und zog es hoch in unser Boot, indes Duff hinter uns das Treibeis abwehrte und uns in dem tosenden Wasser Flankenschutz gab. Und dann erwischte mein Herr, John der Eber, mit seinem Bootshaken den Biberpelzkragen von

La Últimas Mantel, und mit einem mächtigen Ruck zog er sie und ihre aufgeweichte Feder aus dem Strom, doch leider kam für sie unsere Hilfe zu spät.

«'ne tote Schlampe», sagte mein Herr, indes er auch La Últimas im Wasser treibenden Schrankkoffer wie beschrieben an den Haken nahm und an Bord zog, denn dieser war die eigentliche Ursache seines Mitgefühls. Im Auge von Tod und Verlust und angesichts der Angst und der fremden Männer war das Antlitz des Kindes genauso eisig erstarrt wie die heimtückischen Wasser des Flusses, die doch eben erst begannen mit ihrem gierigen Menschenfraß. Erst als der Frühling kam, sollten die Kammerzofe und Carrick wieder auftauchen (Carrick mit umgestülpten Taschen), sechzig Meilen flußabwärts am Ostufer, eng umschlungen in einer grotesken umgekehrten Umarmung, als hätten sie eine orgiastische Schwimmpartie im Sinn gehabt und beim abartigen Treiben unter Wasser den Tod gefunden.

Wir machten uns auf den Weg zurück zum Pier, ich so verängstigt, daß ich beinahe erstarrt wäre, hätte mich nicht dieses frische junge Mädchen in Bann geschlagen, das so hartnäckig meine Hand umklammert hielt, wie sich ein ausgehungerter Wolf in die Flanke eines umherstreifenden Hirsches verbeißt. Ihr Griff war allemal doppelt so denkwürdig wie der eisige Biß des Wassers, der für alle Zeit ein Gefühl in meinen Fingern zurückließ, als würden sie nur unter den Strahlen der Sommersonne je wieder richtig warm.

Nachdem sich die Kunde von unserem Rettungsversuch verbreitet hatte, war die Menschenmenge auf der Brücke noch größer geworden, und als wir nun mit unserem Boot und der geborgenen Fracht am vereisten Ufer anlangten, begannen diese wachsenden Massen um bessere Aussicht zu kämpfen; rüde schob man einander hin und her, bis plötzlich unter abscheulichem Gepolter und einem gequälten Winseln die alte Holzbrücke mitten entzweibrach und hundert oder mehr unserer Mitbürger auf und durch das dünne Eis in ein tödliches Bad geschleudert wurden, indes sich hundert weitere durch Verzweiflungssprünge und fieberhaftes Festklammern an geborstenen Planken und Geländern retteten, wo das gefährdete, verlorene Häuflein sodann wie besessen auf- und seitwärts kletterte.

Seine schrillen Schreie waren die jämmerlichsten Laute, die ich in meinen jungen Tagen vernommen habe; sogleich sprangen wir alle in unsere Boote, um zu helfen, wem wir helfen konnten. Wir retteten ungefähr vierzig und werden nie erfahren, wie viele wir aufgeben mußten in diesen wenigen knappen Minuten vor dem Hereinbrechen der noch größeren Katastrophe, die uns, als wir ihrer gewahr wurden (ich sage *wir*, weil ich mich des breiteren Blickwinkels bediene, den uns ein späterer und ruhigerer Augenblick ermöglichte), eine solche Furcht vor Gott und der entfesselten Natur, dieser kosmischen, mythischen Raserei gegen unsere Verwundbarkeit und Geringheit einflößte, daß wir uns, als Individuen geleugnet, wie Sandkörner vorkamen, wie trockenes Laub. Wir überlebten nur deshalb, weil wir überlebten. Es gibt keine andere triftige Ursache oder Logik dafür, wer gerettet wurde und wer nicht, ebensowenig wie es einer Logik zuzuschreiben war, daß ich als einziger aus meiner Familie unbeschadet die Cholera überstand.

Die Sturzflut kam, als wir uns fieberhaft bemühten, die ertrinkenden Horden von der Brücke zu retten, kam auf uns zugebraust vom Nordlauf des Flusses her – eine Eisflut, wie sie keiner in Albany je zuvor gesehen hatte, auch der älteste nicht. Sie kam, wie es später hieß, vom Mohawk River, stürmte mit polterndem, wildem Groll in den Hudson, riß mehr und mehr von der Eisdecke los, die das warme Wetter auf beiden Flüssen hatte dünn werden lassen, zermalmte und zerbrach sie und schob sie immer weiter vor sich her, bis sich, als Albany erreicht war, die schiere Masse selbst staute und die ganze Breite des Flußbettes mit Eisbrocken und -splittern verstopfte, die sich jäh zu einer gezackten Eiswand aufbäumten – ein so rasch emporwachsendes, so prachtvolles Beispiel für die Baukunst der Natur, daß wir ihm, hätten wir nicht soeben die Nassen und die Toten aufgefischt, die gleiche Aufmerksamkeit gezollt hätten, die wir einer Sonnenfinsternis schenken würden, denn es war gleichermaßen ehrfurchtgebietend.

Die Eiswand erwuchs aus einer recht kleinen, zaunartigen

Sperre, die sich, etwa fünf Fuß hoch, quer über die aufgetaute Flußmitte zog, und türmte sich sodann auf diesem Zaun zu einer Pyramide, zu einem binnen Augenblicken entstandenen Eisberg, wie es in Albany nie zuvor einen gab und vermutlich nie wieder einen geben wird. Er erhob sich zu einer Größe, die manche auf die von zehn Männern schätzten, andere behaupteten gar, die von zwanzig. Er schoß mit grenzenloser Kraft empor, ein glitzerndes Chaos, und gerade als wir glaubten, er höre nie mehr auf zu wachsen, traf ihn in seinem Innern und von unten her eine zentrische Kraft, die wir weder zu sehen noch zu begreifen vermochten und bis auf den heutigen Tag nicht begriffen haben, die indes den Berg explodieren ließ wie einen kristallspeienden Vesuv, der sodann die Ufer von Albany und Greenbush gleichermaßen mit seinen Splittern überschüttete, wodurch ein halbes Dutzend nichtsahnender Menschen verletzt wurden und zwei Pferde sowie eine trächtige Katze auf dem Kai zu Tode kamen. Es folgte eine Flutwelle, die jegliches auf dem Großen Pier gelagerte Gut einschließlich eines weiteren Dutzends Männer, Fässer voller Kaffee, Stapel von Bauholz und Faßdauben davonschwemmte; samt und sonders trug sie die reißende Flutwelle mit sich fort, als seien sie jene ohnehin dem Fluß gehörenden Algen, zu denen sie sehr bald werden würden.

Die Woge hob uns allesamt, die Ertrinkenden wie die Handvoll Retter, auf ihren gewaltigen Kamm empor, setzte uns dann in einem Wellental ab und schaukelte uns auf einer langsam steigenden Flut, die eine halbe Stunde, nachdem wir den Schauplatz verlassen hatten, den Kai überspülte und in die Lagerhäuser lief, und, schlimmer noch, in die Gipsfabrik und die Kalköfen, wo sie sich mit dem Kalk vermischte, woraufhin der gelöschte Kalk sich selbst entzündete und die ganzen Läden an der Straßenfront längs des Kais in Flammen aufgehen ließ: aus Wasserfluten entsprang Feuer – die Götter waren irre geworden.

Weil derartige Panik und Angst herrschten, besann ich mich schließlich auf das, was uns zu tun blieb: das Kind zu retten, diese Waise aus dem Fluß, die zitterte und unfähig war zu gehen, als ich sie aus dem Boot heraus an Land hob und sie die Stufen hinauf aufs Trockene führte, und ich wußte, indes wir uns durch die Menge der Verzweifelten schlängelten, dieses zerbrechliche Geschöpf würde sterben, wenn ich es nicht bald ins Warme brachte, weil ihr das Blut in den Adern gefror. Mein Herr hievte unterdessen La Últimas Leiche aus dem Boot und ließ sie auf das Eis am Ufer fallen, weit mehr am Inhalt ihrer Truhe interessiert als daran, was mit der Toten geschehen sollte. Indes das Kind und ich uns vor dem Wasser in Sicherheit brachten, hämmerte John der Eber unter den Augen Gottes und all der Hilflosen schon mit dem Riemenholm auf das Schnappschloß des Schrankkoffers ein: ein anschauliches Bild dafür, wie leicht die Angst vor dem Tod der Macht der Habgier nachzugeben vermag. Das Schloß indessen gab nicht nach, darum wandte sich John der Eber wieder der toten Magdalena Colón zu, klemmte sie sich unter den linken Arm und erklomm, mit der rechten Hand den Griff des Koffers packend, die Treppe zum Kai, wobei er zwar die Zehen der Schauspielerin und den Schrankkoffer über die Stufen schleifen ließ, doch unbeirrt aus dem Wasser ins Trockene heraufstieg, eine palaimonische Figur bar jeder Vernunft.

Auf dem Kai ergingen sich Bekannte und Verwandte der Verlorenen in lautem Lamentieren, indes wenigstens vierzig Menschen sich noch immer am gegenüberliegenden Teil der eingestürzten Brücke festklammerten, manche von ihnen den Halt verloren und durch das geborstene Eis ins Wasser stürzten, um entweder unter Aufbietung jäher Willenskraft und äußerster Anstrengung wieder aufzutauchen oder schwächestarr in der steigenden Flut aus Eis und Blut zu verschwinden.

John stellte den Schrankkoffer ab und widmete sich neuerlich mit beiden Händen der toten Magdalena; er brachte sie in eine Lage, wie sie einer Frau, und sei sie noch so tot, geziemt, und ließ sie dann wieder los, um Atem zu schöpfen und zu überlegen, was als nächstes zu tun sei. Er musterte das Kind, das, wie wir bald erfuhren, Maud hieß, und fragte es: «Hast du Familie?» Statt zu antworten starrte Maud ihn nur an, und dann warf er einen Blick auf Magdalena.

«Ist das hier deine Ma?» fragte er, und das brachte Maud zum Sprechen.

«Sie war meine Tante», sagte sie, «und rein menschlich gesehen meiner Mutter weit überlegen.»

«Wo steckt denn deine nichtsnutzige Mutter?»

«Sie ist beim König.»

«Ah, beim König», sagte John. «Demnach ist sie also eine Königin, wie?»

«Sie ist die Gefährtin des Königs», sagte Maud.

«Und welcher König sollte das sein, der auf deine Mutter scharf ist?»

«Der König von Bayern.»

«Bayern, ein prächtiges kleines Fleckchen, wie es heißt. Und der König weilt, wie du, gerade zu einem kurzen Besuch hier in Albany?»

«Sie sind beide in Bayern. Der König hat sich ins Exil zurückgezogen», erklärte Maud, deren unkindliche Beredtsamkeit mir meine eigene Einsilbigkeit vor Augen führte, mir, der ich doch beinahe fünfzehn war, zwei Jahre und drei Monate älter als sie.

«Dein Tantchen ist seelenruhig abgekratzt und deine Ma im Exil, verdammt. Wo mag dann wohl dein Dad stecken?»

«Meine Mutter sagte immer, sie wisse nicht mit Sicherheit, wo er sei. Doch ist sie eine Lügnerin.»

Just in diesem Augenblick, indes all die ans gegenüberliegende Ende der Brücke geklammerten armen Seelen unermüdlich das Klagelied ihres nahen Verderbens gen Himmel sandten und die Lebenden am Ufer außer sich waren vor Gram über die Toten und Vermißten, blickte eine Frau, deren Mann oder möglicherweise Bruder reglos auf dem Kai lag, zu uns herüber und erkannte Magdalenas Leiche mit der bernsteingelben Feder, die zwar durchnäßt und aufgeweicht war (gleichsam ein Symbol der trüben Jahreszeit), jedoch noch immer markant von diesem toten Schädel aufragte. Daraufhin erhob sich die Frau von der Seite ihres reglosen Mannes, stieß zwischen den Zähnen ein einziges Wort hervor – «Dieee!» – und durchmaß mit dem grollenden, kehligen Knurren einer Raubkatze in wenigen Sätzen den Raum, der uns voneinander trennte, stürzte sich auf den leblosen Körper der Kurtisane, grub ihre Zähne in deren bleiche Wange und hatte, als sie den Kopf hob, ein blutiges Stück Fleisch im Mund, das sie mit lächelnd vorgestülpten Lippen kostete und dann auf die Brust der toten Schauspielerin spie. In standhafter Treue zu unserer Verblichenen sprang ich herzu, packte das bissige Weib am Arm und schleuderte es zur Seite, damit John der Eber unsere tote Lady aufheben und in Sicherheit bringen konnte, bevor man ihr noch Schlimmeres antat.

John trug sie dorthin, wo ein Polizist über die immer länger werdende Reihe der steif gefrierenden Leichen wachte, indes andere Polizisten Mietdroschken und Privatgefährte requirierten, welche die halb erfrorenen Überlebenden ins städtische Spital fahren sollten. Mein Herr legte die Tote auf den Boden, zog ihr in einer Anstandsgeste, die ich ihm nie zugetraut hätte, das Kleid über die Beine und strich ihr sanft mit zwei Fingern das Haar aus dem Gesicht.

«Die wollen sie in Stücke reißen wie die Wölfe», sagte mein Herr zu dem Polizisten.

«Geht weiter, laßt die Finger von den Toten», ermahnte ihn der Polizist.

John tippte sich an die Mütze, grinste mit seinen hellbraunen Zähnen und unterließ es, sich mit dem Gesetzeshüter anzulegen; er galt nämlich bereits in einem Dutzend Städten längs des Kanals nach Scherereien als flüchtig; sein letzter Ausflug mit der Flasche hatte mit der Verwüstung des Black Rag Saloon in Watervliet geendet, wobei auch die vier Pfeiler, welche die Veranda im ersten Stock der Taverne stützten, zu Fall gekommen waren.

Wir gingen zurück, den Garderobenkoffer holen, und erst als ich beide Hände voll hatte, lockerte Maud ihren Griff und ließ mich los. Sie hatte den kannibalischen Akt an ihrer Tante wortlos mitangesehen, und es war ihr nichts anzumerken. Sie starrte nur stumm auf die rücklings hingestreckte Gestalt, eine unter vielen. Doch als wir uns mit dem Schrankkoffer vom Rande des Kais entfernten (was John als nächstes vorhatte, wußte ich nicht), blieb sie stehen und sagte: «Wir können meine Tante nicht dort in der Kälte liegen lassen. Das ist kein zivilisiertes Benehmen.»

«Wir werden sie nicht liegen lassen», sagte John, der eben eine geschlossene Droschke stoppte, die sich uns näherte. Als der Kutscher die Fahrt verlangsamte, ergriff John die Zügel des Pferdes. «Wir bedürfen dringendst Eurer Dienste», sagte er zum Kutscher.

«Ich habe Befehl, nur den Anweisungen der Polizei zu folgen, und sonst keinem!» entgegnete der Kutscher.

«Du wirst uns Beistand leisten, oder ich hau dir dein Pferd zu Brei und brech dir das Kreuz», sagte mein Herr, und der Kutscher äußerte mit einem Knurren Verständnis für die Vordringlichkeit dieses Antrags. Mit des Kutschers Hilfe lud ich den Koffer ins Gepäckfach, half Maud in die Kutsche und dachte, John würde mit uns einsteigen. Doch er rief dem Kutscher zu, er solle warten, lief zurück an den Kai und kam mit der schlaffen Gestalt Magdalena Colóns in den ausgebreiteten Armen zurück. Ich hatte plötzlich wieder das Bild vor Augen, wie mein Vater auf die gleiche Weise meine Schwester von draußen hereingetragen hatte, die dann an der Cholera gestorben war, welche innerhalb einer Woche auch ihn selbst und meine Mutter dahinraffte und mich somit auf die Straße trieb, meinem Rendezvous mit John dem Eber entgegen. Ich glaubte den Mann zu kennen nach der Zeit, die ich unter seiner Fuchtel auf dem Kanal zugebracht hatte. Einmal hatte ich sogar gedacht, ich sei ihn losgeworden, als sein verrotteter Kahn in einem Sturm nahe bei Utica sank, und war froh darüber. Doch ich war ihn nicht los, und als er jetzt mit der toten Frau in den Armen auf mich zumarschiert kam, da ging mir auf, wie wenig ich wirklich über ihn oder sonst einen Menschen wußte. Vor allem konnte ich mir keinen Reim auf die Zärtlichkeit machen, die er an den Tag gelegt hatte, als er La Última mit zwei schwieligen Fingern das Haar aus den Augen strich.

«Ist sie tot?» fragte ihn der Kutscher.

«So tot, wie man nur sein kann», sagte John. «'ne tote Schlampe mit 'nem Loch im Gesicht.»

Und er schob La Última zu uns in die Kutsche, setzte sie auf den Sitz gegenüber Maud, ließ sich selbst auf den mir gegenüber fallen und hielt die Leiche aufrecht, indem er ihr den Arm um die Schulter legte. Wäre sie nicht so durchnäßt gewesen, hätte man die beiden für ein Liebespaar auf der Flucht halten können. Maud hatte meine Hand ergriffen, sobald wir nebeneinander saßen, und ich hatte ihr zugelächelt. Doch sie hatte mir nur einen funkelnden Blick zugeworfen und den Kopf weggedreht, allerdings weiter meine Hand festgehalten.

«Nun, Miss, was sollen wir mit ihr machen? Sie in die Kongreßhalle raufbringen und an die Politiker versteigern? Sie im *Museum*-Theater zur Schau stellen? Oder ist ihr Leib ein christlicher, den es nach sechs Fuß heiliger Erde verlangt?»

«Mrs. Staats wird wissen, was zu tun ist», sagte Maud. «Meine Tante hat sie gern gehabt.»

Maud sah La Última aufmerksam ins Gesicht, streckte dann die Hand aus und berührte die Wange der Toten nahe der Stelle, wo sie gebissen worden war. «Es ist so traurig», sagte sie. «Um ihr Gesicht hat sie sich mehr gesorgt als um alles andere.»

«Sie hatte ein hübsches kleines Gesicht», sagte John. «Das konnten wir denen nicht vollends überlassen.» Er fuhr mit einem Finger rings um die offene Wunde.

«Kanntet Ihr sie?» fragte Maud. «Ich habe Euch nie bei ihr gesehen.»

«Ich kannte sie», sagte John. «Hab sie mal in Boston erlebt, vor Jahren. Sie schauspielerte, tanzte und sang. Ich hab ihren Spinnentanz gesehen. Was für ein Anblick. Das war 'ne Frau, die man nicht so schnell vergißt.»

«Bestimmt möchtet Ihr sie gern küssen. Die Männer wollten sie stets küssen.»

«Bist ein aufgewecktes Kind, weißt, wovon du sprichst», sagte John, und er wandte sein Gesicht La Última zu, nahm ihr Kinn zwischen Daumen und Zeigefinger seiner rechten Hand und küßte die Tote lange und herzhaft auf den Mund.

«Ihr seid ein ruchloser Mensch», sagte Maud.

«Das hör ich nicht zum erstenmal», sagte mein Herr grinsend und ließ sich wieder auf seinen Platz zurücksinken. «Aber hast du noch nie jemand einen Toten küssen sehn? Das machen doch alle.»

Wir waren zwei Häuserblocks weit gefahren, als der Kutscher anhielt und zu uns herunterrief: «Wohin soll's gehen?»

Da schauten wir alle Maud an, die mit fester Stimme sagte: «Zum Haus von Mrs. Hillegond Staats.»

«Kennt Ihr das?»

«Gibt keinen in Albany, der's nicht kennen würde», kam die prompte Antwort, und der Kutscher lenkte den Wagen geschwind zum herrschaftlichen Anwesen der Staats, einem Wohnsitz für Inhaber gehobener Lebenspositionen und sicherem Hafen für gewisse verzweifelte Seelen, die, wie wir, halb erfroren waren in der bitteren Kälte der Welt.

Während wir fuhren, starrte Maud ihrer Tante ins Gesicht und sah nur gelegentlich zu mir herüber, wie um Trost zu erheischen oder womöglich eine dem Augenblick angemessene Weisheit zu hören, als sei ich und nicht mein Herr der Quell der Kraft in diesem Quartett von Unglücksraben. Maud nahm meine freie Hand in die ihre (wir hielten uns jetzt an beiden Händen) und flüsterte mir zu: «Wir müssen ihre Wange flicken, ehe wir sie begraben, denn mit so einem Gesicht wird sie in der nächsten Welt kein Glück haben.» Dann, nach einer Pause, setzte sie hinzu: «Und wir müssen sie unter einem Baum begraben, denn die Bäume hat sie fast so sehr geliebt wie die Männer.»

Ich nickte zustimmend, und Maud lächelte, ihr erstes Lächeln, das ich zu sehen bekam, und ich habe es mein Lebtag nicht vergessen. Aber ich wußte nicht, wie man Fleisch flickt. Womit flickte man es? Was das Begraben anging, so war mir nicht in den Sinn gekommen, daß mir je auch nur irgendein Teil dieser Aufgabe zufallen könnte. Doch hatte ich mich nun bereits zweimal Mauds Willen unterworfen, der, wie ich noch erfahren sollte, ein Element war, das Wassermörtel sehr nahe kam, sobald er einmal Gestalt angenommen hatte.

Unser Kutscher bog in die Zufahrt zum Anwesen der Staats ein und rief uns zu, daß wir am Ziele seien. Maud und ich verhielten uns still. John der Eber brummte etwas und ließ Magdalena zur Seite fallen, so daß ihr Kopf mit einem denkwürdigen *rums* an die Kutschenwand schlug. Dann sagte er, er wolle nachsehen, wer zu Hause sei.

«Bist du sicher, daß sie mit dieser Staats bekannt war?» fragte er Maud.

«Wir waren zwei Abende lang ihre Gäste», sagte Maud.

John öffnete den Wagenschlag, und die Nacht drang ungebeten herein und durchwehte uns mit einem kalten Hauch, einem Schwall eisigen Nordwinds, der die Temperatur in vielleicht zwanzig Minuten um ebensoviel Grad hatte fallen lassen. Während John in die einbrechende Dunkelheit davonstapfte, gewöhnten sich unsere Augen an das schwindende Licht, und wir sahen, daß der halbvolle Mond einen verirrten Strahl in eines von La Última Augen warf, das uns jetzt weit geöffnet anstarrte.

«Drück ihr das Auge zu», sagte Maud und hielt meine Hand so fest umklammert, als wähnte sie sich noch im tosenden Wasser des Flusses. «Man darf sich nie von Toten anschauen lassen.»

Gehorsam schob ich das Lid übers Auge herab, spürte, daß sich ihr Fleisch dabei weich, nachgiebig und ohne Wärme anfühlte, jedoch noch nicht erkaltet, gleichsam wie die lose Haut eines vor einer halben Stunde geschlachteten Huhns.

«Was können denn die Toten sehen?» fragte ich Maud, nachdem ich ihrer Bitte entsprochen hatte.

«Wenn du ihnen ins Auge blickst, siehst du dein Schicksal. Und niemand darf sein Schicksal kennen, wenn er bei Verstand bleiben will.»

«Mir würde es nichts ausmachen, mein Schicksal zu kennen», sagte ich, «denn dann wüßte ich, wie ich ihm entgehen kann.»

«Du kannst deinem Schicksal nicht entgehen, du Dummkopf. Deswegen heißt es doch Schicksal.»

Ich ließ ihr ihren Standpunkt, denn ich bemerkte, daß Magdalenas Auge zitterte, und mir wurde bang. Langsam glitt das Lid wieder nach oben, in die gleiche Position wie zuvor, ehe ich es zugedrückt hatte, und wieder starrte das Auge Maud und mich an. Ich beugte mich vor, um es mir genauer anzusehen, doch Maud packte mich jäh und zerrte mich zurück. Ich befreite mich aus ihrem Klammergriff, blickte im Licht des schimmernden Halbmonds direkt in La Últimas Auge und sah zunächst nur den gewöhnlichen menschlichen Augapfel: die kastanienbraune Iris, die tiefbraune Pupille, die sanfte weiße Transparenz der Bindehautmembran, durchzogen von allerfeinsten eisigvioletten Flüssen und Nebenflüssen. Und dann sah ich im Mittelpunkt der unversehens aufleuchtenden Pupille eine Prozession feierlicher Pilger, die durch ein niedriges Wäldchen zogen: Nacht war es, doch es schneite und war so hell wie die Nacht, die uns jetzt umgab. Und da war Maud; eine alte Frau hielt sie bei der Hand. Da ging auch John der Eber vor einer in Pelz gehüllten Gestalt. Ich selber stapfte neben einem schwarzen Hund einher, und ich begriff, daß dies Magdalenas Leichenzug war, für uns sichtbar gemacht von ihrem eigenen leblosen Auge. Ihre Leiche jedoch führten wir nicht mit uns, noch war sie sonst irgendwo zu sehen.

Ich wollte Maud von all dem nichts sagen, verspürte ich doch keinerlei Bedürfnis, die Überlegenheit ihrer mystischen Ahnungen über mein Wissen anzuerkennen. Doch merkte sie meinem starren Blick in dieses tote Auge an, daß ich dort in der Tat etwas Seltsames erschaut hatte, weshalb ich ihr auf ein eifriges Ärmelzupfen hin von dieser Szene Bericht erstattete und soeben den Weg des Leichenzuges beschrieb, als die Vision sich wandelte, düstere Nacht einkehrte und ich eine Horde aufgebrachter Männer durch die Straßen einer Stadt schwärmen und mit Steinen und Knüppeln die Fenster einer Zeitungsredaktion zertrümmern sah. Die Vision verwandelte sich ein zweites Mal, und ein junger Mann mit vertrautem Gesicht, dem ich indes keinen Namen zuordnen konnte, tauchte bei hellem Tageslicht aus demselben Gebäude auf und redete tonlos, aber wortreich auf zwei Männer ein, die ihn beim Laufen an den Armen festhielten. Plötzlich wurde er in eine zweispännige Kutsche geworfen, die geschwind davonfuhr.

Mir blieb keine Zeit, Maud davon zu erzählen, denn John der Eber öffnete den Kutschenschlag und rief uns voller Überschwang zu: «Aussteigen, runter mit euch beiden! Die Besitzerin dieses prachtvollen Hauses heißt uns als Gäste willkommen!»

Und als er Maud und mich heruntergehoben hatte, hievte er den Schrankkoffer aus dem Gepäckfach, klaubte Magdalena aus der Kutsche und warf sie sich wie einen Hafersack über die Schulter. Dann, den Kutscher mit einem Wink anstelle eines Entgelts entlassend, führte er uns über den Kiesweg zum Haus und zog dabei den Koffer hinter sich her. Maud hielt mich ein paar Schritte zurück und redete flüsternd, in verzweifeltem Ton auf mich ein. Ich dürfe nie vergessen, sagte sie, daß sie nie im Leben heiraten werde, daß sie nie wie ihre verhaßte Mutter oder gar ihre heilige Hure von Tante werden wolle, und ich müsse ihr versprechen, sie aus diesem Haus zu rauben, falls es sich so fügen sollte, daß die Staats oder irgendein anderer verhaßter Erwachsener versuchten, über ihr Leben zu bestimmen.

«*Du* hast das Erstrecht über mein Leben», verkündete sie, «denn du warst es, der mich davor bewahrt hat, auf den Grund des Flusses zu sinken. Willst du mir bei deinem Herzblut versprechen, daß du mich rauben wirst, was es auch kosten mag?»

Ihre Inbrunst steckte mich an, darum versprach ich geschwind und närrischerweise: Ich werde dich rauben, wenn es sein muß, was es auch immer kosten mag, wie lange es auch immer dauern mag.

«Jetzt küß mich», sagte sie, und ich küßte sie auf die Wange, das erste Mal, daß eines anderen Weibes Fleisch meine Lippen berührte als das meiner Mutter oder meiner Schwester. Ich kostete auch eine Strähne ihres Haars und war überrascht ob des erregenden Gefühls, das ich dabei im Mund und unten im Bauch verspürte.

«Beeilt euch», rief uns John zu, und wir erklommen die Stufen der überdachten Veranda und sahen ihn mit Magdalena über der Schulter neben einer drallen Frau stehen, deren Statur nicht zu den Falten ihrer Haut zu passen schien: als sei sie mit dem Alter nicht geschrumpft, sondern muskulös geworden. Ihre Wangen waren rötlich leuchtende Farbtupfer, und an ihren rosigen Ohren baumelten Ringe, die Kirchenglocken nicht unähnlich sahen. Sie war immer noch von beachtlicher Schönheit, trotz der Falten und des grotesken Schmucks, und als wir in die erste Wärme traten, die wir in dieser eiswinddurchtosten Ewigkeit zu spüren bekamen, kauerte sie sich nieder, um uns zu begrüßen. Diese hochgewachsene Treibhauspflanze – Hillegond

Staats war ihr Name – schloß Maud und mich zugleich in ihre kräftigen Arme, zog uns an ihren beachtlichen, halbverhüllten faltigen Busen, der nach Maispuder und Myrrhe roch, und vergoß Rhinozerostränen der Dankbarkeit darüber, daß sie in ein «Herzensabenteuer» verwickelt wurde. Dies war der Sinn ihrer Worte, an die ich mich im einzelnen nicht mehr erinnern kann, denn ihr genauer Wortlaut wird in meiner Erinnerung vom Übermaß ihrer Willkommensfreude verdrängt. Fortan waren wir der Macht dieses riesenhaften Geschöpfs namens Hillegond unterworfen, einer sehr alten Macht, die nach Geld, Muße und Ausbeutung stank und in den Augen von Verrückten, toten Huren und Kindern des wilden Flusses nach ihrer tieferen Bedeutung suchte.

«Herein mit euch, herein mit euch, meine durchgefrorenen Lieben», sagte das gewaltige Frauenzimmer. John der Eber ließ hinter uns die Tür ins Schloß fallen, und wir standen in der imposanten Eingangshalle, Zwergen gleich im Angesicht des Unbekannten, das durch dieses Haus loderte wie die holde Hitze, die uns bereits jetzt die Seele wärmte.

Als Hillegond aufgehört hatte, die halberfrorene Maud und mich an sich zu drücken, daß uns heiß wurde und uns die Luft wegblieb, übergab sie uns der Obhut eines schwarzen Mannes namens Capricorn und einer schwarzen Frau namens Matty, die in ihrer Jugend Sklaven gewesen waren. Capricorn wickelte mich in eine Decke, nahm mich mit in die Küche, setzte mich vor den großen, aus grauem Backstein gemauerten Küchenherd und fütterte mich mit einer holländischen Suppe aus Äpfeln, Kartoffeln, Karotten und der Leber gewisser unkenntlicher Geschöpfe, ohne Zweifel das wichtigste Mahl meines Lebens, während Matty Maud anderswo hinbrachte, um ihr trockene Kleider anzuziehen. Capricorn, der vor dreißig Jahren als befreiter Sklave unter den Negern als Mann von hohem gesellschaftlichen Rang gegolten hatte, war freundlich zu mir, ohne übertriebene Ehrerbietung an den Tag zu legen. Unterdessen fanden sich Hillegond, mein Herr und die sterblichen Überreste Magdalenas in der *dood kamer* oder Totenkammer ein, einem Raum, der in den prunkvollen Häusern der alten Holländer die jüngst Verstorbenen beherbergte.

Hillegonds Haus war in der Tat eines der alten holländischen, und prunkvoll dazu. Sie war eine geborene Hillegond Rosenbaum, Tochter eines als Trunkenbold verrufenen Schenkenwirts aus Albany; und es ist bekannt, daß sie der Jungfräulichkeit im Alter von sechzehn Lebwohl sagte (manche behaupteten, sie hätte sich schon Jahre früher von ihr verabschiedet), indem sie Petrus Staats ehelichte, den Sohn des Volckert Staats, Enkel des Jacobus Staats, Urenkel des Dolph Staats, Ururenkel des Johannes Staats und Urururenkel des Wouter Staats – all diese wiederum stammten von einem vorchristlichen oder vielleicht sogar vorzeitlichen Staats ab, obgleich der umfängliche Familienstammbaum (initiiert von Volckert und später fortgeführt von Petrus) die Familie nur bis ins 16. Jahrhundert zurückverfolgte, mithin bis ungefähr in die Zeit, als Holland seine Unabhängigkeit von den Spaniern erklärte und sich aufmachte, die Neue Welt nach dem Bilde des holländischen Dukaten zu prägen.

Der erste, der in der Neuen Welt eintraf, war Wouter Staats, der sich als Händler einen Namen machte, weil er sich auf das perfekte Fälschen von Wampums (polierte Muschelschalen mit einem Loch in der Mitte, die aufgefädelt bei den Indianern als Zahlungsmittel dienten) verstand. Wouter traf im Jahre 1638 mit seiner Frau in Fort Orange ein, wie Albany damals hieß, und zeugte 1642 Johannes, den ersten in Amerika geborenen Staats, einen jungen Mann von noblem Wesen, der in der Miliz gegen die Indianer kämpfte und sich ein so umfangreiches Wissen über die Wildnis und ihre Bewohner erwarb, daß er nach seiner Entlassung aus dem Militär im Pelzhandel (Biberpelze) tätig wurde und es damit zu dem Vermögen brachte, das den Grundstein für den Familienreichtum legte.

Johannes wurde allerorts ob seiner Ehrlichkeit gepriesen, doch litt er unter dem Makel, eine wunderliche Frau namens Wilhelma zu haben, die während Johannes' langer Abwesenheiten als Pelzaufkäufer Handel mit ländlichen Produkten trieb und ihren Kunden in unverbesserlicher Manier fleckigen Hafer und blauen Weizen verkaufte. Als es sein Vermögen erlaubte, entließ Johannes Wilhelma in den Ruhestand, und durch seine Wohltätigkeit befreite er die Familie von besagtem Makel. Auch wurde er zu einem eifrigen Verfechter der Religionsfreiheit, setzte sich ein für das Recht der Lutheraner, Hugenotten und Juden, in Albany ihre Religion auszuüben, und organisierte bei der Ankunft des Newtonschen Kometen jenen Tag des Betens und Fastens, dem man es verdankte, daß Gott den unheilvollen Himmelskörper vom Himmel über Albany ferngehalten hatte.

Dolph Staats, das älteste von Johannes' sechs Kindern, wurde im Jahre 1664 geboren, dem Jahr, als die englische Militärherrschaft die der Holländer ablöste, ohne ernstlich den Alltag der in Albany ansässigen Holländer zu verändern. Der Handelsverkehr wurde geschwind fortgesetzt, die Schweine streunten weiter durch die Straßen, und noch immer erfüllten die alten Bürger mit ihren Dreispitzen und Kammgarnmützen die Straßen der Stadt mit Pfeifenrauch und zugleich, wie ein englischer Besucher bemerkte, mit einer trägen Würde. Dolph Staats fand mit der Zeit Gefallen an den tatkräftigen Engländern und trieb profitablen Handel mit ihnen, vergrößerte durch kaufmännischen Unternehmergeist das bescheidene Vermögen seines Vaters und verkaufte den Einwohnern seiner Stadt die Erzeugnisse Europas: Bibeln und Schnupftabakdosen, Fiedelsaiten und Porzellanteekannen, Liebesbänder und Wörterbücher, Satinet und Chalon. Seine Geschäfte mit Konfektionswaren veranlaßten ihn, den Gouverneur der Provinz zu ersuchen, er möge sich der ärmlich gekleideten englischen Soldaten erbarmen, die in der Stadt in Garnison standen und deren Zerlumptheit ein Ausmaß erreicht hatte, daß es vorübergehenden Damen angeraten war, die Augen abzuwenden, sollte ihr Blick nicht auf die intimen Körperteile der Soldaten fallen. Dolph war es auch, der das Signum der Familie auf zwei bunten Glasfenstern der alten holländischen Kirche hinterließ: zum einen das Familienwappen in vier Farben, und – ein Unikum – das Bild eines auf dem Rücken liegenden Kindes, dessen Physiognomie die arttypischen Ringellöckchen und Brauen eines verholländerten Jesus mit den schielenden Augen von Dolphs einzigem Sohn Jacobus vereinte.

Der zum asketischen Jüngling herangereifte Jacobus verabscheute das merkantile Leben seines Vaters, verabscheute ebenso die in der Stadt umherstreunenden Schweine, die ihm als Symbol für das Korpulenz erzeugende Streben der Holländer galten. Darum begab er sich bei seinem Großvater Johannes in die Lehre, bei dem er lange Stunden saß und lauschte, indes der Pfeifenrauch sich um den kahl werdenden Schädel des Alten ringelte und er sich jener Tage erinnerte, als er mit Kanu, Messer und Gewehr das ferne Land des roten Ahorns, der Rotdrossel und der Rothaut durchstreift hatte.

Jacobus heiratete Catrina Wessels, die auswärts schielende Nichte des Patroon, jenes Gutsherrn, der, obzwar nicht einmal auf seinem Besitz lebend, mit den nachfolgenden Erben 200 Jahre lang, bis ins vierte Jahrzehnt unseres 19. Jahrhunderts, ein Landgut von 700000 Morgen in Besitz hatte, ein Gutsbezirk von solcher Ausdehnung, daß es eine ständige Streitfrage blieb, ob des Patroons Domäne nun innerhalb der Grenzen von Fort Orange lag oder ob Fort Orange dem Patroon Grund und Boden streitig machte, ein Gutsbezirk, in dem um die 100000 Farmpächter und geringere Vasallen *in perpetuum* Pachtzins entrichteten und in Knechtschaft lebten; und obgleich diese Kolonisierung zweifellos der entscheidende Expansionsstreich war, der unsere gegenwärtige Welt erschuf, war sie doch auch die grausamste Ungerechtigkeit, die weißen Besiedlern der Neuen Welt je widerfahren ist, und sollte Auseinandersetzungen heraufbeschwören, die ihrerseits etliche Jahrzehnte andauerten.

Die Ehe der auswärts schielenden Catrina mit Jacobus, der gleichfalls bis ins Erwachsenenalter schielte, sorgte in Albany für allerlei Gesprächsstoff; man mutmaßte, daß sie Kindern das Leben schenken würden, die, wenn sie geradeaus schauten, zugleich nach links und rechts blicken konnten. Zudem war jede Unterhaltung mit Catrina und Jacobus, wie es hieß, ein nervenaufreibendes Erlebnis, denn man wußte nie, in welches der vier Augen man dabei schauen sollte. Doch der Verbindung war Glück beschieden, und der Patroon machte, eingedenk des Segens, den Catrinas Verheiratung – wenn auch mit einem schielenden Primitivling – für die Familie bedeutete, dem Paar ein Stück Land zum Hochzeitsgeschenk, woraufhin Jacobus unverzüglich aus der Stadt fortzog, das bunte Glasfenster mit dem hybriden Bild von sich selbst und Jesus mitnahm und es in der Blockhütte einsetzte, die er in seiner neuen, ihm allein gehörenden und drei Meilen nördlich Albanys inmitten eines urzeitlichen Waldes gelegenen Wildnis baute, wobei er es seinem Vater überließ, das Loch in der Kirchenwand zu flicken und für die profane Tat seines Sohnes moralische Wiedergutmachung zu leisten. Auf seinem Stück Land fällte Jacobus Bäume, verbrannte sie und sammelte die Asche, gewann aus der Asche Lauge, die er zu schwarzer Pottasche eindampfte, und verkaufte die rohe Pottasche zur Weiterverarbeitung an den einzigen Seifensieder in der Stadt.

Er baute dann (Mitte der dreißiger Jahre des 18. Jahrhunderts) eine Sägemühle an jenem unberechenbaren Flüßchen, das später seinen Namen trug, dem Staatskill, einem auf dem westlichen Plateau jenseits der Stadt entspringenden Wasserlauf, der bei normalem Wasserstand sanft gen Osten zum Hudson floß. Doch nach heftigen Regenfällen neigte das Flüßchen zu Überschwemmungen, ein Umstand, dessen sich Jacobus erst bewußt wurde, als das Wasser über die Ufer trat und seinen Lagervorrat an schwarzer Pottasche unbrauchbar machte. Fortan widmete sich Jacobus ganz der Sägemühle, die er neben dem einzigen Wasserfall des Flüßchens, genannt Staats Falls, erbaut hatte. Dort stürzten die schäumenden Wasser in einem großartigen, schön anzuschauenden Bogen in einen sprudelnden Teich und plätscherten sodann eine stolze Meile weit den Abhang des Staats Hill hinab, um unweit vom Gutshaus des Patroon in den Hudson zu münden, unweit auch von dem später The Colonie genannten Areal, auf dem eine Schar irischer Einwanderer, die sich auf dem Gut des Patroon verdingten, eine bescheidene Behausung nach der anderen aus dem Boden stampften.

Catrina gebar Jacobus zwei Söhne: der ältere mit Namen Volckert ein freundliches, langweiliges Kind mit überraschend normaler Augenstellung; der jüngere ein kleiner Junge, dessen Geburt Catrinas jähes Ableben verursachte, der indes selbst noch rechtzeitig genug getauft wurde, um seiner sündenfreien Mutter in den Holländisch-Reformierten Salons des Himmels Gesellschaft leisten zu können. Mit Volckerts Hilfe verbrachte Jacobus das nächste Jahrzehnt damit, das allererste Holzhaus auf der Fläche jenes herrschaftlichen Anwesens zu errichten, in dem ein Jahrhundert später wir Flüchtlinge vor dem tosenden Fluß Zuflucht finden sollten; er lebte dort mit Volckert in zölibatärer Abgeschiedenheit, ein jähzorniger, spindeldürrer und spitzköpfiger Mann, der Schrecken der Irenkinder, die sich einen Spaß daraus machten, ihm bei seinen Spaziergängen aufzulauern, die er täglich in der allmählich verschwindenden Wildnis an der Peripherie seines Besitzes unternahm.

Dann, als seniler Greis, juckte es den alten Hund Jacobus, er tauschte gegen einen halben Liter Gin eine Indianersquaw namens Abendliches Mondlicht ein, die als junges Mädchen Hausdienerin beim Patroon gewesen war, bestallte sie in der Urzelle des herrschaftlichen Staats-Sitzes als Frau des Hauses, ohne ihr den Vorzug oder die Verbindlichkeit der Ehe anzutragen, und machte allein damit seine private Exzentrizität zur öffentlichen Verderbtheit und sein Haus zu einer gemischtrassigen Lasterhöhle. Es war nicht nur ein Affront gegen die Reinheit der weißen Rasse, sondern auch gegen die Roten Nationen der Neuen Welt, denn Mondlichts ältester Bruder war von einer weißen Frau, die er, betrunken vom Rum des Weißen Mannes, zu vergewaltigen versucht hatte, mit der Axt erschlagen worden. Die Ermordung seines Lieblingssohnes hatte Taw Ga Saga, den Vater von Mondlicht und Häuptling einer der fünf Indianer-Nationen, das Herz gebrochen; dennoch zügelte Taw Ga Saga seinen Haß auf die Weißen in jenem eloquenten Gesuch an den Gouverneur von New York, in dem er darauf hinwies, daß die weißen Männer, wenn Indianer Biberpelze und andere Felle nach Albany zum Verkauf brächten, ihnen als erstes einen Becher Rum gäben. Das gleiche täten sie, wenn die Indianer sich hinsetzten, um einen Kaufvertrag für ein Stück Land zu unterzeichnen. Und am Ende, erklärte Taw Ga Saga, wechselten die Pelze und das Land stets für noch mehr Rum den Besitzer: «Denn es ist wahr, o Vater, daß unsere Männer nach Rum gieren, sobald sie ihn einmal gekostet haben, und solange die Christen ihn verkaufen, werden ihn unsere Männer trinken. Wir bitten unseren Vater, er möge befehlen, daß der Hahn am Rumfaß zugedreht wird.»

Doch er wurde nie zugedreht, und Taw Ga Saga, entmachtet auf Grund der Tat seines Sohnes, verfiel selbst dem Alkohol, verlor alle Pelze und jegliches Land und starb am Ende in tiefster Schande, nachdem er Abendliches Mondlicht für die berüchtigte Flasche Gin an Jacobus verkauft hatte.

Jacobus' Sohn war dreißig Jahre alt, als Abendliches Mondlicht seine uneheliche Stiefmutter wurde, und er verließ noch am selben Tag sein Zuhause, um zwecks Tilgung der Familienschande unvergleichlich gottgläubig zu werden, was ihm den Spitznamen Hochwürden Volckert eintrug. Ein Jahr nach ihrem Einzug gebar Abendliches Mondlicht Jacobus einen Sohn, Amos genannt nach dem bäurischen hebräischen Propheten. Amos wurde, angeregt von Volckert, der erste Chronist der Familie Staats und hielt von Jugend auf in umfangreichen Journalen die Erinnerungen seines Vaters und seiner Mutter fest. Doch Amos wurde nicht älter als sechzehn; er starb als junger Held – als jener Bote der Kontinentalarmee, der Albany die glorreiche Kunde überbrachte, daß Burgoyne sich ergeben hatte und nicht länger die Stadt bedrohte. Seinen tapferen 30-Meilen-Ritt vollbrachte Amos mit einer Verwundung, die sich als tödlich erwies, woraufhin er auf der Stelle zum legendären Helden wurde. Die Gerte, mit der er sein Pferd angetrieben hatte und die ihm beim Sturz aus dem Sattel entglitten war, wurde von einer Frau aufgehoben, die sie in ihren Vorgarten in der Pearl Street pflanzte, wo sie zu einem gewaltigen Baum heranwuchs, der etliche Generationen lang als Amos' Eiche bekannt war. Jacobus begrub den Jungen unter den Bodendielen jener Blockhütte, die er bei der Urbarmachung seines Landes gebaut hatte, und stellte einen marmornen Sarkophag in die Mitte des größten Raumes, der zwar seit langem leer stand, doch noch gut erhalten war, und in den jeden Morgen durch die schielenden Augen des Jacobus-Jesus-Fensters die Sonnenstrahlen fielen.

Durch den Verlust seines Sohnes in Verzweiflung gestürzt, brütete Jacobus drei Jahre lang vor sich hin, erlitt 1780 einen Schlaganfall, als er eben eine Familie unverschämter irischer Siedler verjagte, die sich auf seinem Land breitmachen wollte, und starb in einem hypochondrischen Wutanfall. Volckert unternahm sogleich Schritte, Abendliches Mondlicht aus dem Herrenhaus der Staats zu vertreiben, das Jacobus ihr in seinem Testament vermacht hatte. Das Testament war fehlerhaft und wurde ohne viel Aufhebens verworfen, und Abendliches Mondlicht verbrachte ihr letztes Lebensjahr in der Grabkammer der Blockhütte, wo sie den Sarkophag ihres Sohnes als Eßtisch benutzte. Volckert hatte Jacobus mit dem in der holländischen Kirche üblichen Maß an Zurückhaltung beerdigt, und dieweil er intrigierte, um Mondlicht Land und Haus abzujagen, sorgte er dafür, daß der Name Jacobus in jeder Gesellschaft, in der man die Gegenwart und Rechtschaffenheit des Hochwürden Volckert schätzte, ein unaussprechliches Wort wurde. Binnen eines Monats führte nur noch das gemeine und ordinäre Volk Jacobus' Namen im Munde, und innerhalb eines Jahres war Jacobus in den reputierlichsten Kreisen der Gesellschaft zum Schatten einer zweifelhaften Legende verblaßt, ein Mensch, der, ähnlich dem silberschwänzigen Ferkel und der Kuh mit den sieben Eutern, existiert haben mochte oder auch nicht. Volckerts Gattin Joanna, eine Frau von geistloser Frömmigkeit, brachte Zwillingstöchter zur Welt, Trynitie und Femmitie, die, erzogen zur Redlichkeit bis zum Überdruß, bemittelte Männer aus der Fremde heirateten, sobald sie alt genug dazu waren, und nach New York und Boston zogen, weit fort von den Klauen der Rechtschaffenheit. Des weiteren gebar Volckerts Frau ihm einen Sohn, der es, wie bereits erwähnt, für richtig hielt, die freigebige, zuchtlose Hillegond zur Frau zu nehmen, womit die moralische Ausrichtung der Staats-Familie, die, was ihre Vorliebe fürs Sinnliche angeht, so ausgewogen schien wie eine Bach-Kadenz, aufs neue einen Umschwung erfuhr.

Inspiriert vom kaufmännischen Erfolg seines Urgroßvaters Dolph, dessen frühe Investition in eine Postkutschenlinie als Vermächtnis auf ihn übergegangen war, bewies Petrus, daß er die Veranlagung zum ökonomischen Genie hatte. Er vermehrte das Staats-Vermögen ums Achtfache und wurde, als das neue Jahrhundert Einzug hielt, zum reichsten Manne Albanys. Er erwies sich auch als der wohltätigste aller Staats und war beliebt unter seinen Zeitgenossen, die ihn ehrten, indem sie eine kurze Straße und eine öffentliche Wasserpumpe nach ihm benannten. Er stieg ins Eisenwarengeschäft ein, wurde mit dem Yankee Lyman Fitzgibbon als Kompagnon Inhaber einer Eisenhütte mit angeschlossener Gießerei und hatte auch Kapital in diversen Kanälen investiert (einschließlich des Erie-Kanals), was man unter seinesgleichen als absurd betrachtete, weil die Kanäle die wichtigste Konkurrenz des Kutschenverkehrs darstellten. Doch Petrus hielt solches Denken für unaufgeklärt, wurde bald als Pionier des Transportwesens gepriesen und später unter einem Grabstein beerdigt, den ein aus Stein gemeißeltes Kanalboot zierte.

Petrus starb 1835 im Alter von zweiundsiebzig Jahren, ein Edelmann von Geist und Vermögen, der ein marmornes Mausoleum über dem Grab seines Onkels Amos (jenes Mischlings, der nur zwei Jahre älter war als er) errichtet und obendrein das Haus der Staats im föderalistischen Stil zu einem Herrenhaus von so beeindruckenden Ausmaßen verwandelt hatte, daß Reisende eigens nach Albany kamen, um es zu sehen. Seine Frau Hillegond schenkte ihm eine totgeborene Tochter und einen Sohn namens Dirck, dem es bestimmt war, eine höchst bedeutsame Rolle in meinem Leben zu spielen. Allerdings war er zu der Zeit, als wir im Herrenhaus eintrafen, bei seiner Mutter in Ungnade gefallen, weshalb sie die beiden Ganzbildporträts, die ihn im Alter von zwölf und neunzehn Jahren zeigten, zur Wand gedreht hatte. In den Jahren nach Petrus' Tod hatte Hillegond alle Heiratsofferten in der Überzeugung abgelehnt, daß ihre Kenntnis der Männer, trotz ihrer unzähligen intimen Begegnungen mit ihnen, keinen Pfifferling wert sei. Zudem war sie sich auf Grund eines stets wiederkehrenden Alptraums mittlerweile sicher, daß, sollte sie je einen Mann als zweiten Gemahl in Betracht ziehen, dieser sie im Bett erdrosseln würde. Darum hatte sie, als sie Maud und mich an ihren Busen zog und uns in ihrem Leben willkommen hieß, auch ein sichtlich argwöhnisches, doch unschlüssiges Auge auf den gestandensten Mann geworfen, der ihr seit Jahren über die Türschwelle gekommen war – meinen Herrn, John den Eber.

Wie weit es her war mit seiner Männlichkeit und ihrer Unschlüssigkeit, darauf kommen wir sogleich, denn als ich mich durchgegart wähnte am Herdfeuer in Hillegonds Küche, stand ich auf und sah mich (noch immer in meine Decke gehüllt) Maud gegenüber, die seltsamerweise in Kleidern steckte, welche einst Hillegond gehört hatten, als sie so groß war wie Maud.

Das Kleid sah ausgesprochen fad aus, doch Maud war froh über das Geschenk, und ich voll überschwenglicher Freude, was von der Hitze herrührte, die das Feuer in meinen Adern entfacht hatte, wie auch von dem Umstand, daß ich wieder mit diesem Zauberkind vereint war.

«Was machen wir jetzt?» fragte sie mich.

«Ich weiß es nicht. Vielleicht sollten wir nachsehen, wo Hillegond steckt.»

«Sie sieht ganz furchteinflößend aus, doch ich hab sie gern», sagte Maud.

Matty, die Negerfrau, huschte vorüber, deutete zur Vorderseite des Hauses und machte sich dann in der Küche zu schaffen. Maud und ich gingen behutsamen Schrittes zum Hauptsalon, doch ließ uns der Anblick des Profils von Hillegond innehalten, die, einen Schritt vor der Türschwelle der *dood kamer*, in der Eingangshalle stand. Sie verharrte stocksteif und hielt beide Hände an die Innenseiten der Schenkel gepreßt. An ihr vorbeilinsend sahen wir meinen Herrn, wie er sich an Magdalenas Leiche zu schaffen machte, die im Innern des Raumes auf einem katafalkähnlichen, über zwei Stufen zu erreichenden Bett aufgebahrt lag. John der Eber, in Hose und Hemd, lüpfte soeben mit bemerkenswertem Zartgefühl das Unterkleid der Toten von den Knien bis über die Schenkel; ihren Rock hatte er bereits hochgeschoben und sorgfältig über die Hüften zurückgeschlagen.

«Was macht der da?» fragte Maud mich im Flüsterton.

«Ich bin mir nicht sicher», sagte ich, wenngleich das gelogen war. Ich wußte sehr gut, was er da trieb, wie es auch Hillegond wußte, die mit weit aufgerissenen Augen dabeistand, indes John Magdalenas niedere Regionen freilegte und dann den Gürtel an seiner Hüfte löste.

«Derlei darfst du dir nicht ansehen», sagte ich zu Maud und stellte mich zwischen sie und den schamlosen Nekrophilen. Sie indes schob mich rüde beiseite und fuhr mich flüsternd an: «Geh mir aus dem Weg, du Dummkopf, ich hab noch nie gesehen, wie jemand so was macht», was, wie ich noch erfahren sollte, Mauds Schlachtruf beim Ergründen dieser Welt war.

Also kauerten wir uns, unbemerkt von den Hauptdarstellern der lebhaften Szene, die sich unseren Augen darbot, hinter dem Türstock nieder.

John der Eber ging in Magdalena Colón vor Anker und begann mit ihrer kalten Blüte das zu tun, was er, wie ich des öfteren seinem Geprahle hatte entnehmen können, bereits mit vielen Dutzend warmblütigen Exemplaren der Gattung getan hatte. Der Anblick seiner kreisenden Bewegungen erregte Hillegond dermaßen, daß sie ihrerseits gewisse Kreisbewegungen auszuführen begann und dabei leise, gutturale Laute ausstieß, die ich einzig und allein mit dem Zustand der Brunft in Verbindung bringen konnte und die mit wachsender Leidenschaft an Lautstärke zunahmen. Magdalena glotzte mit leerem Blick zu uns her, als John sich mit der ganzen Wucht seines Körpers auf sie warf; ihr eines Auge stand noch immer offen, das Haar lag wie ein hübsches Pfauenrad übers Kissen gebreitet.

So ungehemmt und lautstark brach Hillegonds Gestöhn hervor, daß John, als er herumfuhr und der Ekstase ihres kreisenden Beckens gewahr wurde, sich von der leblosen Magdalena abstieß und schamlos zu unsrer Gastgeberin gehoppelt kam, die wie ohnmächtig zu Boden sank, woraufhin mein Herr mit ihren Röcken ebenso verfuhr wie zuvor mit Magdalenas, und mit etwas, das mir ein noch vergrößerter Auswuchs zu sein schien (die Wahrheit des Sprichworts bestätigend: Aus frischer Labsal erwächst frischer Mut), an Bord der am Boden ausgestreckten Hillegond kletterte und seinen Hahnentanz von neuem begann. Das Messen ihrer innersten Temperatur brachte Hillegond wieder zu Bewußtsein; sie schlang die Arme um John und ergab sich ihm mit einem langen, anschwellenden Seufzer, der ein jähes Ende fand, als unsere Heilige Jungfrau vom Katafalk unversehens beide Augen aufschlug und aus dem frostigen Jenseits, das ihre Heimat gewesen, laut herüberrief: «Warum hast du bei mir aufgehört?» Sprach's, streckte die Arme aus und brachte uns damit alle aus der Fassung, nicht zuletzt meinen Herrn, der sich aus Hillegond zurückzog, mit unvermindertem Auswuchs zu der unbefriedigten Magdalena eilte, ihre Körpermitte in Augenschein nahm (die sie, zwecks besserer Sichtbarkeit, bei seinem Nahen anhob) und dann erneut auf diese mißbrauchte, mitten im Dahinwelken indessen jetzt durch das Kitzeln der heiteren Sonne der Lust wiedererweckte Blume stieg. Die erschöpfte Hillegond stützte sich auf einen Ellbogen und widmete sich diesem Anblick, als handele es sich um die Auferweckung des Lazarus; ihre sinnliche Inbrunst wich der Vision eines Wunders. Sie bedeckte ihre Blöße und wurde Zeuge, wie mein Herr, der so geschwind umgesattelt hatte, daß man aus dem Staunen nicht mehr herauskam, unter dreckigem Gelächter und mit geschwellter Manneskraft von neuem begann, die neu erblühte Schlampe zu stoßen, und es zu einer dreifachen Klimax brachte, nicht allein in seinem Glied und dessen Herberge, sondern auch in der Bißwunde in La Últimas Gesicht, welche, als diese sich beglückt aufbäumte, das Blut des Lebens zu verströmen begann, ein Zeichen dafür, daß in jeder Ader und jedem Gefäß ihres Wesens wieder alles in korpuskularem Flusse war.

Als die Zügellosen schließlich still lagen, blickten sie versonnen in die Fülle ihrer Seele; Maud und ich waren für ihre Augen gänzlich unsichtbar. Doch ahnte ich, daß sie uns bald genug erblicken und uns an der Nase ansehen würden, was wir geschaut hatten, und ich war mir nicht sicher, wie sie angesichts dieser Mitwisserschaft mit uns verfahren würden. Ich zog Maud mit mir fort und führte sie in den vorderen Salon, wo wir uns auf ein grünes Samtsofa setzten, dessen Farbe jener sehr nahekam, die Mauds Augen in dem gedämpften Licht annahmen. Ich wußte nicht, wie ich ihr mitteilen sollte, was ich empfand, sie indes, nie um einen Kommentar verlegen, verkündete:

«Er ist ein gemeines Tier, und die beiden machen sich eines Mannes wegen zum Narren. Würdest du dergleichen mit mir tun wollen?»

«Ich denke schon», sagte ich, wenngleich ich es so unumwunden nicht in Erwägung gezogen hatte.

«Ich bin noch nicht soweit», sagte Maud.

«Ich schon, glaube ich», sagte ich.

«Was einem da zustößt, scheint einen sehr mitzunehmen.»

«Das habe ich auch schon gehört.»

«Ich hätte gedacht, du hast es schon einmal ausprobiert.»

«Ich hatte noch keine Gelegenheit», sagte ich.

«Wenn ich soweit bin», sagte Maud, «melde ich mich bei dir.»

«Ich freue mich darauf.»

Wir waren beide ganz ruhig – was natürlich eine große Lüge ist, denn die Erregung, die wir verspürten, spottete nicht nur jeder Beschreibung, es sollte zudem fast zwei Jahrzehnte dauern, bis wir ihr auf den Grund gehen konnten. Das Bild einer wollüstigen Frau, die ein Kinderskelett gebar, kehrte jahrelang in Mauds Gedanken wieder; und ich träumte über Jahre hinweg von einer Frau, die eine doppelte Scham besaß. Wir saßen auf dem frühlingsgrünen Sofa und glotzten auf das primitiv gemalte Porträt eines Kindes, das in einem weiten Kleid mit Spitzenkragen steckte und in der einen Hand einen Reifen hielt, indes die andere auf dem Halse eines Gänserichs ruhte, dessen Größe zwei Drittel von der des Kindes betrug.

«Ich will nie alt werden», sagte Maud. «Ich will immer und ewig jung sein, und dann, wenn ich ein bestimmtes Alter erreicht habe, will ich ganz plötzlich sterben.»

«Du kannst nicht immer und ewig jung sein.»

«Kann ich doch.»

«Kannst du nicht.»

«Kann ich doch.»

«Jetzt nicht mehr», erwiderte ich, denn so unwissend ich war, dessen war ich mir sicher.

Vor Magdalena Colóns Auferweckung durch die Liebe, jenes nützliche Gut, das Christus zu ähnlichen Zwecken verwendete, hatte ich noch nie jemanden von den Toten wiederkehren sehen. Ich ziehe keine blasphemischen Parallelen zwischen John dem Eber, dem Instrument jener Liebe, und Christus, oder zwischen Christus und Magdalena, und insbesondere nicht im Lichte dessen, was letztere uns über ihr tödliches Zwischenspiel berichtete. Doch die Macht der Liebe ist eigentümlicher und vielschichtiger, als wir glauben.

Sobald ihre orgiastische Erregung verebbt war, geriet Magdalena in den Mittelpunkt unseres Interesses, denn was gewöhnlich der Vollbringung des für menschliche Begriffe Unwahrscheinlichen folgt, ist die Suche nach dem Beweis, daß es tatsächlich stattgefunden hat. Und in der Tat waren wir alle begierig, aus ihrem Munde zu hören, was ihrer Seele widerfahren war. Und nachdem Magdalena trockene Kleider übergestreift, John seinen Gürtel zugeschnallt hatte und alle Röcke geglättet waren, versammelten sich die Erwachsenen mit jenem bemäntelnden Lächeln, das der Sättigung folgt, im Salon im Ostflügel, wo Maud und ich beisammensaßen, ich meinerseits in einer Verzückung, die heftiger wurde mit jedem Augenblick, den ich in ihrer Gegenwart verbrachte, und durchflutet von einem Verlangen nach ich weiß nicht was, doch gewiß nicht danach, es John dem Eber nachzutun und ihr unter den Rock zu gehen. Derlei Vulgarität (obschon ich inzwischen gelernt habe, nicht auf sie herabzusehen) war eine unzureichende Antwort auf meine Sehnsucht, die im Laufe dieses einzigartigen Abends noch weitaus größer werden sollte.

Hillegond hatte sich in mütterlicher Weise Magdalenas Bißwunde angenommen, sie gewaschen, verbunden und die Patientin dicht an den Kamin gesetzt, dessen Feuer Capricorn pflichtschuldigst schürte. Dann rückten wir alle vor den Flammen zusammen, dieweil Magdalena noch einmal ihre Zeit in der Unterwelt rekapitulierte.

«Als ich starb», begann Magdalena mit jener dramatischen Inbrunst, die ihrer thespischen Natur gemäß war, «sah ich vom Grunde des Flusses ein Kind zu mir emporblicken, indes ich langsam von oben herabsank. Es war ein hübsches kleines Mädchen und sah aus wie eine Puppe, die ich einst besaß. Ich erinnerte mich an ihr Kleidchen, es war aus blauem Gingham.»

«Hat sie mit dir gesprochen?» fragte Hillegond. «Sie reden gern, die toten Kinder.»

«Ich würde es so ausdrücken: Sie hieß mich willkommen», sagte Magdalena.

«Ich wußte es», sagte Hillegond.

«‹Ich heiße dich›, sagte sie, ‹am Geburtsort der Träume willkommen, wo selbst Puppen ewig leben.›»

«Klingt das nicht ganz nach einem Kind?» sagte Hillegond.

«Du meinst», fragte Maud, «du erinnerst dich genau an die Worte, die das Kind sprach, und ihr befandet euch beide unter Wasser?»

«Nicht nur unter Wasser», sagte Hillegond, «sie waren auch beide tot, nicht wahr, meine Liebe?»

«Nun, ich glaube schon», sagte Magdalena. «Ich meine, dergleichen bekommt man nicht zu hören, wenn man quicklebendig ist.»

«Gewiß nicht», sagte Hillegond. «Es ist ein außergewöhnliches Ereignis, tot zu sein und dann unter die Lebenden zurückzukehren. Ich hätte nie gedacht, daß ich so etwas einmal mit eigenen Augen sehen würde.»

«Doch hier bin ich», sagte Magdalena.

«Hier bist du», sagte Hillegond. «Ist es nicht ein Wunder?»

«War da sonst noch etwas auf dem Grunde des Flusses außer dem Kind?» wollte Maud wissen. «Ich könnte mir denken, tote Fische und jede Menge Dreck.»

«Tote Fische treiben an der Oberfläche», sagte ich, wenigstens auf diesem Gebiet Experte.

«Ich kann mich an keinen Dreck entsinnen», erwiderte Magdalena. «Am ehesten erinnere ich mich daran, wie hell es war. ‹Es müßte doch finster sein am Grunde des Flusses›, sagte ich mir immer wieder, doch es war, als leuchteten tausend Lampen. Sehr anheimelnd.»

«Warst du im Himmel oder in der Hölle?» fragte Maud.

«Schwer zu sagen, Maudie, doch ich glaube, es muß der Himmel gewesen sein.»

«Du im Himmel?» sagte John der Eber und brach in schallendes Gelächter aus. «Das möcht ich erleben, meine Liebe. Ich werd dir zeigen, wie man in den Himmel kommt», und wieder lachte er schallend.

«Ihr seid so ungehobelt, daß es nicht mehr in Worte zu fassen ist», sagte Maud zu meinem Herrn und stampfte mit dem Fuße auf, als sie ihn ansprach. «Ihr seid der größte Schweinepriester, der auf Erden wandelt, und ich hoffe, Ihr verfault, daß Euch die Füße abfallen!»

«Na, na, Kindchen», sagte Hillegond. «Er hat doch nur gescherzt, um dem Thema etwas von seiner Düsterkeit zu nehmen. Deine Tante war tot, das weißt du doch.»

«Das möchte ich bezweifeln», sagte Maud. «Ich glaube, die äußeren Lebenszeichen schwanden, nicht aber das Leben selbst.»

«'n gewitztes kleines Gör, oder nicht?» sagte John. «Wenn die mal erwachsen ist, wird sie die Männer kirre machen, bestimmt wird sie das.»

«Ich war *mause*tot», sagte Magdalena. «Erzähl *du* mir nicht, ich sei nicht tot gewesen. Glaubst du etwa, ich würde es nicht merken, wenn ich tot bin?»

«Natürlich nicht», erwiderte Maud. «Keiner merkt irgendwas, wenn er tot ist.»

«Oh, das ist grundfalsch, Kind», sagte Hillegond. «Alle möglichen Leute kehren von den Toten wieder und berichten, wie es war. Ich hab von Leuten gehört, die hatten tote Frauen gesehen, denen die Füße nach hinten standen, und tote

Hunde, die auf Bäume kletterten, und tote Männer, denen am ganzen Leibe Federn wuchsen! Du solltest nicht so altklug über die Toten daherreden, Kind, sonst kriegen sie dich, wenn du überhaupt nicht damit rechnest. Schließ Freundschaft mit den Toten, rät dir Hillegond, sie selbst ist gut damit gefahren.»

«Jedenfalls bin ich froh, daß ich nicht mehr tot bin», sagte Magdalena, die merkte, daß Hillegond ihr die Schau stahl.

«Was gedenkst du jetzt zu tun, meine Liebe», fragte Hillegond, «nun da du nicht gestorben bist?»

«Oh, ich habe Pläne», sagte Magdalena. «Ich habe Buchungen für Auftritte bis hinunter nach Buffalo. Und jetzt, da ich gestorben und von den Toten auferstanden bin, werden sie mehr denn je nach mir verlangen!»

«Du wirst gewiß leiblichen Schutz benötigen», sagte mein Herr, «oder die Massen werden dich in Stücke reißen. Einen starken Mann brauchst du.»

«Das mag wohl sein», sagte Magdalena nickend, und als ich sah, wie Maud in diesem Augenblick dreinschaute, wußte ich, daß sie sich in der Falle wähnte und mich schon bald an mein Versprechen erinnern würde, sie zu rauben. Doch noch ehe etwas derartiges geschehen konnte, hörte man ein heftiges Klopfen an der Tür, und als Hillegond das Portal öffnete, trat, Hut und Überzieher mit Schnee bedeckt, aus der arktischen Nacht ein großer, leichenblasser Mann über die Schwelle und stieß ein einziges Wort hervor: «Irrsinn.»

«Irrsinn?» echote Hillegond.

«Gefangene», rief der Fremde und nahm seinen Hut ab, unter dem ein dichter Haarschopf zum Vorschein kam, so weiß wie der Schnee, der ringsum auf den Boden stäubte, als er sich den Hut gegen das Bein schlug. «Zieht etwas Warmes über, Hilly. Euer Haus ist dem Wahnsinn anheimgefallen, und ich brauche Hilfe, um mit ihm fertigzuwerden.»

Der Mann, der uns solch schreckliche Nachricht überbrachte, war Will Canaday, einer der einflußreichsten Bürger Albanys, Gründer und Herausgeber der *Albany Chronicle*, eines Blattes von politischer Brisanz und beträchtlichem Einfluß. Seine Zeitung hatte uns erst in dieses Haus gebracht, denn in den Spalten der *Chronicle* hatte Magdalena ihre Flußüberquerung angekündigt. Und hier erschien nun der Eigner dieser Spalten und kündete uns nicht nur von zwei Gefangenen, denen er auf der Spur war, sondern auch vom nicht endenwollenden Irrsinn der Natur und dessen Folgen für alles, was da kreuchte und fleuchte.

Mit der großen Eisflut war jäh die Kälte über die Stadt hereingebrochen, so daß die Leute sich gezwungen sahen, ihr Vieh an höhergelegene Orte zu schaffen. Canaday berichtete von einem Mann, der sein Pferd wohlweislich in die gute Stube seines Hauses gebracht hatte, denn im Freien angebundene Pferde, die man im Wasser stehen ließ, froren fest in dem Eis, das im Nu ihre Fesseln umschloß.

Noch ehe die Nacht zu Ende war, würde ein Mann in Greenbush so in Zorn geraten über sein Unvermögen, sein Pferd aus dem tiefen Eis zu befreien, daß er, mit ansehend, wie das vor ihm stehende Pferd verendete, selbst an einem Blutstau im Hirn stürbe. Droschken frören mit den Rädern am Boden fest, Vögel an den Ästen der Bäume, und nicht nur das Eis, sondern auch das Feuer würde die Stadt blindwütig verwüsten. Die Mütze von Bridie Conroy, einer irischen Wäscherin, würde durch Funkenflug vom brennenden Kai Feuer fangen, und Bridie würde panisch durch die Nacht rennen, kopfüber in einen Schuppen voll Heu stolpern und entfachen, was dereinst als der Große Brand in die Geschichte eingehen würde – 600 Gebäude, viele von ihnen Läden, eingeäschert; 5000 Menschen obdachlos durch die lodernden Brände, deren Ungestüm erst unter den schweren Schneefällen nachlassen würde, die nun gerade einsetzten.

Keiner von uns, nicht einmal Will Canaday, wußte von diesem neuerlichen Fluch, den die erzürnten Götter an diesem Tag des Höllenfeuers und des Eises über Albany aussandten, denn Bridie Conroys Mütze hatte noch nicht Feuer gefangen, als Wills Blick auf unsere gemütliche Runde am Kamin fiel. Mit so feierlichem Ernst sprach er, daß wir alle zutiefst ergriffen waren.

«Unter gewöhnlichen Umständen würde ich nicht dazu raten, daß irgendein Mann, eine Frau oder ein Kind sieht, was ich im Begriff bin, Hillegond zu zeigen», sagte er. «Doch bei allem, was heilig ist auf dieser Welt, bin ich der Meinung, daß jeder Lebende sich diesen Anblick einprägen sollte, damit sein Eindruck so lange fortbesteht, wie wir imstande sind, ihn weiterzureichen.»

Wie von Mesmer persönlich aufgefordert, erhoben wir uns langsam und mummten uns in dicke Mäntel, damit uns die Kälte der Nacht nichts anhaben konnte. Dann trotteten wir einer nach dem anderen durch den frischen Schnee in ein niedriges Wäldchen, indes ich, von meinem Blickpunkt am Ende der Kolonne, darin das genaue Abbild jener Prozession von Pilgern erkannte, die ich zuvor in Magdalena Colóns totem Augapfel erschaut hatte, bis hin zum Vorhandensein von Will Canadays schwarzem Hund, der mir auf den Fersen folgte.

Mit einer Fackel in der Hand führte uns Will an den Ort, wo Amos Staats, der jugendliche Held der Revolution, in seinem marmornen Mausoleum begraben lag, dorthin, wo seine indianische Mutter, Abendliches Mondlicht, während ihrer letzten Tage die Mahlzeiten auf seinem Sarkophag eingenommen hatte.

Hillegond trat hinter Will und John in das Mausoleum und stieß sogleich einen schrillen Schrei aus, der von der Macht des Irrsinns kündete, den zu bezeugen uns Will aufgefordert hatte. Einer nach dem anderen traten wir ein, wobei Maud sich wieder leidenschaftlich an mich klammerte.

Das erste, was wir sahen, als wir uns rings um den Sarkophag herum drängten, waren die tanzenden Lichter und Schatten, welche die Fackel über ein Tableau warf, das ich nicht mit Gewißheit deuten konnte. In Wahrheit war seine abnorme Konstellation dergestalt, daß kein Mensch den Anblick auf Anhieb gedeutet hätte. Klar erkennbar war nur der Kopf des Erhängten. Das Licht fiel auf seinen gekrümmten Hals, und der ihn umschlingende Strick hing von einem dekorativen Vorsprung oben an der Marmorwand herab. Doch der Oberkörper des Toten hing in einer Weise schief, die jeder Henkerslogik widersprach: nämlich in einem so abnormen Winkel, als läge er schlafend mitten in der Luft.

Mit der Zeit sahen wir, daß der Arm des Toten von etwas Unsichtbarem herabgezogen wurde, und was sich am Ende dieses Armes befand, entpuppte sich als der im Dunkel liegende Schemen eines weiteren Menschen. Erst als Will Canaday seine Fackel näher daranhielt, bemerkten wir, daß der Arm des Toten mit einer Handschelle an den Arm eines lebenden Negers gefesselt war, eines Mannes in derart geschwächter Verfassung indessen, daß er toter aussah als die Leiche über ihm. Gleichwohl hatte er die Augen offen und starrte uns an.

«Er lebt», sagte Maud.

«Es ist Joshua», flüsterte Hillegond, die sich zu dem Mann vorbeugte.

«Er ist es», sagte Will. «Darum habe ich den beiden ja nachgespürt.»

«Doch wer ist der andere?»

«Ein Schwede, der kein Englisch sprach und dessen Namen ich nicht kenne», sagte Will, gab mir die Fackel und rückte eine Holzkiste zurecht, um sie als Trittstufe zu benutzen. «Er geriet außer sich, als er seine Frau in New York im dichten Gedränge verlor. Betrüger brachten ihn auf ein Schiff nach Albany, machten ihm weis, dort würde er sie finden, und nahmen ihm dann die Ersparnisse seines ganzen Lebens ab. Als er in Albany angekommen war und ihm aufging, daß er mittellos war und sich vollends verirrt hatte, sprang er aus Verzweiflung kopfüber in einen Brunnen, um seinem Leben ein Ende zu machen, und als ein barmherziger Samariter ihn herauszog, ehe er ertrank, schlug er diesem mit einem Knüppel den Schädel ein. Konstabler sperrten ihn ins Kittchen, und dort verfiel er mehr und mehr dem Wahn, jammerte und schrie und klagte in einem fort, daß er alles verloren habe, was er im Leben besaß.»

«Gott bewahre uns vor dem Irrsinn», sagte Magdalena und schlug ein Kreuz über der Brust.

«Nur ein Irrsinniger könnte begreifen, was heute in dieser irrsinnigen Stadt geschehen ist», sagte John der Eber, das erste

Mal, daß ich ihn das Eingeständnis machen hörte, auch er sei nicht allem gewachsen, was ihm unter die Augen kam. Will stieg hinauf auf Amos' Sarkophag, um den Schweden loszuschneiden, und da bemerkte ich, daß sich die marmorne Abdeckplatte auf dem Sarkophag ein Stück verschoben hatte. Als Will sich auf den Zehen emporreckte, um das Seil zu durchtrennen, rutschte sie unter seinem Fuß noch weiter zur Seite und fiel auf den Boden, Marmor schlug auf Marmor, und sie zersprang in vier unregelmäßige Teile mit so glatten Kanten wie bei einem geschliffenen Diamanten. Einen Augenblick lang hing Will in der Luft, mit dem Arm die Hüfte des Toten umklammernd. Dann zerschnitt er gewandt den Strick und sprang, den Toten umfassend und recht behende für seine fünfzig Jahre, herab auf den Boden, ohne Amos' freiliegenden Sarg mit seinen Füßen oder den schweren Schuhen des toten Schweden zu entweihen.

Zweifellos war es jetzt unsere vordringliche Aufgabe, Joshuas Marter zu beenden: die Handfessel zu entfernen, die ihm noch immer ins Fleisch schnitt. Unter dem Gewicht des Toten hatte sie die Knochen von Hand und Gelenk bloßgelegt, und er hatte soviel Blut verloren, daß dies für die meisten Männer den Tod bedeutet hätte.

Will und mein Herr versuchten ihn so zu tragen, daß ihm nicht noch mehr Schmerz zugefügt wurde, doch wie sie ihn auch emporheben mochten, es verschlimmerte nur seine Qualen. Darum machte ich einen Vorschlag.

«Wenn jeder von euch einen der Männer stützt, kann ich zwischen den beiden gehen und ihre Arme hochhalten. So entsteht kein Druck mehr auf die Wunden dessen, den ihr Joshua nennt.»

«Gut ausgedacht, Bürschchen», sagte Will.

«Der ist nicht auf den Kopf gefallen», sagte mein Herr.

«Wir können den Sarkophag nicht so offenstehen lassen», sagte Hillegond, «ein Tier könnte hineingelangen.»

«Wir werden Bretter darüberlegen», sagte Will.

«Dann wäre der Sarg nicht sicher vor Nagetieren. Nein, der muß ins Haus geschafft werden.»

«Ihr wollt ihn im Haus haben?» sagte Will.

«In der *dood kamer*», sagte Hillegond entschlossen, und sie drehte sich um und ging.

«Komm, Maudchen», sagte Magdalena. «Zurück ins Haus.»

«Ich ziehe es vor, mit Daniel zu gehen», sagte Maud, das erste Mal, daß sie meinen Vornamen aussprach. «In Begleitung dreier Männer kann mir nichts zustoßen, und ich werde die Fackel tragen und ihnen auf dem Weg leuchten.»

«Sie hat ihren eigenen Kopf», sagte Hillegond und ergriff Magdalenas Arm, worauf die zwei, die noch vor Stundenfrist im Land der Lust gewandelt waren, den Kopf gegen das Schneetreiben geneigt, in die Nacht hinausschritten, dem Herrenhaus entgegen.

Will führte uns zu einem Nebeneingang des weitläufigen Hauses, wo wir von Capricorn erwartet wurden. Wir folgten ihm durch einen langen Korridor, zwei Dutzend Stufen hinab in einen Keller, und marschierten dann, im Schein von Mauds Fackel und Capricorns Laterne, durch den gewaltigen Keller zu einem höhlenähnlichen Raum, dessen Existenz erst offenbar wurde, nachdem Joshua zwei Balken in der Grundmauer beiseite geschoben hatte, die eine Tür verbargen.

Wir legten Joshua auf ein Strohlager, das auf dem Boden ausgebreitet war, und wieder schnitt ihm die Handfessel ins Fleisch, daß selbst mich dabei der Schmerz durchzuckte. Capricorn kauerte sich neben Joshua nieder, um seine Verfassung zu begutachten, erhob sich dann und sprach zu uns.

«Ich danke Euch, Gentlemen, und auch Euch, Master Daniel», sagte er. «Nun werde ich mich seiner annehmen.»

Er wandte sich wieder Joshua zu, und als er sich umdrehte, warf seine Laterne einen Strahl in einen entfernteren Winkel der Höhle, und ich erhaschte einen Blick auf drei Gestalten, eine davon weiblich, lauter Neger, die allesamt dort im Dunkeln kauerten. Mir entfuhr ein erstauntes Grunzen, und Will bemerkte meine Überraschung.

«Was immer du hier sehen magst, Junge», sagte er zu mir, «du hast nichts gesehen», und er schüttelte den Zeigefinger vor meinem Gesicht. «Gar nichts.»

Ich nickte, und er setzte hinzu: «In ein paar Minuten werde ich zu dir ins Mausoleum kommen, um den Sarg hereinzuholen», und Maud, John und ich verließen die Gruft, indes Will mit Joshua zu Rate ging. Unterwegs bemerkte mein Herr: «Die haben hier drin ja 'ne regelrechte Niggerfabrik.»

«Dieses Wort dürft Ihr nicht in den Mund nehmen», sagte Maud.

«Was für ein Wort könnte das sein?» fragte John.

«Ihr wißt schon, welches Wort ich meine», sagte Maud. «Und wenn Ihr es noch einmal in meiner Gegenwart benutzt, werde ich eine Hutnadel zur Hand nehmen und Euch damit stechen.»

Daraufhin hielt John den Mund, das erste von etlichen Malen, daß Maud ihn zum Schweigen brachte, und wir setzten unseren Weg zum Mausoleum fort. Will klärte mich später über Joshua auf. Es handelte sich um einen unerschrockenen Flüchtling aus Virginia, der der Sklaverei entkommen und dann heimlich nach Virginia zurückgekehrt war, um seine Frau zu befreien, und bei nachfolgenden Reisen sechs weitere Sklaven nächtens durch die Wälder nach Norden in die Freiheit geführt hatte. Er war kürzlich in der Nähe Albanys von Sklavenjägern eingefangen worden, deren Suche nach ihm durch eine Belohnung von dreihundert Dollar versüßt wurde, woraufhin man ihn auf Grund jenes Unionsgesetzes, das die Eigentumsrechte von Sklavenhaltern im Süden respektierte, ins Gefängnis gesteckt hatte.

Die Nachricht von der Gefangennahme eines Sklaven hatte Will Canaday in der Redaktion erreicht, und er fand heraus, daß es Joshua war, den man in Gewahrsam hielt. Die Gegner der Sklaverei heckten einen heimlichen Plan aus, mit dem Ziel, Joshua aus den Klauen des Gesetzes zu befreien, doch wieder einmal kam des Tages Irrsinn dazwischen: Den Mann, der die Kutsche lenkte, mit der die Gefangenen zu einem gen Süden fahrenden Zug gebracht werden sollten, traf ein durch die Luft fliegender Eisbrocken, und ehe Will Canaday und seine Mitverschwörer eingreifen konnten, nahmen Josuha und der an ihn gefesselte Schwede die Sache selbst in die Hand, flohen vor

Häschern wie Befreiern und trieben die Pferde zu solch rasendem Galopp, daß in einer Kurve beide Männer von der Kutsche geschleudert wurden, woraufhin sie zu Fuß Zuflucht im Mausoleum des Amos Staats suchten, wo Will sie ausfindig machte. Sobald sie im Innern des Grabmals waren, das im Lauf der Jahre auch als Abstellplatz hatte herhalten müssen, beschloß der Schwede, daß der Tod vorzuziehen sei. Mit einer Hand würgte er Joshua, bis dieser in Ohnmacht sank, sodann erhängte er sich mit großem Geschick und Erfolg an einem Stück Seil, in der festen Überzeugung, so schließe ich daraus, daß kein Schrecken des Jenseits es mit denen dieser Welt aufnehmen könne.

Wir warteten im Mausoleum, und alsbald kehrte Will zurück. Dann, dieweil Maud uns leuchtete, hoben wir drei, zwei Männer und ein Junge, Amos empor von seiner nun doch nicht letzten Ruhestatt und brachten ihn aus dem Grabmal in die *dood kamer*, die somit schon den zweiten Auferstandenen dieses Abends beherbergte, und stellten seinen Sarg auf derselben erhöhten Plattform ab, von der sich zuvor die auferstandene Magdalena erhoben hatte. Der Sarg war trotz der vielen Jahre, die er im Grab gelegen hatte, bemerkenswert sauber und trocken, und die Zeit hatte den beim Zerfall seines Inhalts entstandenen Geruch gebannt.

Der gesamte Haushalt einschließlich der Bediensteten versammelte sich vor dem Sarg, als wir ihn absetzten, und allesamt wurden wir Zeugen der Störung des heiligen Friedens eines eingesargten Helden, obgleich ich zu diesem Zeitpunkt noch nichts von Amos' Rolle während der Revolution wußte. Den Sarg hatte Amos' Vater Jacobus eigenhändig gezimmert und die Kanten und Oberflächen obendrein mit einer Substanz versiegelt, die sich beim Anfassen wächsern anfühlte, doch diese Versiegelung war, wie ich nun sehen konnte, brüchig geworden: Ein winzig kleiner Riß verlief längs des Sarges, dort, wo der Deckel schloß.

«Ich würde zu gern wissen, wie er aussieht», sagte Maud.

«Da er schon an die siebzig Jahre tot ist, Kind, böte er gewiß keinen hübschen Anblick», sagte Hillegond, über Mauds Vorschlag eher belustigt als erschrocken. Doch Maud wartete nicht erst auf Billigung. Sie trat an den Sarg heran und hob den Dekkel, unter dem sich ein verblüffender Anblick bot: Amos mit Soldatenmütze und Uniform, die Arme auf der Brust verschränkt, einen Orden überm Herzen, lag da, als schliefe er. Seine Haut war von einem durchscheinenden Grau, der Farbe der schwindenden Nacht, und von dem vollkommen erhaltenen Toten ging ein strahlender Glanz aus, der den Betrachtern ringsum Laute ohnmächtigen Erstaunens entlockte.

«Er ist nicht zerfallen», sagte Will. «Eine erstaunliche Leistung. Es muß an der Art und Weise liegen, wie der Sarg versiegelt war.»

«Ich hab immer gedacht, die Leichen verfaulen von innen heraus», sagte mein Herr.

Ich trat an Mauds Seite. So selbstverständlich, wie der Mensch atmet, fanden sich unsere Hände, und wir starrten Amos vom Fußende des Sarges her an.

«Er ist so wunderschön», sagte Maud. Wir bestaunten ihn gemeinsam, bis sie ihren Blick auf mein Gesicht richtete. «Und auch du bist schön», sagte sie und legte ihren Mund zu einem Kuß auf den meinen. Sie ließ ihn dort, und meine Arme umschlangen sie. Verzaubert von der Schönheit des Todes küßten wir uns, ließen dann voneinander ab und wandten uns wieder Amos zu.

«O mein Gott, seht nur, was mit ihm geschieht», sagte Magdalena. Sein Gesicht hatte anzuschwellen begonnen: Wangen, Stirn, Hals, Lider, alles blähte sich wie ein aufgehender Brotlaib, ein erschreckender Anblick, von dem wir uns nicht losreißen konnten. Und dann zerbarst er – der Pesthauch unserer Zeit, so vermute ich, setzte ihm übel zu –, er barst nach oben und zur Seite hin, Hände und Gesicht verschwanden in einer großen, grauschattierten Staubwolke mit leichtem Stich ins Bläuliche, die volle sechs Fuß hoch über dem Sarg emporstieg und sich wie trüber Dunst über uns allen ausbreitete. Der Staub bezeichnete das Ende von etwas, vielleicht das letzte Aufbäumen eines Heldentums, das in seiner Art in unserem banalen Leben nicht mehr nachzuvollziehen war. Große Trauer über den verlorenen Ruhm schwang darin mit, insbesondere für Maud, die heulte, als hielte ein Dämon sie in den Fängen. Sie klammerte sich an mich, warf mir die Arme um den Hals und küßte mich erneut voller Leidenschaft und Feuer, rieb den Mittelpunkt ihres Beckens an meinem und überschüttete mein Gesicht mit ingrimmigen, unersättlichen Küssen.

Sie küßte mich, sie küßte mich, und ich erwiderte ihre Küsse, und zwar recht ordentlich, wie mir schien; denn in Windeseile hatte sie mich gelehrt, wozu Lippen bei tiefer Zuneigung fähig sind. Der Staub fiel uns auf Kopf und Schultern, die Luft wurde allmählich wieder klar; und obgleich wir nicht aufhörten, uns zu küssen, konnte ich aus dem Augenwinkel sehen, daß Amos' Gesicht verschwunden war, desgleichen die Hände. Sein Brustkorb und die Beine waren eingefallen, so daß es schien, als sei der Benutzer dieser Uniform verschwunden und durch ein fremdes Skelett ersetzt. Nachdem ich dies gesehen hatte, ohne etwas davon zu begreifen, sah ich wieder Maud an und fuhr fort, sie zu küssen, bis uns wütende Hände und wilde Schreie einer Frau auseinanderzerrten; ich fuhr herum und sah mich Magdalena gegenüber, die mir, abwechselnd mit Handrücken und Handteller, heftig links und rechts auf die Wangen schlug.

«Ungezogenes Kind!» schrie sie.

Ich vergab Magdalena ihren Zorn, gleichwohl riß ich mich von ihr los, preßte mein Gesicht nochmals gegen Mauds und küßte sie inbrünstig, bis sie uns von neuem trennten. Von dem Aufruhr, der folgte, blieb mir vor allem eine Bemerkung Hillegonds im Gedächtnis. «Es sind Glückskinder», sagte sie. «Sie wissen, was Liebe ist.»

Aber Glück war nicht das richtige Wort für das, was uns widerfahren sollte.

Sie trennten uns in jener Nacht, Maud und mich; ein jeder schlief für sich allein mit seiner neugeborenen Liebe. Ich erhob keinen Protest. Ich hatte keinerlei Recht auf sie, obgleich ich mich, was Mauds Gegenwart in meinem Leben anbetraf, nicht im geringsten um Rechte scherte. Sie hingegen beschwerte sich energisch über das Verhalten ihrer Tante mir gegenüber und behauptete, ich hätte mehr Recht auf ihre Gesellschaft als sonst ein Mensch, weil sie ohne mich auf dem Grund des Flusses bei Magdalenas Puppe gelandet wäre. In ihrer Empörung verweigerte sie das Essen.

Ich erfuhr von alledem erst später, denn niemand sagte mir, was im Schwange war. Hillegond sprach freundlich mit mir, doch nur über Belangloses, Magdalena blieb für sich und kränkelte, und John der Eber verkaufte sein Boot und erzählte mir, mit dem Fluß wolle er nichts mehr zu schaffen haben. Ich fragte ihn, ob dies bedeute, daß ich mein Auskommen verlöre, und er sagte: «Wir werden sehn.» Er tätschelte mir den Kopf und meinte: «Mach dir mal keine Sorgen, Junge. Deinen Brotkanten kriegst du allemal.»

Magdalena wurde so gräßlich krank von ihrer Wunde, daß sie nicht mehr bei Tisch erschien und im Bett blieb. Geplagt von Fieberanfällen und höllischen Schmerzen, war sie das späte Opfer des Geifermaules ihrer Angreiferin. Einmal, als ich an ihrem Zimmer vorbeikam, stand die Tür einen Spalt weit offen, und ich lugte hinein, um die Wunde zu sehen, deren schwärende Entzündung ich nur aus den Gesprächen der anderen kannte. Die Bißwunde war zu einem gelbvioletten Alptraum angeschwollen und sonderte grünen Schleim ab, der das Zimmer mit abscheulichem Geruch erfüllte. Hillegond war dazu übergegangen, zweierlei Weihrauch abzubrennen: eine Sorte, um den Geruch zu mildern, die zweite zur Abwehr der Blutdämonen, die Magdalena bedrohten. Die Kombination indes schuf ein neues, miasmatisch wirkendes Geruchsgemisch, worauf das Räucherwerk entfernt und der Gestank schlimmer wurde. Die Wunde bot einen bedrohlichen Anblick, bei dem ich mich fragte, wie wir überhaupt je unseren körpereigenen Giften widerstehen. Garstig schnell war die schöne Magdalena zu einer häßlichen Vettel geworden, und Schwester Tod begann sich von neuem in ihren Augen einzunisten. Meine wenigen verstohlenen Blicke befriedigten indes meine Neugier; nur der Blick eines Verderbten hätte länger auf diesem Schandfleck ruhen können.

Matty, der schwarzen Bediensteten, oblag es, die Wunde gemäß den Anweisungen des Arztes zu baden und zu verbinden. Doch als die Behandlung nicht anschlug, begann Matty mit ihrer eigenen: ein Breiumschlag aus Kräutern, Blüten, getrocknetem Ziegendung, zerhackten Grillen und anderen unglaublichen Ingredienzen, die gekocht, abgeseiht und zu einem Pulver getrocknet, mit dem Eiweiß zweier Gänseeier vermengt und dann unter dem aus einem frischen Laken gefertigten Verband auf die schwärende Wunde gelegt wurden. Binnen zwei Tagen setzte die Heilung ein. Binnen zwei Wochen begann sich neues Gewebe zu bilden, das mit der Zeit kaum noch einen Hinweis auf das hinterließ, was sich einst unter Magdalenas Haut zugetragen hatte. Ich wurde dieses wundersamen Fortschritts gewahr, als ich heimlich der Predigt lauschte, die sie Maud wegen ihres frevelhaften Fastens hielt (auch ich überredete sie, davon abzulassen, um meinetwillen wie um ihretwillen; denn welchen Wert hatte meine Liebe, wenn ihr das Objekt fehlte, das sie bescheinen konnte?). Ich sah die schöne Maud aufmerksam am Krankenbett stehen, und mein Herz begann schneller zu schlagen.

«Wie kannst du es wagen, dein Leben so in Gefahr zu bringen?» sagte die verärgerte Magdalena. «Wie kannst du es wagen, wenn ich derart vom Schicksal geschlagen bin! Clara, meine liebe Zofe, ist sinnlos ertrunken, mein Gesicht ruiniert uns beinahe, denn wo wären wir alle ohne seinen Reiz? Und du undankbares Kind maßt dir an, mit deinem Körper Schindluder zu treiben, der doch dein einziges Heil ist! Glaubst du, die Männer reizt bei den Frauen die Klugheit, zumal die einer verdorbenen Zwölfjährigen wie dir? Glaubst du, du könntest allein von deinem Witz leben, ohne Mithilfe jener körperlichen Vorzüge, die du geerbt hast? Glaubst du, dieser dumme Kanalschifferjunge kann dich vor dem Ruin bewahren, wo er doch kaum sich selbst zu retten vermag? Eine bettelarmer Waise ist er, der mir dich mit seinen flegelhaften Tricks zu stehlen versucht.» (Dieser Seitenhieb verletzte mich tief.)

«Du vermagst nicht das Hehre in ihm zu erkennen, das ich in ihm sehe», sagte Maud (und auf der Stelle erholte ich mich).

«Kind», sagte die Kurtisane, «du bist sehr willensstark, doch wenig bewandert in den Eigenheiten der Männer. Gleichwohl mußt *du* fortan Claras Platz als mein dienstbarer Geist einnehmen. *Dich* muß ich kleiden, wie ich mich selbst kleide. Das kommt vor der Zeit, doch ist es ein Vermächtnis, mit dem uns abzufinden wir lernen müssen.»

«Du willst, daß ich Männer für Geld liebe?» fragte Maud.

«Ich werde dich lehren, wie man mit den Männern spricht, sie besänftigt und erfreut. Ich werde einen Singvogel aus dir machen, einen tanzenden Schwan. Ich werde dir beibringen, wie man überlebt auf dieser Welt, Maudchen.»

«Liebes Tantchen», sagte Maud mit eherner Zuneigung, «ich bin deine Nichte, deine Blutsverwandte, und liebe dich mehr, als ich meine Mutter je liebte. Doch ich will keine Liebesdienerin sein, nicht für dich, nicht für uns und nicht für mich. Ich liebe allein Daniel Quinn, und ihm will ich die Hälfte meines Lebens schenken oder mehr.»

Hat je eine Frau sich präziser über ihr Leben geäußert? Magdalena indes war keineswegs so beeindruckt wie ich. «O pfui, Kind», sagte sie. «Pfui, pfui, pfui.»

Ich erkannte, daß ich in Magdalenas Pläne nicht einbezogen war. John der Eber setzte seine Liebelei mit Hillegond fort, und ihr regelmäßiges Gerammel war ein belustigendes Ritual für den ganzen Haushalt, dieweil John mir wenig Beachtung schenkte. Ich fühlte mich zu unserem Nachbarn Will Canaday hingezogen, der uns des öfteren besuchen kam, erst, um uns den toten Schweden vom Hals zu schaffen, dann, um uns beim erneuten Begräbnis von Amos' staubigem Skelett zu helfen, und, weitaus geheimnisvoller, um Joshua aus seinem Versteck in der Unterwelt des Herrenhauses verschwinden zu lassen, ein Ereignis, dessen Zeuge ich ohne Wills Wissen bei einem meiner Streifzüge durch das weitläufige Haus wurde (ein Anwesen von so gewaltigen Ausmaßen, daß man stets gehörig auf der Hut sein mußte, um sich nicht zu verirren in diesem Labyrinth von Gängen, Tunnels, Treppen, Schächten, Abgründen und anderen Merkwürdigkeiten – etwa nicht zu öffnenden Türen ohne Klinke oder Schloß –, die es in den mannigfachen Flügeln, Türmen und Katakomben dieses Ortes zuhauf gab).

«Wo habt Ihr Joshua hingebracht?» fragte ich Will einen Tag nachdem ich die beiden hatte miteinander verschwinden sehen. «Zum Doktor?»

«Master Quinn», sagte Will zu mir, und ich merkte an seiner Förmlichkeit wie auch an seinem Ton, daß etwas sehr Ernstes folgen würde, «du wirst Joshua aus deinem Gedächtnis streichen und vergessen, daß du ihn je hier gesehen hast, wenn du sein Leben schützen willst.»

Nickend verlieh ich sogleich meiner Zustimmung Ausdruck, und Will lächelte mich an. Dann erkundigte er sich nach meiner Familie, und so begann meine Freundschaft mit dieser Seele von einem Menschen, diesem Mann von Welt, der seinesgleichen suchte und sich nach niemandem richtete, es sei denn sich selbst, sowohl bezüglich seiner Kleidung, die ihm selten paßte oder stand, als auch bezüglich seiner sittlichen Haltung, die eigenwillig war, entschlossen, unfromm und unumstößlich.

Ich erzählte Will, ich hätte mich, da ohne Familie, vier Monate lang als Bootsjunge auf dem Kanal verdingt und sei dann einem Herrn davongelaufen, der mich nicht nur mit Schlägen traktiert, sondern es obendrein abgelehnt habe, mich für meine Arbeit zu entlohnen; dann sei ich John dem Eber begegnet, den ich im Vergleich dazu gern mochte, weil er mich nie schlug, hätte drei Monate lang auf dem Kanal für ihn gearbeitet, bis sein Boot gesunken sei, und mich in letzter Zeit als Fährmannsgehilfe durchgeschlagen, doch sei ich nun ein auf dem Trockenen sitzender Waisenjunge mit höchst ungewisser Zukunft.

Will begann mir sogleich wohlwollenden Rat zu erteilen, sagte, es sei geraten, daß ich weiterhin arbeitete, und fachte meinen bereits glühenden Abscheu vor den Waisenhäusern an, die nicht nur infolge der Cholera immer zahlreicher wurden, sondern weil sie den Kindern eine sichere Heimstatt boten, einen Zufluchtsort vor Eltern, die eher geneigt waren, ihren Nachwuchs umzubringen, als noch ein weiteres hungriges Maul zu stopfen. Zugleich beschloß Will, daß ich mehr über die Welt erfahren müsse als bisher (er war entsetzt darüber, daß ich glaubte, der Mexikanische Krieg hätte jenseits der Grenze zu Kanada stattgefunden), und er empfahl mir Bücher, die ich lesen sollte – Erzähler und Dichter, Historiker und Dramatiker aus alter Zeit. Lesen hatte ich bei den Nonnen in der Schule gelernt, und ich tat es recht gern. Diese Bücher aus Wills Hand gingen bei weitem über meinen Horizont, doch stürzte ich mich mit einer Pflichtschuldigkeit darauf, die sich mit der Zeit ins zarteste Vergnügen der Welt verwandelte. Will sorgte ferner dafür, daß im Hause der Staats täglich seine Zeitung bereitlag, damit ich mich weiterbilden konnte. Das Auftauchen der Zeitung war etwas Ungewöhnliches in Hillegonds Heim, die sich wenig um die Welt außerhalb ihrer mystischen Kreise scherte, obgleich ihr Sohn Dirck bei Will als Redakteur angestellt war. Ich liebte und verschlang das Blatt, las von Morden und Diebereien, Tunichtguten und Helden. Ich las die Handelsannoncen für Pianofortes, Druckbleistifte und Mittelchen gegen die schlimmen Folgen früher Fehltritte und unheilvoller Infektionen. Das endlose politische Gezänk über Anliegen, denen ich nicht folgen konnte, langweilte mich, doch faszinierten mich die Kriege zwischen Spaniern und Arabern, Briten und Kaffern, Ch'ing-Dynastie und Taiping-Bewegung. Ich jubelte den entflohenen Sklaven aus den beiden Carolinas zu und den aufständischen Bauern Irlands, die unter Führung eines gewissen William Smith O'Brien den Engländern die Stirn boten (der Vater meines Vaters hatte sein Land an die Engländer verloren). Doch erweckte meine Parteinahme in mir keine ernsthafte

Feindseligkeit gegenüber den Mächten, welche die von mir favorisierte Seite bekämpften, war ich doch in meiner selbstgefälligen Behaglichkeit von solchen Gewalttaten weit entfernt. Indes begann ich zu erkennen, daß Gewalt alltäglich war in dieser kriegerischen Welt.

Etliche Wochen nach dem Großen Brand nahm Will mich bei hellem Sonnenschein mit nach Albany zu einer Besichtigung der Innenstadt. Die ersten Wochen des neuen Jahres hatten mit ihrer garstigen Kälte Schnee und Eis gebracht, die nun endlich frühlingshaftem Tauwetter wichen und den Blick auf die kalte Asche der Katastrophe freigaben: Das Zentrum von Albanys ehedem betriebsamer Geschäftswelt, seine Kais, der Große Pier, eine Vielzahl von Kanalbooten und Schaluppen, alles war verkohlt und eingeäschert bis auf den bizarren Überrest des einen oder anderen nicht eingestürzten Kamins oder einsamen Hauses, das noch stand, weil sein Eigentümer entschlossen genug gewesen war, Hunderte von Eimern Wasser herbeizuschleppen und damit die Wände feuchtzuhalten und die auf seinem Dach ausgebreiteten Decken zu übergießen, auf denen die Glut der fliegenden Funken dann verlosch, ohne Schaden anzurichten.

Das warme Wetter blieb nicht ohne Wirkung auf die verkohlten Abfälle in diesem Gebiet, deren aromatische Duftblüten zu den Bewohnern angrenzender Bezirke hinüberwuchsen und rudelweise Hunde und Katzen anlockten, auch Herden streunender Schweine, diese unerschütterlichen Abfallfresser, die sich zu den städtischen Arbeitern in den Ruinen gesellten. Diese Trupps suchten nach drei Einwohnern, die noch immer vermißt wurden und von denen ich in Wills Zeitung gelesen hatte. Dann, als Will und ich uns einen Weg durch den schlammigen Schutt suchten, wühlte vor mir ein schnüffelndes Schwein mit dem Rüssel im Matsch. Das Tier brachte mit seiner Schnauze erst den Arm eines Kleinkindes und dann den daranhängenden Torso zum Vorschein, zerrte ihn aus dem ekligen Dreck und wollte sich eben damit aus dem Staub machen, als ich dazwischenging und mit einem verkohlten Brett auf den watschelnden Ghul einhieb, wodurch ich ihn zwar ablenkte, doch nur unzulänglich, denn die Schnauze wollte er nicht aufmachen. Wieder und wieder schlug ich dem Vieh auf den Rükken, doch seine Kiefer blieben geschlossen, bis ich ihm aus lauter Verzweiflung einen Tritt in die Kehle versetzte, worauf es von seiner Beute abließ und quiekend in tieferen Schlamm davonstob, um schon bald in langsameren Trott zu verfallen und von neuem zwischen den Trümmern zu schnüffeln.

Will und ich blickten hinab auf die Kinderleiche, eine schwarze Puppe, todesstarr und steifgefroren, haarlos, gesichtslos, geschlechtslos, und dennoch die Überreste eines menschlichen Wesens, dessen sich anzunehmen geboten war. Will rief einen Konstabler herbei, der in der einstigen Straße die Runde machte, und das tote Kind wurde von Amts wegen an eine ungestörte Ruhestatt verbracht.

«Der Vater des Kindes wird dir dankbar sein für das, was du getan hast», sagte Will. «Ich kenne den Mann. Er heißt Bailey.»

«Wie kann jemand wissen, wessen Kind das war?»

«Unter den Vermißten ist nur ein einziges Kind. Hättest du Einwände, wenn ich einen Bericht über deine Tat in die Zeitung setzte?»

«Jeder andere hätte ebenso gehandelt.»

«Vielleicht. Aber du hast es getan, und es gibt Leute, die großen Abscheu gegen die Schweine hegen, sich vor ihnen fürchten und dergleichen nie täten. Schweine können heimtükkisch sein.»

Wir gingen in Wills Redaktion am unteren Broadway, einer Straße, die hin und wieder unter Wasser stand, wenn der Fluß über die Ufer trat, die Zeitung indessen war sicher im ersten Stockwerk untergebracht. Drei junge Drucker hüpften regelrecht zwischen Setzkasten, Schließplatten und Tischen hin und her, auf denen lange Kolonnen von kupferglänzendem Satz lagen. Alle trugen sie weiße Kittel und schwarze Melonen; den Kittel, um sich nicht mit Druckerschwärze zu beschmutzen, und den Hut gegen den von der bröckelnden Decke fallenden Putz, der, wie jedermann weiß, schädlich für die Follikel der Kopfhaut ist und, wie manche behaupten, ins Hirn dringende Säure freisetzt.

Will führte mich zu seinem eigenen Arbeitsbereich, wo unter einem Gaslicht, gleich neben einem Fenster und begraben unter einem kunterbunten Chaos, sein Schreibtisch stand. Obendrauf, daneben und auf daran angrenzenden Regalen lagen Magazine, Ausschnitte und Briefe verstreut, Stapel von Lexika und Wörterbüchern, neue Bücher, alte Bücher, säuberlich in Kästen abgelegte Unterlagen und weniger säuberlich abgelegte, Staub auf so manchem, doch nicht vielem in diesem Durcheinander, und inmitten des Ganzen eine noch ungeöffnete Morgenausgabe der *Chronicle*: das ideale Herzstück jener Anarchie, aus der sie entstanden war. An einem benachbarten, leicht schräg geneigten Schreibtisch, einem Musterbeispiel an Ordentlichkeit, saß ein Mann und schrieb in eine Kladde. Will stellte mich vor, und ich machte die Bekanntschaft von Dirck Staats, Hillegonds Sohn. «Dirck», sagte Will zu ihm, «dieser junge Mann ist einer der Gäste in deinem Haus.»

Ich streckte ihm die Hand hin und sagte: «Daniel Quinn ist mein Name, Sir, und es gefällt mir in Eurem Hause.»

«Ich wünschte, ich könnte das gleiche von mir behaupten», sagte Dirck, «doch dieses Teufelsweib von einer Mutter läßt es nicht zu.»

«Ich erkenne Euch wieder von Eurem Porträt», sagte ich.

«Man sagt mir, sie habe meine Porträts zur Wand gewendet.»

«Oh, das hat sie», sagte ich, «doch ich habe eins umgedreht, weil ich wissen wollte, wie der Mann aussieht, der eine Frau dermaßen gegen sich aufzubringen vermag.»

Dirck lächelte Will an. «Du nimmst kein Blatt vor den Mund», sagte er zu mir. «Bist du ein Zelot des Wortes?»

«Da bin ich mir nicht sicher», sagte ich, «weil ich nicht weiß, was Zelot bedeutet.»

«Es bedeutet, daß du eine Leidenschaft für etwas hegst und dich ihm ganz und gar verschreibst. Der Sprache zum Beispiel. Ich selbst bin so vernarrt in Worte, daß ich ein ganzes Buch vollschreibe.»

«Worte sind nützlich», sagte ich. «Mein Hund wäre vielleicht nicht gestorben, wenn er uns hätte sagen können, was ihm fehlte.»

Darüber mußte Dirck lachen; er sagte: «Ja, ja, ja», und ich war gleichermaßen amüsiert, denn ich hatte nie im Leben einen Hund besessen.

Dirck Staats: Wenn Will Canaday ein schlanker Mann war, dann war Dirck ein halbierter Will. Wildes schwarzes Haar umwucherte seinen Hinterkopf und die Schläfen, seine Beine waren lang und die Hosen nicht lang genug, der Umfang seiner Taille nicht größer als meiner, und infolge dieses Körperbaus sah er so kopflastig aus wie ein Hutständer. Sein Gesicht mit der hohen Stirn war halb so lang wie sein Oberkörper, er trug eine außergewöhnlich kleine Brille, die er sich auf die breite Stirn schob, wenn er nicht las, und seine Kleider saßen, sofern das überhaupt möglich war, noch schlechter als Wills. Und doch fand ich während unserer Begegnung an Dirck Staats Gefallen, und noch mehr an seinem Ehrgeiz, mit dem er die Geheimnisse des Lebens zu ergründen suchte.

«Worum geht es denn in Eurem Buch?» fragte ich.

«Es enthüllt ein Geheimnis», sagte er, «doch die Leute, die es betrifft, hätten gern, daß es ein Geheimnis bliebe.»

«Gib dem Jungen was zu lesen, dieweil ich einen Artikel über ihn schreibe», sagte Will. «Er hat vorhin eine Kinderleiche vor den Schweinen gerettet. Ein Held in der eingeäscherten Stadt.»

«Stets erfreut, einen Helden kennenzulernen», sagte Dirck, verneigte sich tief vor mir und bot mir den Stuhl vor seinem Schreibtisch an. «Tu mir den Gefallen und lies, was ich geschrieben habe, und dann sag mir deine aufrichtige Meinung dazu. Ich gebe zu, daß ich außerstande bin, selbst ein intelligentes Urteil zu fällen.»

Daraufhin entfernte er sich, und ich setzte mich vor seine beiden roten Kladden und sah mir das Geschriebene an. In meiner heutigen Erinnerung hat es große Ähnlichkeit mit der Spiegelschrift Da Vincis, den Runen der alten Nordmänner und der Keilschrift der Assyrer. Es ließ eine ganz eigene Gestaltungswelt erkennen, eine undurchdringliche Architektur, die an sich schon faszinierend war. Wie ich schließlich erfuhr, war dies eine besondere Sprache, eigens erfunden für die Niederschrift dieses unerklärlichen Buches über jenes Geheimnis, das ihm zur fixen Idee geworden war. Eingehend studierte ich seine eigentümlichen Lettern und Figuren, doch konnte ich nichts davon entziffern. Schließlich kam er wieder und grinste mich an.

«Was hast du herausgefunden?»

«Daß ich kein Wort davon lesen kann.»

«Ausgezeichnet.»

Ich stand auf und bot ihm seinen Stuhl an, doch er griff nach seiner Jacke, die an einem Haken hinter seinem Schreibtisch hing. «Wir müssen zum Lunch», sagte er, und ich wußte nicht, ob ich und Will hier einbezogen waren, ob er von ganz anderen Leuten oder von sich selbst in der Mehrzahl sprach.

«Ist es recht so, daß ich kein Wort lesen kann?»

«Natürlich ist es das.»

«Was in Wills Zeitung steht, kann ich lesen.»

«Natürlich kannst du das.»

«Wieso malt Ihr beim Schreiben Bilder?»

«Damit keiner versteht, was ich sage.»

«Das ist ein absonderlicher Grund, Dinge niederzuschreiben, wenn ich das einmal sagen darf.»

«Ich bin so absonderlich wie blühender Klee im Winter», sagte Dirck.

Dies waren die letzten Worte, die Dirck zu mir sprach, denn es kamen Leute die Treppe herauf, und als Dirck sich zum Gehen anschickte, trat ihm ein Mann entgegen, bei dem es sich, wie ich später erfuhr, um den Sheriff handelte. Zwei weitere Männer begleiteten ihn, der eine ein Deputy, der andere ein Mann aus Utica mit Namen Babcock. Letzterer schien der Auslöser dieses Vorgangs zu sein, denn er behauptete, Dirck schulde ihm vier Dollar, den Gegenwert eines Hemdes und einer Krawatte, welche Dirck vor zwei Jahren von ihm geborgt und nie zurückgegeben habe. Will Canaday hörte den Disput und mischte sich ein, und ich zögerte zu gehen und hörte zu.

Hitzige Fragen wurden debattiert: Konnte der unbescholtene Dirck tatsächlich ein Dieb sein? Weshalb trat man erst jetzt an ihn heran und nicht bereits vor zwei Jahren? War Babcock ernst zu nehmen? War es der Sheriff? Dirck erbot sich, die vier

Dollar zu bezahlen, doch der Sheriff entgegnete, dies sei nicht mehr möglich, er müsse sich nach Utica begeben und sich dort wegen Bagatelldiebstahls vor Gericht verantworten. Will bot an, den doppelten Preis für Hemd und Krawatte zu bezahlen, doch der Sheriff ließ sich nicht umstimmen und befahl, Dirck die Treppe hinunterzuschaffen. Wir alle folgten ihnen hinaus auf die Straße, wo eine Droschke mit zwei weiteren Männern wartete. Einer dieser Männer trug einen auffällig herabhängenden Schnurrbart und war damit beschäftigt, ein langes Messer an einem Schleifstein zu wetzen, den er im Handteller hielt. Will deutete auf den Mann, rief: «Aaron Plum!», wandte sich sogleich an den Sheriff und erklärte ihm, Plum sei einer der Rabauken gewesen, die zwei Tage zuvor mit Steinen die Redaktionsfenster eingeworfen hätten und dann geflohen seien, als Will mit einem Revolver über ihre Köpfe gefeuert habe. Der Sheriff erwiderte, das sei Unsinn, der Mann habe sich ihm gegenüber ausgewiesen und sei ein Deputy-Sheriff aus Utica. Ich hingegen wußte, daß Will recht hatte, denn ich hatte Aaron Plum einmal im Fährboot von John dem Eber gegenübergestanden, als wir für ihn vier Kisten voller Pferdegeschirre von Troy nach Albany schafften. John hatte mir erzählt, die Geschirre seien Diebesgut, darum waren wir nächtens übergesetzt, um keine Zuschauer zu haben. Aaron Plums Namen kannte ich, weil er seinen Bruder Eli Plum dabeigehabt hatte, einen Schulkameraden von mir. Wir hatten Eli den Spitznamen «Peaches» verpaßt, nachdem man ihn dabei ertappt hatte, wie er einen Sack mit Pfirsichen vom Baum der Corcorans füllte.

All dies fiel mir wieder ein, als Aaron Plum und der zweite Mann von der Kutsche sprangen, Dirck grob an beiden Armen packten und ihn zu der Droschke zerrten, deren Tür der Sheriff öffnete.

«Mörder!» schrie Dirck. «Sie werden mich umbringen!» Worauf er auch schon kopfüber in die Droschke gestoßen wurde, und die Männer stiegen hinterher. «Sie wollen mein Buch! Rettet mein Buch!» schrie Dirck zu uns heraus, ehe die Droschke hinter demselben Gespann davonratterte, das ich in La Última's leblosem Auge erblickt hatte.

Und dann war Dirck unseren Blicken entschwunden.

Will machte kehrt und rannte die Treppe hinauf ins Büro zurück, ich hinterher. Als wir hereinkamen, sprang ein Mann auf, der sich hinter Dircks Schreibtisch geduckt hatte, und rannte die Treppe hinab. Will stieß einen Schrei aus und lief ihm nach, ich ebenso. Der Mann hielt Dircks Kladden umklammert, und als er über die Straße zu einer anderen wartenden Droschke rannte, stürzte er. Eine Kladde flog ihm aus der Hand und landete vor meinen Füßen, und sogleich hob ich sie auf. Als der Mann aufstand und sich nach mir umdrehte, sah ich sein Gesicht. Er hatte rotes Haar, schlecht gestutzte Koteletten, und der obere Teil seines linken Ohrs war entweder abgeschnitten oder abgebissen. Er starrte mich an, und ich nahm den Blick als Drohung. Doch hurtig näherte sich ihm Will, darum sprang der einohrige Einbrecher, Dircks zweite Kladde umklammernd, aufs Trittbrett der wartenden Droschke und hielt sich am Fenster fest, während sie davonraste. Ich blickte auf die Kladde in meinen Händen und sah, daß es diejenige war, in der ich Dircks Hieroglyphen studiert hatte.

«Gut gemacht, Daniel Quinn», sagte Will, und ich reichte ihm die Kladde. «Das ist ein schrecklicher Vorfall, ich muß das wieder in Ordnung bringen. Du wirst jetzt nach Hause fahren, und ich werde dich aufsuchen, sobald ich kann.» Er winkte einem seiner Drucker in weißem Kittel und schwarzer Melone, der auf- und abhüpfend in der kleinen Menschenmenge stand, die zusammengeströmt war. Will befahl dem Mann, dafür zu sorgen, daß ich zu Hillegonds Haus gebracht würde, dann schüttelte er mir die Hand.

«Du beförderst mehr Dinge, als dir bewußt ist, junger Mann», sagte Will, und dann begab er sich nach oben.

Der Drucker fand eine Mietdroschke und brachte mich zum Haus der Staats. Er sprach wenig während der Fahrt, doch fiel mir auf, daß er selbst jetzt noch auf seinem Sitz auf- und abhüpfte, ich jedoch nicht. Daraufhin sagte ich, ich hätte ihn schon in den Zeitungsräumen auf- und abhüpfen sehen, und wiederum in der Menschenmenge, und jetzt hüpfe er noch immer auf und ab. Ich wolle wissen, warum.

«Wegen meinem Hut», sagte der Drucker.

«Verstehe», sagte ich, und danach schwieg ich.

Im Herrenhaus erzählte ich meine Geschichte John dem Eber, doch machte sie so wenig Eindruck auf ihn, daß er mir befahl, Hillegond nicht damit zu behelligen, denn für ihren Sohn habe sie nichts übrig. Ich erwiderte, das könne ich kaum tun, nachdem ich mit angesehen hätte, wie man Dirck mit vorgehaltenem Messer entführt hätte. Weil ein Messer im Spiel war, stimmte John schließlich zu – was auf des Mannes Denkvermögen schließen läßt. Wir gingen ins Musikzimmer, wo Hillegond mit Maud beisammensaß und Magdalena lauschte, die Pianoforte spielte und eine Liebesballade sang:

«Henker, Henker, halte ein!
Nur für eine Weile.
Mein Vater scheint zu kommen dort,
Er nimmt die letzte Meile.
Vater, hast du Gold gebracht
Oder willst mich schützen vorm Leide?
Oder bist du gekommen, mich hängen zu sehn
Hoch oben an der Weide?»

«Tochter, ich habe kein Gold gebracht
Noch komm ich dich schützen vorm Leide
Ich bin gekommen, dich hängen zu sehn
Hoch oben an der Weide.»

Das Lied begann mir zu gefallen auf Grund seiner Botschaft: Sämtliche Verwandte des Mädchens erscheinen, um es hängen zu sehen, doch einzig sein Geliebter will es befreien. Maud und ich wechselten Blicke, und dann verkündete John der Eber, daß ich eine Geschichte zu erzählen hätte. Und ich erzählte sie.

«Dann steckt Dirck wahrhaftig in der Klemme, der arme Junge», sagte Hillegond, als ich fertig war. Sie stand auf und begab sich in den östlichen Salon, wo sie die beiden Porträts von Dirck im Alter von zwölf und neunzehn Jahren umdrehte. Mit zwölf war Dirck so rund wie ein Mehlknödel gewesen, mit neunzehn die Abgezehrtheit in Person – die beiden Porträts kündeten von seinen unwahrscheinlichen Fortschritten als Asket. «Er wird sich besser fühlen, wenn er weiß, daß sie richtig herum hängen», sagte Hillegond.

«Wie soll er denn das erfahren?» fragte Maud.

«Er wird meine Botschaft erhalten, wo immer er sich befinden mag», sagte Hillegond.

«Da die Familie in solchen Unannehmlichkeiten steckt», sagte Magdalena, «sollten wir lieber abreisen.»

«Ihr müßt nicht fort», sagte Hillegond. «Eure Gesellschaft ist mir doch eine Freude!»

«Wir sind schon viel zu lange geblieben», sagte Magdalena. «Dies ist eine so turbulente Zeit für dich. Und ich muß zurück zu meiner Arbeit am Theater.»

«Was geschieht mit Daniel?» fragte Maud.

«Nun, der wird mit uns kommen», sagte John der Eber. «Eine Gruppe wie die unsere braucht einen kleinen Packesel.»

«Dann hab ich ja gar keine Unterhaltung mehr», sagte Hillegond, die ihr neues Leben mit Rammeln, Musik, Mystizismus und Kindern dahinschwinden sah. «Ich werde verdorren», setzte sie hinzu.

«Unsinn», sagte Magdalena. «Erblühen wirst du. Und du wirst ein Ziel vor Augen haben, denn du wirst alles daransetzen, deinem Sohn zu helfen. Das Leben muß weitergehen. Wir waren sehr gern hier, trotz all der Todesfälle.»

Ich war bestürzt. Nichts schien irgendwo hinzuführen. Ich befand mich inmitten eines Wirbels aus Gewalt und Mysterien, Tragödien und göttlicher Raserei, der jeglichen Bemühens um Klarheit spottete. Nun spürte ich, daß mich eine körperlich zu empfindende Schwermut überkam, daß mein Körper und mein Hirn gleichermaßen ihrer Sicherheit verlustig gingen und in widrige Turbulenzen gerieten. Ich wußte, abgesehen davon, daß die Cholera meine Familie dahingerafft hatte, stellten die Erlebnisse der letzten Wochen den bedeutsamsten Abschnitt meines bisherigen Lebens dar, und dessen Herzstück war, und zwar in hervorstechender Weise, Maud. Nach nichts sehnte ich mich mehr als danach, sie zu beobachten, mit ihr zu reden, ihre

Hand zu berühren, ihren Mund zu küssen. Ich verspürte ein unheiliges Verlangen, gewisse Regionen unter ihren Kleidern zu erforschen, doch versagte ich mir derlei ungeschlachte Annäherungen, denn sie schienen mit Gewißheit zu Kalamitäten zu führen, denen ich nicht gewachsen war. In den folgenden Tagen hatte ich nur einmal Gelegenheit, mit Maud allein zu sprechen, bei einer Begegnung im Flur im Obergeschoß, vor dem Zimmer voller Spiegel.

«Vergiß ja nicht dein Versprechen, mich zu rauben», flüsterte sie in eindringlichem Ton. «Die Gelegenheit dazu wird sehr bald kommen. Ich muß mich aus der Hand dieser Leute befreien.»

«Aber wie soll ich das jemals schaffen?» sagte ich. «Ich finde ja nicht einmal einen Weg, in deine Nähe zu gelangen. Wo sollen wir hingehen? Und woher Geld nehmen? Es stimmt, was deine Tante sagte. Ich habe keinen Penny in der Tasche.»

«Du wirst es herausfinden müssen», sagte Maud.

Dann war sie verschwunden, und wir waren mit Abschiednehmen beschäftigt. In der Küche umarmte ich Capricorn und Matty, mit denen ich viel Zeit verbracht hatte. In der Eingangshalle übertrafen Magdalena und Hillegond einander mit eindrucksvollem Geschluchze, und als wir das Haus verließen, schob John der Eber verstohlen (doch mir entging es nicht) seine Hand hoch hinauf unter Hillegonds Rock, um sie dort zum Abschied noch einmal zu tätscheln. Magdalenas Schrankkoffer, Johns Koffer (den er von unserer alten Vermieterin geholt hatte) und die kleinen Reisetaschen, die Hillegond mir und Maud für unsere Habseligkeiten gegeben hatte, wurden in der Droschke verstaut.

Ich lehnte mich aus dem Droschkenfenster und warf einen letzten Blick auf das imposante Haus, der Trauer und Panik in meiner Brust aufsteigen ließ, doch ohne den von Aristoteles genannten kathartischen Effekt. Ich bemitleidete mich, weil ich nicht einmal davon träumen konnte, je wieder an so einem Ort zu leben, und auch wegen des Verlusts seiner Behaglichkeit, da ich nun wieder die Welt außerhalb seiner Pforten betrat. Und, dieweil dies Haus in der Ferne entschwand, ergriff mich eine schreckliche Angst vor John dem Eber, vor dem Unbekannten und davor, von neuem ein bettelarmer Waisenjunge zu sein.

Hillegonds Kutscher brachte uns zum Kai am Albany Basin, zur Mündung des Erie-Kanals, der auf Grund des wochenlangen warmen Wetters wieder geöffnet war. Hillegond hatte uns vorgeschlagen, aus Gründen der Zeitersparnis den Zug ins Hochland von Schenectady zu nehmen und uns dort an Bord des Postbootes zu begeben, wie es alle taten. Magdalena indes war dagegen, fürchtete hinter einer Lokomotive um ihre Sicherheit. Unser Endziel war Buffalo, doch unsere erste Zwischenstation sollte Utica sein, wo der Direktor des Opernhauses, wie Magdalena sagte, sie willkommen heißen würde, denn bei ihrem letzten Aufenthalt dort hatte sie zwei Wochen lang für ein ausverkauftes Haus gesorgt. Bald nachdem wir uns an Bord des Postbootes begeben hatten, spannten die Bootsleute die Maultiere an, und wir begannen unsere Reise gen Westen, im Salon mit einem halben Dutzend Holzfällern und Handelsreisenden zusammengepfercht. Ich bekam kein Bett ab, und John sagte, ich könne an Deck bei dem Maulesel schlafen, der als Ersatztier mitgeführt wurde. Einen Bericht über die trivialen Details der folgenden Stunden werde ich mir ersparen, denn sie waren ein Greuel. Es war mir verhaßt, wieder auf dem Kanal zu sein, verhaßt, daß man auf mich herabsah wie auf irgendeinen Hausiererjungen, einen jener stumpfsinnigen, nutzlosen Herumtreiber, die verdienen, was immer ihre betrunkenen Herren an Gurthieben, Tritten und Ohrfeigen austeilen, und auf die entweder das Zuchthaus, das Armenhaus oder ein früher Tod wartet.

Die Maultiere zogen das Boot voran, indes ich im stillen Pläne schmiedete, wie ich Magdalena und John dem Eber die kleine Maud rauben könnte. Ich malte mir aus, daß ich zunächst ein Pferd und eine Droschke stehlen, Maud geschwind an mich reißen und mit ihr über einen kiesbestreuten Kutschenweg entfliehen würde, sodann aufspränge, die Zügel ergriffe und hinausführe in die ersehnte Nacht der Freiheit, den auf keiner Landkarte verzeichneten Herausforderungen der Liebe entgegen. Wir würden uns vom Westwind tragen lassen, dem Flug der Wildgänse folgen und einander mit den erlesensten Herrlichkeiten überschütten, die heraufzubeschwören unsere jugendliche Vorstellungskraft fähig war.

Dieweil ich mich so hineinversenkte in meine Welt romantischer Träumereien, fiel ich in einen Schlaf, der sich aus Gründen, die ich meiner Flucht aus der Wirklichkeit zuschreibe, als betäubend erwies. Außerstande, mich zur Entführung Mauds durchzuringen, verdrängte ich den Gedanken daran selbst aus meinen Träumen und erwachte aus diesem komatösen Zustand im Angesicht der aufgehenden Sonne, auf festem Boden zusammengerollt. Ich lag am Rande eines Leinpfads, und was ich als erstes sah, war eine Wiese auf der einen, den Kanal auf der anderen Seite. Nirgendwo ein Kanalboot, keine Menschen und keine Behausungen, nur eine einsame Kuh neben einem kleinen Schuppen auf einem Feld in der Ferne. Meine kleine Kleidertasche lag neben mir, und obendrauf, in fettiges Zeitungspapier gewickelt, ein abgebrochenes Stück altbackenen Brotes: der Brotkanten, den mir John der Eber versprochen hatte. Langsam ging mir auf, daß ich einsam und verlassen war. Doch sehr viel härter traf mich die unerträgliche Erkenntnis: Während mein Plan, Mauds Entführung in die Wege zu leiten, gescheitert war, hatte der schurkische John sie mir geraubt.

In meiner Niedergeschlagenheit weinte ich und spürte, wie mir stachlige Kobolde in die Seele krochen. Ich schulterte meine Tasche und marschierte auf dem Leinpfad gen Osten, nicht wissend, in der Nähe welcher Stadt ich mich befand, allenfalls ahnend, daß ich mich unter dem Himmel aufhielt. Lastkähne, Maultiere, Pferde und Männer zogen vorüber, doch ich wollte mit niemandem zu schaffen haben. Ich schrie oder vermeinte zu schreien, sicher war ich mir dessen nicht. Da setzte ich an zu einem neuen Schrei, den ich ganz gewiß hören würde, doch sein Laut war belanglos für die aufgehende Sonne. Ich erstickte ihn und hob eine grüne Gerte vom Boden. Ich marschierte weiter, bis ich den richtigen Felsbrocken fand, und dann peitschte ich den Stein, bis die Gerte schlaff und zerfasert herabhing. Auch das war belanglos, und ich begann zu glauben, daß keine Tat und kein Gedanke meinerseits einen Widerhall auszulösen vermochten, der dem Gefühl gleichkäme, das Mauds Entführung in mir hinterlassen hatte.

Ich begann darüber nachzusinnen, was es zu bedeuten hatte, wenn man seine Liebe fand und sie einem dann entrissen wurde, stellte die Frage mit dem Hirn eines Fünfzehnjährigen und einem Körper, der neuerdings schandbaren Versuchungen ausgesetzt war. Immerhin vermochte ich sogleich zu erkennen, welch fruchtlosem Gedankenspiel ich mich da hingab. Wenn *meine* Lage trostlos war, wie war es dann um Mauds bestellt? Ich war wenigstens kräftig gebaut, männlichen Geschlechts, ungebändigt und fähig zur Selbsterhaltung, sie hingegen eine zerbrechliche und frühreife Träumerin in riskanter Lage. Wer würde sie vor der rituellen Unzucht bewahren, die ihrer harrte? Welcher Beschützerinstinkt in John dem Eber, diesem überwältigenden Priapus, würde sie vor den lebenslangen Attacken wildfremder Männer bewahren? Das Kind war nach meiner Einschätzung auf dem besten Weg, zu einem flittergeschmückten Schoß zu werden, zu einer Zaubermeisterin der Schönheit, die sich auf dem blutigen und einträglichen Bett massakrierter Jungfräulichkeit verschwendete.

Ich rief einen vorbeifahrenden Schiffer an, der mir sagte, ich sei zwölf Meilen von Schenectady entfernt, und als ich weitermarschierte, kam mir der Gedanke, Maud jetzt alles zu erzählen, was mir vor der Begegnung mit ihr zugestoßen war, all jene Ereignisse, die mich hingeführt hatten zu dem Augenblick, da ich ihr auf dem Fluß das Leben rettete. Vielleicht, so dachte ich, würde das, was ich Maud zu erzählen hatte, sie sogar in Utica erreichen; denn auf die gleiche Weise hatte Hillegond darauf vertraut, daß ihre Gefühle den entführten Dirck erreichten.

Als ich in Gedanken Maud und Dirck zusammenbrachte, ging mir auf, daß ich zweimal Zeuge eines Menschenraubs geworden war, und ich dachte, daß Dirck, Maud, ich und all die anderen nur Teile einer großen Maschine im Universum seien, die unermeßliche Macht erzeugte. Dieser Gedanke war mir wenig tröstlich, denn ich schien ein zu winziger Teil, um von irgendeiner Bedeutung zu sein. Männer wie John der Eber mit seiner Kraft, Will Canaday mit seinem Grips und seiner Zeitung, Dircks Entführer mit ihrem Streben nach dem Bösen waren die großen Einpeitscher, nicht wahr? Kinder wie ich warteten auf ihren Anteil an der Macht, bis sie an die Reihe kamen.

Dann aber sagte ich mir: Nein. Das Alter allein entscheidet nicht darüber, ob einer Macht ausübt, nicht einmal darüber, ob einer Kind bleibt. Meine Kindheit hatte an einem warmen Aprilmorgen des Jahres 1850 unter der aufgehenden Sonne am Ufer des Erie-Kanals ein jähes Ende gefunden. Hier und jetzt trat Daniel Quinn, vormals ein Junge, der weder Geborgenheit noch Freude kannte, ein Junge, geformt durch Feuer, Wasser, Eis und die noch unbegreiflichere Barbarei von Männern und Frauen – trat Daniel Quinn ein in die Kreatürlichkeit einer fortgeschritteneren Gattung: ein aufgeschrecktes junges Tier, allein auf sich gestellt, launisch und zornentbrannt, auf dem Weg zur Unerschrockenheit.

Dies ist die Kunde von meiner neuen Verfassung, die ich Maud durch den Himmel sandte:

Maud, ich beginne mit einem Vorfall, der sich einen Monat, bevor die Seuche zu wüten begann, zugetragen hat. Ein Fremder in abgetragenen Kleidern schlurfte gebeugt die Van Woert Street hinauf und brach auf Rhatigans Vortreppe zusammen. Die alte Lydie Rhatigan kam in ihrer Schürze heraus, den Besen in der Hand, und wollte ihn verscheuchen. Doch ein Blick auf ihn genügte, daß sie sich anders besann.

«Euch geht's nicht gut, wie?» sagte Lydie.

«Mein linkes Bein ist tot», sagte der Mann zu ihr. «Ich konnte keinen Schritt mehr gehen. Ihr könnt's gern mal anfühlen, wenn Ihr wollt.»

«Das werd ich tunlichst bleiben lassen», sagte Lydie.

«Der Tod kriecht in mich», sagte der Mann, und er rutschte herum, so daß sein Rücken nun am eisernen Treppengeländer lehnte und sein totes Bein über die unterste Stufe herabhing. Das rechte Bein streckte er entlang der Stufe aus.

«Eben kriecht er ins rechte Bein», sagte er. «Noch zwei Minuten, und es wird so tot sein wie das linke.»

«Was fehlt Euch denn?» fragte Lydie.

«Der Tod hat mich am Wickel.»

«Welcher Tod?»

«Der einzige, den's gibt.»

«Macht, daß Ihr weiterkommt. Seid Ihr auf einen Teller Essen aus?»

«Jetzt nicht mehr.»

«Nun, Ihr könnt hier doch nicht quer über der Vortreppe liegen!»

«Jetzt steckt er in beiden Armen», sagte der Mann, und sein linker Arm wurde schlaff. Mit der Rechten nahm er den Hut ab, unter dem eine Glatze zum Vorschein kam, und legte ihn auf die Stufe über sich.

«Mir wenigstens noch 'n letztes bißchen Sonne auf den Schädel scheinen lassen», sagte er, und sein rechter Arm wurde ebenso schlaff wie der linke.

Lydie ließ ihren Besen fallen. «Gott segne und erlöse uns», sagte sie.

«Ein Gebet ist ein Segen», sagte der Mann, «doch den Tod kümmert es nicht. Jetzt ist er im Magen. Und nun im Hals.» Er schloß die Augen. «In der Brust macht er sich nun breit», und er schlug die Augen auf, die so groß waren wie zwei Vollmonde. «Jetzt bin ich tot», flüsterte er, und tot war er, mit himmelweit aufgerissenen Augen.

Alle Welt hielt dies für einen Einzelfall. Erst als die anderen starben, wurde der Mann, der seinen eigenen Tod beschrieben hatte, als Träger wie auch als Vorbote der Seuche erkannt. Es war ein glühend heißer Sommer, die schlimmste Zeit dafür, eine Zeit, die den Tod fett macht. Ich arbeitete gegen Kost bei Emmett Daugherty, dem guten Freund meines Vaters, dem ich beim Umbau seines Schuppens und der Hintertreppe half. Emmett wohnte drei Meilen nördlich der Van Woert Street, auf Grund der Entfernung übernachtete ich bei ihm und war darum nicht zu Hause in der Woche, als der Tod zum erstenmal unsere Straße heraufmarschiert kam.

Bei den McNierneys, die uns gegenüber wohnten, starben in jener Woche binnen zwei Tagen vier; die vier anderen, die am Leben blieben, flohen, und bis heute weiß keiner wohin. Zwei verzweifelte Herumtreiber aus Vermont entdeckten das leerstehende und unverschlossene Haus der McNierneys (Pud McNierney hatte nicht einmal die Haustür hinter sich geschlossen, als er davonrannte), und sie gingen hinein, verhalfen sich zu Speis und Trank und nahmen die Betten in Beschlag. Drei Tage später starben sie beide darin.

Maud, ich will dir nichts von all den gräßlichen Säften erzählen, die aus dem Körper kommen, wenn ihn die Seuche befällt; du kennst sie wohl selbst. Doch beim Anblick solcher Dinge, die sich so oft wiederholten, packte jeden in der Stadt die Angst. Nicht wenige erinnerten sich an die Seuche von anno 32, an der vierhundert Einwohner Albanys gestorben waren, darum verrammelten die Leute ihre Türen, wagten sich nicht mehr hinaus und ließen keinen herein. Es wurden Vigilien abgehalten, und ein paar tapfere Seelen kamen heraus und hörten sich an, wie unsere Priester ihnen erzählten, die Leute stürben ihrer Sünden wegen. Ein Fremder stand auf und nannte den Priester einen Irren, weil er so etwas behauptete; nicht die Sünde, die Schweine seien es, die ungehindert in der Stadt umherstreunend die Cholera verbreiteten, rief er aus. Weit indessen kam er damit nicht. Sie zogen ihm mit einem Brett eins über, und still war er.

In der Zeit, als ich bei Emmett wohnte, erkrankte meine Mutter, und als ich heimkam, lag sie in Decken gehüllt im Bett und zitterte vor sich hin. Zwei Tage war sie bereits krank, und der Doktor gab ihr Veratrum auf Zuckerwürfeln. Das half gar nichts, auch nicht bei stärkerer Dosierung, darum verabreichte Pa ihr Kampfergeist, worauf sie sagte, nun gehe es ihr besser. Am selben Tag kehrte Pa von der Arbeit auf dem Holzplatz zurück (daß er zu Hause blieb, erlaubten sie nicht) und sah meine Schwester Lizzie unweit unseres Hauses mit dem Gesicht nach unten auf dem Pflaster liegen. Sie lebte, war indes sehr krank. Pa trug sie ins Bett und gab ihr sogleich den Kampfergeist, zusammen mit dem Veratrum. Das war an dem Tag, als ich von Emmetts Haus heimkam. Ich wachte nächtelang bei meiner Mutter und bei Lizzie, ohne selbst krank zu werden, obwohl ich noch heute nicht weiß, warum ich verschont blieb.

Wir hörten, daß weiter unten an der Straße geplündert würde; das war etwas Neues, weil sich seit der ersten Todeswelle keiner in die Nähe der Totenhäuser wagte; wer konnte schon mit Gewißheit wissen, welche Gegenstände nicht infiziert waren und mithin unbesorgt zu stehlen? Für manche indes ist die Verlockung der leichten Beute größer als die Angst vor dem Tod, und bald wurde jedes leere Haus zum Ziel maskierter und behandschuhter Diebe. Als meine Mutter davon hörte, befahl sie mir, unseren Vogelbauer zu holen, und ihn zu vergraben. Ich fragte sie, warum.

«Weil ich ihn aus Irland mitgebracht habe», sagte sie, «und weil so ein Vogelbauer mehr ist, als er vorgibt zu sein, doch darüber sollst du dir nicht den Kopf zerbrechen. Denk nur an meine Worte. Besieh ihn dir genau und bedenke, daß ein Wert in ihm steckt, der dir eines Tages von Nutzen sein kann. Gott weiß um diesen Wert. Nun lauf, Junge, tu, was ich dir sage, und erzähl niemandem, wo du ihn vergräbst.»

Der Bauer war leer. Als mein Vater seine vormalige Anstellung als Schwellenleger verloren hatte, gab er unserem gelben Vogel die Schuld, sagte, der habe ihm Unglück gebracht, und ließ das Tier zwischen den Bäumen davonflattern, obwohl wir den Vogel schon seit Jahren hatten. Meine Mutter weinte und stellte den Bauer in den Verschlag oben unterm Dach, zu den Koffern und Decken, die sie und Pa damals bei der monatelangen Überfahrt auf dem Schiff dabeihatten. Als Pa mich mit dem Bauer sah, wollte er wissen, was ich damit im Schilde führte. Ich erzählte es ihm, und er sagte: «Vergiß nicht, wo du ihn vergräbst, und deck die Stelle mit Laub zu, sonst sehen sie die frisch umgegrabene Erde und buddeln ihn aus.» Und dann sagte er: «Nimm dich seiner an, Junge, und er wird sich deiner annehmen.»

Als ich nach dem Vergraben des Käfigs zurück ins Haus kam, wachte Pa bei Ma und sagte zu mir: «Geh mal zu Lizzie.» Ich lief hinab in unser Zimmer und sah, daß sie von uns gegangen war. Pa hatte ihr einen Rosenkranz in die Hand gedrückt, doch auch der hatte ihr nicht geholfen. Ich besah sie mir eine Weile, ging dann hinauf in Pas Zimmer und setzte mich zu ihm, indes Ma zitterte und jammerte. Ich schleppte ihr Krüge mit heißem Wasser hinauf und rieb sie mit Kampfergeist ein, doch auch das brachte keine Besserung.

Als sie gestorben war, vergoß Pa keine Träne, aber sein Gesicht geriet aus den Fugen. Er konnte das Blinzeln und Zucken nicht im Zaum halten, nichts ausrichten gegen die Blässe und Konturlosigkeit der Trauer. Er ging den Priester holen, denn Ma war gläubig. Wenn es das Wetter erlaubte, war sie drei- oder viermal die Woche zur Frühmesse gegangen. Sie liebte ihre Religion und verstand sich gut mit dem Pfarrer. Pa indessen stellte fest, daß der Pfarrer selbst erkrankt war, nachdem er so viele Cholerakranke besucht hatte, deshalb brachte er nur Jigger Kiley und sein Fuhrwerk mit, das in jenem Monat in unserer Straße als Leichenwagen diente. Pa sagte, es gebe im Augenblick weder Messe noch Beerdigung für Ma; vielleicht später. Dann legte er sich nieder und wurde seinerseits schwer krank. Ich hielt Wache an seinem Bett und tat die gleichen sinnlosen Dinge für ihn, die ich für Ma getan hatte, bis auch er zu zittern begann und ohne ein Wort starb. Ich ging Emmett Daugherty holen, und er kam mit seinem Wagen, half mir diejenigen Dinge zusammenzupacken, die er für wertvoll hielt, und diejenigen, die ich behalten wollte. Wir schlossen das Haus ab, stiegen auf Jiggers Wagen, auf dem Pa lag, und luden Pa bei dem neuen Leichen-Depositorium nahe dem Zeughaus ab, denn so schrieb es das Gesetz vor. Das alte Totenhaus draußen beim Armenhaus war angesichts so vieler Leichen überlastet. Die Ratten fraßen sie auf, bevor die Arbeiter sie unter die Erde schaffen konnten.

Ich fuhr mit zu Emmett und verlebte den Sommer und den Winter in seinem Haus am Ufer des Kanals. Ich weinte viel um meine Schwester und die verlorenen Eltern und hörte auf, zur Kirche zu gehen. Ich konnte es nicht länger ertragen, all das Gerede über Christus. Ich mochte ihn ja, doch wer tat das nicht? Ich fühlte mich wie jener Fremde, der dem Priester sein Gerede von der Sünde nicht abgenommen hatte. Ich wußte nicht, was von den Dingen zu halten war, doch war mir klar, daß ich fortan für mich selbst handeln müßte, daß ich keine Zeit mehr hätte, ein Kind zu sein. Als Emmett im Frühling 48 hörte, ein Kanalschiffer namens Masterson brauche einen Helfer, ersuchte ich um die Anstellung und bekam sie, denn ich konnte nicht ewig auf Kosten der Daughertys leben. Die Ankunft von Emmetts Nichte aus Irland stand bevor, und Emmett selbst laborierte noch immer an dem Lungenleiden, das er sich bei einer Landkauf-Expedition mit dem Unternehmer und Forscher Lyman Fitzgibbon zugezogen hatte.

Ich dankte Emmett für seine Hilfe und dafür, daß er mich vor Unausdenklichem bewahrt und mich wie sein eigen Fleisch und Blut aufgenommen hatte. Er sagte, ich sei jederzeit willkommen, er werde meine Sachen aufbewahren, bis ich sie wiederhaben wolle, und dann arbeitete ich vier Monate lang auf dem Kanal bei Masterson, die schlimmsten meines Lebens. Er prügelte mich wie einen Hund und weigerte sich, mir Lohn zu zahlen. Ich lief fort, sobald die Gelegenheit, unbeschadet davonzukommen, günstig schien, und fand Arbeit auf dem Kahn von John dem Eber, bis er drei Monate darauf sank. Dann kaufte John das Ruderboot, und wir schipperten von Albany aus über den Fluß, Mensch oder Gut übersetzend, zwei Wasserratten, die zwischen Albany, Troy, West Troy und Greenbush alles und jeden überallhin beförderten.

Eines Tages erblickte ich dich auf unserem Fluß, wie du in Carricks Boot stiegst und wie es von jener Eisscholle gerammt wurde. Wir fuhren aus, um euch zu retten, ich bewahrte dich vor dem Ertrinken, und so lernten wir uns kennen. Ich war an Entbehrungen gewöhnt, nicht an den Zugewinn einer Schönheit wie der deinen.

Maud, ich grüße dich von Herzen.

Als ich nach Schenectady gelangte, bat ich einen Postkutscher, mich mitzunehmen, denn für die Eisenbahn hatte ich kein Geld. Dafür, daß ich ihm beim Verladen des Gepäcks half, ließ mich der Kutscher auf dem Dach der Postkutsche mitfahren. Ich zwängte mich zwischen die Seile, mit denen das Gepäck vertäut war, und wir holperten davon in Richtung Albany. Wir kamen an der Mautstraße heraus, die im Schlamm versank, und der Wagenverkehr vor der Stadt kam so langsam voran, daß ich absprang und meinen Weg zu Fuß fortsetzte. Zunächst dachte ich an mein Elternhaus, vor dem ich mich nicht geängstigt hatte, als meine Familie erkrankt war. Nun indes erschauderte ich beim Gedanken an eine mögliche Verseuchung und entschied, statt dessen Emmett Daugherty aufzusuchen.

Ich überquerte das Plateau im Westen der Stadt und schlug den Weg nach Nordosten ein, denselben, den die Viehtreiber nahmen, wenn sie die Herden zum Fluß hinuntertrieben und sie auf die andere Seite zu den Zügen nach New York und Boston schwimmen ließen. Emmetts Heim war ein einfaches

Häuschen, schlicht und behelfsmäßig. Er beabsichtigte, ein ordentliches Haus zu bauen, sobald er heiratete, doch damals war es noch die schlichte Holzhütte, und als ich mich näherte, sah ich seine Nichte Josephine Daugherty vorn im Hof die Hühner füttern.

Sie warf mir scheele Blicke zu, bis ich ihr meinen Namen nannte; da sagte sie, ihr Name sei Josie, und sie habe schon von mir gehört. Josie war eine kleine Rothaarige von fünfundzwanzig Jahren mit mehr Sommersprossen auf Nase und Kinn, als einer Frau aufgebürdet werden sollten. Ein Greenhorn, erst vor ein paar Monaten aus Clonmel herübergekommen, und sie führte Emmett, der seine Lungenkrankheit überwunden hatte und wieder für den alten Fitzgibbon in dessen Eisenhütte in Albany arbeitete, den Haushalt. Sie lud mich ins Haus zum Tee, setzte mir kaltes Huhn und Kartoffeln vor, und ich war froh darüber. Ihre Gegenwart ließ zweifelsohne darauf schließen, daß für mich kein Bett im Hause frei war, und aus diesem Grunde würde ich Geld brauchen. Da kam mir wieder der Vogelbauer in den Sinn, der meinen Eltern soviel bedeutet hatte. Mir fiel unser abgebrochener Spaten ein, den ich bei Emmett gelassen hatte, und daß mir der als Werkzeug zum Ausgraben des Käfigs genügen würde.

«Wirst du mir Gesellschaft leisten, bis Emmett von der Arbeit heimkommt?» fragte mich Josie, und ich sagte nein, ich müsse weiter und mir etwas holen, das ich zurückgelassen hätte.

«Draußen bei unseren Sachen, die in eurem Schuppen untergestellt sind, hab ich auch einen alten Spaten mit abgebrochenem Griff», sagte ich. «Ich hab nämlich was zu graben.»

«Willst du einen Garten umgraben?» fragte sie.

«Nein.»

«Dann willst du wohl Asche schaufeln oder dergleichen.»

«Nein.»

«Du willst nicht sagen, was.»

«Nein.»

«Dann will ich dir nicht weiter dumme Fragen stellen», sagte sie und verließ hastig das Zimmer. Das tat mir leid, aber es ging sie nun einmal nichts an. Ich trat zur Hintertür hinaus, fand den Spaten, nahm ihn mit zurück ins Haus und zeigte ihn Josie, die wieder im Lot schien. Ihr Gesicht war rund und ihre Stirn niedrig, was ich seither stets mit Neugier in Verbindung bringe. Nichts an ihr war schön, und insgeheim wettete ich darauf, daß sie nie heiraten würde. Sie war nicht klug, wie Maud, und Maud war schön und ganz und gar nicht neugierig.

«Ich gehe jetzt», sagte ich zu ihr. «Eines Tages werde ich wieder hereinschauen und warten, bis Emmett nach Hause kommt.»

«Du bist zu jung, um alleine auf der Straße zu sein», sagte Josie.

«Es gibt jüngere als mich auf der Straße», sagte ich.

«In Irland ist es nicht anders. Eine trostlose Zeit für Kinder.»

«Ich fühle mich nicht mehr als Kind.»

«Na, sind wir denn schon richtig erwachsen?»

«Das dürften wir schon sein», erwiderte ich.

Josie machte mir zwei Sandwiches, und es war vier Uhr nachmittags, als ich sie verließ, ein klarer und sonniger Tag mitten im April, doch es begann kühl zu werden in dieser Stunde vor Sonnenuntergang. Ich wollte den Einbruch der Dunkelheit abwarten, bevor ich den Bauer ausgrub, mich indessen zuvor unserem alten Haus nähern, mir sein Bild einprägen und ihm für immer Lebwohl sagen.

Ich ging die West Troy Road entlang in Richtung Stadt, und als ich mich der Van Woert Street näherte, sah ich mich vor die Wahl gestellt: mich entweder von hinten über unseren Hügel und zwischen den Bäumen hinab an unser Haus heranzupirschen, oder einfach die Straße hinaufzugehen und womöglich alten Nachbarn zu begegnen. Woher die Menschenscheu? Vielleicht daher: daß ich, einsamer denn je zuvor in meinem Leben, nicht alten Nachbarn über den Weg laufen wollte, nicht einmal Jungen in meinem Alter, mit denen ich eng befreundet war. Ich war so fern von alldem, was ein Heim ausmacht, daß ich mich nach einer Verschärfung meiner Verbannung sehnte. Ich glaube, ich machte einen Bogen um meine Freunde, weil ich Angst davor hatte, was die Nähe zu ihrem behaglichen Zuhause in mir auslösen mochte: Wut vielleicht oder Neid, oder gar das Verlangen, sie zu bestehlen. Im Näherkommen sah ich ihre Dächer und Schornsteine, Hintertüren und Fenster, sah Gallaghers lahmen Gaul im Hinterhof von Carneys Wirtsstube angebunden, wo mein Vater früher gerne einen gehoben hatte. Ich sah den Lebensmittelladen des einarmigen Joe Sullivan. Ich wandte mich von all dem fort und näherte mich nunmehr der Straße von der Rückseite jenes Hauses her, in dem Mulvaneys Witwe wohnte, deren Mann Ziegen gezüchtet hatte, ehe er sich mit einer Lebedame davongemacht und durch übermäßige Wollust den Tod gefunden hatte.

Als ich dann schließlich auf die Straße trat, erblickte ich unser Haus. Das Geländer der Vortreppe war an einer Seite herabgefallen, alle Fensterscheiben zur Straße hin zerbrochen. Hohes Gras wuchs entlang der Mauern und in den Ritzen zwischen den Schieferplatten des Gehsteigs. Ich hatte gehört, unser Vermieter sei an der Cholera gestorben, und seit wir es verlassen hätten, habe sich kein Mensch mehr um das Haus gekümmert. Das Lähmende, das diesem Ort anhaftete, und das Fehlen jedes Lebenszeichens verbreiteten eine öde Aura der Isolation, und heute frage ich mich, ob ich selbst nicht die gleiche Aura verbreitete, als ich auf das Haus zuging.

Kaum war ich auf dem Pfad von Mulvaneys Haus zu unserem, als ich Peaches Plum erblickte. Er hatte einen seiner Brüder dabei, und sie sahen einander so gleich wie zwei Pfirsichkerne: beide mager und blond, beide ohne Schuhe. Sie umschlichen unser Haus, auf Beutezug, so denke ich, zu spät indessen für ein solches Unterfangen, wenngleich Fledderer mit echtem Unternehmergeist stets an die Bodenlosigkeit von anderer Leute Bodensatz glauben. Sie sahen mich näher kommen, und Peaches rief mich beim Namen.

«Duuu! Gegraben haste!» sagte er.

«Nein», sagte ich.

«Wieso schleppste dann den Spaten mit dir rum?»

«Weil's meiner ist.»

«In *euerm* Haus is sowieso nix», sagte Peaches.

«Nach dem Tod meiner Leute haben wir die meisten Sachen

rausgeholt», sagte ich, «und nichts dagelassen, was auch nur einen Penny wert wäre.»

«Bist 'n Widerling», sagte Peaches. «'n kleiner Klugscheißer.»

«Denk, was du willst, Peaches», sagte ich, machte einen Bogen um ihn und ging zum Haus.

«Willste mit dem Spaten da irgendwo graben?» sagte er.

«Nee, den hab ich nur so dabei», sagte ich.

«Wozu soll 'n abgebrochener Spaten gut sein? Will mir das Ding mal ansehn.»

«Laß den Spaten in Frieden, Peaches», sagte ich und hob einen Stein von der Größe einer Kartoffel auf. «Und laß auch *mich* in Frieden. Ich komm dir nicht in die Quere, also bleib auch du mir von der Pelle.»

Vor Steinen hatte Peaches Respekt. Er und sein Bruder (wir nannten ihn Outa) starrten mich unverwandt an und hoben ihrerseits Steine auf. Ich behielt Peaches im Auge und hob eine zweite Kartoffel auf, die ihm doppelten Respekt vor mir einflößte. Peaches nickte mir zu und grinste. Dann wandte er den Kopf zu Outa hin, und sie trollten sich und ließen mich allein mit meinen Steinen in der Hand. Ich blieb stehen, wo ich war, denn ich wußte, sie würden zurückschauen, alle beide, und das taten sie auch, denn Vorsicht ist besser als Nachsicht.

Endlich waren sie fort; ich ließ die Steine fallen und ging dorthin, wo ich den Bauer vergraben hatte: zu dem hinter dem Haus gelegenen Gehölz aus Ulmen und Zedern, die hoch hinaus geschossen und dank der Tugend ihrer Geselligkeit so miteinander verwachsen waren, daß darunter ein kleines, doch liebreizendes Plätzchen mit Schatten und zeitweiligem Sonnenschein sowie einem fast tropischen Gewucher pflanzlichen Lebens entstanden war. Eine faustgroße Wasserfontäne sprudelte auf halber Höhe aus dem steilen Hügel, der das Haus gegen den Nordwind abschirmte, und sickerte dann hinunter in den Hain. Dies war eine Quelle, die ich als kleiner Junge entdeckt hatte und als mein Eigentum betrachtete, und ihr Wasser schmeckte geheimnisvoll und süß nach dem schweigenden Gestein im Mittelpunkt der Erde.

Ich ging hin und trank von dem klaren, kalten Naß, spülte mir den Staub der Straße aus dem Mund, saß dann im schwindenden Licht im Hain und wartete den Schutz der Dunkelheit ab. Als mir der Mond Licht zum Arbeiten spendete, grub ich den Bauer aus, der meinen Eltern so unerklärlich viel bedeutet hatte.

Ich besah ihn mir im Licht des Mondes, vermochte indes über seine Form hinaus nichts Außergewöhnliches an ihm zu entdecken. Ich wußte nicht zu sagen, ob er vom Liegen unter der Erde verrostet war oder ob ihn das Erdreich nur verfärbt hatte. Ich sehnte mich nach einem Licht, noch mehr indessen nach einer Behausung, um der Kälte zu entrinnen, die mir in die Knochen kroch. Fortwährend sah ich auf den schwarzen Schatten unseres verlassenen Hauses und wurde tapfer genug, es mit meiner Angst aufzunehmen. Hatte ich nicht schon die Glut der Seuche in diesem Hause überlebt? Würde ich jetzt nicht auch ihre kalte Asche überleben?

Ich hob meinen Spaten, mein Bündel und den Vogelbauer auf und betrat durch die Hintertür neuerlich jenen Circus Maximus, in dem meine Familie unter meinen Augen den Kampf ums Leben verloren hatte. Ich verschloß sämtliche Türen vor der Nacht, fand die Küchenfenster unversehrt und richtete mir den Raum zum Schlupfwinkel her. Ich zündete eine Kerze an, die ich aus meinem Bündel holte, und stellte den Bauer daneben auf den Boden. Eben wollte ich von dem Proviant essen, den Josie mir mitgegeben hatte, da erblickte ich im Widerschein der Kerze mein Spiegelbild im Fenster. Ich sah dort einen Körper und ein Gesicht, die ich kaum kannte. Ich war zu groß für meine Kleider und dreckig wie ein kleiner Bengel, indes kein kleiner Bengel mehr. Mein Antlitz war mit einem Ruck dem pummeligen Jünglingsalter mit seinen plausiblen Erwartungen entwachsen. Dies, so sagten mein Mund und die Augen, ist ein Luxus, der deiner Vergangenheit angehört.

Ich setzte mich neben den Vogelbauer und besah ihn mir genauer. Die schlanken Stäbe hatten Rost angesetzt, desgleichen die schwere Platte, die als Boden diente. Ich ließ die Kerzenflamme nach seinem Geheimnis forschen, konnte aber keines finden. Als ich den Bauer durch die Hände gleiten ließ, sprangen zwei der verrosteten Stäbe ab.

Was sollte ich mit einem so wertlosen Objekt anfangen? Worin lag seine Bedeutung? Ich starrte es an, dieweil ich ein Sandwich verzehrte. Ich fragte mich, ob mein Vater und meine Mutter den Bauer zum Talisman erhoben und ihm die Werte der Menschen aus Clonmel, Cashel und jenen Städten in Mayo und Tyrone aufgebürdet hatten, wo die Familie herstammte. Meines Vaters Leben war seit seinem zweiten Lebensjahr kummervoll gewesen; da war sein Vater nach Amerika durchgebrannt. Als Pa selbst hierher kam, unternahm er nie einen Versuch, ihn zu finden. Vielleicht war Pa mit einem Vogelbauer anstelle von Erinnerungen gekommen, doch wenn dem so war, dann waren seither Jahre vergangen und jeglicher Wert dieses rostigen Überbleibsels auf dem Boden neben mir gewiß längst dahin. Meine Eltern selbst lebten nicht mehr, hatten ihr Geheimnis mit ins Grab genommen, und der Rest dessen, was sie einst als wertvoll erachtet hatten, war verkörpert in mir, diesem Wicht, der wie ein Stäubchen durch die Zeit dahintrieb in Erwartung des nächsten Hiebes, der ihn zu Boden strecken würde.

Mit einem knisternden Zischen erlosch meine Kerze; ich bettete den Kopf auf mein Kleiderbündel und dachte beim Einschlafen an kühles, linderndes Wasser. Ich erwachte durch ein Geräusch, sah, daß es hell geworden war und daß eine Gestalt vom Küchenfenster forthuschte. Ich fuhr hoch, sammelte sogleich meine Habseligkeiten ein, um hinauszugelangen, doch schon ging die Küchentür auf, und Peaches und sein Bruder kamen hereinspaziert, beide mit Knüppeln in der Hand.

«Ich hab gesehn, wo du gebuddelt hast», sagte Peaches und sah sich im Raum um. «Du hast den Käfig da ausgebuddelt», und er hob ihn hoch und betrachtete ihn. Er sah jetzt noch wertloser aus als bei Kerzenlicht.

«Der hat meiner Mutter gehört. Ich wollte ihn noch einmal sehen.»

«Ich glaub, den nehm ich mal mit.»

«Nimm ihn», sagte ich. «Der ist keinen Penny wert. Ich wollte ihn grad dort lassen, wo er steht.»

Peaches öffnete die Käfigtür, und ein Scharnier brach ab. Er brummte und ließ ihn fallen. Dabei löste sich der Boden.

«Ich weiß noch, wie mein Vater ihn vergraben hat», sagte ich. «Ich dachte mir, er könnte vielleicht einen Beutel voll Geld reingesteckt haben.»

«'n Beutel voll Geld? Davon könnt ich gut was gebrauchen.»

«War kein Geld drin. Wenn du in diesem Haus irgendwo Geld findest, geb ich dir die Hälfte ab.»

Outa Plum kippte den Inhalt meiner Tasche auf den Küchenboden: Kleider, Kerzen, Streichhölzer, ein Sandwich und einen Handschuh, der Maud gehörte.

«Du hast überhaupt kein Geld», sagte Peaches.

«Nichts.» Zum Beweis stülpte ich meine Taschen um.

«Dann nehm ich eben diesen Käfig», sagte Peaches und hob ihn auf.

«Nimm ihn. Das einzige, was du nicht nehmen darfst, ist mein Spaten. Ist 'ne Menge Geld wert, dieser Spaten. Mein Daddy hat ihn benutzt, um das Grab von Andy Jackson auszuheben. Die Leute werden mir 'n Haufen Geld dafür bezahlen, wenn sie hören, daß damit ein Präsident der Vereinigten Staaten begraben wurde.»

Peaches ließ den Käfig fallen und hob den Spaten auf.

«Dann nehm ich wohl besser den alten Spaten hier», sagte er.

«Hey, den kannst du nicht nehmen», sagte ich und ging auf ihn zu. Er drohte mir mit dem Spaten, und Outa erhob seinen Knüppel.

«Ich sag's jemandem», sagte ich. «Ich werd's deinen Eltern erzählen.»

Peaches und Outa grinsten. «Nur zu», sagte Peaches. «Erzähl's ihnen.»

Sie gingen rückwärts zur Tür hinaus und rannten mit ihrem Beutestück davon. Ich hingegen grinste und packte meine Sachen wieder in den Sack. Ich sah den Vogelbauer an. Ein wertloses Ding, trotzdem brachte ich es nicht übers Herz, ihn hier zurückzulassen. Als ich ihn aufhob, klappte das abgebrochene Unterteil noch weiter herunter, und ich sah, daß der Käfig einen doppelten Boden hatte. Ich zog das Oberteil weg und entdeckte darunter eine kreisrunde Metallscheibe, auf der ein seltsames Trompe-l'œil zu erkennen war. Erst sah man einen schreienden Mund mit bösartigen Augen, dann einen drolligen Welpen mit knolliger Nase und winziger Schnauze. Je nachdem, wie das Licht auf die Augen fiel, waren sie entweder glasig, traurig oder hypnotisch. Mir blieb keine Zeit, mich länger mit der Scheibe zu befassen, denn ich fürchtete, Peaches würde seine Meinung über den Spaten ändern. Doch war ich der Auffassung, daß die Scheibe auf eine Weise wertvoll war, die es erst noch zu verstehen galt. Sie war mit nichts vergleichbar, was ich je gesehen hatte. Vielleicht war es eine Servierplatte. Sie mochte aus Gold oder Silber sein, denn sie war frei von Rost. Selbst wenn es kein wertvolles Metall war, so hatte sie doch ihren Wert als betrachtenswerter Gegenstand. Ich steckte sie in meinen Sack und verließ das Haus, erfüllt vom brandneuen Glauben an jenes Unbekannte, das ich auf dem Boden eines Vogelbauers gefunden hatte.

Daß sich ein Geheimnis nur denen flugs enthüllt, denen es an der Phantasie fehlt, es fortbestehen zu lassen, ist eine Tatsache, die mir in aller Deutlichkeit klarwurde, als ich zu dem Schluß kam, meine jüngst gefundene Scheibe mochte einst eine Servierplatte für Kartoffeln gewesen sein.

«Kartoffeln?» rief Will Canaday. «Aber für Kartoffeln ist sie doch zu klein. Zudem ist sie platt wie ein Penny. Sie würden runterrollen!»

Ich sah ein, daß Will damit recht hatte, und das Geheimnis der Scheibe blieb weiterhin ein Rätsel. Dieses Rätsel hatte mich, im Verein mit meiner Niedergeschlagenheit und dem sehnlichen Wunsch, dem Fluß und dem Kanal für immer den Rücken zu kehren, eine Stunde zuvor beim Verlassen der Van Woert Street zu einer Tagträumerei veranlaßt. Du weißt nichts, so begann der Tagtraum. Du bist ein bettelarmer, ungebildeter Waisenknabe, der glaubte, der Mexikanische Krieg wäre in Kanada ausgefochten worden, und du hast dir von John dem Eber deinen wertvollsten Besitz rauben lassen. In irgend etwas bist du allen unterlegen, selbst Peaches Plum, der sich mit Diebereien und Raufhändeln besser auskennt als du. Quinn, wann wirst du weise, oder auch nur gescheit?

Bei dieser Frage waren mir Wills Worte beim Abschied in Hillegonds Haus wieder eingefallen: «Wenn dich die Bildung reizt oder das Geistesleben, dann komm zu mir.» Und so hielt ich denn in meinem Traum von der Unwissenheit die *Albany Chronicle* für die Quelle der Erleuchtung, sowohl hinsichtlich der Scheibe als auch hinsichtlich meiner Zukunft.

Will arbeitete; er saß ohne Jackett, die Hemdsärmel aufgerollt, in seinem Büro und schrieb gerade einen seiner Leitartikel über die Entführung von Dirck Staats, die ihm landesweite Aufmerksamkeit einbringen sollten. Er schrieb eine Seite zu Ende, warf das Blatt in eine Ablage, auf der «druckfertig» stand, und dann fiel sein Blick auf mich, und echte Überraschung stand ihm ins Gesicht geschrieben.

«So schnell zurück?» sagte er.

Ich erzählte ihm sogleich, daß man mich vom Kanalboot abgesetzt hatte.

«Wer sollte so etwas tun?»

«Es muß John der Eber gewesen sein.»

«Dieser Mann ist ein Schuft.»

«Ich glaube, es wird mir schwerfallen, ihm das zu verzeihen.»

«Mir ebenso», sagte Will. «Doch wichtiger ist, was machen wir mit dir? Wenn du die *Chronicle* auf der Straße verhökern willst, bist du willkommen und kannst bei den anderen verwaisten Zeitungsjungen wohnen, oben im zweiten Stock.» Er deutete mit dem Finger zur Decke.

«Das wäre gut», sagte ich und wähnte mich bereits gerettet. «Doch ich glaube, mich reizt das Geistesleben. Wäre mir das als Zeitungsjunge beschieden?»

«Das Geistesleben?» fragte Will höchst belustigt. «In diesem Fall machen wir besser einen Reporter aus dir.»

«Worüber würde ich da berichten?»

«Über das Wesen der Dinge», sagte Will. «Erscheint dir das als ein passendes Thema?»

«Über das Wesen welcher Dinge?»

«Aller Dinge.»

«Das klingt, als wäre es ein bißchen mehr, als ich verkraften kann.»

«Ach was. Ehe du dich versiehst, wirst du Experte in allem und jedem sein, wie die anderen Reporter auf dieser Welt auch.»

«Wann soll ich beginnen?»

«Warum nicht gleich jetzt? Hast du etwas im Sinn, worüber du berichten willst?»

«Ich könnte über meine Scheibe berichten», sagte ich, und

ich fischte sie aus meinem Sack und erzählte Will meine Geschichte. Seine Erwiderung auf die Sache mit den Kartoffeln habe ich bereits zum besten gegeben, mir indessen fielen dazu die Geschichten meiner Eltern über die schlechten Zeiten in Irland und die winzigen Kartoffeln ein, die da auf dem Tisch gestanden hatten, sofern es überhaupt Kartoffeln gab, indes Will, wie ich vermute, wohl eher an den Riesenwuchs der amerikanischen Kartoffel dachte. Will fuhr mit den Fingerspitzen über die Platte. «Scheint Bronze zu sein», sagte er. «Sehr alt, und zudem sehr hübsch. Haben deine Eltern die aus Irland?»

«Anzunehmen», sagte ich. «Außer Albany ist das der einzige Ort, wo sie je gelebt haben.»

«Möglicherweise ist sie ein Werk der Wikinger oder gar der Römer. Jedenfalls vermute ich, daß sie allerhand Geld wert ist.»

«Ist Bronze Geld wert?»

«So geformt schon.»

«Wer würde denn so eine alte Platte kaufen?»

«Ein Museumskurator oder einer, der Relikte aus alten Zeiten wertschätzt.»

«Meine Eltern würden nicht wollen, daß ich sie verkaufe. Sie sagten, sie werde sich meiner annehmen.»

«Ja», sagte Will und verlieh mit einem geduldigen Lächeln seiner Langmut im Angesicht der Dummheit Ausdruck. «Ich weise jedoch darauf hin, daß auch Geld ein Mittel sein kann, sich eines Menschen anzunehmen.»

«Warum haben meine Eltern sie dann nicht verkauft? Sie hatten doch nie Geld.»

«Gute Frage», sagte Will, ein wenig irritiert, «und die mußt du dir selbst beantworten. Daniel, sei unbesorgt. Wir werden dein altes Stück nicht gegen deinen Willen verkaufen. Doch mußt du es sicher verwahren. Du kannst es nicht in diesem Sack herumtragen.»

«Ich könnte es wieder vergraben.»

«Es gibt reinlichere Methoden, Dinge aufzubewahren», sagte Will. «Fürs erste kannst du die Scheibe in unseren Tresor legen, wenn dir das genehm ist.»

«Sehr genehm», sagte ich. «Aber ich glaube, ich möchte

nicht gern da oben im zweiten Stock wohnen. Ich habe auf dem Kanal unter Waisen gelebt, und die haben mich bestohlen und sich fortwährend um alles gezankt. Lieber würde ich bei Mrs. Staats wohnen, wenn es Euch recht ist.»

«Mir ist das ganz einerlei», sagte Will, wiederum belustigt, «doch ich weiß nicht, wie Mrs. Staats darüber denken wird.»

«Ich würde für mein Logis arbeiten», sagte ich.

«Für mich arbeiten und zugleich für dein Logis?» sagte Will.

«Ich brauche nicht viel Schlaf», sagte ich.

Will übte Nachsicht und sagte, er werde mit mir zu Hillegond fahren. Er legte meine Platte in seinen Tresor, bat mich, sie nicht mehr Platte zu nennen, und gab mir dann einen Band alter Ausgaben der *Chronicle* zu lesen, indes er seine Arbeit abschloß. Er zeigte mir, was er und andere über Dirck geschrieben hatten. «Wenn du beabsichtigst, bei Mrs. Staats zu wohnen», sagte er, «solltest du lieber wissen, wie es um ihren Sohn bestellt ist.»

Die Meldung von Dircks Entführung war in Wills Blatt zunächst unter der Rubrik *Lokale Ereignisse* erschienen, in geraffter Form, dergestalt, wie auch ich sie bereits geschildert habe. Doch hatte Will sich darüber hinaus die Freiheit genommen, dem Sheriff Aufsässigkeit vorzuwerfen, und schrieb, er habe vor, den Fall mit äußerster Faktentreue zu verfolgen und «das Dunkel aufzuhellen, das hinter dieser finsteren Tat liegt». Gleichfalls schrieb er, daß Dirck nie in Utica angekommen, seine Festnahme ein Schwindel und Aaron Plum ein dreifach (durchweg wegen schwerer Körperverletzung) angeklagter Verbrecher sei, woraufhin man Plum steckbrieflich suchen ließ. Der Sheriff wurde seines Amtes enthoben, doch keines Verbrechens angeklagt, und war aus seiner Wohnung verschwunden. Alles in allem stand Dirck Staats' Fall gleichsam über Nacht für Gewalt, Verdunkelung und mysteriöse Unerklärlichkeit.

Will schrieb zunächst nichts von Dircks Kladden, obgleich sie von großer Bedeutung schienen, und ich begann die Macht des Wortes zu begreifen, welches diese simple Verschleppung eines Mannes in ein Ereignis verwandelte, das die Flugbahn des Pfeils der Geschichte veränderte. Ich fragte Will nach Dircks Buch, und wann er es veröffentlichen werde.

«Ich würde es morgen in der Zeitung abdrucken», sagte er, «doch keiner kann es lesen ohne den Schlüssel zu Dircks Kode, und den haben wir noch nicht gefunden.»

Nach dem Kode hatte man in der Redaktion fieberhaft gesucht, auch bei Dircks Freunden, an den Örtlichkeiten, die er frequentierte, in den Räumen, die er bewohnte, und im Hause der Staats. Es war nichts gefunden worden.

Ich beendete meine Lektüre, als Will in Mantel und Hut erschien, sagte, es sei Zeit, Hillegond aufzusuchen, und draußen auf der Straße eine vorüberfahrende Droschke anhielt. Ich erwartete den Anblick des herrschaftlichen Hauses so erregt und bewegt, als kehrte ich, die willfährige Armut meines vormaligen Selbst nun gänzlich verwandelt von meiner Vision bevorstehenden Wohllebens, nach Hause zurück.

Als wir den Kiesweg der Zufahrt entlangrollten, dachte ich mir, die Pracht dieses Hauses werde gewiß von nichts auf der Welt übertroffen, und obgleich ich unterdessen berühmtere Bauwerke gesehen habe, Versailles und die Alhambra beispielsweise, hat sich meine Ansicht über die einzigartige Schönheit und erstaunlich vielgestaltige Bauweise des Staatschen Anwesens nicht geändert.

Capricorn öffnete auf unser Klopfen, sagte, Hillegond weile bei einem Besucher im östlichen Salon, und meldete ihr dann unsere Ankunft. Und schon kam sie, bar der hellen Farben, die sie sonst zu tragen pflegte, statt dessen in ein schiefergraues Kleid mit schwarzem Spitzenschal gehüllt, ihr Trauergewand beim Verlust von Anverwandten. Ihr Antlitz war eine würdevolle Maske, doch als sie mich erblickte, hellte sich ihre Miene auf und sie schloß mich in die Arme.

«Master Daniel», sagte sie und begrub mich in der Fülle ihres Busens. «Warum bist du hier, und wo sind die anderen?»

«Fort», sagte ich. «John der Eber hat mich unterwegs, während ich schlief, vom Postboot abgesetzt; da bin ich nach Albany zurückgewandert.»

«Eine abscheuliche Tat», sagte Hillegond, doch wußte ich, daß sie mit sich selber uneins war, was John und seine Taten anbetraf.

«Der Junge will hier bei Euch bleiben», sagte Will.

«Nun, das kann er gern», sagte Hillegond, und ich sah meine Zukunft in den schillerndsten Regenbogenfarben. Vor wenigen Stunden erst hatte ich mein todgeweihtes Elternhaus verlassen, um nun in diesen imposanten Hort des Lebens einzuziehen.

«Ihr zwei kommt eben rechtzeitig, um bei meiner Magnetisierung zuzusehen», sagte Hillegond mit einem Überschwang, der ihrer düsteren Stimmung zuwiderlief. «Es ist ein sehr gewagtes Unterfangen.»

Sie führte uns in den Salon, und ich sah die beiden nach vorn gekehrten Porträts von Dirck mit leuchtend rotem Band drapiert – rot war in Hillegonds spirituellem Spektrum die Farbe des Beschützens. Ein Mann um die dreißig mit einer schmalen Bartkrause, die vom einen Ohrläppchen zum anderen reichte, während der Rest seines Gesichtes glattrasiert war, erhob sich, um uns zu begrüßen.

«Und das ist Maximilian Schiffer», sagte Hillegond. «Er ist ein hervorragender Magnetiseur. Er hilft mir, Dirck zu finden.»

Maximilian schüttelte uns beiden steif die Hand und erkundigte sich dann grimmig bei Hillegond: «Sollen Besucher bei Experiment zugegen sein? Zuschauer können ablenkenden Einfluß haben.»

«Sie werden nicht stören», sagte Hillegond. «Für diesen Mann hier hat mein Sohn gearbeitet, und dieser Junge war einer der letzten, die ihn vor seiner Verschleppung gesehen haben.»

Daraufhin nickte Max, womit der gesellige Teil unseres Besuches beendet war. Er nahm ein einzelnes Blatt Papier vom Tisch vor Hillegond und reichte es ihr.

«Das an Seite von Kopf halten. Ihr werdet es mit Ohr lesen, wenn ich Euch sage.»

«Mit dem Ohr?» fragte Will.

«Richtig», sagte Max säuerlich.

«Maximilian ist ein weltbekannter Phrenomagnetiseur», sagte Hillegond. «Er hat die Höcker an meinem Schädel untersucht und behauptet, der hinter dem Ohr verleihe mir die Gabe der Vision. Er ist sich gewiß, daß ich imstande sein werde, Dirck zu sehen, indem ich sein Gekritzel durch meinen Ohrhöcker lese.»

«Glaubt Ihr wirklich, Eure Höcker seien so besonders entwickelt?» fragte Will mit einem dünnen Lächeln.

«Der Ansicht war ich immer schon», sagte Hillegond.

«Nicht sprechen, bitte», sagte Max, und er nahm Hillegonds Hand mit dem Blatt, auf dem ich ein paar Zeichen erkennen konnte, führte sie hinter ihr linkes Ohr, ließ dann seine Hände über ihren Kopf, die Arme und den Schoß gleiten und summte dabei wie der tiefste Ton einer Orgel. Allmählich hörte ich das Wort «Schlaf» heraus, und bald versank Hillegond in eine tiefe Trance.

«Nun erzählt von Sohn Dirck», sagte Max.

«Er ist ein Ärgernis und ein ganz närrisches Kind dazu», sagte Hillegond mit geschlossenen Augen. «Er will nicht in die Kirche gehen und gibt seiner Mutter freche Antworten. Er spielt nicht mit anderen Kindern, er will nur Bilder malen und Bücher lesen, was nicht gesund ist für einen Jungen seines Alters. Ich sage ihm, er wird noch zum Idioten werden, weil er so viel allein ist, und erlaube ihm nur Kleider zu tragen, die ihm nicht passen, damit er noch närrischer aussieht, als er ist. ‹Wenn du dich ordentlich benimmst, bekommst du ordentliche Kleider›, erkläre ich ihm, doch er ändert sich nicht. Ich ließe ihn gern von meinem Mann auspeitschen, wenn ich einen hätte. Dabei hatte ich solche Hoffnungen in den Jungen gesetzt. Ich glaubte, er würde zum Mann heranreifen und uns wieder stolz machen auf den Namen Staats. Ich glaubte, er würde neues Geld herbeischaffen und unser Haus erhalten, doch er kann sich nicht einmal alleine die Schuhe zubinden.»

«Bitte erzählt von Dirck, wo sich befindet», sagte Max.

Hillegond preßte sich das Papier fester ans Ohr, riß die Augen auf und starrte ins Nirgendwo. Dann hob sie, einige Töne höher als bei ihren vorausgegangenen Auslassungen, mit der Artikulation einer gewieften Schauspielerin zu sprechen an.

«Mein Sohn ist ein wunderbarer Mensch. Er ist an einen Stuhl gebunden und wird von einem Mann mit Schnurrbart und einer alten Frau in einem buntkarierten Kleid bewacht. Mein Sohn ist maßlos unglücklich. Man ist grausam zu ihm, doch er ist kräftig und gesund. Mein Sohn sorgt sich um seine Arbeit und seine Bücher, und sie geben ihm nichts zu essen. Mein Sohn wird nicht zulassen, daß diese Niederträchtigen seinen festen Willen, im Namen der Rechtschaffenheit auszuharren, brechen. Mein Sohn ist ein angesehener Bürger der Republik und dient seinem Lande mit ebenjenem Edelmut, der seine Ahnen ausgezeichnet hat. Mein Sohn sieht sich in einer ausweglosen Lage. Mein Sohn erbricht sich. Mein Sohn –»

«Wo ist Sohn?» fragte Max.

«Ich kenne den Ort nicht.»

«Erzählt von Ort.»

«Es ist ... an einer Straße. Ich kann den Ort nicht sehen. Der Ort ist auf dem Land? Ich weiß es nicht. Bei einem Hügel? Ich kann den Ort nicht sehen. Ich kann nicht, ich kann nicht –» und Hillegond wurde in ihrem Sessel ohnmächtig, das Blatt flatterte auf den Boden und landete zu meinen Füßen. Ich hob es auf und sah darauf zwei kurze Zeilen Runenschrift, vergleichbar mit der Schrift in Dircks Kladde. Ich reichte Will das Blatt, indes Max Hillegond eindringlich ins Ohr sprach und sie aus ihrer Ohnmacht zurückholte. Sie erwachte aus der Trance und klagte über starken Kopfschmerz, und sogleich drückte Max ihr den Kopf zwischen die Knie herunter, ließ seine Hände über ihr Genick gleiten, richtete sie wieder auf, und schwupp, war ihr Kopfschmerz weg.

«Das war recht eindrucksvoll, was Ihr da sagtet», bemerkte Will.

«Was habe ich gesagt?»

«Ihr habt von Dirck gesprochen. Ihr sagtet, er befände sich womöglich an einer Landstraße. An welcher Straße?»

«Ich habe keine Ahnung», sagte Hillegond. «Ich besinne mich nicht einmal darauf, es gesagt zu haben.»

«Sie wird sich besinnen, wenn ich sage, sie soll sich besinnen», sagte Max.

«Dann solltet Ihr es sagen.»

«Zu seiner Zeit.»

«Woher habt Ihr dieses Blatt?» erkundigte sich Will.

«Aus Dircks Zimmer», sagte sie. «Ich fand es in einem alten Briefumschlag. Es sind diese verrückten Zeichnungen, die er sein Leben lang angefertigt hat.»

«Wißt Ihr, was sie bedeuten?» fragte Will.

«Selbstverständlich nicht. Sie bedeuten gar nichts.»

Will nickte und steckte das Papier in die Tasche.

«Ihr habt da einen Mann mit Schnurrbart erwähnt», sagte er. «Erinnert Ihr Euch an ihn?»

«Nein», sagte Hillegond.

«Veranlaßt sie, sich zu erinnern», sagte Will zu Max.

«Ist zu früh», sagte Max stur.

«Es kann nicht früh genug sein, wenn dieser ganze Hokuspokus wirklich etwas taugt», sagte Will. «Ihr veranlaßt sie jetzt auf der Stelle, sich zu erinnern, oder ich könnte vergessen, daß ich ein Gentleman bin.»

Max zögerte lange genug, um seiner Unempfänglichkeit für Drohungen Ausdruck zu verleihen, und wandte sich sodann an Hillegond. «Ihr werdet alles erinnern, was Ihr gesagt über Sohn», sagte er.

«Ich entsinne mich, daß der Mann einen langen, herabhängenden Schnurrbart, eine Glatze und einen sehr unsteten Blick hatte», sagte Hillegond wie aus der Pistole geschossen.

«War es Aaron Plum?» sagte Will.

«Ja, ich glaube, er war's. Wie könnt Ihr das wissen, Will?»

«Ich habe da meine eigenen Höcker», sagte Will.

Hillegond fuhr fort, sich nach und nach an alles zu erinnern, was sie uns erzählt hatte, und Will fragte sie weiter über die Familie der Plums aus. Sie kannte sie, doch nicht gut. Da erzählte ich Will endlich davon, daß John der Eber und ich für Aaron Plum und seinen Bruder Peaches offenbar gestohlene Pferdegeschirre übergesetzt hatten, und ich fügte auch die Geschichte vom Diebstahl meines abgebrochenen Spatens hinzu.

«Ich denke, wir sollten den Plums einen weiteren Besuch abstatten», sagte Will. Er war gleich nach der Entführung zur Farm der Plums gefahren, hatte dort indessen nur ein Faktotum angetroffen, keine Plums.

«Ihr müßt Euch vorsehen», sagte Hillegond. «Es sind gefährliche Leute.»

«Es wird nur ein Freundschaftsbesuch», sagte Will. «Wir werden uns nach Daniels Spaten erkundigen.»

«Der ist wertlos», sagte ich.

«Vielleicht. Gleichwohl gehört er dir und nicht denen.»

Wir baten Hillegond, uns zu entschuldigen, und sie sagte, bis ich wiederkäme, werde sie Matty beauftragen, mein altes Zimmer herzurichten. Ich dachte an Maud und daran, daß wir monatelang unter ebendiesem Dach gewohnt hatten, und ich wurde traurig und schwor mir, daß wir eines Tages wieder zusammenleben würden. Freilich war das ein eitler Wunsch, und Maud steckte Gott weiß wo.

Will und ich spazierten unter dem lichten, heiteren Himmel übers offene Feld zu Wills Haus. In der Scheune spannte er eines seiner drei Pferde vor den Wagen und erteilte mir meine erste Lektion über die Geschichte der Plums, über die er schon oft in der *Chronicle* berichtet hatte.

Der erste Plum in der Neuen Welt war Ezra, der 1759 als Achtzehnjähriger aus England nach Albany gekommen war und als amtlicher Auspeitscher der Stadt Anstellung gefunden hatte. 1786 wurde er zum Henker befördert und schickte zahlreiche Räuber, Betrüger und Fälscher ins Jenseits, bis im Jahre 1796 das öffentliche Auspeitschen und die Todesstrafe durch Erhängen, außer bei Mord, abgeschafft wurden. 1801, als Ezra sechzig Jahre alt war, hackte ihm ein Unbekannter mit der Axt den Kopf ab – doch allgemein wurde gemunkelt, der Täter sei sein Enkel Jeremiah gewesen.

Jeremiah war der Sohn von Ezras einzigem Kind, Bliss, der als erster bewies, daß der Familie die Mordlust im Blut lag. Im Alter von zwanzig, knapp drei Wochen verheiratet, richtete

Bliss ohne viel Federlesens zwei seiner jungen Vettern hin, die eben erst aus England herübergekommen waren, indem er den einen mit dem Knüppel erschlug, den anderen aufknüpfte und somit zwei Konkurrenten um eine Erbschaft beseitigte, auf die er es abgesehen hatte. Bliss heuchelte Unschuld, gestand dann später und wurde noch vor seinem einundzwanzigsten Lebensjahr gehenkt.

Jeremiah, sein Sohn, wurde während Bliss' dreiwöchiger Ehe mit einer Frau namens Blessed Benson gezeugt. Jeremiah, noch im selben Jahr geboren, in dem sein Vater baumelte, erbte den gesamten Besitz der Plums und wurde der Familienpatriarch unserer gegenwärtigen Zeit, 1850.

Jeremiah ehelichte Priscilla Swett aus Vermont, genannt Priss, die zu einem späteren Zeitpunkt angeklagt wurde, eine Nachbarsfrau bei einem Streit um deren Pelzmütze, die Priscilla entwendet hatte, mit einem Tranchiermesser regelrecht ausgeweidet zu haben. Priss wurde zu zwanzig Jahren Haft verurteilt, das Urteil indessen durch Einflußnahme ihres Sohnes Mason Plum – eines Rechtsanwaltes, der berühmt dafür wurde, daß er die eigene Familie vor dem Zuchthaus bewahrte – von einem höheren Gericht aufgehoben.

Weitere Plums: Aaron, ein blonder Jäger, dem man drei tätliche Angriffe mit beinahe tödlichem Ausgang zur Last legte; Hanna, eine Schönheit; und Eli (Peaches), den Priscilla als ihren Sohn ausgab, um einen Skandal zu vertuschen, denn Peaches war in Wahrheit ein Sprößling seiner eigenen Schwester Hanna, mit fünfzehn zur Welt gebracht. Und gezeugt hatte ihn Hannas Vater Jeremiah. Dann gab es noch Vetter Fletcher Plum, dessen Begabung, Pferde zu stehlen und deren Farbe und Zeichnung unter Zuhilfenahme von Holzkohle und Farbstoff zu verändern, so ausgeprägt war, daß selbst die Besitzer ihre Tiere nicht wiedererkannten. Es gab noch weitere Plums; doch genug davon.

Als wir zur Farm der Plums hinausfuhren, schob Will sich eine Pistole in den Gürtel und eine zweite unter eine Decke, die zwischen uns auf dem Sitz lag. Will versicherte mir, es werde zu keiner Gewaltanwendung kommen, die Pistolen seien allein dazu da, Straßenräuber abzuwehren, doch das glaubte ich nicht so ganz.

«Das einzige, was ich dich zu tun bitte, wenn wir zu den Plums kommen», sagte Will zu mir, «ist den Spaten zu identifizieren, falls wir den sehen. Ansonsten überlaß das Reden mir.»

Das Anwesen der Plums – Haus, Scheunen und Nebengebäude – stand auf einer kleinen Anhöhe zwei Meilen von Wills Haus entfernt, einsam in den Wäldern an einem Weg gelegen, an dem kaum einer wohnte, außer den Plums und ihren armen Vettern, die in armseligen Hütten hausten und für die Plums das Land bestellten. Kühe weideten in einem Wiesengrund, Ziegen an einem Hang, und im Korral konnte man zwei Dutzend Pferde zählen.

Will fuhr vor dem Hause vor und reichte mir die Zügel. Er stieg die Stufen hinauf, doch ehe er noch klopfen konnte, erschien Priss Plum an der Tür, gewandet in etwas, das manch einer für ein buntkariertes Hauskleid hätte halten können. Ihr Haar war von einem flammenden, abnormen Rot, und für ihre Sechzig sah sie ganz passabel aus.

«Wer seid Ihr? Was wollt Ihr?» fragte sie Will.

«Canaday ist mein Name», sagte Will. «Ich würde gern mit Jeremiah sprechen.»

«Der ist nicht da.»

«Ist Peaches da?»

«Wozu will einer mit *dem* reden?»

«Es geht um ein Ding von persönlichem Wert», sagte Will.

«Wollt Ihr behaupten, er hätte was gestohlen?»

«Das sei mir fern. Ist Aaron da?»

«Der wohnt nicht mehr hier.»

«Wann ist er weggezogen?» fragte Will.

«Das geht Euch nichts an.»

«Ihr wißt nicht zufällig etwas über den Verbleib eines Mannes namens Dirck Staats? Das letzte Mal, als ich ihn sah, war er in Aarons Gesellschaft.»

«Nie was von einem Dirck Staats gehört.»

Im Eingang zur Scheune konnte ich einen Mann mit kräftig gewichstem schwarzem Knebelbart und glänzendem, lächerlich schwarzem Haar sehen, der uns beobachtete. Das war Jeremiah Plum, der sein Haar nach der gleichen Methode gefärbt hatte, mit der die Plums Farbflecken auf Pferdeleiber zauberten. Auch sah ich meinen Spaten an der Scheunentür lehnen. Dann tauchte hinter Jeremiahs Rücken Peaches auf, und ich rief: «Hey, Peaches, ich will meinen Spaten wiederhaben. Das ist mein Spaten.» Nun, da Will mir verdeutlicht hatte, daß es so sein mußte, wollte ich ihn mir wieder aneignen, ob wertlos oder nicht.

Will wandte sich um und trat von der Veranda herunter. Ich sah, daß Jeremiah an seine rechte Seite griff und eine Flinte zum Vorschein brachte, die er eben anlegen wollte, als er die Pistole in Wills Hand erblickte.

«Tag, Jeremiah», sagte Will und steuerte auf die Scheune zu.

«Wußte gar nicht, daß du 'ne Pistole trägst, Will.»

«Nur, wenn ich in den Wald gehe», sagte Will. «Ich halte mir gern die wilden Tiere vom Leib.»

«Was führt dich hier zu uns heraus?» sagte Jeremiah. Peaches schlang die Arme um Jeremiahs Bauch und lugte heraus auf Will.

«Ich suche bloß meinen guten Freund Dirck Staats.»

Jeremiah schwieg.

«Auch bin ich vorbeigekommen, um den Spaten abzuholen, den sich dein Peaches bei meinem jungen Freund hier geborgt hat. Du kennst den Jungen, nicht wahr, Peaches?» sagte Will und deutete auf mich. Peaches gab keine Antwort.

«Bist recht gesprächig heut, Will», sagte Jeremiah. «Hast 'ne Pistole, schnatterst wie 'ne Elster, suchst nach Schaufeln.»

«Einen Spaten, Jeremiah, einen Spaten suche ich.»

Will machte eine halbe Drehung, warf einen kurzen Blick auf den Spaten, und wandte sich dann wieder Jeremiah zu. Ohne den Spaten anzusehen, feuerte Will einen Schuß aus der Hüfte ab, der ein Loch in der Mitte des Spatenblattes hinterließ.

«Ist das dort dein Spaten, Daniel?» fragte Will, mir den Rükken zukehrend.

«Das ist er», sagte ich.

«Der ist nicht mehr viel wert», sagte Will. «Er hat ein Loch.

Aber ich schätze, wir nehmen ihn mal mit, bloß um der guten alten Zeiten willen. Weißt du, es gibt Leute auf der Welt, die täten alles, um einen alten Spaten zurückzukriegen, an dem ihr Herz hängt. Dergleichen Gefühle sind nicht zu unterschätzen, Jeremiah, und du schreibst dir lieber hinter die Ohren, was ich sage, weil, tja, nimm beispielsweise diese Scheune hier. Ich weiß, du hast was übrig für Scheunen, und ich weiß, wie viele du niedergebrannt hast. Ich erwähne das hier, weil ich dir verdeutlichen will, wie sehr mir daran liegt, etwas über Dirck Staats zu erfahren, und daß ich, wenn ich bis morgen nichts von ihm gehört habe, noch mal hier rauskommen werde, und nicht bloß mit einem Pferd und einem Jungen. Und Jeremiah, sollte ich erfahren, daß jemand Dirck ein Haar gekrümmt hat, dann werde ich mit demjenigen so verfahren wie damals beim Aufstand der Farmpächter, als ich mit Big Thunder herumzog, und ich weiß, du erinnerst dich an die Zeit, als *ich* Scheunen in Brand gesteckt und gnadenlos geteert und gefedert habe, und ein schlechter Schütze war ich auch nicht, Jeremiah», und Will feuerte einen weiteren Schuß aus der Hüfte auf den Spaten, der nicht weiter als ein Katzenbarthaar neben dem Loch des vorigen einschlug, der glatteste Schuß, den ich je sah. Ohne sich umzudrehen, sagte Will zu mir: «Daniel, komm und hol dir deinen Spaten.»

Ich wollte mich nicht rühren. Entgegen aller Logik fühlte ich mich auf dem Wagen sicher. Doch stieg ich herunter und ging über den Hof zu dem Spaten hin, der nun, da sich Wills Einschußlöcher darin befanden, nicht länger wertlos war. Ich habe diesen Spaten jahrelang aufbewahrt, zur Erinnerung daran, daß Mut ein wertvolles Gut ist, daß Mut allein indes mir nicht zurückgebracht hätte, was mir gehörte. Ich schaute zu Peaches hinein, als ich den Spaten aufhob.

«Hey, Peaches», sagte ich. «Ich werde nie wieder zulassen, daß einer diesen Spaten nimmt, also versuch's erst gar nicht.»

Peaches streckte mir die Zunge heraus und duckte sich wieder hinter Jeremiah. Ich lief zum Wagen zurück, und Will ging gleichfalls rückwärts darauf zu.

«Wir machen uns jetzt auf, Jeremiah», sagte Will. «Ich kann

mir so lange Freundschaftsbesuche nicht leisten, sonst krieg ich meine Zeitung nie gedruckt», und damit kletterte er auf den Wagen, noch immer die Pistole in der Hand. Er wandte sich der in der Haustür stehenden Priss zu und sagte: «Auch Euch sag ich auf Wiedersehen, Mrs. Plum, jedenfalls fürs erste.» Er nahm mir mit der freien Hand die Zügel ab und ließ sie gegen das Pferd klatschen, und dann rollten wir langsam, viel zu langsam für mein rauschendes Blut, den Wagenpfad hinab zur Landstraße.

Zwei Wochen nach unserem Besuch bei den Plums wurde Dircks Kladde in einer Sonderausgabe von Will Canadays *Chronicle* veröffentlicht. An drei aufeinanderfolgenden Tagen ließ Will die Zeitung nicht erscheinen, ohne eine öffentliche Erklärung für den Ausfall abzugeben, und präsentierte dann eine zwanzigseitige Ausgabe, die alles enthielt, was er von Dircks Manuskript besaß. Es freut mich zu berichten, daß mein geschwinder Griff nach jenem Blatt, das während Hillegonds Sitzung mit dem Phrenomagnetiseur hinter ihrem Ohr herabgefallen war, sich als ursächlich für die Entschlüsselung von Dircks Kode erwies.

Das Blatt war sorgsam mit zwei Zeilen in Dircks Runenschrift beschrieben. Deren fruchtlose Untersuchung veranlaßte Will, an einen Kode zu glauben, worauf er das Blatt einem Gelehrten am Columbia College in Manhattan vorlegte. Dieser erkannte gleich, daß die Zeichen mehreren Schriften entstammten: die Mehrzahl der Konsonanten wurde aus altgermanischen Runen oder hebräischen und arabischen Buchstaben gebildet, und Tierkreiszeichen dienten als Vokale. Dirck setzte seine Worte in der gewohnten Reihenfolge, buchstabierte sie indessen rückwärts. In Kenntnis dieser Fakten wurde eine Übersetzung möglich, und die ersten Sätze lauteten wie folgt:

> Die Ruchlosigkeit blüht und die Mißgunst regiert in den Reihen der *Society*, jenes Geheimbundes, der über das Leben vieler Tausend Amerikaner herrscht. Nachweislich sind die Führer jener *Society* oft dieselben Männer, die in dieser Gemeinde, diesem Staat und dieser Nation maßgeblich im Handels- und Finanzwesen, in der Politik, der Industrie und auf

dem Gebiet der technischen Erneuerung tätig sind, und gleichfalls ist erwiesen, daß sie zum Zweck der Erhaltung ihrer Macht über jene Menschen, die sie als geringer erachten, sich des fortgesetzten Brudermords schuldig machen wie Kain, des Ritualmords wie die Anhänger Kalis und des inbrünstigen tausendfachen Hasses wie irgendein Dämon aus den Kavernen der Hölle.

Wen hassen sie?
Dich und mich.
Wessen Brüder morden sie?
Deine und meine.

Dirck erging sich ohne Unterlaß in derlei frechen Redefiguren, und darin eingeflochten wartete er mit der erschreckenden Studie einer geheimen Verschwörung auf, die sich zum Ziel gesetzt hatte, nicht allein einzelne, sondern ganze Familien und Organisationen, die den Interessen der *Society* im Wege standen, zu übervorteilen, zugrunde zu richten und zu vernichten, sowie Nichtmitglieder aus öffentlichen Ämtern, staatlichen Machtpositionen und gehobenen gesellschaftlichen Stellungen fernzuhalten. Der jähe Tod auf einem dunklen Hafenkai, der legale Diebstahl der Eigentumsrechte an einer Eisengießerei, das Niederbrennen von Scheunen, Vergiften von Viehbeständen und Überfälle auf Versammlungen von Einwanderern und Glaubensgemeinschaften – über derlei Vorkommnisse war in den Zeitungen berichtet worden, und Dirck führte Daten und Orte auf. Für sich betrachtet, zeugten diese Vorkommnisse nur von der allfälligen Niedertracht des Menschen. Doch dank Dircks hellsichtigem Auge für Wechselbeziehungen verschmolzen sie zum Komplott einer skrupellosen, unsichtbaren Oligarchie.

Dircks Aufzeichnungen gaben weitaus mehr als einen summarischen Überblick über das Verschwörernetz. Sie nannten auch Nutznießer und bis dato unantastbare Urheber der ruchlosen Taten. Selbst wenn sein Beweis zwar stichhaltig, doch ungeheuerlich erschien, charakterisierte er die Betroffenen mit einer punktuellen Genauigkeit, welche ihre Identifizierung gewährleistete, etwa so: «Der korrupte Magistrat D... van E... aus dem nahen Dorfe C...»

Die Verwegenheit dieser Attacke (sie brachte Will etliche Verleumdungsklagen ein) war wohlerwogen und erhob Wills und Dircks moralische Haltung weit über die eines jeden, der vorgab, die Wirklichkeit aufrichtig zu beschreiben. Zum Henker mit der Aufrichtigkeit! Wir sind im Besitz der grausamen Wahrheit!

Die Reaktion der Bürgerschaft ließ nicht auf sich warten. Ausschüsse traten zusammen, um die jäh ins Rampenlicht geratenen Führer der *Society* mit Schimpf und Schande zu überhäufen und ihrer Bestürzung darüber, daß derartige Umtriebe sich mit solcher Macht im Lande verbreitet hatten, Ausdruck zu verleihen. Und es erfolgte aus scheinheiligem Protest gegen besagte Machenschaften eine Welle von Austritten aus dem Orden. Viele der Angeschuldigten leugneten gar die Existenz der *Society*, doch sprach es sich herum, daß gewisse Bankiers, Politiker und Handwerker jäh die Stadt verlassen hatten, und es verschwanden auch etliche stadtbekannte Angehörige der unteren Schichten, Männer, die gegen Geld für jede Halsabschneiderei zu haben gewesen waren. Dircks Pamphlet wurde auch anderswo im Lande vielfach nachgedruckt oder – von behutsameren Autoren – frei wiedergegeben, und sein Autor *in absentia* zum Helden, desgleichen Will, der ihn veröffentlicht hatte.

Zwei bekannt gewordene Todesfälle gab es infolge von Dircks Enthüllungen: Ein Magistrat und namhafter Verfechter der Abstinenz schoß sich ins rechte Auge, nachdem Dirck ihn als Herrn über ein Bordell und vier Schnapskaschemmen entlarvt hatte, und erhängt an einem Querbalken hinter der Bühne des *Museum*-Theaters fand man den Kostümbildner Abner Green. Der Amtsarzt erkannte in seinem Befund auf Selbstmord, Will indes glaubte an einen Mord, wußte er doch, daß Green zu Dircks Informanten gehört hatte. Greens Tod brachte Will zu der Überzeugung, Dirck sei gleichfalls umgebracht worden, denn Abner Green hatte Dirck gewisse Einzelheiten über den Eid zugespielt, den die Mitglieder bei ihrer Aufnahme in den Orden des Kreuzes schworen, also in jenes Häuflein Auserwählter, das in der *Society* für die Disziplin verantwortlich war. Dirck schrieb:

> Bei Entzug von Kleidung, Nahrung und Licht sowie bei Sprechverbot harren die Kandidaten dieses Ordens bis zu 24 Stunden nackt im Dunkeln aus; sodann wird ihnen Nahrung verabreicht und zugleich mitgeteilt, daß sie mit Menschenkot verunreinigt sei. Dem ist nicht so, doch sind ihr gewisse Essenzen beigemischt. Nichtsdestotrotz im Glauben, sie sei kotbeschmiert, verzehren die Kandidaten sie gehorsam. Sollten sie sich erbrechen, müssen sie eine weitere Portion essen.

Aus dem Eid selbst zitierte Dirck diesen warnenden Abschnitt:

> Ich will mein Leben für die *Society* einsetzen, und nicht allein für ihre bekannten, sondern auch für ihre noch festzusetzenden Ziele. Ich will ihre Feinde strafen und Vergeltung weder durch Menschen noch durch das Gesetz fürchten. Sollte ich diesen Eid je brechen, so erkläre ich mich damit einverstanden, daß mein Leib mit einem Messer geöffnet und meine Organe und Eingeweide den Klauen und Zähnen hungriger Ratten preisgegeben werden.

Da Abner Green nicht auf diese Weise den Tod gefunden hatte, zweifelte Will an einem Ritualmord. Er mißtraute jeglicher offizieller Verlautbarung seitens der Stadt, darum rief er mich in sein Büro.

«Was hieltest du davon, Schauspieler zu werden?» fragte er mich.

«Gar nichts», sagte ich. «Ich hab noch niemals einen Fuß in ein Theater gesetzt. Und schon beim Gedanken, auf einer Bühne zu stehen, bekomme ich eine Gänsehaut.»

«Ach was», sagte Will. «Alle Schauspieler haben Angst. Doch sie überwinden sie und entdecken etwas in sich, das wert scheint, vor Publikum präsentiert zu werden.»

«Ich nicht», sagte ich.

«Offen gestanden», erklärte Will in seinem nachsichtsvollen Ton, «kümmert mich dein Mangel an schauspielerischen Ambitionen nicht. Ich möchte lediglich, daß du zum *Museum* gehst, dort bei der Probe für die neue Show vorsprichst und dabei die Ohren offenhältst, falls über Abner Green oder Dirck geredet wird. Bei einem Jungen in deinem Alter wird niemand Verdacht schöpfen. Erzähl ihnen, du könntest schauspielern. Erzähl ihnen, du könntest singen.»

«Ihr wollt, daß ich das ganz allein tu?»

«So ist es.»

«Aber ich habe Angst», sagte ich.

«Du hast keine Angst», sagte Will.

«O doch.»

«O nein.»

«Und was glaubt Ihr, wieso nicht?»

«Weil du ein Knabe bist, der noch an die Angst glaubt, und weil es an der Zeit ist, das zu überwinden.»

Und so machte ich mich, von jener Respektsperson zurechtgestutzt, auf den Weg zum *Museum*, das vor mehr als zwanzig Jahren als Kuriositätenkabinett ins Leben gerufen worden war – mit einem Rhinozeros, angeblich von Benjamin Franklin erlegt, einem lebendigen Chinesen ohne Arme und Beine, einer Wachsfigur des letzten Mannes, der in Albany durch den Strick starb, und der einzigartigen, 140 Pfund schweren Ratte vom Amazonas (ausgestopft). In den vierziger Jahren hatte sich das *Museum* dem Melodram zugewendet, doch auch Edwin Forrest auf seinen Brettern den Hamlet, Lear und Othello verkörpern sehen. Etliche Wildwestromanzen mit lebenden Pferden hatten es auf seiner gewaltigen Bühne zu Beliebtheit gebracht, doch alles wurde übertroffen von Magdalena Colóns sinnlichem Tanz. Seit Magdalena war das Publikum nur noch getröpfelt, und Theaterdirektor Waldorf (Dorf) Miller hoffte es jetzt mit einer Aufführung zurückzugewinnen, die eine Brücke zwischen zwei Genres schlug: Minstrelshow und Irische Posse. Titel: *Tambo und Paddy räumen ab.*

Als ich eintrat, sah ich ein Dutzend Arbeiter in vielfältiger

Betriebsamkeit – kehrend, malend, schreinernd. Einer zersägte ein riesengroßes altersschwaches Rhinozeros in drei Teile, damit es durch die Tür hinausging (man hatte es einst an Ort und Stelle ausgestopft), und auf der Bühne sang und tanzte schlurfend ein leichenblasser Mann, begleitet von zwei Banjos:

Musik steckt in den Knochen,
Musik liegt in der Luft
Musik zuckt in des Niggers Knie
Wenn er sein Banjo zupft.

Als der Sänger geendet hatte, beschied ihm Dorf Miller, ein etwas rundlicher Mann in silberner Lederweste, auf dessen ansonsten kahlem Kopf hinter jedem Ohr ein Büschel Haare sproß, er sei engagiert, und fragte ihn, ob er ein Kostüm besitze. Der Mann verneinte, Dorf nickte und zog einen Bühnenvorhang zur Seite, hinter dem Leute im Begriff waren, Darstellern für die Show Kostüme anzupassen. Ich ging auf den Direktor zu, stellte mich mit Namen vor und sagte, daß ich gerne eine Rolle hätte in seiner neuen Show.

«Eine Rolle, sagt Ihr, Master Quinn?»

«Jawohl, Sir. Eine Rolle.»

«Seid Ihr Schauspieler, Master Quinn?»

«Ich hoffe, einer zu werden», sagte ich; eine faustdicke Lüge, die mir so leicht über die Lippen kam, daß ich erkannte, ich müsse der Verdammnis sehr nahe sein. «Und ich singe. Meine Mutter sagte, ich hätte eine recht gute Stimme», eine weitere Lüge, die Dorf Miller erheiterte, und er verkündete allen, die zugegen waren: «Hört, hört. Dieser Junge sagt, sein Gesang gefiele seiner Mutter», und alle lachten. «Was hat Euch denn zu *uns* verschlagen?» fragte er mich.

«Meine Mutter stand Mrs. Hillegond Staats nahe, und mein Vater kannte Abner Green. Beide sprachen oftmals vom *Museum*, und Mr. Green riet meinem Vater, mich hierher zu schikken, falls ich Arbeit suchte. Seid Ihr wohl Mr. Green?»

«Nein», sagte der Direktor, «ich heiße Miller. Wer ist denn dein Vater und woher kannte er Abner Green?»

«Davey Quinn hieß er und ist tot und begraben, Gott gebe seiner Seele Frieden. Er und Mr. Green gehörten der gleichen Organisation an.»

«Organisation», sagte Dorf, seine Miene verdüsterte sich, und ich bemerkte, daß in Hörweite zwei Schreiner erst mich und dann einander anblickten. Sie nickten wissend mit dem Kopf und nickten noch, als es längst sinnlos geworden war.

«Ich glaube, sie nannten sie *Society*», sagte ich.

«In der *Society* war dein Vater? Ich glaube nicht, daß man da Iren aufgenommen hat.»

«Ich weiß gewiß nicht, wen man dort aufgenommen hat», sagte ich. «Ich weiß bloß, was gesagt wurde.»

Der eine Schreiner flüsterte dem anderen etwas zu, und neuerlich nickten beide heftig. Dann verließ einer von ihnen das Theater.

«Abner Green», sagte Dorf nachdenklich.

«Mein Vater sagte, er sei ein guter Mensch.»

«Ja, gewiß. Welch eine Schande, was sie –» und er unterbrach sich. «Welch eine Schande, daß er gestorben ist.»

«Oh, ist er tot?»

«Ja. Doch nun, da er von uns gegangen ist, werde ich Euch zur Verfügung stehen, junger Herr, und wenn Ihr in der Stimmung seid, laßt uns die Stimme hören, die Eurer Mutter so gut gefällt.»

«Oh, gewiß, Sir. Doch meine Mutter ist gleichfalls tot und begraben, Gott gebe ihrer Seele Frieden. Und, Sir, falls Euch meine Stimme nicht zusagt, hättet Ihr dann andere Arbeit für mich?»

«Eins nach dem anderen. Welches Lied wollt Ihr singen?»

«‹Kathleen Mavourneen›. Meines Vaters Lieblingslied.»

«Ein schönes Lied, doch recht schwierig», sagte Dorf und ließ sich auf einen Stuhl nieder, indes ich mich den zwei Banjospielern und anderen gegenübersah. Dann hob ich an, *a capella* und in der Tat sehr schlecht, das einzige Lied zu singen, dessen Text mir, weil eingebimst von meinem stets gefühlsseligen Vater, geläufig war. Ich konnte Dorf an der Nasenspitze ansehen, daß mein Talent auf anderen Gebieten lag als dem der Musik.

Dergleichen wollte er mir wohl eben sagen, da fiel ein junger Mann mit Angströhre und Hosenträgern, kaum älter als ich, in meinen Gesang ein, der just einer hohen Note zustrebte, von der ich wußte, daß ich sie niemals treffen würde. Seine Stimme übertönte die meine mit derart honigsüßer Lieblichkeit, daß alle Anwesenden vor Ehrfurcht erstarrten. Es war die denkbar reinste Stimme, und auch er kannte den ganzen Text.

O Lieb, hast du vergessen
Wie bald wir scheiden müssen,
O Lieb, hast du vergessen
Wir müssen Abschied nehmen heut.
Es mag für Jahre sein
Komm her, laß mich dich küssen,
Warum schweigst du so stille
O Stimme meiner Seele . . .

Ich ließ das Singen sein, als er anhob, summte indes ein wenig mit, unentschlossen, ob ich ganz aufhören sollte. Als das Lied zu Ende war, brachen alle im Theater (ich eingeschlossen) in Beifall aus, so offenkundig, so eindrucksvoll und kristallklar war das Gesangstalent des jungen Mannes. Er war nicht unter den Anwesenden gewesen, als ich kam, sondern mußte nach mir eingetreten sein, um sich dann wie ein Usurpator meines Liedes zu bemächtigen. Dies allerdings mit Recht: besaß er doch Talent, ich nicht ein Fitzelchen. Er streckte mir die Hand hin.

«Ich bitte um Vergebung für meine Einmischung», sagte er, «doch ich sah, Ihr wart in der Klemme. Wenn Ihr vielleicht ein anderes Lied . . .»

«Ich kenne keines», sagte ich und schüttelte ihm die Hand.

«Dann ist es schade. Ich habe Euch die Probe ruiniert.»

«Nichts habt Ihr ruiniert», sagte Dorf und trat zwischen uns. «Ich glaube, das gibt eine herrliche Nummer ab. Dieser Bursche hier mit seinem dünnen Stimmchen, mit Lampenfieber und von daher recht sympathisch – und dann erhebt Ihr Euch inmitten des Publikums wie ein leibhaftiger Deus ex machina und laßt Euren glänzenden Tenor in seiner ganzen begnadeten Fülle erschallen. Und dann, ja... ja, ja, Ihr klettert singend auf die Bühne und beendet gemeinsam das Lied in majestätischer Erhabenheit. Der Bursche ist gerettet, der Tenor hat triumphiert. Oh, das gefällt mir, gefällt mir außerordentlich. Wie ist Euer Name, junger Herr?»

«Joseph K. Moran», sagte der Usurpator.

Wir machten uns bekannt, und Dorf bestellte uns für den nächsten Morgen um zehn zur Probe. Dann nahm er sich die nächsten Aspiranten vor, ein Zwillingspaar, das bei meiner Ankunft zum Geklapper seiner Tambourins in den Seitenkulissen getanzt hatte. Ich fand heraus, daß Joseph Moran eben aus Utica eingetroffen war, wo er seine kränkelnde Mutter besucht hatte. Ich fragte ihn nach La Última, und er sagte, sie habe dort zwei Wochen lang vor ausverkauftem Haus getanzt, so wie hier in Albany. Ich erkundigte mich nach Maud, und er erinnerte sich undeutlich, von einem jungen Mädchen gehört zu haben, das mit La Última aufgetreten war, doch was genau sie auf der Bühne tat, wußte er nicht zu sagen. Ich mochte Joseph Moran, trotz seiner besitzergreifenden Art. Er war nur ein Jahr älter als ich, obgleich er aussah wie an die Zwanzig, und er legte eine geckenhafte Blasiertheit an den Tag, der ich mißtraute, ohne zu wissen warum.

Ein Mann trat ein, als wir uns unterhielten, und sagte zu Dorf: «Ich suche einen jungen Burschen mit Namen Daniel Quinn.» Dorf wies auf mich, und der Mann kam zu mir herüber.

«Ich hab eine Nachricht», sagte er flüsternd. «Mr. Staats erwartet deinen Besuch.»

«Mr. Staats?» sagte ich. «Mr. Dirck Staats?»

«Da fragst du mich zuviel», sagte der Mann. «Staats, das war alles, was sie mir sagten.»

«Wer ist ‹sie›?»

«Mr. Staats. Er war mit anderen zusammen.»

«Wo ist er?»

«Auf der Straße nach Norden. Ich soll dich begleiten. Allein wirst du kaum hinfinden.»

«Geht es ihm gut?»

«Gut? Woran bemißt sich das in diesem Leben?»

«Ist er gesund?»

«Er weilt unter den Lebenden, wenn deine Frage damit beantwortet ist.»

«Dann, glaube ich, muß ich gehen.» Ich sagte es mehr, um mich selbst zu überzeugen, als irgendwen sonst. Indes glaubte ich, daß mir das nicht ganz gelang, denn Joseph Moran meldete sich zu Wort.

«Ist etwas passiert? Ihr schaut besorgt aus.»

«Überhaupt nicht», sagte ich. «Nichts, wovor man Angst haben müßte.»

«Dann sehen wir uns morgen früh hier.»

«Zehn Uhr», sagte ich und ging mit dem Mann hinaus.

Er hatte eine offene Kutsche, die von zwei Pferden gezogen wurde, und ich saß allein an seiner Seite, als wir davonfuhren, starrte hinaus in den trostlos grauen Nachmittag und sah zu, wie die Abstände zwischen den Häusern größer wurden, als wir aus der Stadt herauskamen. An den Bäumen sprossen die ersten Blätter, und das Gras war so grün, wie es im April nur möglich ist. Eine Woche mit starken Regenfällen lag hinter uns, und der bedeckte Himmel kündigte auch heute welche an. Wir bogen von der Hauptstraße in einen schmalen Feldweg ein, dessen Wagenfurchen im Schlamm versanken, doch mit Hilfe zweier Zugtiere war er befahrbar. Gewisse bewaldete Landstriche in der Ferne erschienen mir vertraut, und dann wurde mir bewußt, daß wir uns dem Grund und Boden der Plums näherten. Ich fragte den Kutscher: «Fahren wir zu den Plums?»

Er gab keine Antwort. Ich fragte ein zweites Mal und bekam auch diesmal keine Antwort. An dem Weg, der zum Hof der Plums abzweigte, hielt der Kutscher an. Ich entschied, mich nicht von der Stelle zu rühren. Er war ein sehniger Mann mit furchtsamer Miene, sichtlich aufgeregt unter seinen schmuddeligen Kleidern.

«Geh da rauf», sagte er ungeduldig und deutete mit dem rechten Daumen über die Schulter. «In der Scheune, haben sie gesagt.»

«Was ist in der Scheune?»

«Dein Freund Staats.»

«Warum fahren wir dann nicht hin?»

«Ich fahr nicht weiter als bis hier», sagte er und wetzte sich die gekrümmten Finger an den Rockaufschlägen. Mir blieb nichts anderes übrig, als abzusteigen. Ich stand neben der Kutsche und sah zur Scheune hin, dann wieder zu ihm hinauf.

«Ihr werdet hier auf mich warten», sagte ich.

«Ich fahr nicht weiter als bis hier», sagte er, und wieder wetzte er die gekrümmten Finger an den Rockaufschlägen.

Ich ging auf die Scheune zu, hielt Ausschau nach irgendeinem Anzeichen für die Anwesenheit der Plums, sah indes keinen von ihnen, auch keines ihrer Tiere. Die Pferde waren aus dem Korral verschwunden, und keine Kuh weidete auf der Wiese. Die Scheunentür stand offen wie bei meinem letzten Besuch mit Will. Ich warf einen Blick zurück zur Kutsche, sah den Mann noch immer auf dem Kutschbock sitzen, die Zügel in der Hand, den Blick starr geradeaus gerichtet.

Vorsichtig betrat ich die Scheune. Kein Laut war zu hören. Einen Schritt hinter der Tür blieb ich stehen und nahm das Innere in Augenschein, erkannte einen freien Platz für Pferdewagen und Droschken, einen Heuboden und zwei Dutzend Boxen. Von Dirck war nichts zu sehen, darum tappte ich weiter und fragte Gott im stillen, ob mich im nächsten Augenblick der Schuß einer Schrotflinte zerfetzen oder die Zinken einer rostigen Heugabel aufspießen würden.

Ich fand Dirck in der letzten Box, mit dem Gesicht nach unten im schmutzigen Heu liegend, dieselben schlechtsitzenden Kleider am Leib, die er bei seiner Entführung getragen hatte. Bei näherem Hinsehen waren die Flecken im Heu kein Tierdung, sondern sein eigenes Blut. Ich drehte ihn herum, um ihm ins Gesicht zu schauen, und mir bot sich ein entsetzlicher Anblick: es war eine einzige Wunde, blutig, klaffend und geschwollen. Seine Augen sagten mir, daß er noch lebte, doch nicht mehr lange, schätzte ich. Ich wußte nicht, wie ich ihm helfen sollte, war indes versucht, ihm das Gesicht zu säubern, die Blutung zu finden und zu stillen, so wie ich einmal John dem Eber nach einer Schlägerei auf der Straße geholfen hatte zu bewahren, was noch an Blut in ihm war.

Dirck gab mir mit den Augen zu verstehen, daß er mich erkannte, dann schloß er sie. Ich dachte, nun sei er tot, doch er war es nicht; ein Atemzug folgte auf den anderen. Ich hob ihn ein wenig an, merkte, daß er nicht die Kraft zum Stehen hatte und ich nicht stark genug war, ihn zu tragen. Ich rannte zur Tür, um den Kutscher zu rufen, und sah, saß der Lumpenhund davongefahren war. Ich war mir nun sicher, daß sich außer mir und dem blutenden Dirck niemand mehr auf der Farm aufhielt. Unweit des Hauses erspähte ich eine Pumpe mit einem Eimer daneben. Ich füllte den Eimer, der ein Loch hatte, und rannte mit ihm zu Dirck. Ich tränkte meinen Hemdschoß, wusch ihm das Gesicht und sah, daß seine Unterlippe am linken Mundwinkel aufgeplatzt war und sein Mund voll halbgeronnenem Blut. Ich tupfte ab und säuberte, wo ich konnte, darauf achtend, daß ich keinen Schorf abriß, doch war abgesehen von Dircks Atem kein Lebenszeichen zu erkennen. Offenbar hatte man ihn mit Fausthieben traktiert, so verschwollen war sein Gesicht. Nach der Reinigung konnte ich sehen, daß der Blutfluß nahezu gestillt war, sei es durch die seit den Schlägen vergangene Zeit oder durch den Druck des Heus auf die Wunde; das gab mir Anlaß zu ein wenig Hoffnung. Nichtsdestotrotz war er dem Tode nahe und würde unweigerlich sterben, falls ich nicht Hilfe fand. Was ich brauchte, waren ein Pferd und ein Wagen; nichts dergleichen hatte die Scheune der Plums zu bieten. Ich rannte zum Haus, umrundete es, um zu sehen, was sich dahinter befand, entdeckte jedoch nichts. Ich lugte zum Fenster hinein und sah, daß man die Möbel ausgeräumt hatte, und ich begann nicht nur zu begreifen, wie tief die Plums in diese Angelegenheit verwickelt waren, sondern auch, wie entscheidend sich ihr Leben durch die von Dirck in Gang gesetzten Ereignisse verändert hatte.

Hinter dem Abort sah ich einen Verschlag, in dem einst Schweine, vielleicht auch Hühner untergebracht gewesen sein mochten, oder beides, und zu dem ging ich, neuerlich von Furcht gepackt und zugleich mit dem Gedanken hadernd, daß ich fortlaufen und Hilfe holen, jemand mit einem Pferdewagen auftreiben sollte. Wohin laufen? Wen auftreiben? Nichts und niemand befand sich im Umkreis der Plum-Farm. Will Canadays Haus lag Meilen entfernt. Zu Emmett Daugherty mochte es ein bißchen näher sein, doch gewiß war ich mir dessen nicht. Würde einer der beiden zu Hause sein? Wie lang würde ich brauchen, um diese Meilen laufend zurückzulegen? Und was, wenn...?

Die Tür zu dem Hühner- oder Schweinestall stand offen, ich schritt hindurch und hinein in einen bösen Traum, denn dort sah ich einen Mann mit gespreizten Armen und Beinen liegen, und durch jede Hand und jeden Fuß war ein Schwellennagel in den Boden geschlagen. Er war schon lange tot, und es war nicht viel von ihm übrig, doch erkannte ich an seinem roten Haar, den Koteletten und dem halb abgeschnittenen oder abgebissenen Ohr den Mann, der Dircks Kladden aus der Redaktion entwendet hatte. Man hatte ihn bis zur Gürtellinie entkleidet, ihm den Bauch aufgeschlitzt, und eine kugelrunde Ratte fraß an seiner Leber. Bei meinem Eintreten huschte sie davon und blieb unweit eines Schlupflochs hocken, um mich zu beobachten und abzuwarten, bis ich entschied, ob sie ihr Schlemmermahl fortsetzen durfte oder nicht.

Mich beeindruckt die Nüchternheit menschlichen Denkens in Augenblicken maßlosen Schreckens. Ich teile nicht die Ansicht mancher, die behaupten, der Schrecken verscheuche jegliche andere Regung, denn was ich in diesem Augenblick tat, war, meinen Blick pflichtbewußt durch den Hühnerstall schweifen zu lassen, wobei ich eine einrädrige Schubkarre mit verstrebten Wänden entdeckte: ein Fahrzeug und ein Geschenk des Himmels. Ich besah mir neuerlich den aufgeschlitzten Mann, um mich nochmals zu versichern, daß es sich um den mit dem fehlenden halben Ohr handelte, und um mich davon zu überzeugen, daß er wahrhaftig gekreuzigt, aufgeschlitzt und von Ratten zerfressen war, dies alles meinen ungläubigen Augen beweisend, damit ich nicht später auf den Gedanken käme, ich hätte es mir nur eingebildet. Dann stürzte ich zu der Karre, eine Bewegung, die lebhaft genug war, die Ratte in ihr Loch zu scheuchen, und schob mein Fahrzeug zur Tür hinaus und hin zu dem hilflosen Bündel, das aus Dirck Staats geworden war.

Dirck hatte sich nicht von der Stelle gerührt, als ich zu ihm kam, jedoch die Augen aufgeschlagen.

«Könnt Ihr Euch bewegen? Könnt Ihr stehen?»

Er versuchte sich aufzusetzen, doch der Schmerz betäubte ihn, und er fiel zurück. Ich häufte Stroh in die Karre, um sie zu polstern, und hievte ihn dann hinein, so daß er in der Mitte zu sitzen kam. Seine Beine baumelten herab auf die Erde, was es unmöglich machte, die Karre zu schieben. In einem Stall trieb ich einen schmutzigen Kälberstrick auf, wand ihn um Dircks Fesseln, zog ihn straff und befestigte ihn an den Haltegriffen der Karre, so daß die Beine nicht mehr im Weg waren und geradeaus zeigten. Den Rest des Stricks wickelte ich ihm so um Arme und Oberkörper, daß er halb aufgerichtet saß, und band auch sie fest, worauf er aussah wie mein Gefangener. Sein Kopf hüpfte auf und ab und zur Seite, was mir indessen unbedeutend schien und nicht unser sicheres Fortkommen beeinträchtigte.

Ich schob ihn aus der Scheune und vom Grund der Plums, dann eine ganze Meile weit, ehe ich hoch oben an einem Hang eine Behausung erblickte. Ich ließ Dirck auf der Straße zurück, erklomm den Hügel und klopfte an die Tür. Ein bärtiger, auf eine Krücke gestützter Alter öffnete.

«Was gibt's denn, Junge?»

«Einen Verletzten», sagte ich, «blutend und schlimm zugerichtet. Ich habe ihn dort unten auf der Karre festgebunden. Könntet Ihr mir ein Pferd oder einen Wagen leihen oder mich fahren, um Hilfe zu holen?»

«Was ist das für eine Art, einen kranken Mann auf eine Karre zu binden?»

«Es gab nichts anderes, und ich konnte ihn nicht tragen, geschweige denn vom Boden heben. Ist hier ein Doktor in der Nähe?»

«Kein Doktor würde einen Kranken in eine Karre legen.»

«Ihr versteht mich nicht. Ich versuche ihm zu helfen! Er wird sterben, wenn er nicht bald versorgt wird!»

«Was ihm auch fehlen mag, diese Karre macht es nur schlimmer. Wer ist es?»

«Er heißt Dirck Staats.»

«Nie von ihm gehört.»

«Macht nichts», sagte ich, zutiefst erbittert. «Könnt Ihr ihm helfen?»

«Wo hast du ihn aufgelesen?»

«Etwa eine Meile weiter die Straße rauf. In einer Scheune.»

«Bei den Plums?»

«Sie haben dort gewohnt, doch jetzt sind alle weg.»

«Die Plums weg? Wo sind sie hin?»

«Weiß nicht. Könnt Ihr uns *bitte*, *bitte* helfen?»

«Ich helfe keinem Plum, und wenn er auf meiner Türschwelle krepiert.»

«Er *ist* kein Plum!» schrie ich. «Er heißt Dirck Staats! Die Plums sind die, die ihn so *zugerichtet* haben!»

«Warum?»

«Ich weiß es nicht! *Ich weiß es nicht!*»

«Ich helfe keinem Plum, und wenn er in meiner Scheune krepierte. Wenn einer vor meinen Augen vom Pferd getreten würde, ich ließe ihn liegen. Wenn sie einen von Spechten tothacken ließen, ich kaufte mir 'ne Eintrittskarte und sähe zu.»

Damit schlug er mir die Tür vor der Nase zu.

Ich karrte Dirck in Richtung Hauptstraße, wieder mindestens eine halbe Meile weit, teils bergauf und zumeist durch Schlamm. Um an den Schlammlöchern vorbeizugelangen, mußte ich oft aufs Feld ausweichen, und als ich im Zickzack eine Anhöhe erklomm, wäre mir der Schubkarren samt Dirck zweimal fast umgekippt, und sein Kopf schlenkerte wie der eines toten Huhnes.

Als ich die Landstraße erreichte, winkte ich zwei Kutschen, doch beide fuhren weiter. Ein Mann, der einen Mehlsack auf der Schulter trug, blieb stehen und sah Dirck an, dann setzte er wortlos seinen Weg fort. Ich spürte, daß jeden, der in Dircks Nähe kam, ein lähmendes Grauen erfaßte, und fand zugleich, daß sich meine Mitbürger wenig um die christlichen Tugenden der Nächstenliebe und Barmherzigkeit scherten.

Beim nächsten Haus scheuchte ich bloß einen bellenden Hund auf. Im folgenden traf ich lediglich eine kraftlose Frau an, die mir nur mit der Bemerkung dienlich war, ich befände mich nahe der West Troy Road. Da wußte ich, daß ich von dort den Weg zu Emmett Daugherty finden konnte. Mir Emmetts Haus zum Ziel zu setzen schien besser als vergeblich Fremde anzuflehen, darum schob ich unsere Karre mit frischer Kraft und bemühte mich, nicht daran zu denken, welch schmerzvolle Höllenfahrt dies für Dirck sein mußte. Ich sah undurchdringlich durch die Passanten hindurch in der Gewißheit, der Glaube an einen barmherzigen Samariter am Wegesrand werde sich nur als Vergeudung der knappen Zeit erweisen, die Dirck noch blieb.

Ich war mir nicht einmal mehr sicher, ob Dirck mich noch hören konnte. Doch *wenn* er noch lebte, so wußte ich, daß ihm in seinem Schmerz und Elend Ablenkung willkommen sein würde, darum erzählte ich ihm mit lauter Stimme von meinem Treffen mit Joseph Moran und von unserem Duett. Ich schloß Dirck in meine Zukunftspläne bei der Zeitung ein und sagte, ich hoffte, er werde mich in der Kunst des Schreibens unterweisen. Ich erzählte ihm, ich sei über alle Maßen dankbar für diese Gelegenheit, ihm helfen zu können, insbesondere nachdem es mir gestattet worden sei, im Hause seiner Mutter zu logieren, der ich mich sehr verbunden fühlte, desgleichen schuldete ich Will Canaday Dank, der mir durch seine Zeitung und die Art und Weise seiner Belehrungen die Augen für eine Welt öffne, die der, der ich gewesen sei, nicht gekannt habe. Ferner dankte ich Dirck dafür, daß er mir die Bedeutsamkeit der Worte enthüllt hatte, die, wie ich nun sehen konnte, für unerschöpfliche Gefühlswallungen und Mysterien sorgten, sogar im Leben solcher Leute wie der Plums. Das Schicksal des aufgeschlitzten Mannes erwähnte ich nicht. Ich stellte Dirck als einen Mann heraus, der vermittels seiner Worte die Welt verändern konnte: als Maestro der Sprache, als Champion des heroischen Satzes. Freilich drückte ich diese Dinge auf meine schlichte Weise aus, und Dirck blieb nichts anderes übrig, als sie in dieser Form zu akzeptieren.

Ich beendete meinen Monolog und fragte mich im stillen, ob ich Dirck von meiner Liebe zu Maud erzählen sollte und davon, daß ich sie verloren hatte, doch da gelangten wir auf die Main Street, wo ich das bequemste Stück Weg meines Lebens vor mir hatte: die wenigen Schritte den abschüssigen Hang hinab zu Emmetts Haus. Als ich um die Ecke bog, sah ich Emmett auf seiner Vortreppe sitzen. Er schmauchte seine Pfeife, und als ich den Rauch aus dieser Pfeife steigen sah, wußte ich, was Erlösung bedeutet.

«Wir sind da, Dirck», rief ich und brach fast in Gelächter aus, denn er hob den Kopf und blinzelte mich munter an.

Ich komme nun rasch zum entscheidenden Punkt. Wir brachten Dirck in einem frischen Nachtgewand ins Bett, wuschen und wärmten ihn. Als Josie Dircks Verfassung sah, bekreuzigte sie sich, sprach ein tonloses Gebet und holte ein Fadenknäuel aus dem Küchenschrank. Sie wickelte ein Stück ab, maß Dircks Körperlänge vom Scheitel bis zur Zehe und schnitt den Faden ab, ging dann hinaus in den Hof, schaufelte ein Loch und vergrub ihn.

«Jetzt werden sie seiner Seele nichts anhaben», erklärte sie uns.

Emmett schickte Josie nach dem Doktor und gab Dirck einen Löffel von der warmen Hühnersuppe, die Josie gekocht hatte. Heftig spie Dirck sie wieder aus, wobei sich ein Klumpen aus Stroh und geronnenem Blut löste, der sich vorn in seinem Mund festgesetzt hatte. Emmett schob die Petroleumlampe näher an Dircks Gesicht, um die Wunde in Augenschein zu nehmen, und als er sich zu mir umdrehte, schwammen seine Augen in Tränen.

«Diese grausamen, unbarmherzigen Bastarde», sagte er. «Sie haben ihm seine unersetzliche Zunge geraubt.»

Einen Monat nach Dircks Rückkehr in die Gemeinschaft der Menschen stellte die *Albany Chronicle* in der bis dato bekannten Form ihr Erscheinen ein. Vier Versuche, das Gebäude in Brand zu stecken, waren vereitelt worden, doch schließlich hatten Wandalen des Nachts unsere Wächter überwältigt und mit ihren Vorschlaghämmern um so erbitterter Wills Druckerpresse zerschlagen. Binnen einer Woche wechselte Will in die Druckerei, wo *The Paddle* veröffentlicht wurde, ein schäbiges Billigblatt, das seine Seiten mit Skandal und Totschlag aus aller Welt füllte (das schaurige Schicksal der Eunuchen in einem persischen Harem, die Mundmorde des irren Zahnarztes von Baltimore); doch da hatten die zahlreichen Mitglieder der *Society* ihre bezahlten Anzeigen bereits storniert. Selbst Will wohlgesonnene Anzeigenkunden stornierten, von Drohungen eingeschüchtert, ihre Aufträge. Will hielt eisern durch mit seinem schwindenden Kapital, hätte sich indes kaum eine weitere Woche halten können, wenn Hillegond nicht *The Paddle* aufgekauft und Will als Herausgeber eingesetzt hätte. Will vereinigte die beiden Publikationen, indem er den ererbten Totschlag mit der Politik vermählte und das neue Blatt *Chronicle-Paddle* nannte, eine groteske und kurzlebige Ehe. Will stand sie lange genug durch, um die Leserschaft des *Paddle* bei der Stange zu halten, setzte dann aber im Zeitungskopf das Wort *Paddle* in immer kleineren Lettern, um es im Jahr darauf gänzlich zu verbannen.

Dirck genas, merkte indes, daß bei seinen zungenlosen Worten nicht mehr herauskam als Idiotengestammel, und schwieg fortan. Im Glauben, ich hätte ihm das Leben gerettet (in Wahrheit würde er wohl auch ohne mich überlebt haben, selbst in dem schmutzigen Heu – anders als Maud, die meines Eingreifens bedurfte, um keinen Schaden an ihrer Munterkeit zu nehmen), machte mich Dirck zu seinem Vermittler. Flink kritzelte er Botschaften mit seinem Drehbleistift und hielt mir dann das Geschriebene hin, damit ich es laut vorläse. Von seiner Pein schrieb er in Satzfetzen, welche die Wahrheit Lügen straften: «Hielten mich in herrlichem Hühnerstall gefangen... Der sanftmütige Jeremiah Plum nahm Befehle von freundlichem Fremden mit tiefer Baß-Stimme entgegen, der mich mit schwarzer Maske vorm Gesicht besuchte... der Unglückliche mit halbem Ohr bewachte mich zuvorkommend... Gleichwohl verspürte ich selbstsüchtiges Bedürfnis, Fesseln zu lösen, zu fliehen und zu meiner Arbeit bei der *Chronicle* zurückzukehren... Versteckte mich in Scheune, zu schwach zum Laufen... Gewiß widerstrebend schlug Aaron Plum mir Brett ins Gesicht und schnitt mir Zunge ab, während er sie mit Kneifzange festhielt... Mann mit Maske ermahnte Aaron, mich dabei nicht zu töten... Mein Vater, jener wundersame Mann, rettete mir das Leben.»

Diese euphorische Bewertung der Gefangenschaft und Folter bei den Plums war in der Tat absonderlich. Wills Ansicht nach glich Dircks Verhalten dem der christlichen Märtyrer, die in jeglichem Schrecknis die Lobpreisung dessen erkannten, was erhabener war als sie selbst: Widerwärtigkeit ist Schönheit, Strafe Belohnung, der Tod Leben. Ich hielt den Vergleich schon damals für schief und tue es noch heute. Dircks Bemerkung über seinen Vater indes war am allerabsonderlichsten, denn Petrus Staats war 1835 gestorben, fünfzehn Jahre bevor sich diese Ereignisse zutrugen.

Petrus trat nach der Ankunft des Kaufmanns und Wissenschaftlers Lyman Fitzgibbon im Hause Staats mittelbar in mein Leben. Fitzgibbon war Dircks Pate, vormaliger Geschäftspartner von Petrus und Erfinder unzähliger sinnreicher Verbesserungen an metallverarbeitenden Maschinen. Gleichfalls war er der Vater von Gordon Hamilton Fitzgibbon, einer der verwirrendsten Gestalten, die mir je unterkommen sollte, ein widersprüchlicher Mann von ungeheurer Tatkraft und Belesenheit, eine Art Schriftsteller auch, doch an diesem Abend noch als

Student der Rechtswissenschaften am fernen Yale-College weilend.

Ich hielt mich in der Eingangshalle auf, als Lyman den Türklopfer betätigte. Ich öffnete und sah diesen großen, muskulösen Mann mit weißem Vollbart und vollem weißen Haupthaar vor mir stehen, daneben seine hübsche Frau Emily in einem langen Abendkleid aus schwarzem Satin.

«Wer sind denn wir?» wollte der Mann von mir wissen.

«Wir sind Daniel Quinn, Sir, und wir wohnen hier dank der Güte von Mrs. Staats. Darf ich Euch anmelden?»

«Bist nicht auf den Mund gefallen, Junge. Das gefällt mir. Sag Hillegond, Lyman sei wieder da.»

Er war aus Washington zurückgekehrt, wo er in den letzten Jahren als diplomatischer Vertreter Englands gedient hatte. In London geboren und in Oxford ausgebildet, war Lyman Fitzgibbon im Alter von sechsundzwanzig nach Amerika gekommen, hatte die vermögende Emily Taylor kennengelernt und umgehend geheiratet (ihr Reichtum stammte aus Reedereigeschäften), und das Vermögen seiner Frau geschwind als Petrus' Teilhaber in die Nagelmacherei eingebracht, aus der eine Eisenhütte und dann die größte Ofengießerei der Stadt hervorgehen sollten. Lyman investierte in Banken, Versicherungen, Eisenbahnen und diverse Handelsunternehmen westwärts bis Buffalo und wurde, nicht zuletzt, ein Grundstücksspekulant großen Stils, dessen Geschäfte jedoch gemeinhin im Dienste seiner übergeordneten wirtschaftlichen Erwägungen standen. In reifen Jahren hatte er es zum wohlhabendsten Manne Albanys gebracht und rühmte sich einer Macht, die im Verein mit nichts weiter als resolutem Schweigen imstande war, Männer mit kerngesundem Selbstbewußtsein in kriechende und winselnde Welpen zu verwandeln.

Ich führte die Fitzgibbons in den Salon im Ostflügel, wo sie auf Hillegonds Erscheinen warten sollten. Vor Dircks Porträt an der Ostwand blieb Lyman stehen und fragte, indem er sich ihm zuwandte: «Wie geht's dem Jungen?»

«Er befindet sich auf dem Weg der Besserung, kann indes nicht sprechen», sagte ich.

«Du warst sein Retter», sagte er und drehte sich zu mir um.

«Ich half ihm in seiner Not», sagte ich.

«Du bist schlagfertig, und du bist bescheiden. Du wirst es weit bringen auf dieser Welt, junger Mann.»

«Ich danke Euch, Sir.»

«Bedank dich nicht bei mir. Wer immer dich Schlagfertigkeit und Bescheidenheit gelehrt hat, dem danke. Die Bescheidenheit wirst du früh genug ablegen.»

Ich nickte, empfand mich indes nicht als bescheiden, sondern als unzulänglich, und fragte mich, was an die Stelle der Bescheidenheit träte, wenn man sie einmal abgelegt hätte. Ich machte Dirck ausfindig, erzählte ihm von Lymans Ankunft und begleitete ihn zum Salon im Ostflügel. Lyman umarmte Dirck mit den Worten: «Du hättest dieses Buch nicht schreiben sollen, mein Sohn. Du weißt, daß es falsch war.»

Dirck starrte Lyman an, ihm weder widersprechend noch beipflichtend. Von neuem ertönte der Türklopfer, und diesmal ließ Capricorn Will Canaday und die Dame seines Herzens ein, die hübsche Witwe Felicity Baker, die an der Albany Female Academy Handarbeits- und Anstandsunterricht erteilte. Der abendliche Schwall von Besuchern war zu einer musikalischen Soirée geladen, die, so hoffte Hillegond, Dircks gebrochene, verstummte Lebensgeister beleben würde. Hillegond, seit langem schon Mäzenatin des *Museum*, hatte Dorf Miller gebeten, eine Auswahl unter seinen derzeitigen Talenten zu treffen und uns mit einem einstündigen Programm zu unterhalten. Dorf erschien mit Virtuosen an Pianoforte, Violine, Tambourin und Banjo sowie mit Joseph K. Moran und einer jungen Frau, die ich noch nie gesehen hatte. Dorf stellte sie als Heidi Grahn vor, eine kürzlich aus Schweden eingetroffene Sängerin, und sobald Dirck sie erblickte, schwand seine düstere Stimmung. Er trennte sich von seinem Paten und begann fieberhaft Botschaften zu kritzeln: «Sorg dafür, daß sie nach Auftritt hierbleibt», besagte die erste Notiz, die er mir hinhielt. «Sag ihr, ich bin hingerissen von ihrer Stimme.» (Sie hatte noch keinen Ton gesungen.) «Ist sie verheiratet, verlobt? ... Frag sie, ob sie Poesie schätzt ...»

Hierzu fand ich keine Gelegenheit, denn mittlerweile hatten

sich unsere Gäste im Musikzimmer versammelt, einer polygonalen Erweiterung an der Ostwand des Hauses in Form eines in etwa halbrunden Raumes mit Flügelfenstern und einer mit reichem Schnitzwerk verzierten Eichendecke, die einem das Gefühl gab, man befände sich in der Apsis einer Kathedrale. Die Gäste hatten sich auf edlen Mahagonibänken unter den zwei Wandbildern niedergelassen, auf denen Ruggiero die Staats unserer Zeit dargestellt hatte: Petrus und Hillegond, von deren weitschweifigen Reisen nach Europa (in Gesellschaft der Fitzgibbons) viele der Kunstwerke und Kitschgegenstände stammten, die es im Haus in Hülle und Fülle gab. Auf dem Wandbild spielte Petrus auf einer großen vergoldeten Harfe (die man – anders als ihn selbst – noch in einer entlegenen Ecke des Salons stehen sehen konnte), und die Hillegond auf dem Porträt bearbeitete hingebungsvoll ein Pianoforte, dem sie in Wirklichkeit nichts, aber auch nicht das geringste musikalisch Zusammenhängende zu entlocken vermochte.

Joseph K. Moran sah mich und winkte mir von der Stirnseite des Raumes her zu. Unsere Pläne, für Dorf die Nummer mit dem als Retter einspringenden Tenor einzustudieren, waren zunichte geworden, da ich mich an Dirck gebunden sah während seiner Genesung, und das war gut so, denn Joseph kam ohne Mitwirkende aus. Mit seinen zwei Liedern bei der Premiere von *Tambo und Paddy* hatte er es auf zwei Zugaben gebracht, darum gab Dorf ihm am zweiten Abend vier Lieder, die ihm vier Zugaben einbrachten, und selbst die hinterließen ein unbefriedigtes Publikum. In der ganzen Stadt munkelte man, Joseph Moran werde bald ein Künstler von hohem Rang sein.

«So sehen wir uns wieder», sagte Joseph, als er zu mir herüberkam. «Ich habe etwas für Euch», und er überreichte mir einen Brief, das erste Mal, daß ich in den fünfzehn Jahren meines Lebens etwas mit der Post erhielt. «Das kam aus Rochester», sagte er. «Ich erwähnte einem reisenden Schauspieler gegenüber Euer Interesse an La Última, und als er sie traf, sprach er von Euch.»

Ich nahm den Brief entgegen, und beim Anblick der Handschrift gerieten meine Lebenskräfte in Schwung. Ich wußte, der Brief kam von Maud, denn es waren noch aus der Zeit vor ihrem Verschwinden vier Worte in meinem Besitz, die sie in nahezu makelloser Handschrift auf ein Stück Briefpapier geschrieben hatte: «Die Traurigkeit von Hummeln» – weiß der Himmel, was das zu bedeuten hatte. Als ich sie das Papier fortwerfen sah, hatte ich es an mich genommen und behalten.

«Ich bin Euch sehr dankbar», sagte ich.

«Man darf seine Freunde nicht aus den Augen verlieren», sagte Joseph.

Er sprach von meiner Rettung Dircks, sagte, er halte mich für einen Helden und sei stolz darauf, mit mir bekannt zu sein. In diesem Tone fuhr er fort und stellte mir Fragen über Fragen, indes Dirck mir Botschaft um Botschaft in die Hand drückte («Frag sie nach Alter... wo sie wohnt... welche Konfession... ihre Lieblingsblume...»), und so mußte ich, im Kopf lauter Fragen und die Hand voller Zettel, Mauds Brief in meine Hosentasche verbannen.

«Welch ein prachtvolles Haus», sagte Joseph Moran. «Darin würde ich eines Tages gerne wohnen!»

«Tja», sagte ich, mich fast wie der Eigentümer fühlend, «ich wohne augenblicklich hier.»

Dorf ließ seinen Tambourin- und den Banjospieler auftreten und auf ihr Potpourri Heidi Grahns Vorstellung mit einer Arie aus *Die Hochzeit des Figaro* folgen, die Jenny Lind oft gesungen hatte, und ich wußte in der Tat nicht, wie die schwedische Nachtigall sie melodischer hätte singen können. Dircks Bleistift war nun still, er selbst ganz verzückt vom Klang der Stimme dieser jungen Frau und ich endlich in der Lage, Mauds Brief zu öffnen und ihre Anrede zu lesen: «Liebster Daniel» – worauf mir heftig das Herz zu pochen begann. Mein Blick wanderte über die Seite, eilte indes sich selbst zu weit voraus, als daß ich einen Zusammenhang hätte erfassen können. Schließlich aber las ich die Worte: «Warte auf die Erfüllung deines Versprechens, mich zu rauben», und konnte nicht weiterlesen, so himmlisch war meine Erregung. Doch dann wurde die Ekstase grob gestört durch ein lautes Klopfen, das auch Heidis Gesang unterbrach.

Wir wandten uns in Richtung der Eingangshalle und sahen,

daß Capricorn zu meiner großen Überraschung einen todernsten Emmett Daugherty einließ, und mit ihm ein weinendes Mädchen von etwa acht Jahren, einen Jungen, etwas jünger als ich, den Kopf im Nacken haltend und einen schmutzigen, blutbefleckten Lappen auf die Nase pressend, und eine Frau, die Mutter der Kinder, in einem Zustand, wie man ihn sich von einer Angehörigen des weiblichen Geschlechts erbärmlicher nicht vorzustellen vermag. Die Musik erstarb, indes wir von diese Verkörperungen eines zutiefst abstoßenden Unbekannten starrten.

Emmett führte die Frau und die Kinder zu einem Sofa in der Eingangshalle und bat um eine Unterredung mit Lyman, der diesen Wunsch vernahm und sich von seinem Platz im Musikzimmer erhob. Ich folgte ihm, jedoch auf Abstand bedacht, und sah, wie Matty in die Küche eilte und mit einem feuchten Handtuch wiederkam, dem Jungen das blutverschmierte Gesicht abwischte, ihm den alten Lumpen abnahm und ihn sich mit zurückgelegtem Kopf auf eine Bank ausstrecken ließ.

«Eine tragische Geschichte», sagte Emmett. «Alfie Palmer, einer der Gießer, die nach der vorübergehenden Entlassung nicht wieder eingestellt wurden, hat ihnen das angetan.»

«Weshalb bringst du sie hierher?» fragte Lyman.

«Diese Angelegenheit betrifft die Gießerei», sagte Emmett. «Und es ist deine Gießerei.»

«Weiß Harris davon?» fragte Lyman, denn Harris war der Yankee-Ingenieur, der während Lymans Abwesenheit die Geschäfte der Gießerei führte.

«Mit dem Mann ist mir nicht gedient, Lyman. Mit seinen Entlassungen hat nämlich der Ärger angefangen. Deine werte Person ist hier gefordert. Niemand sonst. Alfie war stets vom Pech verfolgt, und auf Grund der Entlassung hatte er kein Geld mehr für den Doktor seines kranken Sohnes und vermochte nur noch zuzusehen, wie er starb. Das trieb ihn zur Raserei, wie es jeden Vater zur Raserei getrieben hätte, und er begann zu trinken, wenngleich ich nicht weiß, woher er das Geld dazu nahm. Zudem gab es Dutzende von Schlägereien zwischen den neu eingestellten Männern und den Entlassenen, und Alfie stets dabei. Doch heute abend hat er es nicht bei Fausthieben bewenden lassen. Er verfolgte Toddy Ryan, der aus der Gießerei kam, und machte ihm die Hölle heiß. Doch Toddy ist nur eine halbe Portion, ein abgezehrter, kränkelnder Mann, und er wußte, es würde seinen sicheren Tod bedeuten, wenn er sich auf einen Kampf mit Alfie einließe, darum rannte er nach Hause in seine Hütte und verrammelte die Tür. Alfie indes trat sie ein und spaltete Toddy mit einem Beilgriff den Schädel. Dann ging er auf den jungen Joey hier los, und es sieht aus, als hätte er dem armen Burschen die Nase gebrochen. Toddys Frau hat Alfie kochendheißen Tee ins Gesicht geschüttet, die Kinder aus der Hütte geschafft und ist mit ihnen zur Gießerei und zu mir gekommen. Doch zu Haus bei ihnen liegt der tote Toddy auf dem Boden, und nun wird hier kein Frieden mehr einkehren, Lyman, kein Frieden. Alfie ist auf der Flucht, und die Männer stehen einander gegenüber – die alten gegen die neuen. Sie wollen sich schlagen und tun sich schon zusammen. Morgen früh werden die Straßen voller Blut sein.»

Emmett mit dem rauhen, von zwei Tage alten Bartstoppeln überwucherten Gesicht war eine streitbare Erscheinung. Er war Vorarbeiter in Lymans Gießerei im North End und in elf Jahren trotz seines Lungenleidens vom Gehilfen zum Gießer und obersten Vertrauensmann aufgestiegen – die Stimme der rechtschaffenen Vernunft von unten. Begonnen hatte sein Aufstieg damit, daß er sich bei einer von Lymans Reisen zum Zweck des Landerwerbs für eine neue Eisenbahnlinie durch die Adirondacks als Kutscher verdingte. Die Erbitterung gegen dieses Vorhaben war groß, die Einheimischen glaubten, die Eisenbahn werde binnen kurzem ihre ursprüngliche Welt zerstören (was sie auch tat), und die Feinseligkeiten gipfelten darin, daß ein halbes Dutzend Männer aus den Bergen Lyman und seinen Anwalt gefangennahmen, um sie zu teeren und zu federn.

Indes Lyman sich auf einen denkbar sinnlosen Tod gefaßt machte, garrottierte Emmett einen der Angreifer und gab sodann dem Mann gegen das Leben der beiden Gefangenen den Atem zurück, ein Akt der Tapferkeit, der auf Grund von Lymans Dankbarkeit nicht allein sein eigenes zukünftiges Wohlergehen, sondern zudem die Ausbildung all seiner – an diesem leidvollen Abend in Hillegonds Haus noch gar nicht geborenen, geschweige denn gezeugten – Sprößlinge sicherstellte.

Maud, im Wissen, daß du in meiner Tasche steckst, will ich dir nun von den Iren berichten, von den Ryans und ihrem Elend, und wie es mich quält, weil es Teil von mir ist: Joey Ryan – mit gebrochener Nase, totem Vater und kränkelnder Mutter: das bin ich in anderem Gewand, so wie Molly Ryan, die kleine Heimatlose, du sein könntest. Dies sind die Hunger-Iren, Maud, und sie sind die Schurken dieser Stadt. Als ich klein war, war es anders um sie bestellt, heute indes hält man sie nicht allein für die Überträger der Cholera, man hält sie für die Seuche selbst, so groß ist ihre Zahl: etliche Tausend haben sich binnen weniger Jahre hier niedergelassen, hausen in jämmerlichen Hütten und Buden, bis zu zehn Familien teilen sich ein kleines Haus, oftmals nur ihrer gälischen Muttersprache mächtig, und so himmelschreiend grausam ist ihr Elend, daß die Stadt sie nicht nur übersieht, sondern durch Konstabler und den Pöbel an den Docks und Mautstraßen abfangen und in Zeltlagern auf dem weiten Flachland westlich der Stadt zusammentreiben läßt. Schickt sie weiter, lautet das Edikt der Stadtväter, und mit ekligem Vergnügen befolgen es Albanys Kairatten und der Abschaum des Schiffervolks (unter ihnen gleichfalls Iren, die Jagd auf ihre eigenen Landsleute machen), indem sie Kanalboote, die den Versuch unternehmen, hier Neuankömmlinge anzulanden, mit Steinen bewerfen. Kein Wunder, daß diese gleichfalls zu Barbaren werden, begegnen sie doch in diesem neuen Land einem Haß, den nichts von jenem unterscheidet, der sie aus Irland, dieser vereiterten, sterbenden Sau von einer Nation, vertrieb.

Besieht man sich die Ryans, so möchte man sie für Träger aller erdenklichen Verderbnisse halten: geschlagen, mutlos, in Lumpen gehüllt, die Haut schuppig, bleich und schmutzig, das Haar verfilzt, die Augen wund vom Leiden aller Opfer. Wer würde einen ihres Schlages einladen? Wer ihnen Brot oder ein Bett geben? Kein Mensch mehr heut in dieser Stadt – und doch einer, denn Hillegond tut für sie, was sie bereits für uns getan hat: befiehlt Capricorn, ihnen Straßenkleidung und Nachtgewänder herauszusuchen; weist Matty an, für sie zu kochen, sie zu baden und sie in der Nacht der Not in diesem Asyl für geschundene Seelen zu beherbergen.

Die Leute hier im Haus, Maud, zerstreuen sich zu Grüppchen. Im östlichen Salon stecken Emmett, Will und Lyman mit düsterer Miene die Köpfe zusammen. Im Musikzimmer überreicht Dirck Heidi Grahn kühn eine Note nach der anderen. In der Eingangshalle preist Joseph Moran vor Hillegond die Vorzüge ihres Hauses. «Es ist prächtiger als jedes Haus in Utica», gurrt er, und sie lauscht seinen Worten, als seien sie von Bedeutung. Mit Sehnsucht im Herzen will ich den Rest deines Briefes lesen, doch bringe ich es nicht fertig. Ich spüre bereits, was du mir sagen willst, und beschließe, die Lektüre aufzuschieben, bis ich deine Botschaft vollends erahnt habe, denn ich glaube, wenn meine Eingebung sich als richtig erweist, werden wir uns näher sein denn je, und diese enge Verbindung über Meilen hinweg wird für den Rest unseres Lebens bestehen bleiben.

Darum habe ich mich demjenigen zugesellt, mit dem ich am meisten gemein habe: Joey Ryan mit der blutenden Nase – sie blutet nun nicht mehr –, der unterdessen am Küchentisch Platz genommen hatte und Mattys Hühnersuppe und Maisbrot vertilgte. Ich sagte ihm, es tue mir leid wegen seines Kummers, daß mein Vater gleichfalls tot sei und er wenigstens seine Mutter um sich habe, meine indessen gestorben sei, ebenso meine Schwester.

«Folglich bist du ein Waisenjunge», sagte er.

«Bin ich.»

«Was machen sie mit Waisen? Bringen sie die um?»

«Davon habe ich noch nie gehört», sagte ich, «und noch haben sie mich nicht umgebracht. Doch manche stecken sie ins Waisenhaus, und manche lassen sie frei herumlaufen.»

«Ich liefe lieber frei herum», sagte er.

«Ich ebenfalls», sagte ich.

«Frei herum, bis ich groß genug bin, um den Kerl zu töten, der meinen Vater ermordet hat.»

«Wie willst du ihn denn töten?»

«Den Schädel werd ich ihm einschlagen.»

«Dazu bist du nicht groß genug.»

«Ich werd noch wachsen, und ich werd ihn ausfindig machen und ihm den Schädel einschlagen, so wie er's bei meinem Vater getan hat.»

«Dann werden sie dich hängen.»

«Hängen sie Waisen?»

«Sie hängen dich, wenn du einem Mann den Schädel einschlägst.»

«Werden sie den Mann hängen, der meinen Vater umgebracht hat?»

«Wenn sie ihn erwischen, vielleicht.»

«Ich werd ihn selber aufknüpfen, und danach hack ich ihm den Kopf ab.»

Maud, der Junge ist ein kleiner Kerl, nicht größer als du. Doch in seinen Augen brennen Rachegelüste, und wenn er nicht bald dem einen den Schädel einschlägt, dann irgendeinem anderen. Der Zorn in seinem Innern war lange vor dem Mord an seinem Vater gesät, wie ich erfuhr, als ich ihn fragte, woher in Irland er denn komme.

«Aus 'nem Straßengraben in der Nähe von Cashel», sagte er. «Der Grundherr hat unser Haus niedergerissen und uns von unserem Land vertrieben. Mein Vater packte alles, was wir besaßen, auf einen Karren, und den schoben wir, bis wir einen Hügel nicht hinaufkamen. Fortan hausten wir im Straßengraben und benutzen den Wagen als Dach. Von dort aus konnten wir die Galty Mountains sehen. Unser Haus haben sie niedergerissen, um den Kühen des Grundherrn Platz zu schaffen. ‹Die haben eine Wiese bitter nötig›, hat der Grundherr zu meinem Pa gesagt. Später verließen wir den Graben, warfen Dinge fort, um unsre Last zu erleichtern, und zu dritt zogen wir den Karren den Berg rauf, ein furchtbar hoher Berg war das, und meine Schwester schob hinten jedesmal den Klotz unters Rad. Am Ende schafften wir's und kamen über den Berg, doch hinten hinab war's beinahe so mühsam wie vorne herauf, und zwei- oder dreimal hätten wir ums Haar den Wagen verloren. Wir bettelten um was zu essen, und wenn das nichts einbrachte, stahlen wir oder aßen Gras. Dann zogen wir zum Haus meines Onkels an der Straße nach Tipperary, und der nahm uns auf und bezahlte Pa die Überfahrt nach Amerika. Sonst fuhr keiner von uns mit. Am Abend vor seiner Abreise feierten wir seinen Abschied, und meine Ma heulte stundenlang, weil er fortging. ‹Du wirst uns nicht holen kommen›, sagte sie ein ums anderemal. Es war schon so, als werde er begraben. Und doch hat er uns Geld geschickt und uns alle rübergeholt, mich und meine Schwester und meine Mutter. Und in diese Stadt hier kamen wir, weil wir nicht alle in das winzige Zimmer paßten, in dem Pa in New York wohnte. Wir waren kaum ein paar Wochen hier und völlig abgebrannt, als er die Anstellung in der Gießerei bekam, und kurz darauf kriegt er den Schädel eingeschlagen von diesem Kerl, diesem Dreckskerl, dem verdammten.»

Ich sprach noch länger mit ihm, Maud, doch war es so schmerzlich, daß ich ihn bald verließ und mich mit dem Gedanken trug, schlafen zu gehen, da ich niemand anderen mehr fand, mit dem ich hätte reden können. Überall im Haus sprachen die Leute von dem bevorstehenden Kampf und davon, wie furchtbar er sein würde, und ich wußte, wenn er ausbrach, würde ich ihn mir anschauen. Noch mehr Tote, dachte ich, indes mir die *dood kamer* einfiel, wo du und ich zugesehen haben, wie John, Magdalena und Hillegond der Liebe auf besondere Weise huldigten, und da setzte ich mich hin und las deinen Brief.

Liebster Daniel (so begannst du),
Ich schreibe Dir, weil ein Mann namens Joseph K. Moran meinte, er habe Dich getroffen, und Du habest nach meinem Befinden gefragt, wofür ich Dir meinen Dank übermittle. Auch ich sorge mich um Dein Befinden, denn Du weißt, ich betrachte Dich als meinen Liebsten für allzeit und immer und warte auf die Erfüllung Deines Versprechens, mich mei-

ner liebevollen, doch unsteten Tante und ihrem Gefährten, dem lächerlichen John McGee, zu rauben. Dieser Mann besaß die Unverschämtheit, mir zu erzählen, Du hättest uns Geld gestohlen, wärst dann vom Boot gesprungen und davongelaufen. Ich sagte ihm, er sei ein erbärmlicher Lügner und ein noch üblerer Halunke, und als mir Deine Abwesenheit mit aller Macht bewußt wurde, siechte ich dahin und verweigerte wie damals das Essen, was mich dem Tod so nahe brachte, daß alle erschraken. Ich glaube, Du wärst sehr stolz auf mich gewesen. Unterdessen geschah etwas höchst Eigenartiges. Hungernd konnte ich sehen, was die Leute um mich herum dachten, und dergleichen zu können ist nicht eben erbaulich. Gleichfalls war ich in der Lage, Verbindung mit den Geistern der Toten aufzunehmen, zumindest glaube ich, daß es Tote sind. Geister scheinen es gewiß zu sein, denn niemand kann sie sehen, nicht einmal ich selbst. Und doch machen sie laute Geräusche, vor denen alle furchtbare Angst haben. Ich hingegen mag ihre Trommelschläge.
Beachte bitte, daß wir bald in Saratoga Springs sein werden, wo meine Tante ihre Tänze vorführen wird. Ich habe bei einigen ihrer Auftritte assistiert und werde es vielleicht erneut tun, will Dir jedoch im Augenblick nicht sagen wie, weil ich Dich überraschen möchte. Wir treffen am 30. Mai in Saratoga ein, ich erwarte Dich bald darauf, und dann werden wir sehen, wie Du mich rauben kannst. Dir gehört meine Liebe für allzeit und immer und noch einmal für allzeit und immer.

Maud

P. S. Ich habe Joseph K. Moran hier in Utica auftreten sehen und hielt ihn für einen rührenden Menschen. Bitte danke ihm dafür, daß er mich mit Dir in Verbindung gebracht hat. Ich erwarte Dich, Daniel Quinn.

Maud, nichts in meinem ganzen Leben war vergleichbar mit der Erregung, diesen Brief zu lesen. Ich gestehe, ich hatte mir ein Zeichen deiner Zuneigung erhofft, doch ich bin überwältigt von dem, was du schreibst. Ich muß indessen hinzufügen, daß deine Begegnungen mit Geistern und deine Pläne bezüglich meiner Person mich in große Unruhe versetzen, die ich nicht augenblicklich zu zerstreuen vermag. Du hältst mich für stärker, als ich bin. Doch ich werde tun, was in meiner Macht steht.

Maud, ich grüße dich von Herzen.

Capricorn erschien mit der Nachricht, die einander bekriegenden Fraktionen der Gießerei seien im Begriff, Position zu beziehen. Lyman verlieh seiner Befürchtung Ausdruck, Alfie könnte, falls er vom Aufenthalt der Ryans im Anwesen der Staats erführe, dort mit seinen Kumpanen den Blutrausch zu stillen suchen, der sich ihrer bemächtigt hatte. Vor Sonnenaufgang erging an alle im Haus der Ruf, sich bereitzuhalten, woraufhin Hillegond Petrus' Pistole aus ihrer Schatulle nahm, sie lud und mit ihr im Schoße ihres Nachtgewands ausharrte; und Capricorn legte vier Gewehre und zwei weitere Pistolen auf dem Eßtisch bereit. Ich konnte es nicht fassen, daß wir erwarteten, Arbeiter aus der Gießerei würden in dieses prächtige Heim eindringen, um Kinder zu morden.

Was Joey anbetraf, so war er die Nacht über damit beschäftigt gewesen, sich einen Schleuderstein zu basteln, eine Waffe, die aus einem dicken, in Wachstuch eingeschlagenen und fest mit Schnur umwickelten Stein bestand. Ich erblickte ihn in einem Flur im oberen Stockwerk, wie er seine Kreation gewandt durch die Luft sausen und mit einem dumpfen Klatscher auf seine linke Handfläche prallen ließ. Als ich am Morgen seine Mutter Margaret und seine Schwester Molly sah, schienen sie nicht weniger verängstigt als am Vorabend, wirkten mit ihrer sauberen Haut, dem gewaschenen Haar und den frischen Kleidern jedoch unermeßlich viel anmutiger.

Dorf Miller und seine Truppe hatten, ebenso wie Emmett und Will, das Haus während der Nacht verlassen. Lyman übernachtete in dem Zimmer, das seit langem im dritten Stock für ihn reserviert war – sein Horst, wie er es nannte – und das ihm seinen geliebten morgendlichen Ausblick über das Waldland, das Flüßchen und den Teich gestattete, den einst Petrus angelegt hatte, weil Hillegond ganz vernarrt gewesen war in die wilden Enten, die den Sumpf bevölkerten.

Bei den ersten Strahlen der Morgensonne zog in der Küche der Tee, holte Matty Brot aus dem Ofen, und unsere Schar versammelte sich am wärmenden Feuer. Das behagliche Gefühl, das wir alle empfanden, schien unpassend angesichts des in Bälde zu erwartenden Kampfes auf Leben und Tod, doch ich bezeuge, daß dreizehn Jahre später verwandte Gefühle in mir aufkeimten, wenn ich als Kriegsberichterstatter am Lagerfeuer mit Soldaten und anderen Reportern sprach. Wir tranken Kaffee der minderwertigsten Sorte und redeten einander ein, dies sei der rechte Nektar für jene, die sich anschickten zu siegen oder zu sterben, oder beides, oder keins von beiden.

Ich muß hier erwähnen, daß der schicksalhafte Hieb, der Alfie Palmer zum Feind der Ryans machte, für Albany ein Ereignis von historischer Tragweite war, denn er legte Grenzen fest, verbreitete Haß und brachte aus dem nahezu gleichen Holz geschnitzte Arbeiter mit gemeinsamer Zielsetzung gegeneinander auf. Infolgedessen, was an diesem Tag bevorstand, sollten auf Jahre hinaus regelmäßig neue Schlachten ausgefochten werden. Diese Schlachten, die ausnahmslos am Sonntag stattfanden, wenn die Männer nicht arbeiten mußten und Zeit hatten, einander Gewalt anzutun, tobten stundenlang ohne Einmischung der Polizei. Sie gingen mit der Zeit unter dem Namen «Hills gegen Creeks» (die erste als «Ryans gegen Palmers») in die Geschichte ein. Hills bezeichnete die Nachbarschaft, in die Alfie Palmer und andere seines Schlages aufgestiegen waren: höher gelegen, war sie ein Hort gesellschaftlicher Überlegenheit gegenüber den niedriggelegenen Slums, in denen die Creeks lebten, jenem erbärmlichen und übelriechenden Nest aus Elendsquartieren an den Ufern des Foxenkill, dieses verdreckten Flüßchens, wo die Hütten der Iren über Nacht wie anarchische Pilze aus dem Boden schossen und wo auch der Mord an Toddy Ryan stattgefunden hatte.

Nach dem Frühstück kehrte Will Canaday zurück, und er,

Lyman und Dirck schickten sich an, das Haus zu verlassen. Ich ging ihnen nach, gefolgt von Joey Ryan.

«Nein, nein», sagte Will zu uns. «Ihr bleibt hier. Dort unten ist kein Platz für Kinder. Kümmere dich um den Jungen hier», und er zeigte auf Joey.

«Es könnte meiner Bildung nicht schaden, wenn ich mir dergleichen ansähe», sagte ich.

«Ich will, daß du am Leben bleibst, um deine Bildung genießen zu können», sagte Will, indes er und die anderen in die Kutsche stiegen. Hillegond stand im Hauseingang, als die Kutsche losfuhr, und rief Joey und mich hinein.

«Kommt hier herein, wo es sicher ist», sagte sie.

«Nein», sagte Joey und begann in die Richtung davonzulaufen, in welche die Kutsche verschwunden war.

«Ich hole ihn», rief ich, und dann lief auch ich, indes Hillegonds Rufe hinter mir verhallten.

Es gelang mir nicht, Joey einzuholen. Er war flink wie ein Tier in freier Wildbahn und tauglicher als ich für so einen Lauf, der zwei Meilen oder weiter über offenes Feld führte, am Abzugskanal entlang und über den Steg, der den Patroon Creek überspannte, dann auf der anderen Seite hügelan, wo ich Joey zwischen den fernen Häusern aus den Augen verlor. Ich nahm an, er werde sich zur Canal Street hin wenden, wo er wohnte, und auf diesen berüchtigten Fahrweg hielt ich nun zu.

Glocken hießen mich in der belebten Stadt willkommen, und ich sah Frauen und Kinder dahinspazieren – zur Kirche, wie ich annahm. Zugleich strebten Leute jenem freien Gelände zu, an dem der ausgedehnte Abhang begann, der sich nach Osten zum Kanal und zum Hudson hin erstreckte. Auf dem Kamm des Abhangs angekommen, sah ich vierzig oder mehr Männer unter mir, die redend herumstanden, viele mit Knüppeln in der Hand. Ich ahnte, was sie im Schilde führten, und sie sahen nicht eben danach aus, als stünden sie auf Toddy Ryans Seite.

Ich lief weiter nach Süden und näherte mich der Canal Street mit ihrem Wasserlauf an der Seite. Dies war die Nachbarschaft, die Gander Bay hieß, so benannt nach dem frechen Federvieh, das die Iren am Foxenkill hielten. Es war dies ein Ort des Schreckens und der Gefahr, des Leides und der Grausamkeit. Die Trampelpfade dort, die sich bei Regen in tiefen und allgegenwärtigen Schlamm verwandelten, waren schmal und gewunden und konnten allzeit vor eben neu errichteten Elendsquartieren enden, die zu einem Umweg zwangen. Viele dieser Behausungen schienen an einem einzigen Tag zusammengenagelt: fensterlose Gebilde aus ungleich gehauenen Brettern, unterlegt mit Grasnarbe oder frischer Erde. Zwischen ihnen ragte gelegentlich der Riese eines gewöhnlichen Hauses empor, ein halbes Jahrhundert alt, erbaut vor der Ankunft der Massen, als sich hier noch offenes Land erstreckte.

Ich war bereits in dieser Gegend gewesen, doch nicht oft. In einem der großen Häuser nahe dem Fluß lebten zwei alte Brüder; Dinny Reilly, der bei den Nachbarn Fettreste sammelte und daraus Seife herstellte (für eine gewisse Menge Fett gab er einem ein Stück Seife), und Johnny Reilly, genannt Katzen-Johnny, den sie während der Cholera ins Gefängnis steckten, weil er tote Katzen in den Foxenkill geworfen hatte. Seinen Spitznamen hatten Johnny die vier Dutzend Katzen eingebracht, mit denen er sein Heim teilte, und viele kannten den Reim über die beiden, der in der Nachbarschaft die Runde machte:

Pitty-Pat, Zucker und Fett
Der olle Dinny Reilly
Und Johnny mit Katzen im Bett.

Kinder tollten umher, in dem kleinen Fluß wuschen Frauen ihre Wäsche, an den Ästen der Bäume waren in dem von der Morgensonne beschienenen Gander Bay schon die ersten Stücke zum Trocknen aufgehängt. Im Eingang einer Hütte saß ein Mann rittlings auf einem Stuhl ohne Lehne, mit durchgedrücktem Kreuz, die Arme vor der Brust verschränkt, eine Pfeife zwischen den Zähnen: kommender Ereignisse harrend. Rings um ihn her lag ein halbes Dutzend Katzen, darum vermutete ich, dies sei der Johnny aus dem Reim.

«Guten Morgen, Sir», sagte ich.

«Wird schon ’n guter Morgen sein, wenn du es sagst», gab er zurück.

«Wißt Ihr, wo die Ryans wohnen?»

«Ryans gibt es auf der ganzen Welt.»

«Ein Junge. Joey Ryan. Sein Vater hieß Toddy.»

«Ahhh, diese Ryans. *Dem* Haus solltest du lieber fernbleiben.»

«Ich kenne Joey. Ich will ihm helfen.»

«Dann folge deiner Nase dort lang, und du wirst's nicht verfehlen.»

Meine Nase führte mich eine ungepflasterte, von den mäßigen Regenfällen des vergangenen Tages aufgeweichte Straße entlang bis zu einer Querstraße, wo ich eine Menschenmenge sah und darüber Kopf und Schultern eines jungen Burschen in Pullover und Mütze, der auf der Ladefläche eines Fuhrwerks stand und den Versammelten eine leidenschaftliche Rede hielt: «Das kommt davon, wenn man ein irischer Arbeiter ist.» Er sah nach unten und richtete den Blick dann wieder auf die Menge: «Ein rechtschaffener Mann... gestern abend noch am Leben und im Kreise seiner Familie... dann hingemordet vor den Augen seiner Kinder... heute Toddy... wer wird morgen an der Reihe sein?»

Die schweigende Menge war auf seiten des Mannes, sie nickte ehrfurchtsvoll. Ein paar Kinder an ihrem Rande liefen davon, durch seine Redepause in ihrer Aufmerksamkeit abgelenkt. Eine grauhaarige Frau mit einem abgewetzten Umhängetuch, das Haar zu einem straffen Knoten gebunden, drängte sich mit zornig vorgerecktem Kinn durch die Umstehenden.

«Ich hab Toddy Ryan gekannt», sagte sie. «Er war ein guter Mensch und hat Besseres verdient als die Art, wie ihr mit ihm umspringt. Seht ihn euch nur an, eine Schande ist es.» (Wir alle blickten zum Wagen hin, doch ich konnte nichts sehen, weil mir die Menge den Blick versperrte.) «Bringt den Mann ins Haus und haltet eine ordentliche Totenwache. Es ist gotteslästerlich, was ihr hier treibt.»

«Ach, halt den Mund, Weib», rief der Mann auf dem Fuhrwerk. «Dich werden sie sich als nächstes vornehmen, und danach deine Kinder.»

«Wo soll dieser Kampf stattfinden, von dem du gesprochen hast?» fragte ein Mann aus der Menge.

«Wir sammeln uns am Fuß der Lumber Street», kam die Antwort. «Es wird genug Knüppel für alle geben. Wir werden geschlossen losmarschieren und's mit dem Deibel selber aufnehmen, wenn er Lust hat, sich mit uns anzulegen.»

Zufriedengestellt von der Antwort, nickte der Fragesteller und trollte sich. Andere folgten ihm und hinterließen eine Lücke, durch die ich den Wagen sehen konnte. Toddy Ryan lag auf drei zusammengenagelten Brettern, an der Hüfte mit einem Strick festgebunden, damit er nicht herabrutschte, denn man hatte seine Unterlage am Kopfende erhöht, auf daß es ein jeder sehen konnte, das Bild, das Toddy am Ende seines Lebens bot: die Hände über der Brust gefaltet, die Zehen seiner zu großen Schuhe nach oben gebogen, schlechtsitzende Kleider voller Flecken und Löcher am Leib – ein Zwerg von einem Mann, der nicht bloß gräßlich gestorben war, sondern obendrein in miserabler körperlicher Verfassung den Tod gefunden hatte. Der Spalt in seinem Schädel und das geronnene Blut seiner Wunde bildeten den unvergeßlichen Mittelpunkt des mahnenden Tableaus, das sich unseren Blicken darbot: Gebt acht, hier liegt ein erschlagener Ire.

Der Redner setzte seine Ansprache fort, und einige entfernten sich aus der Menge, doch unaufhörlich strömten Neuankömmlinge hinzu, und ich erfuhr, daß man Toddy seit Tagesanbruch durch sämtliche Irenviertel gekarrt hatte wie ein fahrendes Schauspiel: fleischgewordenes Drama. Ich fragte eine Frau neben mir, wo der Mann denn gewohnt habe.

«War's nicht dort drüben?» sagte sie und wies auf eine Bretterhütte. Ich ging hin und sah die Tür mit dem Holzriegel, die Alfie Palmer eingetreten hatte. Ich rief Joeys Namen, erhielt indes keine Antwort, warf dann einen Blick ins düstere und karge Innere, nur erhellt vom Tageslicht, das durch die offene Tür hineinfiel, sah am Boden die Tonscherben einer Teekanne und eine rostige Blechtasse liegen. Was die Ryans sonst an Lebensnotwendigem besessen haben mochten, hatten Diebe geplündert. Das Sonnenlicht fiel auf den großen Blutfleck auf dem nackten Erdboden, wo Toddy das letzte verströmt hatte, was er im Überfluß besaß.

Ich überlegte, was ich an diesem Ort zu schaffen hatte, trat dann ganz ein, schloß hinter mir die Tür und sperrte das Tageslicht aus. Rabenschwarze Dunkelheit umfing mich. Ich atmete den Geruch der Erde und versuchte mir das Leben der Ryans in diesem winzigen Raum vorzustellen und mir auszumalen, wie sie in dem Straßengraben gehaust hatten mit ihrem Wagen als Dach. So arm wir Quinns auch gewesen waren (wir hatten oftmals Wochen ohne einen Penny zugebracht und uns nur von milden Gaben von Verwandten ernährt), hatten wir doch nie in so hoffnungsloser Armut gelebt, und ich begriff, was es hieß, Tag und Nacht den Geruch des nackten Erdbodens zu riechen. Ich fühlte mich wie ein Tier, das sich in Erdlöchern vergräbt, und dachte, daß die Ryans alles verflucht haben mußten, was sie in diese Lage gebracht hatte, und jeden beneidet, der in besseren Verhältnissen lebte.

Ich trat wieder hinaus in den Sonnenschein und sah, daß Toddy, der Wagen, der Truppenwerber und sein Publikum verschwunden waren. Ich folgte der Straße, und bald hatte ich den Zug eingeholt und mich hinter dem Wagen eingereiht; der Truppenwerber saß nunmehr und führte die Zügel, doch grüßte er noch immer alle Gaffer mit seiner marktschreierischen Leier: «Hallo und hergehört, ihr alle... Schaut euch den Leichnam von Toddy Ryan an... ermordet, weil er ein Ire war... Knüppel für alle am Fuß der Lumber Street... wir zeigen ihnen, wer wir sind... wir werden sie zur Hölle schikken...»

Wir kamen an der Patroon Street vorüber, nun schon etliche Dutzend in dem Zug hinter Toddys Wagen, und liefen im wärmenden Sonnenschein den Broadway hinauf gen Norden. Ich konnte die Männer sehen, die sich ein Stück vor uns versammelten, doppelt so viele wie der Haufen, den ich auf dem Hügel gesehen hatte. Es waren junge Männer, meist in Hemdsärmeln und ohne Hut, erregt gestikulierend in Erwartung der noch größeren Erregung des Kampfes. Ein oder zwei Dutzend kleinere Jungen fochten Scheinduelle mit den Knüppeln, die wie versprochen von einem Wagen herunter verteilt wurden. Etliche der Männer kannte ich: Walter White und Pete Carey aus der Van Woert Street, Midge McTigue, der mit meinem Vater auf dem Holzplatz gearbeitet hatte. Ich dachte mir, daß mein Vater, lebte er noch, sich jetzt gleichfalls unter diesen Männern befände. Joey Ryan konnte ich nirgends entdecken, doch sah ich Emmett, der, noch immer unrasiert, vermutlich schlaflos, zwei Männer aufgebracht am Hemd packte. Ich hörte seine Worte: «Irrsinn, hügelan zu kämpfen ... Irrsinn, überhaupt zu kämpfen ...»

«Zu spät für dies Gefasel, Emmett», sagte einer der Männer und schlug Emmetts Hand fort.

Emmett drängte sich vor an die Spitze des Zuges und rief allen zu: «Tut das nicht, Männer ... ehe der Tag um ist, werden wir ein Dutzend Tote zählen ...»

Eine heisere Stimme rief: «Beim heiligen Christus, laßt uns zur Sache kommen», und damit zogen die Männer, wenigstens sechzig an der Zahl, die Lumber Street hinauf. Manche von ihnen steckten sich unterwegs Steine ein. Und dann hörte man den gleichförmigen Takt, den die Knüppel bei jedem Schritt aufs Pflaster schlugen: klapp, trapp, klapp, trapp, klapp, trapp, klapp – ein Marschrhythmus, den die Füße der Männer verträglich fanden; mit ihm hielten sie Schritt. Emmett sah mich, kam zu mir und packte mich am Arm.

«Du hast hier nichts verloren, Junge. Gar nichts.»

«Ich hab nach Joey Ryan gesucht. Er ist hinter Alfie Palmer her.»

«Der kleine Hänfling hinter Alfie her?»

«Er will ihm den Kopf abhacken.»

Emmett schüttelte den Kopf. «Irrsinn allerorten», sagte er. Dann sah er zu den Männern hin, die die Anhöhe hinaufmarschierten. «Ich muß ihnen nach.»

«Werdet Ihr kämpfen, Emmett?»

«Wenn's zu vermeiden ist, nicht. Doch vielleicht kann ich von Nutzen sein.»

«Ich werde mit Euch gehen.»

«Nein.»

«Ich will zusehen.»

«Dann sieh's dir an, doch halte dich abseits.»

Ich hatte nichts gegen Alfie Palmer, den ich nicht kannte; noch fühlte ich mich – abgesehen von der Verfolgung Joeys – verpflichtet, für Toddy Ryans Sache einzutreten. Ich machte mich mit Emmett auf den Weg, und wir holten die Männer ein, als sie um eine Ecke bogen. Schaulustige gesellten sich zu uns: alte Männer, junge Männer, Frauen, Kinder – samt und sonders kamen sie aus umliegenden Straßen herbeigelaufen, als die Kunde von der Schlacht die Runde machte; wie bei einer römischen Parade schritten wir voran, die Gladiatoren zur Arena eskortierend. Während des Marsches bildeten die Männer eine geschlossene Kolonne, doch als sie den Feind erblickten, der, teils hinter Barrikaden verschanzt, zwei Blocks hügelan in der Colonie Street wartete, hob ein wildes Geschrei an: «Bringt die Bastarde um! Auf jetzt! Gebt's ihnen!», die Marschordnung geriet durcheinander, und alle stürmten unter sprachlosem Gebrüll los.

Die Ryans, die sich keinen Gefallen damit erwiesen, daß sie hügelan stürmten, liefen in einen Hagel von Steinen und Pflasterquadern. Sie schleuderten sie, nicht faul, zurück, doch die mit erhobenen Knüppeln bergab galoppierenden Palmers, denen die Schwerkraft Schwung verlieh, warfen sich ihnen wuchtig entgegen und schlugen sechzehn von ihnen mehr oder minder bewußtlos, indes sie selbst bei diesem ersten Sturmangriff nur ein halbes Dutzend eigene Männer verloren. Das Klatschen der Fäuste, die dumpfen Schläge der Knüppel auf die Schädel vermischten sich mit dem Gefluche und Gejohle der Kämpfer. Eisenstangen kamen zum Einsatz, obschon der Holzknüppel dominierte, beides Geräte, die sich im Nahkampf als lästig erwiesen, darum wurden manche flugs fortgeworfen, um den Kampf mit Fäusten und Zähnen zu ermöglichen, indes die Streitenden über den Boden rollten und darum rangen, dem Gegner ein Auge auszuquetschen oder ein Ohr abzubeißen. Das Schlachtfeld dehnte sich aus, die Kämpfe griffen auf angrenzende Straßen und die Weide über, die zur Van Woert Street hin abfiel, indes die wachsende Schar der Zuschauer die Kämpfenden umringte, den tückischsten folgte und sie johlend zu immer eindrucksvollerem Augenausquetschen und Schädeleinschlagen anspornte.

Es wohnt dem Schauspiel einer mit Fäusten aufeinander einprügelnden Männerhorde eine Sehnsucht nach Strafe und Schmerz inne, das Bedürfnis, vom Leben eins aufs Maul zu kriegen, will man doch nicht Gefahr laufen, das aus den Augen zu verlieren, was zum Überleben notwendig ist. Im Krieg sollte ich weitaus Schlimmeres zu sehen bekommen, doch bis dato hatte ich dergleichen Roheit nicht gekannt: die zerrissenen Hemden, die blutverschmierten Gesichter, die halb abgebissenen Nasen und Ohren, die blutenden Fäuste mit den offenliegenden Knochen, Männer, die Zähne ausspuckten, Männer, die nicht mehr stehen konnten, ein Mann angeschossen, die Waffe unauffindbar, ein Dutzend Männer mit Messerstichen, zwei Dutzend mit gebrochenem Schädel. Manche erlagen später ihren Verletzungen und wurden in aller Heimlichkeit begraben, und einer von den Palmers mit Stichwunden in beiden Armen wurde nie mehr der alte. Ich sah, daß Emmett den Mann aus dem Getümmel zerrte, der ihm diese Stichwunden beigebracht hatte, ein Ryan, jedoch einer, dem Emmett nicht wohlgesonnen war, darum verpaßte er ihm einen einzigen Hieb an die Schläfe, und der Mann fiel um wie zehn Pfund Leber. Emmett riß ihm den Dolch aus der Hand und rollte den Mann die Wiese hinunter.

Frauen nahmen sich der gefallenen Kämpen an, tupften ihnen die Wunden ab und zogen sie auf sicheres Terrain. Ich erspähte einen Mann, dessen Gesicht die Farbe einer reifen Tomate hatte, eine frische Verbrühung in schönster Blüte, und ich fragte mich: Ob das Alfie Palmer ist? Der rohe Zustand seines Fleisches konnte sehr wohl von einem Bad in kochendem Tee herrühren. (Wie hatten die Ryans in diesem rundum geschlossenen Raum ihren Tee gekocht? Ich hatte weder einen Kamin gesehen noch eine Öffnung dafür. Lebten sie inmitten des Qualms?) Ein Gesicht wie Alfie Palmers (und es *war* seines), wäre mir zuvor gewiß nicht entgangen, woraus ich schloß, daß er als Nachzügler zu dieser Schlacht erschien. Doch dieses Gesicht war bekannt; als es auftauchte, zog es die Rachlust der Ryans wie ein Magnet auf sich, und im Nu umringten mehr Männer Alfie, als ihn möglicherweise mit Knüppel oder Faust erreichen konnten. Er indes schlug mit seinem Knüppel zwei Ryans nieder, ehe er unterlag, aus freien Stücken, wie ich heute annehmen muß, denn welche Gründe außer Schuldbewußtsein oder selbstmörderischem Wahnsinn konnten ihn dazu getrieben haben, sich vorsätzlich als Zielscheibe auf dieses Schlachtfeld zu begeben?

Er ging zu Boden, und derbe Ryan-Schuhe deckten ihn mit einem Hagel von Tritten ein, bis ein Trupp Palmers dazwischenging, um ihm zu Hilfe zu kommen. Doch es wollte ihnen nicht glücken, den obersten Palmer zu retten, denn dieweil andere Ryans sie abwehrten, packte ein Mann, der fortan jedermann in Albany als Horse Houlihan bekannt sein würde, ein Holzarbeiter von gewaltiger Größe und ebensolchem Körperumfang, den reglosen Alfie und brach ihm mit großer Kraft und unfehlbarer Geschicklichkeit beide Arme und Beine, die Arme über seinem angewinkelten Knie und sodann die Beine, indem er sich daraufstellte und sie in einem widernatürlichen Winkel hochriß. Der Schmerz des ersten Bruchs entlockte Alfie einen Schrei, dann indes sank er zurück in sein Koma und ließ sich die weiteren Brüche ohne ein Wimmern zufügen.

Die Schlacht tobte im Kampf Mann gegen Mann von dem erledigten Alfie fort, dessen Erniedrigung Horse Houlihan die Krone aufsetzte, indem er einen Schleimklumpen auf ihn spie. Da lag er nun, ein körperlich und seelisch ruinierter Mann und ein Beleg wofür? Für mangelhaftes Verständnis jener Kräfte, die der Verlust seiner Arbeit und der Tod seines Sohnes entfesselt hatten; und für ein noch viel mangelhafteres Verständnis dessen, was er mit seiner blindwütigen Rache an dem Unglücksraben Toddy ausgelöst hatte.

Irrsinn wäre das falsche Wort für die Folgen dieser Tat, denn bei den Kämpfenden kam nichts Krankhaftes zum Vorschein, sondern etwas, das sich seiner selbst viel bewußter war, und dessen abscheuliches Erbe erblühte nun auch in Joey Ryan, der just aus der Menge auftauchte, als die Schaulustigen sich samt dem Kampfgetümmel entfernt hatten. Er fand sich allein auf der Straße, näherte sich Schritt für Schritt und kniete dann nieder, um mit verblüffender Heimtücke den Abgesang auf Alfie anzustimmen: mit seinem Schleuderstein schlug er auf das Gesicht des halbtoten Mörders seines Vaters ein, schrie «Dreckskerl, Dreckskerl», bis ich ihn wegzerrte und dabei selbst von der Waffe getroffen wurde, versehentlich zwar, doch nicht minder schmerzhaft. Indes, ich griff zu spät ein, denn der Stein hatte tiefe Krater in Alfies Gesicht geschlagen und ihn auf dem rechten Auge dauerhaft erblinden lassen – und ihm das Augenlicht zu rauben hatte Joey vom Augenblick an, da er die reglose Gestalt am Boden liegen sah, im Sinn gehabt.

Ich versetzte Joey eine Ohrfeige, schleuderte seine Waffe fort und zog ihn am Arm vom Schlachtfeld in die ungefähre Richtung des Staatsschen Hauses, weit weg von allen Ryans und Palmers. Nach etlichen Rückzügen, Neuformierungen und zwei blutigen Stunden hatten die Ryans schließlich die Palmers vernichtend geschlagen. Alfie Palmer überlebte, um zum halbblinden Krüppel von Arbor Hill zu werden: saß vier Jahre im Gefängnis, nachdem er den Mord an Toddy Ryan gestanden hatte, und verbrachte seine letzten Tage als betrunkener Bettler und ehrloses Opfer seiner unergründlichen Zorneswallungen.

Zeitungen nannten die Schlacht in ihren Berichten eine Fehde zwischen Papisten und anglikanischen Amerikanern, zwischen Iren und Know-Nothings (die aufgebrachte Nativisten und diverse Mischlingshasser zu ihrer politischen Gefolgschaft zählten und darauf aus waren, in dieser Republik der Gleichen ein Gleichgewicht zu schaffen, indem sie die Ungleichen vertrieben). Will Canaday stellte fest, die Schlacht habe eine Menge mutmaßlicher Todesopfer und eine nicht zu schätzende Anzahl blutiger Köpfe gefordert, und kam in zeitweiliger Abkehr von der Vernunft zu dem Schluß: «Das ist nicht genug. Sollen sie weitermachen, bis es keine Köpfe mehr zum Einschlagen gibt.» Wills Ansicht stieß weithin auf Zustimmung, denn uns allen war aufgegangen, daß der Pöbel auf dem Höhepunkt seines Zorns keine Parteien kennt, keinen Zusammenhalt der Rassen und keine Konfession, sondern vielmehr eine wilde Bestie mit blutigen Klauen ist, die es niederzukämpfen gilt.

Am Montag nach der Schlacht begleitete ich Dirck, um Lyman Fitzgibbon zuzuhören, der auf dem Kai seiner Gießerei eine Ladeplattform erklomm und der Arbeiterschaft zur Mittagsstunde sein Evangelium verkündete. Er gab bekannt, er werde die Kosten für das Zusammenflicken von Alfie Palmers Knochen tragen, des weiteren den Narren jedoch seinem Schicksal überlassen; er werde Ryans Witwe und den Kindern großzügig moralische und finanzielle Unterstützung zukommen lassen; seine Vorarbeiter würden fortan sämtliche ähnlich gearteten Schlachten beobachten, die Namen aller beteiligten Arbeiter notieren und ihre fristlose Entlassung aus dem Arbeitsverhältnis erwirken; er selbst werde in seinem Testament seine Erben und Rechtsnachfolger auffordern, ebenso zu verfahren, denn er glaube von ganzem Herzen daran, daß wir hier auf dieser Erde weilten, um im Namen des barmherzigen Christus Frieden zu stiften, und jene, die sich anders entschieden, sollten auf ewig in den Kesseln der Hölle kochen.

Die schweigenden Männer, durch derlei fromme Worte gewiß nicht zur Friedfertigkeit bekehrt, machten sich, Ameisen gleich, auf den Rückweg zu ihren Schmelzöfen, Kesseln, Flammöfen und Gußformen, um über die Launen des Daseins nachzusinnen. Und dann nahm man in dieser eigentümlichen, dem Eisen verhafteten Welt unter dem Auge des einen gütigen Gottes die Herstellung von Öfen wieder auf, für jetzt und alle Ewigkeit, Amen.

Am Abend desselben Tages hielt Lyman im Gesellschaftszimmer des Staatsschen Hauses eine Rede zum Lobe Dircks, dessentwegen er, so meinte er, ein gewisses Schuldgefühl verspüre, jedoch nicht ohne zugleich mit aufrichtigem Schmerz daran zu erinnern, daß Petrus sich vermutlich im Grabe umdrehte ob Dircks Pamphlet und des Aufsehens, das es in der Stadt erregt hatte; denn er wußte um Petrus' Befürchtung, daß genau das eintreffen würde, was geschehen war: daß sich nämlich Dirck der unstandesgemäßen Zunft der Wortklauber zugesellte, und zwar mit nachteiligen Ergebnissen.

Hillegond korrigierte Lyman, Dircks Tätigkeit sei in keiner Weise unstandesgemäß oder nachteilig, sondern von so hohem moralischen Wert wie kaum eine andere. Es treffe zwar zu, sagte sie, daß er absonderlich sei und schlecht gekleidet (und sie warf einen geringschätzigen Blick auf meinen Aufzug); gleichwohl sei er sanftmütig, kühn und von überragender Intelligenz, und sie sei stolz auf ihn.

«Ja, gewiß», sagte Lyman. «Wir sind alle stolz auf den Jungen. Stolz, stolz und nochmals stolz. Doch seinem Vater wäre die Veröffentlichung dieses ruinösen Pamphlets ein Greuel gewesen. Wußte dein Sohn denn nicht, daß sein Vater ein Mitbegründer der *Society* war?»

Prompt erhob sich Dirck und notierte seine Antwort neben dem Tintenfaß unter dem Porträt des gealterten Petrus. Ohne innezuhalten huschte die Feder über das Papier, worauf ich, die Vokale dehnend, allen seine Worte vorlas: «Natürlich wußte ich es. Maskierter, der befahl, mir Zunge abzuschneiden, und ebenso, mein Leben zu schonen, tat letzteres in Anerkennung von Vaters erhalten gebliebenem Ansehen in der *Society.*»

«Ja, ja, ja», sagte Lyman, seine Bemerkungen an mich richtend. «Gleichwohl schlage ich vor, du entschuldigst dich um deines Vaters willen für das, was du geschrieben hast. Wenn du das tust, werde ich öffentlich meinen Austritt aus der *Society* erklären und ihn damit begründen, daß die hehren moralischen Prinzipien dieser einst makellosen Bruderschaft so verkommen sind, korrumpiert durch Halunken unserer heutigen Zeit.»

Dirck holte mit wild zuckendem Stift zum Gegenschlag aus, trat sodann neben mich und verkündete durch das Medium meiner Stimme, er betrachte Lyman als «großen Mann, guten Freund von Familie und Vater, doch ich werde nie ein Wort zurücknehmen, denn Buch kostete mich unwiederbringlich Stimme, und welcher Widerruf gäbe sie mir zurück? Weder Abbitte noch Austritt aus der *Society* ändern ein Übel, das gewaltsamer Vernichtung bedarf.» Dann nahm Dirck bebend vor stummem Zorn Platz und schwieg.

Lyman stand auf, schüttelte die Faust gegen mich und sagte, er könne nicht austreten «ohne das geschichtliche Bewußtsein, daß in der *Society* nicht *immer* die Niedertracht herrschte und daß sich unter den derzeitigen Mitgliedern nicht nur Schurken befinden».

Dirck kratzte seine Entgegnung aufs Papier, und ich las: «Na schön. Dann weise *du* der *Society* ihre historische Nische zu. Bitte enthülle geheime Dogmen von ehedem, die zu Kreuzigung von Männern und Aufschlitzen ihres Bauches führten, um somit Futterplatz für Ratten zu schaffen. Denn ich verstehe derartige moralische Fortentwicklung nicht.»

Lyman entgegnete, er könne nichts berichten, woran sich eine solche Entwicklung erkennen lasse, und einerlei, *was* er sage, «es wäscht nicht den Namen Petrus' rein, der die Ortsgruppe der *Society* gegründet hat. Dazu bedarf es der Worte von Dirck Staats.»

Dirck tat diese Bemerkung mit einer wegwerfenden Geste ab und schrieb seinen abschließenden Kommentar: «Bin nicht Richter über toten Vater. Und ebenso wenig über dich.»

Mit dem geselligen Abend war es nun vorbei, und schon bald begaben wir uns zu Bett. Was sich zugetragen hatte, bedrückte mich, doch einer göttlichen Offenbarung gleich leuchtete Mauds Antlitz durch alles hindurch. In Anbetracht ihres Aufenthalts in Saratoga, der in wenigen Wochen bevorstand, wußte ich, daß sich eine Entscheidung anbahnte: eine, an der auch meine bronzene Scheibe beteiligt sein würde, die mir wiederholt im Traum erschienen war. In dieser bedrückenden und schlaflosen Nacht nun sprach das Gesicht auf der Scheibe zu mir: «Unter den Bögen der Liebe», sagte es, und dann: «Unter dem Banner des Blutes». Keiner der beiden Sätze hatte eine mir vertraute Bedeutung. Es blieb nur die Ahnung, daß ich vielleicht eines Tages hinter den tieferen Sinn dieses beredten Objekts käme und auch herausfände, was es mit Joey Ryan und seinem Schleuderstein verband, mit den Hummeln in Mauds Notiz, mit dem blutenden Handgelenk des entflohenen Sklaven Joshua und dem trüben Staub des berstenden Soldaten. Die Botschaft, die sich während dieser turbulenten Tage meiner fieberhaften Phantasie entrang, bestand aus einem einzelnen Wort: «Verkettung»; und vom Augenblick an, da ich imstande war, dieses Wort zu begreifen, wurde ich zu einem Menschen, der sich gezwungen sah, unvereinbare Elemente dieses Lebens miteinander in Verbindung zu bringen, so unwahrscheinlich letztere auch erscheinen mochte, all dies im Bestreben, Dingen eine Bedeutung aufzuerlegen, deren schiere Existenz ich nicht immer verifizieren konnte: so etwa die Vision eines jungen Mädchens mit einem Schädel in der Hand, in dem ein lieblich trillernder roter Vogel gefangen war, den man durch die Augenhöhlen des Schädels sehen konnte.

In früheren Tagen würde ich ein solches Bild als Nachtmahr abgetan haben. Nun indes trieb es mich voran in unbekannte Sphären, die sich beständig ausweiteten und die zu durchmessen ich nicht fähig war. Doch im Bewußtsein dessen war mir gleichfalls klar, daß ich womöglich nie imstande wäre, sie ganz zu erfassen, und daß ich, sollte ich aus Rücksicht oder Ängstlichkeit so bleiben, wie ich war, Maud für immer fernbleiben müßte. Ich wußte, mein Leben würde dann nutzlos werden wie das so vieler Männer aus der Generation meines Vaters, die, allein von Bruchstücken unerfüllter Träume aufrechterhalten, ihre Tage verlebten und entweder träge wurden vor Verzweiflung oder aufsässig in ihrem Groll über eine derartige Verfassung.

Und so fuhr ich eines Morgens, nicht lange nach dieser Zuspitzung meiner Bedrängnis, schweigend mit Will Canaday und Dirck zur *Chronicle-Paddle*, und als ich die beiden bei ihrer Redaktionsbesprechung neben dem Holzofen sah, nahm ich meinen Mut zusammen, um sie mit meinem Entschluß zu konfrontieren, und sagte: «Wenn Ihr erlaubt, meine Herren: Ich glaube, daß ich diese Anstellung aufgeben und Albany verlassen muß.» Sprachlos vor Überraschung musterten sie mich.

«Und wo willst du hin?» fragte Will.

«Nach Saratoga im Norden.»

«Ich weiß, wo Saratoga liegt. Haben wir dich hier so schlecht behandelt?»

«Nein, Sir. Ich bin sehr glücklich hier. Keiner ist dankbarer als ich für das, was mir zuteil wurde, doch muß ich jemanden treffen.»

«Einen Verwandten?»

«Nein», sagte ich und hätte fast hinzugesetzt: «Noch nicht.»

Will ließ sich auf dem Stuhl neben Dirck nieder und starrte mich mit einer Miene an, der ich ansah, daß ihm dies gänzlich unbegreiflich war. Ich glaube, er befand, ich sei von allen guten Geistern verlassen. «Wann findet diese Abreise statt?» fragte er.

«In ungefähr zwei Wochen», sagte ich.

«Du wirst in Saratoga bleiben? Dort wohnen?»

«Ich bin mir nicht sicher.»

«Wie lange wirst du fortbleiben?»

«Ich weiß es wirklich nicht.»

«Beabsichtigst du, dir andere Arbeit zu suchen?»

«Ich hatte gehofft», sagte ich, «Ihr würdet mir behilflich sein, diesbezüglich zu einer Entscheidung zu kommen.»

«Ah!» sagte Will. «Demnach soll ich also Wegbereiter sein für deine Flucht.»

«Ich würde lieber hier für die *Chronicle* arbeiten als irgendwo sonst auf der Welt. Doch ich muß dieser Person helfen.»

Dirck schrieb einen Zettel und reichte ihn mir. «Maud?» stand darauf. Ich nickte und reichte den Zettel Will.

«Dann entspringt deine Reise in Wahrheit romantischer Sehnsucht», sagte Will.

«Sie bat mich, sie zu treffen. Sie scheint verzweifelt», sagte ich.

«Gewiß bist du bestens gerüstet, alle möglichen Sorgen verzweifelter junger Frauen auszuräumen.»

«Vermutlich keine einzige», sagte ich, «doch ich versprach, es zu versuchen.»

Sodann lauschten Will und Dirck mit gespieltem Ernst, indes ich von Mauds Leben bei La Última und John dem Eber sprach. Doch je mehr ich redete, desto deutlicher erkannte ich, wie wenig ich von Maud wußte, außer, daß sie wünschte, von mir geraubt zu werden. Dies sagte ich jedoch nicht. Abschließend erklärte ich, ich sei mir nicht sicher, wann ich nach Albany zurückkehren würde. In diesem Augenblick sah ich in Dircks Miene die Erkenntnis heraufdämmern, daß er von neuem seine Stimme verlieren würde. Ich hatte Geschick entwickelt in der Rolle seines Stellvertreters, doch gewiß konnten mich andere ersetzen; was ich von Mauds Rolle in meinen Gefühlen oder der meinen in ihren nicht behaupten konnte.

Will warf die Frage nach meiner Scheibe auf, und ich sagte, ich wolle sie in seinem Tresor belassen, doch er sagte nein. Was, wenn der Tresor aufgebrochen würde? Wenn das Haus in Flammen aufginge? Wenn er stürbe? Nein. Wir benötigten eine Beglaubigung meiner Besitzerschaft, und anschließend mußte die Scheibe in einem Bankschließfach auf meinen Namen sicher verwahrt werden. Wie immer war Will gründlich.

Während der folgenden Tage wurde viel über meine Abreise gesprochen, insbesondere von seiten Hillegonds, die es nicht fassen konnte, daß ich so ganz allein mein Glück versuchen wollte. Sie musterte mich von Kopf bis Fuß und sagte: «Wenn du ein Abenteurer werden willst, darfst du nicht mehr wie ein Straßenkehrer herumlaufen», und sie ließ einen Schneider kommen, der mir Hosen und Fräcke aus Woll- und Leinentuch anmaß (der Wollfrack hatte einen Samtkragen), zwei Wämse aus Seidendamast, jedes zum einen Frack passend und sich vom anderen abhebend, und einen langen grauen Gehrock für kaltes Wetter. Sie fuhr selbst mit mir in die Stadt, um Schuhe und Halbstiefel zu kaufen, sechs neue Hemden, sechs Krawatten, zwei Paar Hosenträger, dazu Strümpfe und Unterwäsche in Hülle und Fülle. All das wurde gekrönt von einem schwarzen Zylinder, den ich ein wenig lächerlich fand, von dem Hillegond jedoch behauptete, er sei das wahre Kennzeichen eines jungen Gentleman.

«Ich wünschte nur, Dirck wäre gewesen wie du», sagte sie zu mir.

Als wir die Frage der Bekleidung gelöst hatten, nahm sie mich mit zum Schreibwarenhändler und stattete mich mit einem Schreibköfferchen aus, das ein Fach für Manuskripte, eine tragbare Lampe, Kerzen und Halter, zwei Drehbleistifte, ein Dutzend Federn und Halter, Tinte, Tintenfaß und eine Rolle Schreibpapier enthielt.

«Jetzt bist du ein Schriftsteller», sagte Hillegond.

«Ich glaube, um einer zu sein, werde ich zunächst einmal etwas schreiben müssen», sagte ich.

Ich kehrte in mein Zimmer zurück und bewunderte all meine Errungenschaften. Doch hält die Freude am Neuerworbenen nur eine Zeitlang vor, und dann tritt seine Nichtigkeit in den Vordergrund. Ich ging also hinunter in die Küche, um Matty und Capricorn zu besuchen, die meine Freunde geworden waren. Ich war stets begierig, ihre Geschichten über das Leben der Schwarzen im alten Albany zu hören und ihre Erzählungen über entflohene Sklaven, die manchmal erfreuliche Geschichten von geglückter Flucht waren, ein andermal von tragischer Trennung und vom Sterben handelten. Ich wollte wissen, was mit Joshua geschehen war, darum fragte ich sie, wie er nach seiner schweren Prüfung vorankam und wo er sich befand. Darauf erntete ich tiefes Schweigen, und unser Gespräch über das Sklavenleben fand ein jähes Ende.

Zwei Tage bevor ich Abschied nahm, saß ich morgens im Eßzimmer mit Dirck beim Frühstück, und wir tranken soeben unseren Tee aus, als er mir eine Nachricht neben den Teller legte. Ich las:

Daniel,
Unsere Gesellschaft scheint dir unaufhörlich ihre Makel zu offenbaren, wie du auch dazu geboren scheinst, Zeuge von Tragödien zu werden und die Menschen in ihrem Kummer aufzurichten. Ich verdanke dir mein Leben. Mein Vermögensverwalter wird auf deinen Namen ein Konto einrichten und heute hierherkommen, um mit dir zu sprechen. Du wirst jetzt für die nächsten fünfzehn Jahre deines Lebens abgesichert sein. Bis dahin solltest du dein eigenes Vermögen erworben haben.

Viel Glück,
Dirck

Als mir aufging, was da stand, und ich in dankbarem Erstaunen den Kopf hob, war Dirck verschwunden. Doch während mich das Glück in die Arme schloß, fielen neue unheilvolle Schatten auf die Ryans. Die kleine Molly wurde plötzlich von Eiterbeulen und Entzündungen am ganzen Körper geplagt, eine scheinbar ursprungslose Krankheit, für die man schließlich den Schrecken verantwortlich machte, der seit dem Tag, da sie die Ermordung ihres Vaters mitangesehen hatte, tief in ihr steckte. Joey Ryan war bei kurzen Ausflügen in der Nähe des Staatsschen Anwesens zweimal verfolgt worden, und ein Junge hatte versucht, ihm die Augen auszudrücken. Als Margaret Ryan davon erfuhr, lief sie zu Hillegond, warf sich auf den Teppich im Salon, verfluchte die Feinde Irlands, verfluchte Amerika, verfluchte Gott und seine Mutter, verfluchte den Mörder ihres Mannes und all seine Nachkommen und Vorfahren, verfluchte den Fluch, der auf ihr und ihren Kindern lastete. Sie ließ erst von ihrem Fluchen ab, als Hillegond ihr den Kopf tätschelte und ihr sanft zuredete; da setzte sie sich auf und schwor, sie werde Albany verlassen und sich an einen anderen Ort begeben, schwor es beim leidenden Körper Molly Ryans, beim bedrohten Augenlicht Joey Ryans und bei dem Haß, der in ihr schwelte und in dieser Hölle voller böser Teufel das Blut, Feuer und Gift ihres Überlebenswillens war.

Lyman Fitzgibbon rettete die Familie Ryan davor, samt und sonders dem Wahnsinn anheimzufallen, indem er Margaret Ryan eine Anstellung als Putzfrau in einem Waisenhaus in Syracuse verschaffte, wo auch die Kinder weit entfernt von Albany Zuflucht fanden; und so waren sie eines Tages aus dem Herrenhaus verschwunden, doch meinem Gedächtnis für immer eingeprägt als lebende Verkörperungen hilflosen, unverschuldeten Leidens. In den Tagen nach ihrer Abreise spürte ich, daß ein Los wie das ihre mir wohl nicht zufallen könnte; daß jegliches Mißgeschick, das mir in späteren Tagen widerfuhr, eher von meiner eigenen Halsstarrigkeit oder Dummheit herrühren würde; daß ich nicht dazu bestimmt war, eine willfährige Marionette äußerlicher Kräfte zu sein. Man legt mit einem solchen Bekenntnis ein großes Maß an Selbstüberhebung an den Tag, doch meine Eingebung enthielt ein Körnchen Wahrheit.

Am Tag meiner Abreise führte Hillegond die Aufsicht über das Abschiedsfrühstück, für das sie Brot nach einem alten holländischen Rezept gebacken hatte. Angereichert mit Rosinen, Walnüssen, Zucker und Käse, war das Brot für sie ein Symbol der Fülle, ihr Abschiedswunsch für mich. Dirck hielt seinen Abschied so kurz er konnte, doch sein Händedruck, als wir uns trennten, war eisern wie eine Bärenfalle.

Will, der mir bereits ein Schreiben gegeben hatte, das mich als gutherzige, vertrauenswürdige junge Seele von reichlichem Talent und großen Fähigkeiten empfahl, ein so überschwengliches Lob, daß ich mir sicher war, es würde keiner glauben – Will also kam, um Dirck abzuholen und uns mitzuteilen, daß Lyman ihm einen Brief zum Abdruck in der *Chronicle* geschickt hätte, in dem er die *Society* öffentlich mißbilligte und seinen Austritt bekanntgab.

Will überreichte mir seine eigene Ausgabe von Montaignes Essays, erklärte mir, sie enthalte genug Weisheit für ein ganzes Schock junger Männer wie mich, und legte mir nahe, sie immer wieder und in kleinen Portionen zu lesen. Dazu gab er mir ein paar wertvolle Ratschläge mit auf den Weg. An der Stirnseite des Tisches im Eßzimmer sitzend, an dem Hillegond und ich frühstückten, den Hut in der einen Hand und seinen Spazierstock in der anderen, vermittelte er mir seinen Rat in Sätzen, deren genauen Wortlaut ich mir nicht ins Gedächtnis zu rufen vermag, denn ich fühlte mich ganz elend dabei, Wills Zeitung zu verlassen, die meiner Seele zur Heimat geworden war, und der Gedanke ans Fortgehen trübte mein Erinnerungsvermögen gründlich. Obgleich ich mich den ganzen Rest jenes Tages über auf seine genauen Worte zu besinnen versuchte, war das Ergebnis weit entfernt von Wills sprudelnden Wortkaskaden. Soweit es mir nach bestem Bemühen einfallen wollte, sagte er folgendes:

«Denk daran, Daniel. Das einzige, wofür es sich zu kämpfen lohnt, ist das, was dem Selbst wirklich vorkommt. Strebe nach wirklicher Freiheit und hüte dich vor willkürlichen Kategorisierungen.»

Ich gestehe, ich wußte nicht, was er mit den letzten beiden Worten meinte, die indes getreu die seinen sind, denn sie haben sich mir auf Grund ihrer Fremdheit unauslöschlich ins Gedächtnis eingeprägt. Will fügte auch hinzu, ich solle mich «vor dem Alter der Einsicht», das er mit fünfundzwanzig angab, hüten zu heiraten. «Kein Mann, der jünger ist, hat die geringste Ahnung, was es mit den Frauen auf sich hat», sagte er. «Und wenngleich er es nach seinem fünfundzwanzigsten Lebensjahr noch weniger weiß, ist er doch irgendwie besser auf das Spiel vorbereitet.»

Bei seiner Rede traten Hillegond die Tränen in die Augen, denn sie brachten ihr zusehends deutlicher die Tatsache zu Bewußtsein, daß meine Abreise unmittelbar bevorstand: Schon wieder ging ein «Herzensabenteuer» zu Ende. Der Rat, den sie mir in Sachen Liebe gab, stand in krassem Gegensatz zu Wills.

«Ich weiß, du und Maud habt gesehen, was in jener Nacht geschah, als Magdalena von den Toten zurückkehrte», sagte sie. «Ich habe dich damals nicht bemerkt, doch John sah dich, und er genoß es, Publikum zu haben. Ich will mich nicht entschuldigen für das, was du gesehen hast, doch ich behaupte, daß das Leben nie das ist, wofür man es hält. Wir scheinen die Liebe an den mißlichsten Orten zu entdecken, und nicht immer mit den geziemenden Partnern. Doch Daniel, junger Liebling unsrer Herzen, die Liebe ist nahrhafter als Weizen. Die Liebe ist den Preis wert, den es kostet, sie zu finden, und ich weiß gewiß, daß du sie gefunden hast. Ich weiß auch, daß du alles weißt, was ich dir sage, noch ehe es mir über die Lippen kommt. Du bist so ein gewitzter Junge – gewitzter, als Dirck in deinem Alter war, und der war so gewitzt, wie ein Holländer durstig ist. Ich werde dich vermissen, Daniel Quinn, und ich *bestehe* darauf, daß du zurückkommst, sobald du kannst, und dich hier häuslich niederläßt. Bring Maud mit, wenn du willst, und wenn nicht sie, dann eine andere. Doch du hast der Familie Staats unschätzbare Dienste geleistet, und es soll dir, solange wir leben, nie mehr an etwas mangeln. Gott segne deinen gesunden Menschenverstand, und viel Glück auf deiner Reise!»

Lange vor der festgesetzten Stunde hatte ich mein Zugbillett in der Hand, und alles war gepackt und zur Abreise bereit. Emmett Daugherty kam mich abholen und sagte, wir müßten uns den «Irentrubel» ansehen, bevor ich abführe, eine Bemerkung, die mich verwirrte. Doch er erklärte, heute sei auch der Abreisetag der neuen Einwanderer: heimatlose Iren, die nach

Albany gekommen waren, um hier eine Lebensmöglichkeit zu finden, und, nachdem sie keine gefunden hatten, anderswohin geschickt wurden – in Wahrheit aus der Stadt vertrieben von Behörden, die außerstande waren, mit den sich häufenden Fällen von Typhus fertig zu werden, den die Neuankömmlinge mitgebracht hatten. Einer weitverbreiteten Ansicht nach konnte dieses Fieber auf flachem Land nicht gedeihen, darum wurden die Einwanderer in die Prärien des Westens verfrachtet, wo sie sich Blockhütten bauen und in der freien Natur mit dem nötigsten zum Leben versorgen konnten, der Wildnis angepaßt und in sicherer Entfernung von der stinkenden Stadt, wo die Saat des Fiebers aufs prächtigste gedeiht.

Ich schloß Matty und Capricorn der Reihe nach in die Arme, gelobte, sie beide wiederzusehen, und wurde bei meiner letzten Umarmung dann von Hillegond und ihrem üppigen Busen erdrückt, woraufhin ich in Tränen der Zuneigung zu dieser Frau ausbrach, in deren offene Arme ich, so schwor ich neuerlich, wie ein Sohn zurückkehren wollte.

Ich erklomm den Bock von Emmetts offenem Wagen, indes er mein Gepäck hinaufwarf, und ließ ein letztes Mal den Blick über das Anwesen mit seinen Türmchen, Giebeln und Erkern schweifen, über die Veranden, Sträucher und hübschen, leuchtend grünen Rasenflächen, die Hektar bewaldeter Hänge und den ausgedehnten, von der zur Stadt führenden Straße gesäumten Forst dahinter, den ich stets als den ureigenen urzeitlichen Wald der Staats betrachtet hatte. All das überschaute ich betrübten Blickes, denn ich wußte, daß ich diesmal wirklich fortging und, meinen Erklärungen zum Trotz, vielleicht nie zurückkehren würde, und ich verspürte im tiefsten Innern die Furcht, daß mir all das für immer entgleiten würde, noch ehe ich begonnen hatte, mir seinen Reichtum zunutze zu machen. Es war nicht länger mein, und ich würde allein unterwegs sein, ein Waisenjunge in der Bekleidung eines Gentleman, ziellos und ohne Heimat, der sich in ungewisse Richtung aufmachte, um eine noch ungewissere Verpflichtung gegenüber einer Fremden zu erfüllen, die er kaum kannte, indes fraglos inbrünstig liebte.

Ich weinte unverhohlen, nun da ich mich von der Pracht dieses Anblicks wie auch vom warmen Busen Hillegonds losriß. Und dann, dieweil ich mich mit der unkennbaren Leere meiner Zukunft abfand, spornte Emmett mit einem Zungenschnalzer das Pferd an.

Nun denn, leb wohl.

Wir sahen erste Anzeichen von Emmetts «Trubel», als wir uns dem Bahnhof näherten: Menschenmassen, die von berittenen Konstablern und Hilfssheriffs aus der Stadt getrieben wurden. Ich saß neben Emmett auf dem Wagen, und wir sahen sie vorüberziehen.

«Schau dir diese Menschen gut an, und vergiß nie, was du hier siehst», sagte er zu mir, und ich entsinne mich seiner genauso lebhaft wie alles anderen: Die prächtig gewellte Mähne schwarzen Haares, die ihn mit ihrer stattlichen Fülle krönte, und sein Blick, der hart war wie ein Eisennugget, sie nehmen in meiner Erinnerung den gleichen Stellenwert ein wie dieser jämmerliche Menschenhaufen, den ich mir genau besah. Hier kam ein Mann mit zwei Kindern auf der Schulter und zwei weiteren im Schlepptau, dort eine Frau, die im Laufen zwei vor die Brust gebundene Babys am nackten Busen nährte. Es war ein kühler Tag, doch manche Männer gingen mit nacktem Oberkörper, die Hosen von Hosenträgern gehalten, die Füße in verrotteten Schuhen. Ein Mann mit einem Bullterrier unter dem Arm hatte sich am Hals eine Bartkrause wachsen lassen, die einem Hundehalsband glich, darüber war er glattrasiert. Ein Junge in einem kleinen Karren, der von einem Esel gezogen wurde, blies auf seiner Flöte eine gälische Melodie, die, wie mir einfiel, mein Vater oft gepfiffen hatte, und liederliche Weiber mit hervorblitzendem Hemd und fliegenden Röcken gaben Männern wie Frauen den Blick auf ihre Hüften und Schenkel frei (eine von ihnen machte mir schöne Augen) und verhöhnten auf Gälisch alle, die dem Aufzug aus Fenstern und Hauseingängen zusahen. Einem Mann ersetzten Stofflappen um die Füße das Paar Schuhe. Ein anderer war mit einem kurzen Holzknüppel, der

Pistole der Iren, für jeden unverhofften Kampf gewappnet. Männer trugen schwere genagelte Stiefel, Hüte aus Stroh und Filz, Mützen aus Leder und Fell, Zylinder, Angströhren, Schiffermützen, Wämse. Frauen trugen Hauben und Schals oder gar nichts auf dem Kopf, trugen Pullover, zerschlissene Jacken, abgewetzte Mäntel, lange Röcke. Sie führten Besen mit sich, aus Stroh geflochtene Kisten, Taschen und mit Stricken verschnürte Koffer. Die Strümpfe hatten sie heruntergerollt, das Haar zu Knoten gebunden, oder es fiel ihnen offen über den halben Rücken herab wie das meiner Mutter, und offen stellten manche nicht nur ihr Haar zur Schau, sondern auch ihre Zuneigung zu den Männern, die sie im Laufen betatschten und begrapschten. Dieser Tätschler trug Schoßrock und Kniebundhosen mit Löchern im Knie; jener einen Eimer, eine Whiskeyflasche oder ein kleines Schwein in einem Korb. Ein Mann pißte wie ein Pferd mitten auf die Straße, und eine sechsköpfige Familie, eng aneinandergedrängt, faßte sich besorgt und würdevoll an den Händen.

Emmett erzählte mir von etlichen dieser Leute. Er hatte sich eine Woche lang in ihrer Mitte aufgehalten, um ihren Erzählungen zu lauschen, um Neuigkeiten aus Irland zu erfahren, um zu helfen, wo und so gut er konnte. Seine Sorge um sie entsprang einer inneren Verpflichtung: er war bei seiner Ankunft selbst einer von ihnen gewesen. Die Leidenschaft, mit der er sich um die Verbesserung ihrer Lebensumstände bemühte, sollte mit den Jahren noch wachsen und mein Leben tiefgreifend beeinflussen. Er erzählte mir von einem Mann, der einen Sack mit Pferdehäuten gestohlen hatte, beim Versuch, sie ihrem Besitzer wieder zu verkaufen, festgenommen und ins Gefängnis gesteckt worden war und seine Familie mittellos zurückgelassen hatte. Er erzählte von einem Mann, der seit langem dem Whiskey abgeschworen hatte, doch eines Abends betrunken und singend nach Hause gekommen war und seine verdrossene Frau bedrängt hatte, mit ihm zu singen; sie indes wollte nicht, worauf er sie mit einer Kruke geschlagen hatte und ins Gefängnis gesteckt worden war. Auch dessen Frau blieb mittellos zurück.

«Die meisten von ihnen sind verloren», sagte Emmett zu mir. «Und wer wäre das nicht in dieser Lage? Alles, was sie kennen, haben sie hinter sich gelassen, und sie besitzen nur das, was sie auf dem Leib tragen und mit sich schleppen. Doch wenn schon verloren, so behaupten manche, dann sei dies das Land, in dem man sich verlieren solle, denn hier renke sich alles wieder ein. Würdest du dem beipflichten, Junge?»

Ich nickte zustimmend, doch dachte ich an Dirck und seine verlorene Stimme, an den verlorenen Joshua und sein Leben als Flüchtling, und an den toten Schweden, der in das Credo, alles renke sich wieder ein, nicht mehr einstimmen konnte; und es blieb abzuwarten, ob das Leben der Ryans je wieder etwas anderes sein würde als eine Abfolge von Tagen voll Blut und Wunden.

«Schau sie dir an», sagte Emmett zu mir. «Schau dir Antlitz, Blick und Gang dieses wandelnden Elends, das uns hier einen Besuch abstattet, genau an.»

Dann waren die letzten vorübergezogen, und Emmett fuhr mit Pferd und Wagen hinterher. Vorn konnten wir sie die Waggons besteigen sehen, die sie nach Westen bringen würden; die Zugfenster waren geöffnet, hier und da flatterten bereits nasse Wäsche und Bettzeug in der Luft, die Kinder, barfuß und sich auf einem Ausflug wähnend, flitzten auf dem Pflaster und dem Kies umher, ein knurrender Hund bekam einen Hieb vom Gewehr eines Milizsoldaten, ein fallengelassenes Ferkel rannte unter einen Waggon. Ich krabbelte hinterher, um es zu fangen, doch konnte das Schwein schneller laufen, als ich zu kriechen in der Lage war, und es lief davon ins hohe Gras neben den Gleisen, für immer verloren für den alten Mann, der es hatte fallen lassen.

Vierunddreißig Waggons füllten sie, nicht der längste Zug, den ich je sah, doch einer, an den ich mich lebhaft erinnere. Ein Mann in mittleren Jahren, das Hemd in Fetzen und einen halb abgenagten Hühnerschlegel in der Hand, stand allein auf einem Trittbrett und stimmte ein Lied auf Gälisch an. Er sang in jener sonderbaren Sprache, und seine wehmütige Stimme verlieh ihr Glanz. Schweigend verharrte die Menge, und wir lauschten dem Sänger, ich mit wachsender Verwunderung im Herzen angesichts von soviel Freud und Leid, die sich gleichzeitig so vieler unbekannter Existenzen bemächtigten. Die Pfeife der Lokomotive übertönte das Lied, unterbrach jedoch nicht den Sänger, und als die Waggons hinausrollten, drang es erneut zu uns, in Fetzen hörbar zwischen den Pfiffen – eine leidenschaftliche Stimme, die um Gehör kämpfte. Und dann war sie verstummt.

Dieweil wir warteten, sprachen Emmett und ich von Irland und der Familie, von meiner Zukunft und davon, daß ich in seinem Hause stets willkommen sei, was ich wohl wußte, und dann war der Zug da, der nach Saratoga fuhr.

Ich stieg ein, mir mit jedem willentlichen Schritt bewußt, daß ich das Bild meiner selbst als hilfloser, unglücklicher Waisenjunge, den man wie Abfall vom Kanalboot geworfen hatte, ein für allemal auslöschte. Auch war ich kein Greenhorn, das man herumstoßen konnte – jetzt nicht mehr. Ich weiß noch heute nicht, warum ich mir dessen so sicher war, doch es stimmte. Es blieb abzuwarten, ob das Schicksal neuerlich in meinem Leben wüten würde, doch im Augenblick war das Glück auf meiner Seite, und ich verspürte ein außerordentliches Entzücken, war erfüllt von der Harmonie des Sonnenaufgangs. Während ich Emmett zum Abschied winkte, rollten ich und mein Zug nordwärts, angetrieben von dem brodelnden Feuer, das wir einst, im Morgendämmer des Lichts, den Göttern geraubt hatten.

DER STUMME KUCHEN

Saratoga
Frühjahr
1850

Als Magdalena Colón bei ihrem ersten öffentlichen Auftritt nach ihrer Abreise aus Albany in Utica die Bühne betrat, beseelte sie der übermächtige Drang, dem Publikum von ihrem Tod und ihrer Auferstehung zu künden. Nur die Erinnerung an Johns Worte veranlaßte sie, ihr Verlangen zu unterdrücken. «Wenn du damit anfängst», hatte John sie gewarnt, «werden sie dich für 'ne taube Nuß halten.»

In Syracuse konnte sich Magdalena dann nicht länger beherrschen. Mit einer Stimme, in der die ganze Verletzlichkeit des zerbrechlichsten Engels im himmlischen Chor mitschwang, trippelte sie grazil zur Bühnenmitte und entbot Gott ihren Dank dafür, daß er sie von den Toten hatte auferstehen lassen. Sie erzählte die Mär von dem Kinde am Grund des Flusses, das sie am Geburtsort der Träume willkommen geheißen hatte. Sie ließ sich aus über die angenehme Zeit, die sie unter Wasser im Land der leuchtenden Puppen verbracht hatte, und in einer heftigen Aufwallung ihrer mystischen Weisheit erklärte sie ihren Zuhörern, sie sollten sich nicht ängstigen an der Schwelle des Todes, es sei doch so reizvoll dort drüben. «Zudem», sagte sie, «besteht stets die Möglichkeit, sich umzudrehen und auf der Stelle zurückzukehren.» Sie schloß mit den Worten: «Ich kann mir nichts Angenehmeres vorstellen als zu sterben.»

Dann begann sie mit ihrer Darbietung: zunächst ein Lied, dann ihr berühmter Spinnentanz, wobei sie einen Angriff imaginärer Arachniden abwehrte, die ihr über Rock und Leibchen krabbelten, und mehr nackte Haut enthüllte, als amerikanische Zuschauer gemeinhin außerhalb von Bordellen zu sehen bekamen. Indes, ihr Bericht aus dem Jenseits war nicht ohne Wirkung geblieben. Das Publikum kicherte bei ihrem Tanz, und die Sündigkeit, derer sie sich rühmte, verblaßte hinter dem Glorienschein heiligen Humbugs.

Eine Zeitung in Syracuse berichtete folgendes über Magdalenas Redevortrag:

TÄNZERIN BEHAUPTET, SIE SEI AUFERSTANDEN

Die spanische Tänzerin Magdalena Colón, die sich La Última nennt, trat am gestrigen Abend vor überfülltem Hause auf, ohne indessen jene Entrüstung oder Lüsternheit zu provozieren, die ihre Tanzdarbietung in anderen Städten erregte. Statt dessen rief sie Gott an, den sie als kleines Mädchen mit einer Puppe im Arm beschrieb, und sprach sodann von ihrer Bekehrung, die erfolgte, nachdem sie im Fluß ertrunken und viele Stunden später dank gewisser Liebesdienste wieder auferstanden war. Von ihrer Darbietung bleibt nachzutragen, daß, obschon auch diese tödlich war, von einer Auferstehung hier nichts zu berichten ist.

Unverzagt wiederholte Magdalena ihre Geschichte vor Zuschauern in Rochester. Inzwischen sorgte schon die Kunde von ihrer bizarren Geschichte, und nicht mehr die von ihrer Sinnlichkeit, für ein ausverkauftes Haus. Als sie das Gelächter und Gejohle hörte, mit dem ihre Bemerkungen zur Auferstehung quittiert wurden, wirbelte Magdalena in rasenden Pirouetten über die Bühne und entfloh in die Seitenkulisse. Maud, die das mitangesehen und die Pfiffe gehört hatte, ging hinaus auf die Bühne und trat vor das feindselige Publikum, dessen Gespött bei ihrem Erscheinen verstummte.

«Nur Dummköpfe und Märtyrer lachen über den Tod», verkündete sie. «Was von beiden seid ihr?»

Sodann bat sie den Orchesterleiter, die Musik für den Spinnentanz zu spielen, und wirbelte, beflissen ihrer Tante nacheifernd, mit verwegen fliegenden Röcken und solcher Hingabe umher, daß sie die Spötter erst zum Schweigen brachte und schließlich zu Beifallsgeschrei und anhaltendem Applaus hinriß, als der Vorhang fiel. Eine Zugabe gewährte sie nicht. Hinter der Bühne schloß die gekränkte Magdalena sie in die Arme und sagte: «Was für ein wunderbares Kind du doch bist.»

«Ich bin kein Kind mehr, Tantchen. Kein Kind könnte so tanzen wie ich eben.»

«Was immer du bist, mein Maudchen, ich liebe dich.»

«Dazu mußt du nichts weiter sagen. Geh jetzt hinaus und sing deine Lieder, sonst wird uns der Theaterdirektor noch die Gage verweigern.»

Und so begann Maud Fallons Bühnenkarriere.

In den darauffolgenden Tagen schwanden La Últimas Kräfte zusehends; sie ergab sich einem Anfall von Verzweiflung, der ihre Weiterreise nach Buffalo verhinderte. Sie aß nichts mehr und versank kraftlos in den Niederungen der Melancholie.

«Ich habe meine Sinnlichkeit verloren», sagte sie wieder und wieder. «Mein Leben ist langweilig geworden, und gewiß werde ich noch vor Langeweile sterben.»

Gegenüber John McGee ließ sie davon jedoch nichts verlauten, schenkte er ihr doch die einzige Aufmerksamkeit, zu der er fähig war: die Stöße seines Anhängsels am Unterleib. Sie ertrug sie mit gespielter Leidenschaft, doch auch dergleichen Höflichkeiten langweilten sie, darum empfing sie seine Gabe schließlich in unbewegtem Schweigen.

«Du hattest ja mehr Leben in dir, als du tot warst», eröffnete ihr John.

Eines Tages erhob sie sich zur üblichen Waschung von ihrem leidenschaftslosen Lager, und die Kühle des Wassers zwischen ihren Beinen schien ihre Lebensgeister von neuem zu beleben. Die Vorstellung von einer Heilkraft des Wassers, die sich als stark genug erwiese, selbst die Agonie des Todes zu mildern, nahm sie ganz und gar gefangen.

«Ich brauche einen See», sagte sie zu John.

«Einen See brauchst du, aha!»

«Ich muß in einem See liegen und meine Leidenschaft zurückgewinnen», sagte sie.

«Jessas, als ob ich dagegen was einzuwenden hätte!» sagte John.

Und so wurde Saratoga Springs, berühmt für seinen See und seine heilenden Mineralquellen und ebenso bekannt als Ort, wo sinnliche Menschen so allgegenwärtig waren wie Klee auf der

der Wiese, zum nächsten Reiseziel von Magdalena, John dem Eber und jenem zukünftigen Schmetterling, Maud Fallon.

Nach seiner Ankunft in Saratoga kaufte sich Daniel Quinn eine Zeitung und las, daß Magdalena Colóns Auftritt im Union Theater für diesen Abend abgesagt war. Die kurze Meldung verwies auf unerklärliche Geräusche im Theater während eines früheren Auftritts. Quinn begab sich dorthin und fand es verschlossen. Er ging zu der Druckerei, wo die Zeitung gedruckt wurde, und wandte sich an den Herausgeber, Calvin Potts, einen kleinen Mann mit weißem Haarzopf, der eine mit der Druckerschwärze einer ganzen Generation befleckte Schürze trug. Er war am Setzkasten zugange und hielt eine Bleiletter in der Hand, als Quinn sich vorstellte und ihm den Empfehlungsbrief überreichte, den Will Canaday ihm geschrieben hatte.

«Ein lebenskluger Mann, dieser Will Canaday», sagte Potts. «Irgendwas mußt du schon taugen, wenn er soviel von dir hält. Hast du je als Setzer für ihn gearbeitet?»

«Schriftsetzen hatte ich eigentlich nicht im Sinn», sagte Quinn, und er suchte nach dem Wort, das seine Zielvorstellung beschrieb. Redakteur? Wohl kaum. Schriftsteller? Zu ehrgeizig. «Ich glaube, ich sollte fürs erste lernen, wie man Artikelschreiber wird», sagte er.

«Du solltest lieber lernen, wie man diese Artikel setzt, wenn du dir deinen Lebensunterhalt verdienen willst, mein Junge. Worte sind feingesponnene Dinge. Bleilettern sind etwas Reales und Handfestes.»

«Das sehe ich ein», sagte Quinn. «Doch auf ihre Weise sind Artikel ebenfalls real. Ich habe selbst gesehen, wie sie Veränderungen bewirken können.»

«Ah, du bist also auf Veränderungen aus.»

«Nein, Sir. Ich möchte nur Artikel schreiben und sehen, was geschieht. Ich dachte, ich könnte Euch vielleicht einen oder zwei über die Tänzerin Magdalena Colón schreiben. Ich kenne sie recht gut, und ich las die Meldung über sie in Eurer Zeitung.»

«Somit hast du von der Sache mit diesen Geräuschen gelesen? Die Leute glauben, Geister hätten sie erzeugt.»

«Ja. Magdalena steht auf vertrautem Fuße mit den Geistern.»

«Und du redest auch mit ihnen, wie?»

«Nein, Sir. Nur mit lebenden Menschen.»

«Ein Segen, wenn du Reporter werden willst.»

«Allerdings weiß ich nicht, wo ich Magdalena finden kann.»

«Sie wohnt draußen bei Griswold, doch weiß ich nicht, ob man dich dort vorlassen wird.»

«Ich werde erwartet», sagte Quinn.

«Du bist zweifelsohne gut gerüstet», sagte Potts und beschrieb Quinn den Weg zu Griswold. «Ich werde mir deine Artikel ansehen, wenn du welche schreibst», setzte er hinzu, «doch komm mir nicht mit diesem Geisterzauber. Die Leute wollen Tatsachen, kein Larifari über Gespenster.»

Im Hinausgehen nickte Quinn, wenngleich er diese Ansicht nicht ganz teilte.

Calvin Potts erklärte Quinn den Weg zum Haus von Obadja Griswold, dem Kutschen- und Schlittenhersteller, in dessen Heimat am Ufer des Saratoga Lake Magdalena Colón und ihr Gefolge zu Gast waren. Obadja, entflammt für Magdalena, seit er sie in New York tanzen gesehen hatte, hatte ihr sein herrschaftliches Haus, seine Reitställe, seine ausgedehnten Ländereien und seinen See anempfohlen, wann immer sie Lust zu einem Besuch verspüre. Während ihrer melancholischen Zeit in Rochester hatte sie sich Obadjas entsonnen und ihm geschrieben, sie wolle seine Einladung annehmen.

Obadja hieß seine Gäste willkommen, doch mit einem Vorbehalt: daß Magdalena allein das Zimmer neben dem seinen bewohne. Während der ersten Tage ihres Besuches ließ er sie nicht ein einziges Mal aus den Augen und erfüllte ihr bereitwilligst jeden Wunsch. Magdalena nahm ihn als Unikum hin, diesen geckenhaften Witwer mittleren Alters, der oft eine knöchellange Robe trug, um seine krummen Beine zu verbergen, ein

Abkömmling englischer Puritaner, der vor langer Zeit jegliches puritanische Erbe abgeworfen hatte. In der Erwartung, Magdalena werde gewiß bald vor seinem Verlangen kapitulieren, führte Obadja sie in das Zimmer im zweiten Stock, das seine Sammlung erotischer Skulpturen, Gemälde, Radierungen und pornographischer Bücher aus der Frühzeit der Druckkunst beherbergte. Beim Anblick so vieler erigierter Phallen und schlüpfriger Vaginen verfiel Magdalena von neuem in Melancholie, zog sich auf ihr Zimmer zurück und bestand darauf, daß nur Maud und John der Eber zu ihr ans Bett durften.

Obadja ließ es sich nicht nehmen, vor Magdalenas Tür zu wachen, und verließ seinen Platz nur, um zu essen, zu schlafen oder anderen körperlichen Bedürfnissen nachzugeben, eine Geste des Mitgefühls, die Magdalena so anödete, daß sie John mit dem Auftrag losschickte, ihr baldmöglichst ein Engagement am Theater zu verschaffen, damit sie auf diesem Wege entfliehen könne. John kehrte verrichteter Dinge, indes mit der Warnung zurück, der Direktor des Theaters dulde keinen Humbug.

«Also schweig still über das, was du am Grund des Flusses gesehen hast», sagte John, «sonst schmeißt er uns hochkant raus.»

Und so agierte Magdalena wie vor ihrem Tod: ein beschwingter Auftritt zur Musik des Orchesters, einige Pirouetten mit verminderter Drehzahl, dann ein Potpourri aus französischen und spanischen Liedern. Darauf folgte ihre Interpretation eines Wiener Walzers, *andante*, und den Abschluß bildete jene spanische Tarantella, ihr spektakulärer Spinnentanz, *allegro* – ja, *molto allegro*. Zischen, Pfiffe, wilder Applaus und Bravorufe, der vielfältige Lohn der Terpsichore, quittierten ihren Auftritt.

Am nächsten Abend hatte Magdalena kaum mit ihrem Spinnentanz begonnen, als ein Donnerschlag das Theater erschütterte, der das Orchestergestühl zum Wackeln und die Logen zum Schwanken brachte, von der Decke Mörtelstaub rieseln und aus den brennenden Wandleuchtern Öl spritzen ließ, das sodann in brennenden Pfützen über den Bühnenboden rann. Maud, die in den Seitenkulissen stand, erstickte die Brände flugs mit einem Stück Leinwand.

Magdalena war überzeugt, es sei ein Erdbeben im Gange, dann indes kehrte wieder Ruhe ein, Panik und Geschrei des Publikums legten sich, und bis auf ein paar, die aus Angst vor Feuer geflohen waren, kehrten die Leute an ihre Plätze zurück. Magdalena bedeutete dem Orchester weiterzuspielen und begann ihren Tanz von vorn. Bereits bei ihren ersten Schritten setzte neuerlich Gepolter ein, weniger heftig, doch immerhin zum Fürchten; und dann wieder und noch einmal. Magdalena verharrte stocksteif, und das Orchester verstummte. Das dumpfe Dröhnen von oben, das in keinem bestimmten Teil des Theaters zu orten war, glich einem in dessen Inneren gefangenen Sturm. Die Erschütterungen kamen immer wieder, vier diesmal, und rhythmisch; dann drei weitere, auch sie im festen Rhythmus. Solche Geräusche waren doch von Menschenhand gemacht, nicht wahr? Die Erde hatte noch nie im Gleichtakt gebebt, oder?

Magdalena war zutiefst verwirrt, und dann sah sie Maud auf die Bühne laufen und zum stürmischen Himmel des Theaters aufblicken. Maud klatschte viermal in die Hände, dann dreimal. Sogleich echote das Geräusch: viermal und dann dreimal, gedämpfter jetzt, Mauds leisem Klatschen angepaßt. Maud klatschte von neuem: zweimal, dann einmal, und die Quelle des Geräusches antwortete in genau der gleichen Weise.

«Was tust du da?» fragte Magdalena.

«Ich unterhalte mich mit dem Geräusch», sagte Maud.

Etliche Zuschauer begannen in die Hände zu klatschen, auf sie indes reagierte das Geräusch nicht. Als das Geklatsche nachließ, blickte Maud hinauf an die am nächsten liegende Stelle zwischen Decke und Wand, von wo der Lärm zu kommen schien, und sagte: «Bist du, der diese Geräusche macht, ein menschliches Wesen? Wenn ja, dann klopf einmal.»

Kein Klopfen folgte.

«Dann bist du ein Geist? Wenn ja, klopf zweimal.»

Sogleich war ein zweimaliges Klopfen zu hören, und zudem, von seiten des Publikums, vernehmliches Luftschnappen und das Gescharre der Furchtsamen und Uninteressierten, die dem Ausgang zueilten. Der größte Teil des Publikums indes verharrte in ebensolcher Verwirrung ob Mauds Darbietung wie Magdalena, die sich unwillkürlich bekreuzigte.

«Guter Gott, Maudchen, was geht hier vor?»

«Wie viele Buchstaben hat mein Vorname?» fragte Maud zur Wand hingewendet.

Vier Klopfer folgten, und sogleich setzte Magdalena dem Publikum auseinander: «Es stimmt. Sie heißt Maud.»

«Wie alt bin ich?» fragte Maud, und es folgten dreizehn Klopfer.

«Wieder richtig», sagte Magdalena.

«Und jetzt: wie alt ist La Última?»

«Nein, halt», sagte Magdalena, doch schon folgte eine Reihe schneller Klopftöne, einem langen Trommelwirbel gleich (einundvierzig insgesamt), und das Publikum brach in Gelächter aus. Daraufhin lüpfte Magdalena den Rocksaum, zeigte den Zuschauern frech die Kehrseite von Hohn und Spott und erntete rauschenden Beifall. Doch aus der Seitenkulisse kam ein anderer Widerhall: das Gezische des wutschnaubenden Theaterdirektors, der darauf drängte, daß es weiterging mit Musik und Tanz. Verdattert von den Vorgängen rings um sie her, bedeutete Magdalena ihr Einverständnis. Maud nickte dem Publikum achselzuckend zu und spazierte von der Bühne. Das Orchester spielte erneut zum Spinnentanz auf, doch ehe Magdalena beginnen konnte, fuhr ein noch heftigerer Donnerschlag hernieder als zuvor, brachte den Kronleuchter gefährlich zum Schwanken und veranlaßte das Publikum darunter zur Flucht. Ein zweites, dann ein drittes Mal grollte der Donner, und noch mehr verängstigtes Volk eilte aus dem Theater. Erst als Maud auf die Bühne zurückkehrte und dreimal in die Hände klatschte, antwortete er mit dreimaligem, sanftem Klopfen. *Lento*. Artiges *lento*.

Und so begann Maud Fallons spiritistische Karriere.

Danach strömten die Massen zuhauf ins Theater, um den hauseigenen Donner zu hören, doch nach drei in bedeutungsvoller Stille verlaufenen Abenden ließ der Andrang nach, und neuerlich war Magdalena dem Vorwurf der Schwindelei ausgesetzt. Sie sagte alle Auftritte ab und zog sich widerstrebend in Obadjas Sanktuarium am Seeufer zurück.

Vier Tage nach seinem ersten Erscheinen kehrte das Geräusch zurück, diesmal am Morgen in Obadjas zugepflanztem Wintergarten, wo man das Frühstück einzunehmen pflegte. Maud unterbrach den Verzehr ihrer in Sahne gebackenen Eier und befahl dem Geist, sich manierlich zu benehmen und sie und ihre Tante nicht beim Frühstück zu stören.

Das Geräusch gehorchte, kehrte indes am Nachmittag erneut zurück, ließ einen unbesetzten Stuhl quer über die Veranda rutschen und klopfte leicht auf dessen hölzerne Rückenlehne. Maud sprach das Geräusch auf französisch und spanisch an, und es antwortete in einer Weise, die Maud nicht zu entschlüsseln vermochte. Am folgenden Tag kehrte es neuerlich zurück, als Maud sich in der Küche mit dem Koch und dem Küchenmädchen unterhielt. Sie befahl ihm, zu verschwinden und die Leute nicht länger zu belästigen. Da verabschiedete es sich mit einem Donnerschlag, der vier Teetassen zerspringen ließ.

Das Ganze sprach sich in Saratoga herum, woraufhin Menschenmassen auf dem Griswoldschen Anwesen zusammenströmten, die Straße und den Zufahrtsweg versperrten, und viele wollten Maud in Aktion sehen. Obadja schickte Diener hinaus, um die Menge zu zerstreuen. Zudem lud er den Bürgermeister, den Konstabler, zwei Bankiers, vier Richter sowie die Vorsitzende des Frauenhilfs-Komitees für das Bezirkswaisenheim ein und bat sie um Mithilfe bei der Erforschung des Wesens dieser Heimsuchung.

So standen die Dinge, als Quinn dort eintraf. Nachdem er seine Reisetasche in Mrs. Trims Pension in der Phila Street abgestellt hatte, ließ er sich von einer Mietdroschke zu Obadjas Haus fahren, die erste Ausgabe, die er von Dircks Leibrente bestritt. Als er ankam, war er ganz der junge Gentleman, der sich zum erstenmal als geistig und finanziell unabhängiger Journalist wähnte, keinem Mann, keiner Frau und keinem Verwandten etwas schuldete und festen Willens war, die vor ihm liegende Aufgabe auszuführen, deren Wesen sich völlig seiner Vorstellung entzog.

Dem Diener, der auf sein Klopfen hin öffnete, erklärte er, er sei ein Freund von Magdalena und Maud. Der Diener ließ John McGee kommen, um die Stichhaltigkeit von Quinns Behauptung zu bestätigen, was John mit einem schiefen Lächeln und gerümpften Brauen tat.

«Ich will verdammt sein, wenn das nicht mein Dannyboy ist.»

«Ich bin nicht Euer Dannyboy, damit das ein für allemal klar ist», sagte Quinn.

«Ist er mit Madame Colón bekannt?» fragte der Diener.

«Ja. Sie kennt ihn aus Albany. Wir alle kannten ihn, als er noch keinen Hut trug.»

Daraufhin nahm Quinn seinen Hut ab, und der Diener trat zur Seite und ließ ihn herein. Er wurde in die Bibliothek zu Obadja geführt, dem er sich als Emissär der Zeitung von Calvin Potts vorstellte. Obadja zog ihn umgehend als weiteren Augenzeugen zu dem Untersuchungsverfahren hinzu, das nun anberaumt war für die erstaunliche Maud, die mit der nichtstofflichen Luft Zwiesprache halten konnte.

«Glaubt Ihr, daß sie das kann?» fragte Obadja.

«Ich glaube, sie kann alles, was sie sich vornimmt», sagte Quinn. «Ich glaube, sie hat Zauberkräfte.»

«Zauberkräfte?»

«Jawohl, Sir. Zauberkräfte.»

Folgendes ging Maud zugleich durch den Kopf, als sie Obadja Griswolds Gesellschaftszimmer betrat und sich elf Zeugen gegenübersah, einschließlich einer Frau, die sie vor ihrer geplanten Unterhaltung mit den redseligen Toten einer Leibesvisitation unterziehen würde.

Erstens war da der Anblick Daniel Quinns, den sie erspäht

hatte, kaum daß sie ins Zimmer getreten war: da saß er mit einem breiten Grinsen in seinem Jungengesicht, in gutgeschneiderten Kleidern und neuen Stiefeln, und winkte ihr mit seinem neuen Hut, das Dummerchen, als hätte sie ihn nicht gleich beim Eintreten erkannt. Mit einem Nicken nahm sie seine Anwesenheit zur Kenntnis, enthielt sich jedoch eines Lächelns, denn wer mit den Toten Zwiesprache hält, hat auf angemessene Etikette zu achten.

Zweitens erschien ihr das bewegte Bild eines großen, ausgemergelten Mannes, der auf einem Pferd übers offene Feld ritt. Folgendes sah sie da: Als der Mann die beiden Kutschen bemerkt, die mit großer Geschwindigkeit jene Straße entlang kommen, auf die er zureitet, springt er vom Pferd, rennt los und klettert die Böschung hinauf. Mitten auf der Straße bleibt er stehen, um sich von den heranstürmenden Gefährten überrollen zu lassen.

Drittens sann sie über den Ursprung dieses Bildes nach, das ihr rätselhaft erschien, denn es war weder Erinnerung noch Traum, sondern vielmehr ein vollentwickeltes Panorama, bis hin zu der strahlend hellen Sonne und dem leuchtenden Grün der Hügel hinter den näherkommenden Kutschen. Es erschien in seiner ganzen Vollkommenheit vor ihrem inneren Auge, im selben Augenblick, als sie Quinn im Gesellschaftszimmer des Herrenhauses erblickte. Doch Quinn war nicht der Mann in dem Bild.

Maud nickte Quinn zu und widmete sich sodann ihren Inquisitoren, die allesamt danach aussahen, als erschiene ihnen eine Zwiesprache mit Geistern durchaus plausibel. In dieser Glaubenswelt fühlte sich Maud einsam. Ihr Hauslehrer in Madrid hatte von Enantiodromie gesprochen, von der alten griechischen Vorstellung, einander zuwiderlaufende Wege zu beschreiten: zum Beispiel an das Unglaubliche zu glauben. Auf diese Weise konnte Maud nicht glauben. Sie glaubte an Geräusche, doch nicht an Geistererscheinungen. Tot ist tot, so fand sie. Geräusche machten die Lebenden. Deren Gedanken konnten lärmen wie ein fürchterlicher Sturmwind. Gedanken machten Geräusche: das Aufeinanderprallen von Gedanken auch – ihre, Magdalenas, die von Quinn, dem Dummerchen dort am anderen Ende des Zimmers. Ich liebe ihn und seine Gedanken.

Beim Anblick Quinns erschienen wieder die bewegten Bilder des ausgemergelten Mannes, der jetzt hinaufstieg zur Straße, indes die Pferde bedrohlich auf ihn zuhielten. Und da ertönte das Geräusch, Klopftöne im Gleichtakt mit dem Getrappel der Pferdehufe, immer lauter und lauter und lauter.

«Genug!» schrie Maud, worauf die schweigend auf ihren Stühlen sitzenden Zeugen zusammenfuhren.

Und so begann die Séance.

Mit Geistern reden kann aufreibend und umständlich sein, darum erfand Maud geschwind einen Kode: einmal klopfen heißt ja, zweimal nein, alles Weitere wird durch das numerische Äquivalent der Buchstaben im Alphabet ausgedrückt. Das Geräusch begriff das im Nu, und dieweil Maud ihre Regeln festlegte, verließen die Zeugen ihre Plätze und forschten nach verborgenen Klopfern oder mechanischen Klopfvorrichtungen. Im Zuge ihrer Nachforschungen verschoben sie Möbelstücke, überwachten alle Räume, die neben, über und unter dem Gesellschaftszimmer lagen, und entdeckten nicht das geringste.

«Kannst du den Geist sehen?» wurde Maud von Obadiah gefragt.

«Kein Fitzelchen von ihm», sagte Maud. «Doch er gibt mir Bilder ein.» Und sie erzählte den Versammelten von dem ausgemergelten Mann.

«Er steht dort auf der Straße», sagte sie, «und die Pferde preschen in wildem Galopp heran. Der Mann wendet ihnen das Gesicht zu und rührt sich nicht von der Stelle. Jetzt lenkt der Kutscher die Pferde zur Seite, um den Mann nicht zu überrollen, und ein Wagenrad schlägt auf dem unebenen Fahrweg gegen einen Stein. Die rechte Wagentür, jetzt fliegt sie auf, und – oh, eine Frau, eine Frau wird heraus auf den Boden geschleudert. Jetzt sind wir wieder auf der Straße, und gleich hinter der ersten Kutsche nähert sich in wilder Fahrt eine zweite, eine vierspännige. Der zweite Kutscher zügelt seine Rösser und kommt genau dort zum Stehen, wo mit geschlossenen Augen der ausgemergelte Mann wartet. Der Mann steht einfach da, zwischen den schäumenden Mäulern des Pferdegespanns. Und jetzt, jetzt kommt der Kutscher von seinem Bock herabgesprungen. Er packt den ausgemergelten Mann am Hemdkragen und zerrt ihn zwischen den Pferden hervor. Er versetzt ihm einen Fausthieb ins Gesicht, und der Mann fällt rücklings hin und rollt den Abhang hinab. Jetzt kann ich die erste Kutsche sehen, die in der Ferne hält. Der geschlagene Mann rollt in die Nähe der Stelle, wo die Frau aus der Kutsche hingeschleudert wurde, und er schlägt mit dem Kopf an einen Stein. Oh. Oh, oh, oh, und ein spitz aufragender Stein hat sich der Frau in die Brust gebohrt. Oje, oje. Sie ist tot.»

Die Unterhaltung zwischen Maud und dem Geist verlief wie folgt:

«Bist du die tote Frau?»

Nein.

«Bist du einer der Männer in dem Bild?»

Ja.

«Bist du der ausgemergelte Mann?»

Stille.

«War die Tote deine Frau?»

Stille.

«Dann sag mir eins: Bist du der Kutscher, der den Mann auf der Straße geschlagen hat?»

Nein.

«Dann mußt du der ausgemergelte Mann sein.»

Stille.

«Dann leb wohl, wer immer du bist.»

Ja.

«Du bist der ausgemergelte Mann?»

Ja.

«Du bist doch nicht etwa stolz darauf?»

Nein.

«Du hast versucht, dich umzubringen.»
Nein.
«Was war es dann?»
L-i-e-b-e.
«Liebe. Pfui, pfui, pfui, wie meine Tante sagen würde. Liebe also.»
L-i-e-b-e.
«Du hast die Frau verfolgt, weil du sie liebtest?»
Ja.
«Und wegen ihr hast du versucht, dich umzubringen?»
L-i-e-b-e.
«Aus Liebe.»
Ja.
«Anstatt dich umzubringen, hast du sie umgebracht.»
Stille.
«Oder nicht?»
L-i-e-b-e.
«Ja, ich verstehe den Beweggrund. Doch du kannst dich den Tatsachen nicht entziehen. Du hast die Frau umgebracht, die du liebtest.»
DONNERGROLLEN.
Lang anhaltendes Klopfen auf Wände und Boden.
DONNERGROLLEN.
«Es ärgert dich, die Wahrheit zu hören. Das merke ich. Hast du dich danach umgebracht?»
Stille.
«So. Also nicht. Du hast es nicht fertiggebracht. Hab ich recht?»
DONNERGROLLEN.
«Erzählst du vielen Leuten diese Geschichte?»
Nein.
«Warum dann mir?»
L-i-e-b-e.
«Aha. Dann liebst du mich genauso, wie du die tote Frau liebtest.»
Ja.
«Dann sollte ich mich besser vorsehen.»

Nein.

«Leute mit Selbstmordabsichten scheren sich nicht darum, wer mit ihnen stirbt. Meine Mutter war auch so eine. Sie verließ mich, als ich ein kleines Kind war, und beide Male, als sie versuchte, sich umzubringen, wäre ich um ein Haar gestorben.»

DONNERGROLLEN.

«Vielleicht hast du dich der Kutsche in den Weg gestellt, weil du wolltest, daß sie von der Straße abkommt und daß jemand dabei den Tod findet.»

DONNERGROLLEN.

«Ich glaube dir nicht. Ich denke, du lügst.»

DONNERGROLLEN.

DONNERGROLLEN.

DONNERGROLLEN.

Dann fiel der Kronleuchter von der Decke, nur Zentimeter von Mauds Kopf entfernt.

«Ich wußte es», sagte Maud, und sie verließ das Zimmer.

Hier folgt, was Quinn zu denken beschloß, während er Maud bei ihrem Zwiegespräch mit dem Geist des ausgemergelten Mannes beobachtete:

Ihr Stirnrunzeln ziemt dem Teufel.

Ihr Stirnrunzeln ist das verlorene Paradies.

Ihr linkes Auge sieht durch Backstein und Mörtel.

Ihr Mund ist grausam vor Liebe.

Ihr Mund ist sanft vor Liebreiz.

Ihre Lippen haben den feuchten Glanz der Versuchung.

Ihr Blick läßt Kristall splittern.

Ihre Nase ist gebieterisch.

Ihre Brauen sind mißtrauisch.

Ihr Haar ist teuflisch engelhaft.

Ihre Augen sind goldene Schönheit.

Ihr Blick ist so unnachgiebig wie die Ferse Satans.

Ihre Zähne sind die Fänge einer Fledermaus aus der Hölle.

Ihre Wangen sind die Kissen eines Kusses.

Ihre Wangen sind die sanften Kurven hemmungsloser Hingabe.

Ihr Haar ist voller Schlangen.

Ihr Haar ist ein warmes Bett.

Ihr Haar ist eine Tiara des Verlangens.

Ihre Kehle ist der Weg zur Leidenschaft.

Ihr Gesicht ist eine weiße Tulpe.

Ihr Gesicht ist eine makellose Wolke.

Ihr Gesicht ist jungfräulich.

Ihr Lächeln ist ein Fanal der Lust.

Ihr Lächeln ist das wiedergefundene Paradies.

Quinn, der Mauds Antlitz studierte, während sie Zwiesprache mit dem Geist des ausgemergelten Mannes hielt, fragte sich, ob all ihr Reden, all ihre Antworten dem Bemühen entsprangen, eine erhabenere Wirklichkeit zu schaffen als die, in der sie lebte.

Wenn dem so war, fürchtete Quinn, dann neigte Maud zum Wahnsinn.

Man kann nicht mit Geistern sprechen.

Tot ist tot.

Mauds Gesicht ist ein unvorstellbarer Traum.

Maud bestand darauf, mit Quinn allein auf der Aussichtsterrasse im oberen Teil des Gartens zu speisen, damit sie miteinander reden konnten, ohne befürchten zu müssen, daß jemand mithörte. Gemeinsam ließen sie die Zeugen der Séance zurück, die aufs angeregteste miteinander schwatzten. Maud lehnte es ab, mit irgend jemandem über den Geist zu sprechen, eingeschlossen Quinn. Statt dessen erzählte sie ihm von Magdalenas Niedergang, daß sie zusehends in Einsiedelei, Depression und einem Gebet besonderer Art Zuflucht suchte: sie bat Gott, ihr die verlorene Lust wiederzugeben, jene elektrisierende Kraft, welche die Leute veranlaßte, Geld zu bezahlen, um sie tanzen zu sehen. Kehrte sie zurück, so gelobte sie in ihrem Gebet, dann wollte sie nicht länger einen Mann nach dem anderen begehren, denn sie war des Geschlechtlichen überdrüssig und sehnte sich danach, ihrem Körper Erholung von der Reibung zu gewähren.

«Woher weißt du diese höchst persönlichen Dinge über sie?» fragte Quinn Maud.

«Sie vertraut sich mir an», sagte Maud. «Sie möchte, daß ich die Männer verstehe.»

«Und, verstehst du sie?»

«Ich verstehe nicht, was sie gegen Reibung hat.»

«Ich ebensowenig», sagte Quinn, der nicht begriff, weshalb sich jemand überhaupt erst dafür interessierte. Alles, was sie bewirkte, war, daß sich Dinge abnutzten, zerbrachen oder in Flammen aufgingen. Immerhin erkannte er, daß Maud bei Magdalena Dinge lernte, die er bei niemandem lernte. Die Frauen gaben ihr Wissen untereinander weiter, von jungen Männern hingegen wurde erwartet, daß sie die Geheimnisse des Lebens entdeckten, indem sie Hunden beim Rammeln zuschauten. Quinn lauschte Maud mit so viel Geduld, wie er aufbringen konnte, und weigerte sich dann, noch ein weiteres Wort über Magdalena zu hören.

«Schluß damit», sagte er. «Ich möchte dich küssen.»

«Es ist nicht der richtige Zeitpunkt», sagte Maud.

«Dann können wir so lange, bis der richtige Zeitpunkt gekommen ist, besprechen, wie ich dich entführen werde.»

«Ich kann mich jetzt nicht entführen lassen», sagte Maud. «Es geschehen zu viele interessante Dinge.»

«Wie mit den Geistern reden, meinst du?»

«Es gibt keine Geister», sagte Maud.

«Mit wem hast du dann gesprochen?»

«Ich weiß es nicht. Ich könnte mit mir selbst gesprochen haben.»

«Du meinst, du hast alles erfunden?»

«Das wäre eine Möglichkeit.»

«Wie läßt du es donnern? Wie läßt du einen Kronleuchter von der Decke fallen?»

«Ich weiß es nicht. Vielleicht habe ich das nicht getan.»

«Wie kannst du dann behaupten, es sei kein Geist gewesen, wenn du dir nicht sicher bist, ob du es selbst warst?»

«Es gibt keine Geister.»

«Das mag wohl sein», sagte Quinn und fand es bewundernswert, wie geschickt er wieder auf das Thema zurückkam, «doch immerhin will ich dich küssen. Ich bin nicht nach Saratoga gekommen, um mir eine Abfuhr zu holen.»

«Da hast du vollkommen recht», sagte Maud.

Sie stand auf und nahm ihn an der Hand, und sie spazierten miteinander über den Rasen in die früh eingebrochene Dunkelheit hinaus. Sie sahen Magdalena unter einem von zwei Spalieren gebildeten Bogen am Eingang zu den unteren Gärten sitzen, ihr gegenüber John der Eber und Obadja Griswold, die sie beide anschauten. Sie hörten John sagen: «Alles, was er will, ist mal kurz gucken. Er ist ein anständiger Gentleman und war sehr entgegenkommend, wenn ich so sagen darf.»

«Nein», sagte Magdalena. «Ich kann nicht so schamlos sein.»

«Du kannst die verdammte Hure von Babylon sein, wenn du nur willst», sagte John. «Gönn ihm einen Blick. Na los. Hol sie raus.»

Maud und Quinn sahen zu, wie Magdalena sich erhob und im Schein des früh aufgegangenen Mondes, umgeben vom Schatten einer großen Trauerbuche, ihre Knöpfe öffnete. Dann hielt sie ihr Kleid mit beiden Händen auseinander und gestattete den Männern, sie mit ihren Blicken zu schänden. Indes ihr Körper leise schwankte, lehnte sich John der Eber auf seinem Stuhl zurück, um sich an der Aussicht auf seinen hügeligen Besitz zu weiden. Obadja, auf einen Blick aus größerer Nähe erpicht, beugte sich zu dem Objekt seiner Neugier vor. Magdalena schwankte weiter. Obadjas rechte Hand tastete sich an ihr *vestibulum gaudiae* heran. Magdalena trat einen Schritt zurück, raffte ihr Kleid zusammen und setzte sich.

«Genug davon», sagte Quinn, und er packte Maud am Arm und zog sie fort von dem Tableau, über den breiten, abschüssigen Rasen zum See hinunter.

«Sie ist eine solche Närrin», sagte Maud.

«Offenbar hat sie einen Körper, den Männer begehren.»

«Männer begehren jeden Frauenkörper, wenn er nackt ist.»

«Würdest du dich je so nackt zeigen?» fragte Quinn.

«Ich kann nicht vorhersagen, was ich täte. Soweit bin ich nicht. Doch bin ich bereit, dich zu küssen.»

Sie blieb am Rand des dunklen Wassers stehen und wandte Quinn das Gesicht zu. Einem ererbten Drang gehorchend, schlang er ihr die Arme um die Hüften, neigte ihr sein Gesicht zu und drückte seine Lippen auf die ihren. Sie küßten sich wie vor dem Sarg des zu Staub zerfallenden Soldaten, mit fest geschlossenen Lippen. Doch dann lösten sich die Lippen, die Anspannung wuchs, alles war neu, und der Druck nahm mit jedem Kuß zu, so daß in Quinns Zähnen und Zahnfleisch eine süße Pein spürbar wurde, und da trennten sie sich, fanden erneut zusammen, die Lippen erst geschlossen, dann gelöst, noch gelöster; und schließlich teilten sich Mauds Lippen, und der Druck war fort, der Kuß indes dauerte an, und Quinn merkte, daß seine Lippen voller und weicher und feuchter wurden. Dann war Mauds Mund offen, darum öffnete er den seinen, und dies war die Offenbarung: Er schmeckte ihre Zunge. Das brachte ihn so aus der Fassung, daß er den Kuß beendete, über Mauds Schulter zu den Lichtern hinaussah, die auf dem dunklen Wasser flimmerten, und ihr ins Ohr flüsterte: «Das ist ein wundervoller Kuß. Das ist der beste Kuß, den ich je bekommen habe.»

«Sei still und mach den Mund auf», sagte Maud und drückte von neuem ihre Lippen auf die seinen.

Da verliebte sich Quinn in die Einsamkeit der Nacht.

Der einzige Weg, mit Magdalenas Körper in Berührung zu kommen, so befand Obadja, sei der, mit ihr zu tanzen. Er könnte dabei ihre Hand halten, vielleicht ihren Nacken oder, vorausgesetzt, sie trug ein entsprechendes Gewand, sogar ihre Schulter streicheln. Er könnte sich an ihren Busen schmiegen und das ganze Gewicht ihres Körpers spüren, während sie über die Tanzfläche wirbelten. Darum richtete er es so ein, daß sie den allwöchentlichen Ball im Union Hotel besuchten.

Ein Monat war seit der Séance vergangen, und Mauds Ruf als Spiritistin hatte dank jenes Berichts, den Quinn für Calvin

Potts' Zeitung verfaßt und Will Canaday nachgedruckt hatte, weite Verbreitung gefunden. Horace Greeleys *New York Tribune* hatte einen Reporter entsandt, der mit Maud und den Zeugen der Séance sprach und bald darauf einen ausführlichen Artikel über das «Wunder im Heilbad» veröffentlichte. Ein Talentscout kam, um Maud für P. T. Barnums Kuriositätenschau zu verpflichten, doch als er herausfand, daß Maud selbst nicht an den Geist glaubte, mit dem sie Zwiesprache gehalten hatte, entschied er, solcherlei Skepsis sei kommerziell nicht verwertbar.

Magdalena erhielt aus vielen Orten Angebote für Engagements, und sie spürte, daß sowohl ihre Leidenschaft als auch ihre Verführungskünste wieder auflebten. Als sie sich in das schulterfreie rosa Kleid zwängte, das Obadja ihr für den Ball gekauft hatte, klärte sie Maud darüber auf, wieviel ein Mieder enthüllen durfte. «Exakt drei Zoll vom Spalt der Brüste sind schicklich», sagte sie. «Zwei Zoll sind Selbstverleugnung, und vier sind schlicht vulgär.»

Magdalena hatte darauf bestanden, Maud und John zum Ball mitzunehmen, und Maud hatte Quinn zu ihrem Begleiter erkoren. Elegant gekleidet, entstiegen die fünf Obadjas prächtigem Landauer und begaben sich in das weitläufige Foyer des Hotels, wo das tyrannische Diktat der Mode herrschte und geschmackloseste Aufschneiderei das Hauptvergnügen der Anwesenden darstellte. John wirkte allzu feierlich in Krawatte und Frack, Obadja originell in seinen schwarzen Seidenhosen und dem kurzen, seidengefütterten Umhang, Maud jungfräulich in ihrem weißen Kleid, und Quinn fühlte sich wie neugeboren, trug er doch zum erstenmal jenen grauen Abendanzug, den Hillegond ihm hatte schneidern lassen.

Auf die Bemerkung einer Frau hin wandte sich eine Gruppe von Männern und Frauen unserer Schar zu. «Da sind diese betrügerischen Spiritisten», sagte sie in überlautem Flüsterton. «Wir haben sie im Theater gesehen, und getan hat sich gar nichts. Das sind doch allesamt Scharlatane.»

«Wie kommt's», fragte eine andere Frau, «daß solches Gesindel hier geduldet wird?»

«Achtet nicht auf sie», sagte Obadja zu Maud und Magdalena. Doch John hatte sich bereits umgedreht, um die Beleidigung zu erwidern.

«An eurer Stelle», sagte er, «behielte ich derlei Geschwätz für mich, ihr alten Pißnelken.»

Ein Mann mit Vollbart und Abendanzug, der John an Körperkraft in nichts nachstand, baute sich vor den Frauen auf. «Halt deine Zunge im Zaum, du Rotzlöffel», sagte er zu John.

«Halt du dich raus», sagte John, und mit einem Hieb der Rechten, den Quinn ihn so oft hatte austeilen sehen und den er den Fliegenden Vorschlaghammer nannte, traf John den Nagel auf den Kopf, wie man so sagt. Die Beine des Mannes gaben nach, und er fiel hintenüber wie ein nasser Sack. Am Boden liegend, konnte er kaum glauben, was geschehen war.

«Kein Mensch schlägt Michael Hennessey nieder», sagte er.

«Der hier schon», sagte John der Eber, «und wenn Michael Hennessey vom Teppich hochkommt, werd ich ihn von neuem niederschlagen.»

«Er hat Hennessey k. o. geschlagen», sagte die Fistelstimme eines anderen Mannes aus der Menge, die plötzlich die Gruppe umringte.

«Ihr habt Hennessey k. o. geschlagen», sagte der Besitzer der Stimme, ein schmuck gekleideter Knilch, der nun Johns Hand ergriff und sie schüttelte. «Ihr habt Hennessey auf die Bretter geschickt.»

«Das seh ich selber», sagte John.

«Wißt Ihr denn, daß er der Meister ist?»

«Nein.»

«Nun, er ist's.»

«Meister? Von was?»

«Boxweltmeister!»

«Tatsache?» sagte John.

«Eine unbestreitbare Tatsache», sagte der Knilch.

Hennessey stand jetzt wieder auf den Beinen, und er grinste. «Du hast ja 'ne imposante Rechte, Sportsfreund», sagte er.

«Ich will's nicht leugnen», sagte John.

«Von der Sorte gibt's verdammt wenige», sagte Hennessey.

«Ich kenn keine zweite», sagte John.

«Es gibt eine oder zwei», sagte Hennessey und streckte John die eigene Rechte hin. Die beiden Männer schüttelten sich die Hand und grinsten sich an. Dann holte Hennessey mit der Linken aus und traf den Nagel auf den Kopf, wie man so sagt, und nun fiel John hintenüber wie ein nasser Sack.

«Du siehst, was ich meine», sagte Hennessey. «Es gibt sie hie und da, und manchmal ist's die Linke.»

John grinste und rappelte sich auf.

«Wenn du die alten Schachteln loswirst, die du da bei dir hast», sagte er, «spendier ich dir den besten Drink, den's hier im Hause gibt.»

«Aha, du trinkst gern einen?» sagte Hennessey.

«Liegt bei mir in der Familie», sagte John.

«Wie sich das trifft», sagte Hennessey. «Bei mir ebenso.» Er klopfte John auf die Schulter, und die zwei Männer verschwanden zur Bar und muteten es den Damen und dem jungen Volk zu, sich in dieser streitlustigen Welt allein durchzuschlagen.

Quinn und Maud tanzten alle Tänze, die keine besonderen Kenntnisse erforderten, weil Quinn über keine verfügte. Sie tanzten, was sie kannten, bis ihnen vor Überdruß die Beine erlahmten, und dann setzten sie sich. In diesem Augenblick ersuchte Obadja Maud mit onkelhafter Förmlichkeit, mit ihm einen Schottischen aufs Parkett zu legen, und sie willigte ein. Während des Tanzes fiel Maud auf, daß sie in all den Monaten, seit sie in Obadjas Haus lebten, nie mit ihm allein gewesen war. Sie betrachtete ihn und sah einen Schädel, dem das Haar ausging, indes darunter knochige Buckel zum Vorschein kamen, denen der Reiz einer leichten Mißbildung anhaftete. Obadja war ein Unikum. Maud fand, daß er sich in einem Aquarium nicht übel gemacht hätte. Er tanzte viel schlechter als Quinn, und er versicherte ihr, sie sei ein bemerkenswertes Kind, und wenige auf dieser Welt besäßen ihre Talente.

«Menschen wie dir ist es zu verdanken, daß sich die Welt um ihre Achse dreht», sagte er zu ihr.

«Sehr liebenswürdig von Euch», erwiderte Maud, «doch ich bin kein Kind. Ich bin dreizehn Jahre und zwei Monate alt.»

«Nun, natürlich bist du das. Doch in mancherlei Hinsicht –»

«In keiner Hinsicht», sagte Maud.

«Gewiß nicht.»

Sie tanzten schweigend. Maud sah, daß Magdalena mit Quinn tanzte und mit geschlossenen Augen zu ihm sprach, und Eifersucht stieg in ihr auf.

«Es gibt einen Unterschied zwischen einem Kind und einer Frau», sagte Maud. «Ich kann nicht behaupten, daß ich bereits eine Frau wäre.»

«Und wann wirst du zur Frau?» fragte Obadja.

«Wenn ich mit einem Mann schlafe.»

«Hast du den Mann bereits erwählt?»

«Vielleicht.»

«Ich nehme an, der junge Mr. Quinn ist der Glückliche.»

«Vielleicht.»

«Wenn nicht...»

«Wenn nicht, werde ich einen finden, der ebenso aufregend ist.»

«Tja», sagte Obadja mit einem Seufzer. «Aufregend. Ich bin mir nicht sicher, ob ich je ein aufregender Mann gewesen bin.»

«Welch ungewöhnliche Bemerkung», sagte Maud.

«Was?»

«Daß Ihr nie aufregend wart. Kein Mensch würde dergleichen von sich sagen.»

«In meinem Falle schon.»

Obadja war ein einmalig hausbackener und langweiliger reicher Mann, doch seine Selbstverleugnung ließ Maud so erschauern, daß sie eine Gänsehaut bekam. Sie sagte sich: Ich liebe Obadja. Ich liebe, was nicht sein soll. Ich bin niemals, was ich war. Ich bin immer neu, immer zwei. Ich bin, und ich bin, und also bin ich.

Nachdem Maud Obadjas Aufforderung zum Tanz gefolgt war, sah sich Quinn in einem Zwiespalt, denn er fühlte sich verpflichtet, nun seinerseits Magdalena aufzufordern. Doch stellte er fest, daß seine Füße nicht annähernd so müde waren wie zuvor und daß Magdalena in seinen Armen schwebte. Er sagte ihr das, und sie entgegnete, daß er ein reizender Junge sei. Sie entschuldigte sich dafür, daß John der Eber ihn wie einen Sack Hafer vom Boot geworfen hatte. Mit seiner neugewonnenen Selbstsicherheit war Quinn bereits entschlossen gewesen, dieses Vorkommnis als nutzlose Erinnerung abzutun, um so mehr, als er nun zugesehen hatte, wie John den Weltmeister niederstreckte. Darum lächelte er nur und sagte über seine Odyssee am Kanalufer: «War nicht weiter schlimm. Ich bin einfach nach Hause gelaufen, und damit hatte es sich.»

Die Dreistigkeit dieser Lüge überzeugte Quinn davon, daß eine glänzende Zukunft als Schwindler vor ihm lag. Er hatte stets geglaubt, daß er dereinst in der Hölle landen würde; davon hatten ihn seine ersten Beichtväter und auch seine unverheiratete Großtante aus Irland überzeugt, die ihm offenbarte, er sei «ein Höllenhund, wie mir im Leben noch keiner begegnet ist», obgleich seine Untat – er hatte seinem toten Vetter mit dem Messer seines Vaters das Haar geschnitten – nicht teuflischen Gelüsten, sondern reiner Ordnungsliebe entsprang, denn das Haar des Jungen war voller Nissen und Kletten gewesen. Und was für eine Art war das, jemanden so zu begraben?

«Wie ich höre, wirst du Reporter bei der Zeitung», sagte Magdalena.

«Ich versuche es», sagte Quinn.

«Ich schreibe ebenfalls», sagte Magdalena.

«Ich dachte, Ihr wärt bloß eine Tänzerin.»

«Tänzerinnen haben Seelen mit Myriaden von Schichten», sagte sie. «Jeder Tanzschritt gleicht einer Zeile aus einem Gedicht.»

«Daran habe ich nicht gedacht», sagte Quinn.

«Ich schreibe Poesie, die tanzt.»

Quinn nickte und tanzte weiter, denn er fürchtete, sie würde etwas rezitieren.

«Möchtest du einige meiner Gedichte hören?» fragte sie.

«Oh, gewiß, das wäre hübsch.»

Magdalena räusperte sich und machte sich bereit, beim Tanzen zu rezitieren.

«Der Mond folgte mir heimwärts», hob sie an, und der Griff, mit dem sie Quinn umfaßte, wurde fester. «Doch eine Wolke schob sich vor ihn hin / Und ich bin ihm entronnen.»

Quinn nickte und lächelte. Mehr brauchte Magdalena nicht.

«Wenn ein Schmetterling / Sich in eine Raupe verwandelte / Was wäre dabei verloren?»

Quinns Lächeln wurde schmaler, indes er mit Magdalena seine Runden drehte und sich fragte, was er darauf entgegnen sollte.

«Das sind aber recht kurze Gedichte», sagte er schließlich.

«Ich schreibe nie lange Gedichte», sagte Magdalena. «Mein längstes handelte von meiner Reise zum Grund des Flusses.» Sie schloß die Augen und reckte den Kopf.

«Vier schimmernde Muscheln / Tanzten, mich zu erheitern / Die Schlammelfen woben mir einen Schal / Aus leuchtendem Seegras / Ich starb am Tod / Bis das Schwert des Frauenhelden / Mein Herz durchbohrte / Und ich wieder emporstieg / Ins Land des Kummers.»

«Ich muß eines Tages über Eure Gedichte schreiben, damit die Leute erfahren, daß mehr in Euch steckt als eine Tänzerin», sagte Quinn, beschämt ob seines Irrtums, erfreut ob seiner Politesse. Er wollte Magdalena gegenüber ebenso aufrichtig sein, wie sie es zu ihm war. Vielleicht würde er ja tatsächlich über sie schreiben. Sie war eine bemerkenswerte Frau. Er könnte sogar über ihren Körper schreiben, hatte er doch das Privileg seines Anblicks genossen, erst in der *dood kamer* und dann draußen unter dem Gartenspalier.

«Das wäre sehr freundlich von dir», sagte Magdalena zu ihm. «Wann wirst du Maud entführen?»

«Wie bitte?»

«Ich weiß, daß sie dich darum gebeten hat. Oder etwa nicht?»

«Sie hat es Euch erzählt?»

«Das brauchte sie nicht. Seit ihrem achten Lebensjahr hat sie Männer darum gebeten, sie zu entführen.»

«Nein.»

«Das weiß jeder von Maud.»

«Ich wußte es nicht.»

«Ihren Entführern erzählt sie das nicht.»

«Ist sie schon einmal entführt worden?»

«Nie.»

«Ich verstehe das nicht.»

«Sie will nicht entführt werden. Ihr reicht es, über das Entführtwerden zu reden. Auf diese Weise braucht sie keine Entscheidungen bezüglich ihrer Zukunft zu fällen. Wenn sie sich in einer schwierigen Lage befindet, fordert sie irgendwen auf, sie zu entführen.»

«Das hört sich kauzig an.»

«Ja, nicht wahr?»

«War Maud schon immer so?»

«Solange ich sie kenne.»

«Und wie lange kennt Ihr sie?»

«Seit ihrer Geburt.»

Maud Lucinda Fallon war im Jahre 1837 als Tochter eines Pachtbauern und einer Zwillingsschwester geboren und hatte sich im Alter von zwei Jahren dadurch ausgezeichnet, daß sie das vollständige Ave Maria in lateinischer Sprache rezitierte. Ihre Mutter, Charlotte Mary Coan, und ihr Vater, Thomas (Thomsy) Fallon, leugneten, es ihr beigebracht zu haben, und beide behaupteten, des Lateinischen gänzlich unkundig zu sein.

Im Alter von vier Jahren begann Maud ein Tagebuch zu führen und füllte Notizbücher in einer poetischen Sprache, die ihre Eltern kaum verstehen konnten. Ihr Talent wurde vom Priester des Pfarrbezirks in Athlone mit Argwohn betrachtet und ihre Schreiberei nicht gefördert. Als sie fünf war, schickte man ihre Notizbücher zur Begutachtung an einen Schulmeister, und Maud sah sie nie wieder.

Das bißchen Halt und Regelmäßigkeit, das es in Mauds Leben gab, ging vollends verloren, als ihr Vater sich einem Aufstand der Pachtbauern anschloß, arretiert wurde und per Schiff in ein englisches Gefängnis verbracht werden sollte. Unterwegs floh er und entkam nach Kanada, von wo er Charlotte, einer gewitzten jungen Frau mit musikalischer und tänzerischer Begabung, Geld schickte. Bald darauf begab sich Charlotte zusammen mit ihrem Kind nach Dublin, um es und sich aus dem Abgrund herauszuhieven, in den sie Thomsy Fallons Verhaftung gestürzt hatte.

Charlotte schloß sich einer fahrenden Theatertruppe an, wurde zur Haupttänzerin und zur Geliebten zweier Schauspieler, und als die Truppe nach England kam, war Charlottes Bühnenkunst zu sinnlicher Blüte herangereift. Aus London wurde sie von einem der Plutokraten um den Juli-König Louis Philippe geschwind nach Paris entführt, änderte ihren Namen in Lila Márquez, um sich von den Franzosen abzuheben, und lebte in Verhältnissen, die ihrem sprießenden Ehrgeiz angemessen waren.

Maud erwies sich der *vie amoureuse* ihrer Mutter als hinderlich, darum schickte Charlotte-Lila das Kind nach Spanien, wo es bei seiner Tante und Charlottes Zwillingsschwester Magdalena Colón leben sollte, deren Nachname ein Geschenk ihres letzten, erst kürzlich verstorbenen Ehemannes war. Gleich dem unerschrockenen General, der partout nicht in der Schlacht fällt, sondern seinen Angriff vereitelt sieht, weil ihm wieder und wieder das Pferd unterm Sattel weggeschossen wird, hatte Magdalena drei Ehemännern am Grabesrand Lebwohl gesagt und stand soeben im Begriff, sich einen vierten zuzulegen, als Maud in Spanien eintraf und ihr Leben veränderte, indem sie Magdalena mit dem Mysterium eines weisen Kindes vertraut machte und ihr somit neue Perspektiven jenseits von Sinnlichkeit und Sicherheit eröffnete.

Während Charlotte-Lila der Pariser Plutokratie entsagte, um im Glanz der bayerischen Monarchie aufs Ganze zu gehen, ließ Magdalena Privatlehrer, Tanzmeister und Puppen auf die fünfjährige Maud los, die im Handumdrehen drei Sprachen beherrschte und ihrer Tante mit sechs Jahren auch beim Flamenco und der Tarantella (die Magdalena von einer Zincali-Zigeunerkönigin gelernt hatte) in nichts nachstand.

1848, als die Revolution über Europa hinwegfegte, sah Magdalena ihr Glück in Spanien schwinden und wandte, auf den Rat eines kosmopolitischen Liebhabers hin, ihr Augenmerk den Vereinigten Staaten der Neuen Welt zu, einer nur mäßig kultivierten Nation, wo man angesichts schöner Tänzerinnen in ungestümen Begeisterungstaumel verfiel.

Und so geschah es denn im Sommer 1849, daß Magdalena, seit dem Tode ihres dritten Mannes als La Última bekannt, mit ihrer Zofe und der nun zwölfjährigen Maud in New York eintraf und sich zu einer Tournee aufmachte, in der das Kentern und der jähe Tod auf dem eisigen Fluß in Albany, eine Kontaktaufnahme mit dem Übersinnlichen in Saratoga, eine widerwillige Gemeinschaft mit John McGee (einem gut bestückten Flegel), eine eitle Tändelei mit Obadja Griswold (einem großzügigen Schwachkopf) und ein Tanz in den Armen Daniel Quinns (eines Knaben von bezwingendem Charme) inbegriffen waren.

Maud, Zeugin all dessen, heranwachsende Weise und Seherin, Kind der Gefühlswildnis, bemerkte eines Nachts in Obadjas Herrenhaus in Saratoga, daß sich Blutflecken auf ihrem Bettlaken befanden, und geriet auf der Stelle in helle Verzükkung darüber, denn sie hielt sie für die Erscheinungsform eines lang erwarteten Unbekannten. Sie erkundigte sich bei Magdalena, wie dem Blutfluß zu begegnen sei.

«Ei, Maudchen, es wird auch Zeit», sagte Magdalena. «Dein Körper hat mit ein paar Jährchen Verspätung deinen Geist eingeholt, doch nun bist du endlich soweit. Vielleicht wirst du jetzt verstehen, was es mit deinem Tantchen auf sich hat.»

Armer Quinn. Man versetze sich in seine Lage. Da rettet er ein Menschenleben, entdeckt die Liebe, findet sie erwidert, ist besessen, und dies ganz zu Recht, ändert sein Leben, um seiner Obsession nachzugeben, entdeckt Welten über Welten, die er nicht zu begreifen vermag, stellt fest, daß das Objekt seiner Begierde ein kauziges Wesen ist, bringt es nach Hause, küßt es, fällt fast in Ohnmacht vor verlegenem Verlangen, begibt sich in seine Pension, findet keinen Schlaf, steht auf, zündet seine

Schreiblampe an, zieht einen federlosen Halter aus seinem Schreibetui, findet eine Feder, steckt sie auf den Stift, entrollt sein Papier, öffnet den Deckel seines Tintenfasses, hält den Federhalter übers Tintenfaß, in der Absicht, ihn anzufeuchten und zu schreiben, unterläßt es, ihn einzutauchen, weil seine Verfassung keinen klaren Gedanken zuläßt, legt den Federhalter beiseite, schreitet auf und ab in seiner Schlafkammer, greift zu seiner Sammlung von Montaignes Essays, schlägt sie auf und findet zwei unterstrichene Absätze: «Was für Ursachen erfinden wir nicht für die Unglücksfälle, die uns begegnen? Wie greifen wir rechts und links, um etwas zu finden, woran wir unseren Unmut auslassen können!», und auch dies: «Wir sehen auch, daß die Seele in ihren Leidenschaften sich selbst täuscht und sich, gegen ihre eigene Überzeugung sogar, lieber eine Puppe nach kindischen Grillen putzt und schmückt, als ganz müßig und ohne alle Tätigkeit zu bleiben», und, pikiert hierüber, blättert er zurück zum Anfang des Essays, der betitelt ist: «Wie die Seele ihren Zorn an unrechten Gegenständen ausläßt, wenn ihr die eigentlichen fehlen», liest ihn ganz durch, beginnt dann von neuem auf und ab zu schreiten, zieht in Betracht, was er gegenwärtig weiß von der Liebe, von Männern und Frauen, von seinem vergangenen und zukünftigen Leben, fragt sich, was aus ihm werden wird, ein Novize auf allen Gebieten, nun da er sich an die Liebe verloren hat und vermutlich im Begriff steht, etliche falsche Richtungen einzuschlagen, so wie er nun einmal diesem radikalen Kind und jener irregeführten Poetin verbunden ist und auch John McGee, diesem gemeinen Bastard, der immerhin in seinem, Quinns, Beisein Hennessey k. o. geschlagen hat, und beim Gedanken daran nimmt Quinn seinen Federhalter, taucht ihn in die Tinte und schreibt einen Satz: «Sie nennen ihn John den Eber, und er ist dumm genug, nicht zu wissen, daß er beim Schließen des Fensters den Kopf einziehen muß, und doch hat er den besten Faustkämpfer der Welt zu Boden geschlagen», und nachdem er dies geschrieben hat, legt er seinen Federhalter hin, lächelt, geht in der Schlafkammer auf und ab und begreift, daß er seinem Leben soeben eine neue Richtung gegeben hat.

Als Quinn bemerkte, daß er das Wort nun beherrschte, besserte sich seine Laune. Er malte sich eine erregende Zukunft aus, sah sich allein in Hotelzimmern sitzen, über große Ereignisse nachdenken und dann seine Schlußfolgerungen zu Papier bringen, damit jedermann sie in der Morgenzeitung lesen konnte. Ein jähes Machtgefühl und vage Vorahnungen künftigen Wohlstands überkamen ihn. Er schmiedete Pläne, eine Droschke zu mieten und mit Maud zum High Rock Spring, zu den Jodquellen und den Empire Springs zu fahren, deren Reichtum an Chloriden, Bromiden, Sulphaten, Phosphaten und Bicarbonaten von Magnesium, Eisen, Natrium, Strontium und Kalzium bereits seit den Tagen der Indianer die Gesundheit zahlloser Menschen stärkte und wiederherstellte, insbesondere die jener Vergnügungssüchtigen, deren Freude an gutem Essen, reichlichem Alkoholgenuß und nächtlicher Ausgelassenheit sich erwiesenermaßen verheerend auswirkte. Quinn hielt sich nicht für vergnügungssüchtig, ahnte indessen, daß er es vielleicht werden könnte, und Maud desgleichen, wenn auch auf andere Weise. Doch waren seine Ahnungen hinsichtlich Mauds so verläßlich wie eine Wolke im Sturmwind.

Quinns Plan war der: besagte offene Droschke mieten, durch die Stadt zu den Quellen promenieren, an einem geeigneten Ort eine Teepause einlegen und, während die Droschke wartet, mit Maud durch den nächsten verfügbaren Park streifen, sie in einen Hain geleiten, wo du sie in die Arme schließt, sie leidenschaftlich mit Lippen und Zunge küßt und ihr deine ewige Liebe zu ihrem Gesicht, ihrer Gestalt, ihrem Geist und ihrer Seele erklärst.

Nun da Quinn Maud zu einem Ausflug zu den Heilquellen eingeladen hatte, sann sie neuerlich über die Ungewißheit nach, die ihr schon im Verlauf der letzten Nächte den Schlaf geraubt hatten. Am beunruhigendsten war der Traum, der sie seit ihrem Zwiegespräch mit dem ausgemergelten Mann beständig heimsuchte. Sie spazierte an einem Seeufer entlang und sah ein lebendes, pulsierendes, körperloses Auge auf einem großen

Fels ruhen. Es war ihr eigenes Auge, und wenn sie danach griff, um es wieder in seine Höhle zu setzen, entglitt es ihr und fiel in den Sand. Sie barg es in den hohlen Händen, und wenn sie es ins Wasser hielt, um es abzuspülen, löste es sich im Nu auf in widerlichen Schleim.

Maud nahm dies als Omen für Verworrenheit, vor allem im Hinblick auf Quinn. Wohl wahr, daß nur sie beide in diesem Leben einander gerecht werden würden. Doch was, außer unseligem Pfusch, würden sie aus einer jungen Ehe machen? Das war doch ein lachhafter Traum von Bauernkindern. Zudem stand Maud im Begriff, sich zu verändern: vermittels der Techniken Mesmers nahm sie mit sich selbst Verbindung auf, versetzte sich durch bloße Willenskraft in Zustände, die ihr gewöhnlich fremd waren. Werde eine ungeliebte japanische Ehefrau, sagte sie sich beispielsweise. Werde ein Orakel nach delphischer Manier. Werde ein Kind von Negersklaven bei der Versteigerung. Werde eine Schauspielerin in Shakespeares Ensemble.

Stunden verbrachte sie schlafend oder wachend in diesen fremden Empfindungssphären, löste sich nur widerstrebend von ihnen, und mit geschriebenen Botschaften konnte sie sich nicht länger zufriedengeben. «Die Traurigkeit von Hummeln und die Langmut des Mitleids existieren nur für Verliebte», hatte sie sich beispielsweise notiert. Sie fand, daß diese poetische Wendung auf angenehme Weise ihrem pragmatischen Selbstverständnis zuwiderlief. Doch ihre Fähigkeit, mit dem ausgemergelten Mann in Verbindung zu treten, ging beunruhigend weit über dieses Selbstverständnis hinaus, lag sie doch jenseits dessen, was sie als den Bereich des Möglichen betrachtete. Folglich hegte sie ihre Zweifel daran, doch nur halbherzige, denn sie hatten einen spöttischen Beiklang.

Ich muß mich bezüglich Quinns entscheiden, sagte sich Maud, und darum fastete sie den Rest des Tages und machte sich dann daran, einen stummen Kuchen zu backen, wie sie es von Magdalenas Zincali-Zigeunerkönigin gelernt hatte. Sie wartete, bis alle Bediensteten in Obadjas Haus zu Bett gegangen waren, und knetete dann in der Küche aus Eiern, Salz,

Mehl und Wasser, in dem sie flüchtig ihr Geschlecht gebadet hatte, ihren Teig. Schweigend saß sie mit dem Rücken zum Ofen, bis es Zeit war, den Kuchen herauszunehmen. Dann enthüllte sie vor ihm ihre Brüste, bedeckte sich, ritzte mit dem Messer ihre Initialen in die Oberfläche des Kuchens und stellte ihn auf die Kaminplatte in Obadjas Gesellschaftszimmer. Sie öffnete die Haustür und ließ sie angelehnt, schnitt sich dann ein kleines Stück vom Kuchen ab und ging damit rückwärts die Treppe hinauf in ihr Zimmer.

Sie stellte das Kuchenstück auf ihren Nachttisch, zog ihr Kleid aus und knöpfte ihre Unterwäsche auf. Dann verzehrte sie den Kuchen im Stehen und wartete darauf, daß der geisterhafte Doppelgänger ihres künftigen Bräutigams ins Gesellschaftszimmer träte, seine eigenen Initialen in den Kuchen ritzte und dann vielleicht die Treppe heraufstiege, um sie mit seinen Phantomhänden zu packen. Das aufgeknöpfte Unterhemd würde es ihr ermöglichen, sich aus einem solchen Zugriff zu befreien. Denn das bekäme er zu fassen, nicht aber sie. Sie würde sich flugs aufs Bett fallen lassen und ihn damit aus dem Haus verbannen.

Der Zauber betäubte sie, worauf sie einschlief, und nachdem sie morgens aufgewacht war und den Kuchen auf der Kaminplatte inspiziert hatte, kleidete sie sich an und erwartete die Ankunft Quinns und seiner Kutsche.

Quinn spazierte mit Maud durch die Straßen des Städtchens und beneidete all die anderen dahinwandelnden Paare, die entweder innig verliebt schienen oder in diversen Stadien der Umwerbung. Keinem von ihnen waren ähnlich tiefe Gefühle anzusehen, wie er selbst sie empfand, und dennoch konnte er Maud nicht anfassen, nicht einmal mit den Fingerspitzen ihre Hand berühren. Auch beim Arm konnte er sie nicht nehmen, um sie zu führen; und so spazierten sie wie Fremde die grasgesäumten Gehsteige entlang, ließen das Geschäftsviertel mit den Läden und Hotels hinter sich und gingen dann weiter auf einer Straße, die von stattlichen Wohnhäusern und privaten Gärten gesäumt war. In einem Waldstück, das sich an die letzten dieser Häuser anschloß, blieb Quinn stehen, um die Reste eines unbekümmerten Picknicks zu betrachten: Brotreste, verstreutes Papier, ein Hühnerknochen, das Kerngehäuse eines Apfels, ein Zigarrenstummel, ein Damentaschentuch mit einem eingebrannten Loch. Eine unsinnige Traurigkeit befiel ihn.

«Schau dir diese Schweinerei an», sagte er und schüttelte den Kopf.

«Die kläglichen Reste der Schönheit», sagte Maud und nickte.

Quinn und Maud sahen sich in eine neue Lage versetzt. Da Quinn kein vertraulicheres Thema einfallen wollte, erzählte er ihr, er sei im Begriff, einen Artikel über John den Eber zu schreiben, und Calvin Potts zeige sich interessiert, ihn in seiner Zeitung abzudrucken.

«Was du auch tust, du wirst es ausgezeichnet machen», sagte Maud. «Ich selbst reite zum erstenmal wieder seit damals, als wir in Spanien wohnten. Obadja hat wundervolle Pferde.»

«Ich habe noch nie auf dem Rücken eines Pferdes gesessen», sagte Quinn.

«Es ist ein majestätisches Erlebnis», sagte Maud.

Quinn nickte, doch konnte er sich keinen rechten Begriff von der Bedeutung des Wortes «majestätisch» machen und auch nicht davon, was das Reiten damit zu tun hatte.

«Wir sollten ein wenig durch den Wald laufen», sagte Quinn, und der Stasis seiner augenblicklichen Lage die Stirn bietend, ergriff er Mauds Hand und trat über die Picknickabfälle hinweg auf einen Pfad, von dem er nicht wußte, wohin er führte.

«Du willst, daß ich durch den Wald laufe?» sagte Maud.

«Bist du so empfindlich?»

«Ich bin kein bißchen empfindlich.»

«Dann gehen wir in den Wald», sagte Quinn. «Du gefällst mir heute ganz und gar nicht. Was ist nur mit dir los?»

«Gar nichts.»

«Gar nichts, in der Tat, wenn nicht noch weniger. Doch ich

erwarte etwas von dir. Ich erwarte, daß du mich so liebst, wie ich dich liebe. Ich erwarte, daß du mich küssen und umarmen willst, so wie ich dich küssen und umarmen will.» Diesen Satz, überlegte Quinn, könnte er aus einem Gedicht gestohlen haben.

«Ja», sagte Maud, «das verstehe ich wohl. Doch die Wahrheit ist, daß ich gestern abend einen stummen Kuchen gebacken habe, um herauszufinden, wie ich mich dir gegenüber verhalten soll.»

«Warum solltest du einen stummen Kuchen backen? Warum backst du keinen sprechenden, wenn du etwas herausfinden willst?»

«Alle Kuchen sind stumm.»

«Ich glaube, das ist mir nicht neu.»

«Ein richtiger stummer Kuchen hilft einem herauszufinden, wen man heiraten wird.»

«Aha, ich sehe schon», sagte Quinn, «wieder so eine Geisterbefragung.»

«Wenn du meinst.»

«Und was macht man mit einem stummen Kuchen, nachdem man ihn gebacken hat?»

«Man ritzt seine Initialen hinein und wartet, bis das Phantom des künftigen Bräutigams erscheint und gleichfalls seine Initialen hineinritzt.»

«Und das ist alles?»

«Nein», sagte Maud und legte eine Pause ein. «Man zeigt dem Kuchen auch seine Brüste.»

«Man zeigt dem Kuchen seine Brüste?» fragte Quinn.

«Das gehört zum Ritual.»

«Vernünftigerweise solltest du deine Brüste mir zeigen, wenn ich dein Mann werden soll.»

«Meine Brüste sind zu klein, um sie irgendwem zu zeigen. Insbesondere dir.»

«Zähle ich soviel weniger als ein Kuchen?»

«Darum geht es nicht, Dummerchen. Es gehört nun einmal zum Ritual dazu. Ich habe es nicht erfunden.»

«Freut mich, das zu hören», sagte Quinn, und er griff nach

ihrer Hand und zog sie mit sich. Plötzlich blieb er stehen, schlang die Arme um sie und küßte sie mit Lippen und Zunge, ohne daß er hätte sagen können warum. Er unterbrach seinen Kuß und zog sie in Richtung Straße.

«Dein Gesicht ist ganz kratzig», sagte Maud zu ihm, als sie ihm hinterherstolperte. «Du solltest dich rasieren.»

«Ich rasiere mich nicht», sagte Quinn. «Leute, die weniger zählen als ein Kuchen, brauchen sich nicht zu rasieren.»

«Du zählst nicht weniger als ein Kuchen, Daniel», sagte Maud. «Du verstehst meine Lage nicht, und du verstehst mich nicht.»

«Wie wahr.»

«Wenn du dich rasierst, werde ich dir alles erzählen.»

«Dann gehen wir auf der Stelle zum Barbier.»

«Nein, wir gehen zurück zu Obadjas Haus. Ich werde dir Johns Rasiermesser geben.»

«Ich weiß nicht, wie man mit einem Rasiermesser umgeht. Ich würde mir die Nase abschneiden.»

«Keineswegs. Wenn ein Holzkopf wie John McGee mit einem Rasiermesser umgehen kann, kannst du es auch.»

«John kann auch mit seinen Fäusten umgehen und den Weltmeister niederschlagen, und ich weiß nicht, wie man das macht.»

«Dann wird es Zeit, daß du es lernst», sagte Maud und kletterte in die gemietete Droschke.

Quinn stand vor dem Spiegel des Rasiertischs in einem der oberen Badezimmer und betrachtete sich. Sein Hemd war unter dem Handtuch verborgen, das Maud ihm in den Kragen gesteckt hatte. Sie hatte Johns komplettes Rasierzeug herbeigeholt: den Pinsel mit den weichen Borsten, den Seifenkrug, das Messer mit dem beinernen Griff und einen Tiegel mit Alaun zur Blutstillung, wenn man sich schnitt – derlei medizinisches Fachwissen hatte sie sich angeeignet, indem sie John beim Rasieren zusah. Nun klappte sie das Rasiermesser auf und gab es Quinn.

«Weißt du wirklich nicht, wie man es macht?» fragte sie.

«Natürlich weiß ich, wie man's macht. Ich habe meinem Vater tausendmal beim Rasieren zugesehen.»

«Nun, dann schneide dich nicht an lebenswichtigen Stellen. Geh mit Vorsicht ans Werk, bis du den Bogen raushast.»

«Das braucht mir keiner zu sagen.»

«Dann werde ich vorläufig nichts mehr sagen. Bis später.»

Und sie ging.

So sanft, als ließe sich eine Fliege darauf nieder, setzte Quinn das Rasiermesser an seiner rechten Wange an und zog es sachte abwärts. Ein paar von den trockenen, nicht eingeseiften Härchen gaben unter der ausnehmend scharfen Klinge des Rasiermessers nach, doch mit einem Schmerz, als würden sie ausgezupft. In Wahrheit hatte er seinem Vater nie beim Rasieren zugesehen. Der Mann hatte einen Vollbart getragen. Johns Rasierpinsel und die Seife beäugte Quinn mit einem feindseligen Blick; wie wollte man mit dem Gesicht voller Seifenschaum sehen, wo man rasieren mußte? Er setzte seine Trockenrasur fort. Es tat weh. Noch hatte er sich nicht geschnitten. Verbissen machte er weiter. Es tat weh.

Autsch.

Ein Schnitt.

Widerstrebend feuchtete er sein Gesicht an und seifte sich die eine Seite und die Mundpartie ein, indem er den Schaum in kleinen Tupfern auftrug und ihn mit einer kreisenden Bewegung verteilte, die er einmal einem Barbier bei der Arbeit abgeschaut hatte. Er verzog seinen Unterkiefer nach links und spitzte die Lippen, indes er die rechte Wange einschäumte, zog den Kiefer dann nach rechts und spitzte die Lippen zur Gegenseite, als er sich links einschäumte. Mit dem Zeigefinger wischte er sich den Schaum von den Lippen, nahm das Rasiermesser zur Hand und begann von neuem seinem daunenweichen Backenbart zu Leibe zu rücken. Das Blut verfärbte den Schaum auf seiner Wange, und er versuchte, nicht hinzusehen. Er rasierte weiter.

Autsch.

Wieder geschnitten. Noch mehr Blut.

Er fuhr unbeirrt fort, ging sorgfältig vor, lernte, das Messer sanft über die Wange gleiten zu lassen, den Backenbart mit neuentdeckter Leichtigkeit zu scheren, während die Blutung stärker wurde. Er beendete seine Rasur, spülte sich mit dem jetzt rosa verfärbten Wasser den Schaum vom Gesicht und machte sich daran, Mauds Instruktionen gemäß Alaun auf die Schnittwunden aufzutragen. Blut rann jetzt keines mehr, doch spürte er das Brennen des blutstillenden Alauns. Er trocknete sich das Gesicht ab und besah sich im Spiegel. Er kam zu dem Schluß, daß er sich fortan regelmäßig würde rasieren müssen, eine unbarmherzige Verpflichtung. Trotz alledem würde er beim Rasieren ein ehrfurchtgebietendes Talent entwickeln. Das hatte er im Gefühl. Was er auch tat, er würde es ausgezeichnet machen, hatte Maud ihm prophezeit.

Es scheint doch tatsächlich, als hätte sich das Leben gegen jede Hochstimmung verschworen, nicht wahr? Quinn kam glattrasiert aus dem Badezimmer nach unten und suchte Maud. Er fragte einen Diener, ob er sie gesehen hätte, was der Mann verneinte.

Quinn ging hinaus auf die Veranda und setzte sich in den größten Korbschaukelstuhl Nordamerikas. Im schwindenden Nachmittagslicht sann er über die Schönheit und den Reichtum nach, über die Frauen und den Scharfsinn jenes Mannes, der die Rasierseife erfunden hatte. Er studierte die Bauweise von Obadjas Veranda mit ihren gedrechselten Säulen und ihrem makellosen Anstrich, der stets wie neu aussah. Er fand Geschmack an der Symmetrie der gewellten Rasenflächen und Gärten, an den Spalieren und Rundbögen, an den Rosenbeeten und den üppigen Wipfeln der ausgewachsenen Bäume. Er spürte, daß tiefe Gelassenheit von ihm Besitz ergriff, und begann einzudösen. Er wurde von dem Diener geweckt, der ihn fragte, ob er Tee wünsche. Obadja habe ihn schlummern sehen und sich gedacht, ein belebender Tee werde ihm sicher guttun. Quinn lächelte und sagte, ja, ein Tee sei ihm recht.

Er schaukelte in seinem Stuhl und machte sich keine Sorgen

über Mauds Verbleib mehr. Er wußte, sie würde auftauchen, vermutlich in einem neuen Kleid oder einem besonders ausgefallenen Kostüm oder mit einer neuen Haartracht. Wie immer sie aussehen mochte, ihre Stimmung wäre gänzlich anders als die, in der sie sich von ihm verabschiedet hatte. Sie wäre überschwenglich und kokett. Sie würde die Lippen öffnen und spielerisch so tun, als wollte sie ihn küssen. Sie würde ihm Geschichten aus dem alten Spanien erzählen, Geschichten von majestätischen Ausritten oder von ihrer Mutter und dem König, oder sie würde ihm verborgene Geheimnisse der Liebe offenbaren, die sie von Magdalena erfahren hatte.

Quinn stellte Maud auf die gleiche Stufe wie seine keltische Kartoffelplatte: beide beschworen Veränderungen und Trugbilder herauf, beide waren von ungewisser Herkunft und Bedeutung – die Platte im Erdboden harrte einer neuen Generation, die sie ausgraben und ihren Wert und ihr Mysterium dort im flachen Grab ergründen würde; und Maud: jeder Atemzug Beleg und Vortrag kosmischer Mysterien. Begraben, im Verborgenen, entzogen sie sich. Aus der Versenkung geholt, entflammte ihr strahlender Glanz.

Der Diener brachte Tee und Gurkensandwiches. Mit Bedauern verlieh Quinn seiner Abneigung gegen Gurken Ausdruck und fragte, ob es etwas anderes gebe. Der Diener erwiderte, er werde mit dem Koch sprechen, und kam mit Kaviarhäppchen, gewürfeltem Sellerie und rohen Pfefferschoten zurück. Quinn probierte alles der Reihe nach und fand es abscheulich, und ihm dämmerte, daß hier etwas nicht stimmte. Es war unwahrscheinlich, daß so viele von einem Küchenchef ausgewählte Speisen ihm samt und sonders mißfallen sollten. Er sah sich zusehends mit Widrigkeiten konfrontiert. Er fragte sich, ob sich etwa Mauds Geister an ihn heranschlichen. Er sah, daß sich die Abenddämmerung über Obadjas künstliche Landschaft senkte, und malte sich aus, wie er Hungers sterben würde, indes der Diener ihm einen endlosen Strom von Kostproben brächte: Lammaugen und Stierhoden, Beignets mit Ziegenfleisch, gebratene Schweinehaut. Alles perfekt zubereitet und elegant dargeboten. Quinn würde jede Kostprobe zurückgehen lassen, und jedem, der vorüberkäme, würde sein allmählicher Gewichtsverlust auffallen.

Obadja nahm im Schaukelstuhl neben ihm Platz.

«Geht's Euch gut?» fragte er.

«Der Tee war gut, doch frage ich mich, wo Maud wohl bleibt.»

«Seit gestern abend hat keiner sie mehr gesehen. Sie ist nicht in ihrem Zimmer.»

«Ich war heute mit ihr zusammen. Wir haben eine Droschkenfahrt unternommen und sind hierher zurückgekommen, damit ich mich mit John McGees Messer rasieren konnte. Ich sitze hier, weil ich auf sie warte. Sie ist ein Mädchen von ganz eigener Art.»

«Von ganz eigener Art, gewiß», sagte Obadja. «Keiner hat sie seit gestern abend gesehen.»

«Ich war heute mit ihr zusammen. Wir haben eine Droschkenfahrt unternommen.»

«Wenn Ihr es sagt.»

«Was meint Ihr damit, wenn ich es sage?»

«Ei, Ihr seid ein junger Bursche.»

«Ich *war* mit ihr zusammen.»

«Wenn Ihr es sagt.»

«Das tue ich», sagte Quinn.

«Es fehlt ein Pferd. Im Stall.»

«Ein Pferd?»

«Eins meiner Pferde. Ein Pferd.»

«Wo ist es hin?»

«Nun, das ist die Frage. *Wo* ist es hin?»

«Glaubt Ihr, Maud hat das Pferd genommen?»

«Die Ansicht wurde schon geäußert.»

«Maud würde kein Pferd stehlen.»

«Vielleicht ist sie nur ausgeritten. Aber sie ist seit gestern abend fort, das Pferd ebenso, und keiner hat sie gesehen.»

«Ich habe sie gesehen. Ich war heute mit ihr zusammen. Wir haben eine Droschkenfahrt unternommen.»

«Das sagtet Ihr bereits. Sehr bemerkenswert. Aber keiner hat sie seit gestern abend gesehen.»

«Ich habe sie gesehen. Wir haben eine Droschkenfahrt unternommen.»

«Ich glaube, Ihr solltet aufhören, das zu behaupten.»

«Es ist die Wahrheit!»

«Es ist Eure Wahrheit. Es ist gewiß nicht die meine. Ich habe heute mit keinem eine Droschkenfahrt unternommen.»

«Das habe ich auch nicht behauptet.»

«Aber Ihr widersprecht mir fortwährend. Tatsache ist, daß keiner Euch hierhaben will. Ihr kommt her, benutzt fremder Leute Rasiermesser, sitzt auf meiner Veranda, laßt meine Speisen zurückgehen, und jetzt erzählt Ihr mir, ich sei ein Lügner.»

«Das habe ich nicht behauptet. Wo steckt eigentlich Maud?»

«Wir alle zögen es vor, wenn Ihr Euch anderswohin begeben und dort Eure Fragen stellen würdet.»

«Ich will Maud sehen.»

«Da werdet Ihr lange warten können. Sie hat sich mit meinem Rotschimmelhengst aus dem Staub gemacht.»

«Sie wußte, daß ich auf sie warte.»

«Sie hat ihren Koffer mitgenommen.»

«Ihren Koffer mitgenommen?»

«Keiner hat sie seit gestern abend gesehen.»

«Ich schon. Wo ist Magdalena? Wo ist John?»

«Sie möchten Euch nicht sehen. Ihr brecht nun besser auf, wie es sich für einen braven Burschen geziemt. Meine Kutsche wird Euch in die Stadt bringen.»

«Woher weiß ich, daß Maud fort ist?»

«Keiner hat sie seit gestern abend gesehen.»

«Ich habe sie gesehen, wir sind spazierengefahren.»

Obadja stand auf. Quinn hatte keine Lust, aufzustehen, doch hier warf ihn ein Mann hinaus. Er erhob sich.

Zwei Tage später kam er wieder und fragte nach Maud. Der Hausdiener sagte, es habe sie seit drei Tagen keiner gesehen. Quinn bat darum, zu Magdalena und John vorgelassen zu werden, doch man beschied ihn, sie seien nicht zu Hause. Der Hausdiener erklärte Quinn, er sei im Hause Griswold nicht länger willkommen.

Quinn kehrte zurück in Mrs. Trims Pension in der Phila

Street, stand am Fenster seines Zimmers und schaute hinunter auf die Leute, die miteinander plaudernd auf den Gehsteigen flanierten. Ihn beschlich eine unsinnige Eifersucht auf diese leutseligen Fremden, und er beschloß, sich auf dem Bett auszustrecken, bis sie sich gelegt haben würde. Er lag da und starrte so lange hinauf an die Decke, bis er spürte, daß die Kraft seiner Wut erlahmte. Er merkte, daß er Maud nicht böse war. Er sann darüber nach und fühlte sich gedemütigt, im Stich gelassen und neuerlich verloren. Der Zustand widerte ihn an, war Brechmittel für seine Seele.

Er ging zurück ans Fenster und blickte hinab auf die Leute unten auf der Straße. Alles erschien ihm wieder normal. Er mochte sie jetzt, fand Gefallen daran, wie glanzvoll sie sich herausputzten: der Mode eine Gasse, dem Stil seine Parade.

In seiner Erinnerung formte er Mauds Antlitz.

Dieses Mädchen, so sagte er sich, befindet sich außerhalb deiner Gewalt. Sie hat dich von ihrer Zukunft ausgeschlossen. Nun, so sei es denn. Vergiß sie. Dieser Teil meines Lebens ist vorbei, und ich werde mich bei keinem anbiedern. Ich habe endgültig genug von dem dämlichen Schwachsinn der ersten Liebe. Das Wort selbst blieb mir im Hals stecken – *Liebe*. In den kommenden Jahren würde ich außerstande sein, es zu ertragen, all das einfältige Liebesgeschwätz, mit dem man mir in den Ohren läge. Vor mich hin summend, packte ich meine Tasche. Doch ertappte ich mich dabei, daß ich «Kathleen Mavourneen» summte, und ich wußte, was das zu bedeuten hatte. Ich hörte auf zu summen und dachte: Vorbei. Ja. Vorbei.

Zweites Buch

Das Böse, Furchterregende wird die Menschen von selbst in solchen Schrecken versetzen, daß sie sich, bald Wahnsinnigen gleich, in der Meinung, sie würden ihm entfliehen, geschwind von seinen grenzenlosen Kräften forttragen lassen.

Leonardo da Vinci

EIN BASAR VOLLER VERLOCKUNGEN

Albany
Sommer
1864

Es soll nun die Rede sein von Ereignissen, die sich in Wirklichkeit und Erinnerung abspielen, nachdem Daniel Quinn, diese Waise des Lebens, jetzt neunundzwanzig Jahre alt und aus den Schlammlöchern der Hölle kommend, mit dem Zug in Albany eingetroffen ist. Mehr als zwei Jahre lang ist er mit den Unionstruppen umhergezogen, hat Unterredungen mit Generälen, Hauptleuten und Soldaten an der Front geführt und über ihre Heldentaten bei Spotsylvania, Cold Harbor, Monocacy und anderswo berichtet, hat ihre Verluste, das Leben im Feldlager, die Armeeverpflegung, die Witterungsbedingungen, unfähige Lazarettärzte und die Frauen des Südens beschrieben.

Der Tag in Albany ist wechselnd sonnig und bewölkt, und der Wettergott hat bestimmt, daß kein Regen zu erwarten steht, daß die lange Trockenperiode anhalten wird und daß vorüberziehende Regenwolken nur Phantasiegebilde in einer ausgedörrten Ödnis sind. Quinn hat bereits ein Pferd samt Sattel erworben, eine Art zu reisen, die ihm in Fleisch und Blut übergegangen ist, und reitet im Paßgang, der Trägheit seiner Gedanken gemäß, auf das Anwesen der Staats zu, mit dem er einst soviel Bewundernswertes verband. Die Wasser des Staatskill rauschen ihm entgegen, als er den Hügel erklimmt, und wecken Gedanken an eine Zeit, die er an anderen Wassern verbrachte...

Er war damals mit dem Vierundvierzigsten zu Pferd aus Albany ausgerückt und hatte mit ihm am einen Ufer des Rappahannock kampiert, indes am anderen Truppen der Rebellen ihr Lager aufschlugen. Zwei Tage lang hielten die Männer aus beiden Camps einen unausgesprochenen Waffenstillstand ein und schwammen einträchtig im Fluß. Jim Lynch aus Saratoga brach dann das Schweigen, indem er ans andere Ufer hinüberschwamm und dem nächstbesten Rebellen zurief: «Habt Ihr eine Zeitung, die wir lesen können?» Der Mann winkte ihm mit einer zu, und Lynch watete nackt an Land, nahm die Zeitung, bedankte sich, schwamm mit der Zeitung in der erhobenen Hand zurück und gab sie Quinn. Sie war aus Richmond, nur wenige Tage alt.

Tags darauf metzelten die Schwimmer einander nieder. Drei Tage später wanderte Quinn über das Schlachtfeld, zwischen Tausenden von Toten nach Überlebenden Ausschau haltend, und hörte, wie ihn ein verwundeter Rebell um Wasser bat. Quinn reichte ihm seine Feldflasche und ließ ihn trinken, bis er genug hatte. Dann befeuchtete er mit dem restlichen Wasser seine Beinwunde. Er fand das eine faire Gegenleistung für die Zeitung aus Richmond. Der Mann konnte sich nicht rühren, doch sterben würde er an seiner Wunde nicht. Das Wasser wird sie kühlen, sie auswaschen, sie reinigen. Die Gabe wird ihm Nutzen bringen und von Bedeutung für ihn sein. Doch faß ihn ja nicht an.

Der Mann zeigte sich erkenntlich, indem er Quinn von der Zuversicht erzählte, mit der er in die Schlacht gezogen war. Doch diese Zuversicht enthielt zugleich ihr Gegenteil. Sie gründete auf dem Anblick seiner Frau, die ihn mit einer wohlvertrauten Liebesgeste in den Heuschober winkte. Der Mann wußte, dies war eine Versuchung, die ihm der Teufel geschickt hatte. Er wußte, der Heuschober bedeutete den Tod, und seine Frau hätte ihn niemals in die Scheuer des Todes gebeten.

Der Rebell stammte aus North Carolina, war ein Mann von robuster Gestalt mit groben Gesichtszügen, und Quinn wußte, daß er sein Leben lang Farmer gewesen war. Er verehrte Longstreet und grämte sich über den Ausgang der Schlacht. In zwei Kriegsjahren hatte er nicht eine Niederlage erlebt. Quinn legte ihm eine Decke über die Beine, die er aus dem zusammengerollten Bettzeug eines Toten gezogen hatte, fand dann eine Rebellen-Feldflasche und füllte sie am Fluß mit Wasser für den

Mann. Er spülte den Hals seiner eigenen Flasche ab, wo ihn der Mund des Rebellen berührt hatte, und füllte auch sie. Er wanderte über das dunkel werdende Feld, auf dem die Trümmer der Artillerie verstreut lagen, fand indes keine weiteren Überlebenden. Sechs Pferde standen vor eine Protze geschirrt, alle mit schlaffen Hälsen, alle aufrecht im Geschirr: vierundzwanzig aufrecht stehende Beine, tot.

Quinn tätschelte den Hals seines eben in Albany erstandenen Pferdes, war dankbar, daß es lebte, und vertraute auf seine Kraft. Mag sein, daß ich dem Tod nunmehr entrinne, dachte er bei sich, wenngleich er das Gefühl hatte, daß er da log oder zumindest einer Täuschung erlag. Vermutlich befand er sich noch immer in den Klauen des Todes, und seine Chancen wurden kleiner. Doch allein schon die Möglichkeit, ihm zu entrinnen, gab ihm Auftrieb, und zudem war da immer die schlichte Tatsache: er hatte überlebt und andere nicht. Ein solcher Gedanke stimmte ihn ebenso zuversichtlich, wie es der verwundete Rebell vor der Schlacht gewesen war. Mit der Zuversicht auf du und du zu sein, beruhigte Quinn, und er ritt weiter auf das Anwesen zu.

Auf den ersten Blick merkte er, daß das Haus gewachsen war. Mehr Dächer und Türme als früher erhoben sich über ihm, mehr Veranden umgürteten es. Auf einem neuen Flügel saß ein chinesisches Dach, an einem anderen ringelten sich Rokoko-Schnitzereien empor, schlängelten sich um neue Türen und Bogengänge, um neue Säulen und Fenstergiebel. Hillegond und Dirck bauten wie unter Zwang. Allein und abgeschieden in einem Haus, in dem unzählige Menschen Platz hätten, schafften sie immer mehr Raum, nur um einsam zu kommen und zu gehen.

Quinn umrundete das Herrenhaus, um zu sehen, was aus den Gebäuden und Gärten seiner Erinnerung geworden war. Amos' Grabmal und die Pumpen- und Bootshäuser standen noch so, wie er sie in Erinnerung behalten hatte. Ein kleines, elegantes Gebäude war neu (dies war das Jagdhaus), doch die

Terrassen und Spaliere sahen aus wie einst und leuchteten in ihrer Blumenpracht, während die angrenzenden Rasenflächen durch die Trockenheit braun und verdorrt waren. Die Gebäude trugen samt und sonders einen frischen Anstrich in den einheitlichen Farben von damals – ein sattes Braun mit beige abgesetztem Schmuckwerk –, und das Mauerwerk stellte noch das vertraute blasse Rostrot zur Schau.

Indes Quinn so sein Erinnerungsbild ergänzte, suchte er nicht eigentlich nach Neuem, sondern nach Verbliebenem: dem schwer Definierbaren, das trotz Wachstum unverändert war. Er band auf dem Zufahrtsweg vor dem Haus sein Pferd fest und klopfte an das Portal, durch das er das Haus zum erstenmal betreten hatte, und die geschnitzte Holztür ragte so majestätisch vor ihm auf wie einst in der Nacht, als er nach seiner Flucht vor dem reißenden Fluß hier eingetroffen war. Er stand an derselben Stelle, an der er damals gestanden hatte, und spürte, wie die Macht des Rituellen von ihm Besitz ergriff. Plötzlich schien es ihm, als läge im Wiederholen alter Gesten das Geheimnis seiner Wiedereinsetzung in ... in was? Er wußte es nicht. Er wollte doch keinen einzigen Tag der ihm vertrauten Vergangenheit noch einmal erleben, oder? Würde er jene Tage, in denen ihm Maud offenbart wurde, aus freien Stücken neuerlich durchleben wollen, wohl wissend, daß sich auf der Höhe dieser Verzückung ein Abgrund von Verlust und Verfall auftat? Er hatte Maud geküßt und die Liebe kennengelernt, war dann von den Gipfeln der Schönheit hinabgestiegen ins Tal der Verwesung, wo eine Generation zusammengeschossener Söhne lag: 7000 Tote in einer einzigen Schlacht, niedergemetzelt bei einem Vorstoß, der zum Blutbad geriet, Hirn und Gedärm aus dem Leib gerissen und anschließend liegengelassen, auf dem durch Vaterlandsverrat und grassierenden Wahnsinn geweihten Feld der Verwesung anheimgegeben. Und das Morden verlagerte sich auf grünere Auen.

Die Eingangstür ging auf, und Quinn erkannte Capricorn, das Haar weiß geworden, die Haut ledrig, die Augen schwach. Der alte Mann hingegen erkannte Quinn nicht, diesen hochgewachsenen, schlanken Mann in seinem Soldatenhemd (er war kein Soldat), den Reithosen und Stiefeln und dem breitkrempigen Schlapphut, unter dem er so lange gelebt hatte. Als Quinn jedoch den Hut abnahm und sein dichtgewelltes, erdfarbenes Haar zum Vorschein kam, da blitzte in den Augen des Alten die Vergangenheit auf.

«Ihr seid Mist' Quinn!»

«Cappy, du hast noch deine fünf Sinne beisammen, im Gegensatz zu den meisten von uns.»

Quinn betrat ein neumöbliertes Haus: verschwunden war das Sofa aus Kirschbaumholz, auf dem die Witwe Ryan und ihre erschrockenen Kinder gesessen hatten, ersetzt durch eine große ovale Polsterbank; verschwunden waren die Porträts von Petrus und Hillegond im Musikzimmer, die Wände jetzt mit riesigen Gobelins behängt; verschwunden auch der Kronleuchter im holländischen Kolonialstil in der Eingangshalle, statt dessen jetzt einer aus Kristallglas, doppelt so groß wie sein Vorgänger und dreimal soviel Eleganz ausstrahlend. Dieser Ort schrumpft nicht mit der Erinnerung. Er wächst in die Breite und fließt über von Reichtümern.

«Ist Dirck zu Hause?» fragte Quinn.

«Nich mehr. Er hat diese Sängerin geheiratet und is nach Schweden gezogen. Dort lebt er jetzt.»

«Schweden. Ich entsinne mich, daß seine Frau stets dorthin zurück wollte.»

«Er meinte, hier will er nich mehr bleiben. Hat das Haus an Mr. Fitzgibbon verkauft und is fortgezogen.»

«Das Haus verkauft? Was ist mit Hillegond?»

«Mist' Quinn, Miss Hilly is nich mehr da.»

«Wo ist sie hin?»

«Tot. Umgebracht. Stranguliert, mit 'nem Draht um den Hals. Sie sagten, Miss Hilly muß sofort tot gewesen sein.»

Quinn nahm den Hut ab, fuhr sich mit der Hand durchs Haar, fiel ins Leere, suchte nach Worten.

«Wann?»

«Irgendwann letzten Februar. Sechs Monate isses jetzt her. Das Schlimmste, was je in diesem Haus passiert is.»

Capricorn seufzte tief auf, und dann versagte ihm die

Stimme. «Meine Matty ham sie auch umgebracht. Mir nix dir nix die Frauen abgemurkst.»

«Wer war das? Warum? Was geht hier vor?»

«Ich weiß wirklich nich. Manche meinen, sie wüßten's. Aber keiner weiß, wieso sie auch meine Matty umgebracht ham.»

Capricorn war den Tränen nahe, und Quinn winkte den alten Mann zum Ostflügel hin.

«Können wir uns setzen und darüber reden?»

«Capricorn setzt sich da nich rein. Der neue Butler, der erlaubt das nich.»

«Ein neuer Butler. Alles hat sich verändert. Und wie steht's mit der Veranda?»

«Glaub nich.»

«In die Küche hocken wir uns nicht. Ist es in Ordnung, wenn wir draußen spazierengehen?»

«Spazierengehn is in Ordnung.»

Und so spazierten sie unter einer erbarmungslosen Sonne hinaus auf die Straße, wo Capricorn sogleich vom enormen Reichtum des neuen Besitzers, Lymans Sohn Gordon Fitzgibbon, zu erzählen begann und dann auf Hillegond zu sprechen kam. Schwermut erdrückte Quinn mit jedem neuen Bild von ihr, das in seiner Erinnerung aufstieg, und er wußte, er würde das Gespräch von ihr fortlenken müssen. Die Einzelheiten ihrer Ermordung würde er bei Will Canaday in Erfahrung bringen; er würde die Artikel lesen, die Will darüber geschrieben haben mußte. Quinn konnte sich in derlei Unheil suhlen, aber diesmal würde er es nicht tun. Er würde Hillegonds Tod überstehen, wie er den anderer im Krieg überstanden hatte: ihn an sich vorüberziehen lassen, die Macht von Kummer und Wut unter Kontrolle behalten, um so deren Ursache zu zerstören. Doch konnte er spüren, daß der Drang, sie zu beherrschen, mit jedem neuen Todesfall, der ihn berührte, nachließ, daß sein Überlebenswille nachließ wie Cappys Augenlicht. Vielleicht war er bald vollends geschwunden.

Und Capricorn erzählte weiter.

«Diese Frau, die hatt ein offenes Haus für Schwarze. Sie hat ihnen zu essen gegeben, ihnen auf dem Weg in die Freiheit geholfen. Sie hat Joshua vorm Gefängnis bewahrt und ihm Geld gegeben, damit er andre Schwarze aus Carolina raufbringen kann. Auch Joshuas Frau hat hier Station gemacht. Miss Hilly is gebenedeit. Sie is bestimmt im Himmel. Sie is 'ne Königin dort droben.»

«Ich war hier in jener Nacht, als Joshua, an diesen toten Schweden gefesselt, als Gefangener auftauchte», sagte Quinn.

«Ich erinner mich.»

«Hinterher habe ich mich bei Euch nach ihm erkundigt, doch Ihr wolltet mir nichts verraten.»

«Auch daran erinner ich mich.»

«Ich habe Joshua in New York wiedergetroffen.»

«Wir ham ihn hier nich mehr gesehn. Wie geht's ihm?»

«Schon lange her, doch damals ging's ihm gut.» Quinn, du Lügner.

«Oh, das is fein.»

«Er arbeitete in John McGees Saloon. Ihr erinnert Euch an John? Den Faustkämpfer? John den Eber nannten sie ihn.»

«Den Mann vergißt keiner, der ihm mal begegnet is.»

«Joshua trug einen anderen Namen, als ich ihn das erste Mal traf. Er nannte sich Mick die Ratte.»

«Ja wirklich? Mick die Ratte?»

«So ist es. Er schaffte John die Ratten herbei.»

«Schaffte Ratten herbei?»

«Eine Show, die sie aufzogen, um Kunden in den Saloon zu locken. Die schauen sich umsonst die Ratten-Show an, und anschließend trinken sie einen und machen ein Spielchen. Joshua hatte einen ganzen Sack voll Ratten. Jede Nacht fing er sich im Schlachthof einen Haufen neue. Er leuchtete die Viecher an, und während sie geblendet ins Licht starrten, schnappte er sie mit einer Kohlenzange und warf sie in den Sack.»

Capricorn schüttelte den Kopf. «Joshua hat das gemacht? Joshua?»

Quinn nickte. «Dann schleppte er die Ratten in Johns Saloon und setzte eine davon in den Kampfring im Hinterzimmer. Ringsum schauten die Leute zu, und dann gesellte irgendwer der Ratte einen Bullterrier zu. Der Terrier biß sie auf der Stelle tot. Dann warf Joshua zwei Ratten hinein, und auch die erledigte der Terrier, zuweilen mit jeweils einem einzigen Biß. Dann setzten sie einen mexikanischen Nackthund rein, Joshua ließ vier Ratten los, und der Mex erwischte sie alle. Dann fünf Ratten, dann sechs. Die Ratten hatten keine Chance. Es war nur eine Frage der Zeit.»

«Könnt nich behaupten, daß mir das Spiel gefällt.»

«Nein. Doch Joshua brauchte Geld. Er hielt zwei entflohene Negersklaven versteckt, die er nach Norden bringen wollte.»

«Das hat er stets gemacht.»

«Er bat mich, ihm zu helfen. Er kannte mich im Grunde gar nicht, doch vertraute er mir. Das sei ihm eingegeben, meinte er, daß er Menschen ansähe, ob er ihnen vertrauen könne.»

Joshua hatte Quinn erzählt, daß auf den einen der Entflohenen 300 Dollar Belohnung ausgesetzt seien, was es ihm doppelt schwer mache, die beiden zu verstecken. Auf den Kopf des zweiten stand kein Preis, weil er bloß ein Auge hatte; das andere war von einem Peitschenhieb seines Herrn zerstört worden, und seither galt er allen als ein Mann, der den bösen Blick hatte und Unglück brachte. Joshua hatte die Sklaven aus Philadelphia zum Blockhaus eines Farmers südlich von Kingston gebracht, wo sie nur halbwegs sicher waren; und als er erfuhr, daß ihnen Sklavenjäger auf der Spur waren, trug er sein Problem Quinn vor: Wir brauchen einen weißen Mann. Quinn sagte, er sei ein weißer Mann.

Joshua hatte zwar Verbündete, doch wußte er, daß ihm die ortsansässigen Abolitionisten in dieser Lage nicht weiterhelfen konnten. Quinn hingegen, ein Fremder, war geeignet, in den Tavernen und Schenken, wo die mörderischsten Gerüchte blühten und wo die Sklavenjäger herumhockten und die Ohren spitzten, das notwendige Stichwort fallenzulassen. Die Sklavenjäger waren zu zweit, dem Akzent nach keine Südstaatler, sondern eindeutig New Yorker. Sie hatten alles dabei, was sie brauchten: Seile, Handfesseln, Gewehre, Pistolen und Geld, um Informanten die Zunge zu lockern. Sie nannten sich beim

Namen – Fletch und Blue – und machten keinen Hehl aus ihrem Vorhaben: «Nigger fangen.»

Und als Quinn dann in der Eagle Tavern saß und einen Whiskey-Toddy nach dem andern bestellte, redselig wurde und die Neuigkeit verlauten ließ, er hätte in der Nähe eines Blockhauses an der Mautstraße zwei Nigger herumlaufen sehen, um seine Darbietung dann in der Bump Tavern an der nächsten Kreuzung zu wiederholen, nun, da war es keine Überraschung, daß bald Fletch und Blue neben ihm standen und sich nach Einzelheiten erkundigten.

«Ihr macht Jagd auf Nigger, hab ich recht?» fragte Quinn.

«Wir bringen den rechtmäßigen Besitzern ihr Eigentum zurück», sagte Fletch.

«Sehr schön», sagte Quinn. «Wenn einer was hat, sollte er sein Eigentum nicht abschreiben müssen, bloß weil's ihm nich mehr gehören will. Auf die Art und Weise könnt ein Mann ja all seine Kühe verlieren.»

«Kühe», sagte Fletch und ließ sich das im Kopf herumgehen. «Meinst du, du könntest uns zeigen, wo du die Nigger gesehn hast?»

«Kann ich nich genau sagen», erwiderte Quinn. «Ich kenn die Namen von den Straßen in der Gegend nich und hab keine Ahnung, wo's lang geht. Ehrlich.»

«Meinst du, du könntest uns hinführen?»

«Schon möglich.» Quinn schien die Sache zu überdenken. «Was fällt da an Profit ab für einen Burschen wie mich, der euch zeigt, wonach ihr sucht?»

«Du bist auf Profit aus, wenn ich das recht versteh?»

«Wer ist das nich.»

«Du kriegst deinen Profit.»

«In dem Fall sind wir uns wohl einig.»

«Dann laß uns losziehn.»

«Wie sieht denn der Profit aus, von dem wir hier reden?»

«Wir geben dir zwei Dollar. Für zwei Dollar kannst du dir 'n neues Pferd kaufen.»

«Bestimmt keins von der Sorte, wie ich sie reiten würde.» Und Quinn verstummte.

«Wir geben dir drei», sagte Blue.

«Vergiß die drei, wir geben dir fünf», sagte Fletch.

«Mehr als fünf Dollar wollt ihr nich rausrücken? Ich hab mir gedacht, zwanzig wären kein schlechter Preis für zwei Nigger.»

«Zwanzig, also gut, zwanzig. Gehn wir.»

«Ich würd die zwanzig gern zwischen den Fingern spüren, ehe wir gehn», sagte Quinn.

«Gib ihm die zwanzig», sagte Fletch. Blue knöpfte die Brusttasche seines Hemdes auf und zog ein Bündel Scheine hervor.

«Bist du jetzt soweit?» fragte Blue, als Quinn das Geld an sich nahm.

«Ich bin soweit», sagte Quinn. «Und ihr?»

«Wir sind bereit», sagte Fletch. «Doch wenn wir keinen Nigger schnappen, erwart ich die zwanzig zurück.»

«Das wär nur recht und billig», sagte Quinn, und er ging voraus zum Ausgang der Kneipe, bestieg draußen sein Pferd und ritt auf der Mautstraße gen Norden.

In Decken gehüllt, kauerten die entflohenen Sklaven am Boden einer Grube unter den Bodendielen, ihr Schlupfwinkel, wenn die Lage brenzlig wurde. Durch die Ritzen der Dielen über ihren Köpfen fielen die dünnen Lichtstreifen einer Petroleumlampe, die im zweiten Raum der Blockhütte stand, in ihr Versteck herab, ein viereckiges Loch, das man in den weichen Lehmboden gegraben hatte.

Joshua legte Holz auf das heruntergebrannte Feuer – das erste Mal, daß der Ofen benutzt wurde in den acht Tagen, seit die Sklaven sich hier aufhielten, denn Rauch ist verräterisch. Im zweiten Raum der Hütte hockten zwei Weiße mit geschwärzten Gesichtern, jeder mit einer Pistole und einer Schrotflinte bewaffnet. Als sie die Pferde näherkommen körten, nahmen die Männer ihre abgesprochenen Positionen ein, und Joshua, der keine Waffe trug, postierte sich hinter der Tür und wartete darauf, daß die Besucher anklopften.

Quinn ritt hinter Fletch und Blue, als sie sich der Hütte näherten, und hörte im Geiste die Musik der beiden Banjos, die den leichenblassen Tänzer begleitet hatten, als er im *Museum* sein Liedchen sang:

Musik steckt in den Knochen
Musik liegt in der Luft.
Musik zuckt in des Niggers Knie
Wenn er sein Banjo zupft.

Und dann klärte Fletch Joshua darüber auf, daß sie für den Federal Marshal arbeiteten und auf der Suche nach entflohenen Sklaven seien. Joshua antwortete mit einer winselnden Jammerstimme, die Quinn fremd war.

«Ich bin 'n freier Mann», sagte er. «Ich weiß nix von entflohenen Sklaven. Ich wohn schon mein Lebtag hier. Wenn ihr mir nich glaubt, dann fragt die andern Leut hier in der Gegend.»

«Dich suchen wir ja nicht», sagte Fletch. «Wir sind hinter zwo Niggern mit insgesamt drei Augen her.»

«Weiß nix von drei Augen», sagte Joshua. «Kommt rein und seht nach, wenn ihr wollt. Ich leg mich mit keinem Marshal an. Aber hier is keiner, bloß Mick die Ratte, und das bin ich. Ehrlich wahr.»

«Wir werden mal nachsehn», sagte Fletch. Er stieg ab, band sein Pferd an einem Strauch fest, und dann betrat er mit dem ihm nachfolgenden Blue und mit Quinn als Schlußlicht die Hütte. Quinn erkannte den langen Schatten eines Mannes im zweiten Zimmer, Fletch und Blue zogen beide ihre Pistole und gingen darauf zu. Joshua wich rückwärts vor ihnen zurück und drehte sich dann zu dem Schatten um, der nicht von einem Mann herrührte, sondern von einem Hut und einem Mantel auf einem Stock, auf den Fletch und Blue nun ihre Pistolen richteten. Doch indessen hoben sich neben ihnen die Schrotflinten der schwarzgesichtigen Männer aus dem Dunkel und zielten auf ihre Köpfe, und beide Sklavenjäger ließen die Pistole fallen.

«Sucht ihr uns Nigger?» fragte eines der Schwarzgesichter. «Ihr wollt uns nach Virginia bringen?»

Fletch schüttelte den Kopf.

«Ich dachte, das hättet ihr vor», sagte das Schwarzgesicht.

Joshua zog ein Messer aus der Scheide an seinem Gürtel und durchtrennte mit gewandten Schnitten Fletch und Blue den Gürtel und den Hosenbund.

«Hinsetzen», sagte Joshua, und Fletch und Blue setzten sich.

«Zieht eure Stiefel aus», sagte Joshua, und sie taten es.

Joshua ging aus dem Zimmer, hob die Bodendielen und half den Sklaven herauf, dieweil die Schwarzgesichter Fletch und Blue an den Rand der Grube führten. Die Sklaven drängten sich um den Ofen und sahen zu, wie Joshua und eines der Schwarzgesichter den Sklavenjägern Arme und Beine fesselten. Fletch trug eine lange Unterhose, die ihm bis auf die Knöchel reichte. Die von Blue ging bis zum Knie. Keiner von beiden trug Strümpfe. Als die Sklavenjäger gebunden waren, rollten Joshua und eines der Schwarzgesichter sie in die Grube.

«Wir empfehlen uns», sagte Joshua zu ihnen. «Doch ich hab mir gedacht, weil ihr da unten so allein seid, besorg ich euch 'n bißchen Gesellschaft.»

Dann zog er aus einer Ecke des Blockhauses einen Leinwandbeutel von der Größe eines kleinen Kindes hervor. Er löste die Zugschnur, kippte ihn dann um und ließ zwei Dutzend lebende Ratten in die Grube purzeln. Die Männer schrien, die Ratten quiekten. Fletch und Blue traten nach den Ratten und verkrochen sich in eine Ecke.

Als Quinn die Lampe über die Grube hielt, um zu sehen, was dort unten vorging, begann eine vorwitzige Ratte auf Fletchs nackten Fuß zu klettern. Fletch trat nach ihr, und die Ratte flog gegen die Wand und überschlug sich.

Dann war sie wieder auf den Beinen, unerschrocken wie zuvor.

In diesem Augenblick ließ Quinn die zwanzig Dollar, die er von Fletch und Blue bekommen hatte, wieder zu ihren rechtmäßigen Besitzern hinabflattern.

Capricorn mußte so lachen, daß ihm die Tränen kamen.

«Oh, dieser Joshua! 'n durchtriebener Kerl, der wußte, wie man's macht. Wie is die Sache ausgegangen?»

«Joshua nahm die Pferde, und sie ritten nach Norden», sagte Quinn. «Ich schätze, sie haben es geschafft. Bis auf Joshua habe ich keinen von ihnen wiedergesehen. Wer die Burschen mit den geschwärzten Gesichtern waren, weiß ich bis heute nicht.»

Quinn und Capricorn hielten aufs Haus zu und spazierten an dem Teich vorüber, den Petrus für die sechs Wildenten hatte anlegen lassen, die sich hier angesiedelt hatten. Quinn blickte hinüber zum Haus und sah Hillegond vierzehn Jahre zuvor dort am Fenster stehen, und er dachte: Königinmutter des Erbarmens, ich habe dich geliebt.

Doch er würde nicht weinen.

Er würde sich nicht kleinkriegen lassen.

Joshua, der Heilige, konnte Quinn kleinkriegen, doch nicht der Tod, nicht einmal der Tod einer königlichen Liebe. Der Krieg, so fragte sich Quinn, von neuem erstaunt über seine eigene Härte, hat er meine Seele in einen Bleiklumpen verwandelt? Er stellte sich das Reich der Toten vor, in dem er gelebt hatte, und die Furcht packte ihn. Aus diesem Reich erwuchs seine Stärke, ihm verdankte er, daß er vor Überlebenswillen strotzte. Doch nun rappelten sich die Toten auf und begannen stolpernd auf ihn zuzumarschieren. Er erinnerte sich an seine keltische Scheibe, überblendete seine Vision mit ihrem Bild, hob es sich vor die Augen wie eine Monstranz, wie einen Schild. Gegen die Toten gewappnet, atmete er tief durch und ging auf das Haus zu.

Als er sich seinem angebundenen Pferd näherte, sah er, daß eine vierspännige Kutsche die Zufahrt von der neuen Mautstraße heraufgefahren kam, die jetzt am Anwesen der Staats vorbeiführte, und Capricorn sagte: «Da kommt er, der Mr. Fitzgibbon.»

Und er war es: Gordon Fitzgibbon, Lymans Sohn, ein Mann, den Quinn dem Namen nach kannte, dem er indes nie begegnet war. Neben ihm in der Kutsche sah Quinn eine Frau sitzen.

Dann sah er, daß es eine alte Liebe war. Sah Maud.

Er hätte nie vermuten oder auch nur ahnen können, daß sie hier sein würde; trotzdem war es mitnichten ein Zufall. Wir könnten es Quinns Willen nennen, das Bestehende zu verändern, dem Leben seine Launen auszutreiben und selbst zum Kausalgesetz zu werden. Es war dies nicht das erste Mal, daß er der Geschichte seinen Willen aufgezwungen hatte, doch zum erstenmal gehorchte ihm die Geschichte. Er war nicht hergekommen, um Mauds Nähe zu suchen, sondern wegen des zarten Dufts ihrer Erinnerung – mehr konnte er nicht zu finden hoffen. Nahm er diese Witterung erst einmal auf, so hatte er geglaubt, dann wäre er imstande, ihrer Spur zu folgen. Und da erscheint sie nun, und so beginnen sich die beiden Fremdlinge in Sachen Liebe erneut zu finden.

Die Kutsche hielt vor dem Herrenhaus, der Kutscher sprang ab und öffnete den Wagenschlag. Heraus stieg als erstes Maud Fallon, in schwarze und weiße Seide gehüllt, ihr fülliges kastanienbraunes Haar zu einer Krone hochgesteckt und mit einer weißen Schleife umwunden, die Haut von einem köstlichen Weiß; und als sie Quinn erblickte, sagte sie: «Quinn, ich fürchtete, du seist tot», und gab ihm ihre Hand, die er ergriff und festhielt.

«Sieht aus, als hätte ich überlebt», sagte er, «doch das mag ein Trugbild sein.»

Maud wandte sich an Capricorn und sagte: «Cappy, bringst du meine Schachteln rein?» Darauf nickte sie Quinn zu und trat ins Haus. Gordon Fitzgibbon näherte sich Quinn mit ausgestreckter Hand.

«Ihr seid Quinn», sagte er.

«Der bin ich», sagte Quinn.

«Ich habe von Euch gehört, und ich habe Eure Reportagen gelesen. Ihr seid ja ein ganz berühmter Bursche.»

«Ich glaube, Ihr übertreibt.»

«Ganz und gar nicht. Jedermann kennt Quinn.»

«Ich hätte gedacht, den kennt so gut wie niemand.»

«Ich bin Euch in Bewunderung ergeben. Ihr habt mich in die Schlachten hineinversetzt; ich glaubte mich an der Seite der verwundeten Soldaten; ich konnte das Gewicht ihrer Provianttaschen spüren. Ihr habt das Talent, eine Szene vor einem lebendig werden zu lassen. Wollt Ihr nicht mit hereinkommen?»

«Ich stand soeben im Begriff zu gehen. Ich wollte Hillegond besuchen.»

«Arme Hillegond. Doch wenigstens haben sie den Schurken gefaßt.» Gordon nickte betrübt und schritt, ohne Quinns Antwort auf seine Einladung abzuwarten, zielstrebig ins Haus.

Quinn, von Mauds Schroffheit wie betäubt, erwog, ob er ihm folgen sollte, und entschied dann, daß die Fähigkeit seines Schicksals, ihn zu überraschen, noch nicht ausgeschöpft war (ebendarum wird es Schicksal genannt). Zudem wollte er mehr über den Schurken erfahren, darum ließ er sein Pferd stehen und folgte Gordon ins Haus, das er sich fortan als das Fitzgibbonsche Herrenhaus vorzustellen haben würde. Im Gesellschaftszimmer bot ihm Gordon einen Whiskey an, Quinns erster unter diesen mannigfachen Dächern. Daraufhin ließen sich die zwei Männer in zwei einander gegenüberstehenden Sesseln nieder, einen Tisch zwischen sich, auf dem eine Schale mit Äpfeln und Trauben stand. Gordon hatte sich so hingesetzt, daß ihn im Hintergrund ein riesenhaftes Porträt seiner selbst einrahmte, eine Gestalt mit dichtem schwarzem Haar, energischem Kinn und düsterem Blick, einen Umhang über der Schulter, der sich glockenförmig hinter ihm bauschte, eine Mütze aus geschorenem Biberfell in der Rechten haltend, in Reithosen und Stiefeln auf den Stufen seines neu erworbenen herrschaftlichen Hauses stehend: soeben angekommen – um Jahrhunderte zu bleiben.

«Eine sehr gute Wiedergabe», sagte Quinn, der bemerkte, daß das Kinn des Abgebildeten einen energischeren Zug hatte als das des Davorsitzenden. Zu Gordons Vergangenheit fiel ihm nur dessen Ausbildung zum Juristen in Yale ein, an der Art jedoch, wie der Mann die Eisengießereien der Familie führte, sollte er ihn als rechtschaffenen Nachfolger seines Vaters kennenlernen, als einen ernsten Kirchgänger, der das Presbyterianerleben seines Vaters zugunsten der Episkopalkirche aufgegeben hatte, als einen Mann schließlich, der Vergils *Äneis* aus dem Lateinischen übersetzt und anschließend eine Bühnenbearbeitung der Geschichte von Äneas und Dido vorgelegt hatte; mithin ein Mann mit vielseitigen Interessen. Eines zuviel: Maud.

«Es hängt erst seit einer Woche», bemerkte Gordon zu seinem Porträt, «doch es gefällt mir. Der Maler hat fünf Monate lang daran gearbeitet. Er hat schon damit angefangen, ehe ich die Besitzurkunde für das Haus in Händen hielt.»

«Ihr wart Euch Eurer Sache sehr sicher.»

«Als ich hörte, Dirck wolle es verkaufen, mußte ich es haben. Im Grunde habe ich es für Maud gekauft. Sie ist ganz versessen darauf, hier zu sein.»

«Sie hier zu treffen, hat mich sehr überrascht.»

«Sie hat von Euch gesprochen, doch andererseits, wer hat das nicht? Sie ist nur für ein paar Tage hier. Dann werden wir zu dem Rennen nach Saratoga fahren. Dort hat sie eine Verwandte.»

«Sie sieht gut aus.»

«In der Tat. Eine strahlende Schönheit. Wir heiraten demnächst.»

«Na, das ist eine Überraschung, Maud als Ehefrau», sagte Quinn und griff nach den Trauben.

«Sie ziert sich, was das betrifft.»

«Das tut sie stets, wenn es um Beziehungen geht», sagte Quinn und steckte sich ein paar Trauben in den Mund.

«Wir kriegen das schon hin», sagte Gordon.

«Ihr seid ein standhafter Bursche», sagte Quinn.

Er steckte seine letzte Traube in den Mund, erhob sich dann und trank in einem Schluck sein Glas leer. «Ich muß mich auf den Weg machen», sagte er, «doch zuvor erzählt mir noch von Hillegond.»

«Der Mörder stieg die Treppe hinauf und fand sie schlafend, legte ihr die Garrotte um den Hals und zog sie daran aus dem Bett. Ohne Zweifel war sie sogleich tot und hat nicht leiden müssen.»

«Manche erleiden in einem Augenblick den Schmerz, den andere im Verlauf von zwanzig Jahren erdulden.»

«Da habt Ihr gewiß recht», sagte Gordon, dessen Stimme allmählich in den Hintergrund trat; nur sporadisch drangen seine Worte an Quinns Ohr: «... strangulierte Matty... die Treppe... sie hat sich gewehrt...» Denn Quinn beschäftigte nur die Kälte Mauds, und im stillen rezitierte er das mahnende alte irische Gedicht.

Wofür soll ich in den Tod gehn,
Für deiner Lippen Rot und Zähne Schimmer?
Für Dein Gebaren, Deinen Frohsinn,
Die zarte Hand, o Mädchen rein,
O blaue Augen, Busen weiß,
Ich werde nicht um deinetwillen sterben.

Nun wiederhole es. Wiederhole es.

Denn das ist dein Schicksal.

«... Der Kerl war schamlos... wie ein Priester gekleidet... Hillegonds junger Geliebter, könnt Ihr euch so etwas vorstellen? ... Nirgends indes findet sich ein Beleg dafür, daß er je Priester war... Kanntet Ihr ihn?»

«Wen?» fragte Quinn.

«Diesen angeblichen Priester. Finnerty, so hieß er wohl. Unter dem Namen war er jedenfalls im *Theater* bekannt. Ein fauler Apfel, gelinde gesagt.»

«Was ist mit ihm?»

«Hört Ihr denn nicht zu, Mr. Quinn? Er sitzt im Gefängnis. Man legt ihm den Mord an Hillegond zur Last. Er hatte ihren Jadering. Er behauptete, sie hätte ihn ihm geschenkt.»

«Hillegond?»

«Teufel auch, Quinn, seid Ihr ganz da? Ich hielt Euch für scharfsinnig. Seid Ihr krank, oder was habt Ihr?»

«Ich bin zerstreut, verzeiht mir», und Quinn wandte sich zum Gehen, drehte sich dann noch einmal um. «Danke für den Whiskey.»

«Ich hatte gehofft, von Euren Kriegserlebnissen zu hören.»

«Ein andermal.»

«Vielleicht heute abend, wenn Ihr nichts vorhabt? Leistet uns doch beim Wohltätigkeitsbasar für die Armee Gesellschaft!»

«Vielleicht», sagte Quinn gequält.

«Er ist für die Kranken und Verwundeten, wißt Ihr. Ich bin da der Vorsitzende. Ich habe mich so ausgiebig mit dem Krieg befaßt, daß mein Vater mich schon fast für einen Befürworter der Rassenmischung hält. Ich habe tatsächlich in unseren beiden Eisengießereien eine ganze Kompanie Freiwilliger rekrutiert. Eine beträchtliche Anzahl Iren darunter.»

«Das ist sehr patriotisch», sagte Quinn.

«Ihr *müßt* zu unserem Basar kommen», sagte Gordon. «Wir werden Euch feiern, wenn Ihr uns das gestattet.»

«Ich zweifle, ob ich das verkraften könnte.»

«Wir brechen um sieben auf. Wir könnten Euch abholen. Wo logiert Ihr?»

«Ich weiß es nicht.»

«Heißt das, Ihr habt noch kein Quartier? Nun, dann bleibt doch hier!»

«Das ist großzügig, doch denke ich –», und in diesem Augenblick konnte Quinn überhaupt nichts denken.

Von der Tür her beendete Capricorn diesen Augenblick des Zauderns.

«Mr. Quinn, Miss Maud sagte, sie hat einen Brief und möcht gern, daß Ihr ihn lest. Sie is oben im Wohnzimmer.»

Quinn drehte sich um zu Gordon, der ihn anlächelte.

«Es ist hübsch in Mauds Wohnzimmer», sagte Gordon.

Quinn erwiderte Gordons Lächeln, hätte dem Mann aber am liebsten eine Handvoll Trauben in die Nase gestopft. Dann folgte er Capricorn aus dem Zimmer und die Treppe hinauf.

Unterwegs stellte Quinn fest, daß sich Maud mit jenem brüsken Handschlag, mit der Aufforderung, wegen dieses Briefes zu ihr zu kommen, und mit der schicklichen, in aller Öffentlichkeit vorgetragenen Einladung zu einem Plausch an geziemendem Ort neuerlich als ein Wesen entpuppt hatte, dem jede Donquichotterie und Launenhaftigkeit zuzutrauen war. Er bog um den ersten Absatz der Mahagonitreppe, dieses breiten, ausladenden Kunstwerks, das von der Eingangshalle hinauf ins geheimnisvolle, labyrinthische Dunkel der oberen Stockwerke strebte, und er rechnete nach, wie lange sein letztes Treffen mit

Maud zurücklag: sechs Jahre – 1858 war er, der damals noch sein Handwerk lernte und gelegentlich in Will Canadays *Albany Chronicle* über Sportereignisse, Theater, Kriminalfälle und Gerichtsverfahren berichtete, bei Mauds Debut in *Mazeppa* zugegen gewesen.

Dies war ein Hippodram, eine Innovation im Rahmen der altehrwürdigen, ebenso melodramatischen wie verfälschenden Bühnenbearbeitung eines Prosagedichts von Lord Byron, zu dem diesen eine Passage in Voltaires historischer Darstellung des Schwedenkönigs Karl XII. inspiriert hatte, und es bewies, daß Maud Fallon nicht nur einen einzigartigen Körper besaß, sondern auch bereit war, ihn der Welt unter Gefährdung ebendieser Einzigartigkeit vor Augen zu führen.

Ach, der arme Mazeppa. Ein Tataren-Findelkind, am Hofe des Königs von Polen zum jungen Mann herangereift, verliebt er sich in die ihm zugetane Königstochter, die unversehens und unerwartet dem Pfalzgrafen zugesprochen wird. Seine Liebe zur Prinzessin bekundend, attackiert und verwundet Mazeppa den Pfalzgrafen im Duell und wird für seine Unverfrorenheit liegend auf den Rücken eines Wildpferdes gebunden. Das Pferd wird dann bis zum Wahnsinn gepeitscht, in der ukrainischen Taiga freigelassen und hetzt sich zu Tode. Für Mazeppa bedeutet dieser Ritt eine quälende Folter, die er indes überlebt: der dem Tode Nahe wird (welch ein auffälliger Zufall) von seinem Vater, dem König des Tatarenreiches, gefunden. Und bald kehrt Mazeppa mit dem Tatarenheer zurück, um sich an Polen zu rächen und seine Geliebte zu heiraten.

Bei früheren Aufführungen des Stücks hatte man Mazeppas Ritt auf der Bühne mit einer rücklings über ein lebendes Pferd gelegten Puppe bewerkstelligt, und später war die Rolle der Puppe von unerschrockenen Schauspielern übernommen worden. Bis zu Mauds Auftritt indes hatte man das Wagnis nie einer Frau angetragen; auf diese Idee kam erst Joseph K. Moran, der Direktor von Albanys Green Street Theater und zum Theaterunternehmer gewordene Tenor von einst, der Maud (zeit ihres Lebens Reiterin und ebenso eine Tänzerin mit akrobatischen Fähigkeiten und einer Vorliebe für das Gewagte – Beispiel: ihr Spinnentanz) bat, die Rolle des männlichen Helden zu übernehmen, sich liegend und mit nacktem Rücken auf Rare Beauty, einem leibhaftigen Pferd, von den Rampenlichtern über vier ansteigende Plattformen zu einem erhöhten Punkt der Bühne tragen zu lassen, und dies im leichten Galopp, dabei in ein fleischfarbenes, hautenges Gewand gehüllt, das mit keinem Namen zu benennen war und vortäuschte, überhaupt kein Gewand zu sein. Und so kam es, daß Maud mit ihrem nackten Rücken, womöglich auch nackt an Po und Busen und wohl kaum wie ein männlicher Held aussehend, über besagte Plattformen in Albany der skandalöse Aufstieg in glamouröse internationale Höhen gelang.

Beim Anblick des Spektakels am Premierenabend des Jahres 1858 sah Quinn sich in seinem Verdacht bestätigt, daß er und die größte Liebe seines Lebens (die er seit ihrem Verschwinden aus Obadjas Haus in Saratoga vor acht Jahren nicht mehr gesehen hatte) im Augenblick nicht zusammengehörten, denn wer konnte schon eine Frau heiraten, die solche Possen veranstaltete? Das geile Gejohle des Publikums hätte Quinn in Wochenfrist zum Wahnsinn getrieben. Darum, und um ihr das mitzuteilen, stattete er Maud in der Erwartung, der rauschende Applaus werde bis zur Vorstellung am nächsten Tag endlich verebbt sein, einen Besuch in ihrer Garderobe ab.

«Mein Gott, Daniel, du bist mein Retter», sagte sie, als sie ihn erblickte, und drückte ihn so heftig an sich, als seien nur Tage und nicht Jahre seit ihrer letzten Begegnung vergangen. «Du kommst eben rechtzeitig, um mich aus diesem Irrenhaus herauszuholen. Kannst du dir vorstellen, wie sich das hier auf mein Leben auswirken wird?»

Quinn, wie stets verwirrt, setzte sich neben Maud, sonnte sich in ihrer Nähe und unter ihrem Blick und konnte nur sagen: «Du bist wirklich großartig. Ich liebe dich unglaublich. Ich werde dich immer lieben.»

«Das weiß ich», sagte Maud. «Darum geht es jetzt nicht. Wie soll ich aus der Sache herauskommen? Sie wollen mich so lange hierbehalten, wie ich bleiben will. Sie wollen einen Vertrag schließen, und sie rechnen auf Wochen oder Monate hinaus mit ausverkauftem Haus. Sie sagen, ich werde im Handumdrehen reich!»

«Geld bedeutet nichts», sagte Quinn.

«Sei kein Dummkopf, Daniel», sagte Maud. «Geld bedeutet mir alles. Wie soll ich ohne Geld leben? Seit Jahren schmiede ich Pläne, wie ich zu Reichtum komme, doch er zerrinnt mir stets unter den Händen. Ich bin unfähig.»

«Ich werde mich deiner annehmen», sagte Quinn.

«Wieviel verdienst du denn?»

«Zwanzig Dollar die Woche.»

«Ich verdiene heute abend viermal soviel», sagte Maud.

«Dann heirate dein Pferd», sagte Quinn und ließ sie sitzen.

In Gedanken über das Wesen der Liebe und des Geldes versunken, bog Quinn um den zweiten Treppenabsatz. Er befragte eine unbekannte Macht, ob es die reine Liebe wirklich gab, oder war sie etwa ein ebensolches Trugbild wie Mauds vorgetäuschte Nacktheit? Wenn es sie gab, fragte er sich weiter, war sie dann das, was er augenblicklich empfand? Und wenn das, was er jetzt empfand, *keine* Liebe war, wie konnte dieses unverfälschte Gefühl dann je in einem wie ihm entstehen?

Stumm wiederholte er:

Ich werde nicht um deinetwillen sterben,
O Mädchen mit der Anmut eines Schwans...

Und dann betrat er verzagt das Wohnzimmer der brüsken Maud und traf sie in einem blaßrosa Morgenrock an. Das kastanienbraune Haar floß ihr jetzt auf die Schultern herab, und unter dem Morgenrock schimmerte ein rosafarbenes Chemisett hindurch, das drei Zoll vom Spalt ihrer Brüste frei ließ. Nie zuvor hatte Quinn soviel von Mauds Fleisch gesehen. Nie zuvor hatte er gewußt, daß es in solcher Fülle vorhanden war, und der Anblick ließ ihn jäh erstarren.

«Du hast einen Brief für mich?» fragte er.

«Ja», sagte Maud, «doch nicht darum habe ich dich hergebeten. Ich dachte, du würdest vielleicht meine Brüste sehen wollen.»

«Ah», sagte Quinn, «zähle ich endlich ebensoviel wie ein Kuchen?»

Maud löste den Gürtel ihres Morgenrocks und ging auf Quinn zu.

Als Maud Quinn leibhaftig an der Tür des Herrenhauses stehen sah, da hielt sie ihn für einen Geist, so gewiß war sie sich seines Todes gewesen; denn vor ihrem inneren Auge hatte sie deutlich gesehen, daß er von einer Kanonenkugel getroffen zusammenbrach und dann reglos dalag. Sie hatte oft an ihn gedacht und stets geweint, wenn ihr sein Gesicht und sein ansteckendes Lachen mit den so weißen Zähnen eingefallen waren. Und doch stand er nun da, ganz und gar keine Geistererscheinung, und sie wußte, sie mußte schnell handeln.

Vom ersten Treppenabsatz aus beobachtete sie, wie er mit Gordon sprach, in der Absicht, ihn zu rufen, falls er sich zum Gehen wandte. Als sie ihn ins Haus treten sah, wußte sie, daß sie Zeit gewonnen hatte, darum begab sie sich in ihre Gemächer, suchte den Brief, den sie ihm 1858 geschrieben hatte, und traf Vorbereitungen, ihn so zu begrüßen, wie sie es sich schon lange ausgemalt hatte. Mit Hilfe ihrer Zofe Cecile entledigte sie sich ihrer Kleider, schlüpfte dann in Chemisett und Morgenrock, legte den Brief auf den langen Tisch, zündete die Kerzen in den zwei Kandelabern an, die den Brief (und im rechten Augenblick sie selbst) zu beiden Seiten rahmten, zog die Vorhänge zu und schickte Cecile fort.

Sie setzte sich auf das grüne Samtsofa und dachte daran, wie sehr ihr Quinn nach seinem Gespräch mit Gordon zürnen würde. Doch sein Ärger würde verfliegen, und sie würde ihn mit einem *geis* in ihren Bann schlagen. Er würde ihr im rechten Augenblick verfallen und nie wieder von Geld reden. Ob sie zusammen lebten oder getrennt, wäre einerlei, denn fortan würden sie einander ebenbürtig sein, was seit Anbeginn ihrer Liebe nie der Fall gewesen war.

Als er ins Zimmer kam, bemerkte sie den geheuchelten Zorn auf seinem Gesicht, der ihn noch hübscher machte, noch anziehender. Maud durchschaute Quinns Masken stets. Er warf ihr das mit dem Kuchen vor, als sie von ihren Brüsten sprach, doch sie besänftigte ihn, indem sie sich seinen Blicken darbot. Er wird mir nicht widerstehen, lautete ihr Vorsatz. Indes, man darf Quinns Stimmungen nicht leichthin abtun, denn er ist ein willensstarker Mann und muß mitunter zu ebendem überredet werden, was er selbst am meisten herbeisehnt. Bei ihm muß die Liebe ausgebrütet werden wie ein Ei. Umhüllt von Wärme wird sie ausschlüpfen. Sich selbst überlassen verrottet sie.

Sie ließ ihren Morgenrock auseinanderfallen und enthüllte das Chemisett, Unterkleidung von der gleichen Art, wie sie Magdalena am Abend ihres Todes im eisigen Fluß getragen hatte. Von der Schulter bis herab zur Schenkelmitte umspannte sie Mauds Körper. Maud stellte sich vor, daß sie auf den Grund des eisigen Flusses herabsänke, von Johns Bootshaken gepackt und an Bord des Ruderbootes gehievt würde, daß man sie an Land schleppte, sie bisse und durch die Nacht zu diesem Anwesen kutschierte, das ihr seit damals als ein Ort im Bewußtsein geblieben war, wo das Wunder der Liebe aus dem Tod erwuchs, seine Wunden heilte und einem weiteren Stadium der Erfüllung zustrebte.

Sie öffnete das Band an ihrem Chemisett, wiegte mit beiden Händen ihre Brüste, befreite sie aus ihrer engen Hülle und stellte Quinn ihren gereiften Busen zur Schau.

Er starrte.

Er lächelte fast.

Er sah ihr in die Augen.

Er sah wieder hinab auf das, was da enthüllt wurde.

Er küßte sie auf den Mund.

Er umfing ihre Schultern.

Er trat einen Schritt zurück.

Er berührte ihren linken Nippel sanft mit den Fingerspitzen seiner Rechten. Er hatte die Farbe von Zimtzucker.

Er drückte die Lippen auf ihren linken Nippel und kostete ihn.

Er hob mit der rechten Hand ihre linke Brust, schob sie langsam von Ost nach West, dann von West nach Ost.

Er kümmerte sich mit seiner Linken um ihre rechte Brust.

Er legte die Lippen auf ihre rechte Brust.

Er biß sanft in den Nippel ihrer rechten Brust.

Er küßte sie auf den Mund, hielt beide Brüste in den Händen.

Er trat einen Schritt zurück, hob beide Brüste, schob sie von West nach Ost, von Nord nach Süd und so fort.

Er küßte den Spalt zwischen ihren Brüsten.

Er leckte an dem Spalt und schmeckte das Salz darin.

Er hielt beide Brüste mit beiden Händen und drückte sich die weichen Innenseiten links und rechts ans Gesicht.

Er hob den Kopf und küßte sie auf den Mund.

«Gefalle ich dir?» fragte sie.

«Das ist die lächerlichste Frage, die du mir je gestellt hast, und du hast mir bereits einige gestellt.»

«Hast du viele Frauen gekannt?»

«Eine ansehnliche Zahl. Es war ein Basar voller Verlockungen, könnte man sagen.»

«Ich hatte sechs Männer.»

«Eine runde Zahl.»

«Und etliche hundert Verehrer.»

«Der Bursche unten gehört wohl zu dem privilegierten halben Dutzend?»

«Tut er nicht.»

«Hat je sein Mund deinen Körper berührt?»

«Nie. Allerdings ist er recht eifersüchtig. Wir müssen uns beeilen. Ich will, daß du mich ganz siehst.»

«Du bist wild entschlossen.»

«Nur Dummköpfe sind es nicht.» Sie nahm den Brief und steckte ihn Quinn in die Hosentasche, schob dann die Kandelaber ein Stück auseinander und setzte sich auf den Tisch.

«Erinnerst du dich, wie John zu Magdalena kam, als sie tot war, und wie er ihre Kleider hob?»

«Ich kann mich lebhaft daran erinnern.»

«Ich will, daß du mit mir ebenso verfährst. Meine Brüste erröten. Siehst du es?»

«Ich sehe es.»

«Ich spüre, daß das Blut mit Macht hineinströmt, wenn ich erregt werde.»

«Ich habe ihren Puls unter meiner Hand gespürt.»

«Sie lösen alles andere in mir aus. Sie steuern mein Empfinden.»

«Ich werde daran denken.»

«Nun, ich will, daß du mich ansiehst, doch du mußt präzise sein in deinem Denken. Ich bin offen für denjenigen, der genau weiß, wie ich zu lieben bin. Kein Voyeur wird mir je nahekommen.»

Sie legte sich rücklings auf den Tisch, hob Morgenrock und Chemisett. Quinn, um Präzision bemüht, indes verblüfft von Mauds Verhalten, konnte nur ehrfurchtsvoll zusehen, wie sie Magdalenas Lage und die Anordnung ihrer Kleider vor der Auferweckung nachahmte.

«Um Gottes willen, beeil dich», sagte Maud, und Quinn schlug Morgenrock und Chemisett zurück und legte den Mittelpunkt seiner Träume in Gestalt eines auf der Spitze stehenden Dreiecks frei, das eindrucksvoller war, als er erwartet hatte, symmetrischer, gekrönt von einem kastanienbrauen Bogen – ein beginnender, unwiderstehlich verlockender Sonnenaufgang. Maud schloß die Augen und ließ die Arme in die gleiche Position fallen wie einst Magdalena die ihren. Quinn legte seinen Handteller auf den Sonnenaufgang, und sie schlug die Augen auf.

«Nein», sagte sie. «Soweit sind wir nicht.»

«Wer sagt das?»

«Mein Blut.»

«Warum bist du mit ihm zusammen?» fragte Quinn.

«Ich muß hin und wieder mit jemandem zusammensein. Er ist gescheit.»

«Und er ist reich.»

«Das tut nichts zur Sache.»

«Tat es aber mal.»

«Was redest du von Geld, wenn ich so hier liege?»

«Du solltest ihn verlassen.»

«Warum nimmst du mich ihm nicht fort?»

«Ich fragte mich schon, wann du aufs Entführen zu sprechen kommen würdest.»

«Sieh mich an, Daniel», sagte sie, und sie spreizte sich.

Quinn sah hin. «Du bist eine äußerst eigenwillige Frau», sagte er.

«Jeder hat das Recht auf ein eigenwilliges Leben», sagte Maud. «Ich fordere dich auf, mich ihm fortzunehmen.»

«Das werde ich auch», sagte Quinn. «Doch eins will ich vorher wissen. Hast du das je vor einem Kuchen getan?»

Sie setzte sich auf und bedeckte sich, schob die Kandelaber dorthin zurück, wo sie vor ihrem Ritual gestanden hatten, löschte die Kerzen, zog die Vorhänge vor der oberen Veranda zur Seite und setzte sich an genau derselben Stelle auf das grüne Samtsofa, wo sie vor Quinns Eintritt gesessen hatte. Da klopfte Gordon an die Wohnzimmertür.

«Maud, darf ich hereinkommen?»

«Gewiß», sagte sie. Gordon trat lächelnd ein.

«Ich muß mich für den heutigen Abend umkleiden», sagte er, «und ich habe mich gefragt, ob wir Mr. Quinn nicht ein Zimmer herrichten sollten. Ich habe ihn eingeladen, uns heute abend zum Basar zu begleiten.»

«Welch treffliche Idee», sagte Maud.

«Ich denke, er wäre es wert, ihn sich anzusehen», sagte Quinn.

«Für Albany ist das ein ziemliches Ereignis», sagte Gordon.

«In Albany folgt ein Ereignis auf das andere», sagte Quinn.

«Dann werde ich Euch ein Zimmer herrichten lassen.»

«Wenn es nicht zu viele Umstände macht», sagte Quinn, «könnte ich dann vielleicht das haben, in dem ich früher schlief? Einen Stock höher, das gegenüber der Treppe.»

«Wir haben weitaus schönere Zimmer als das», sagte Gordon.

«Auch der Wiederholung von Vergangenem wohnt Schönheit inne.»

«Dann sollt Ihr es haben. Ich werde Cappy auftragen, Eure Sachen heraufzubringen und Euer Pferd in den Stall zu stellen.» Gordon sah Maud an. «Du scheinst in deinen Nachtgewändern zu sein.»

«Ich stand im Begriff, ein Bad zu nehmen», sagte Maud.

«Wir sehen uns dann zu späterer Stunde», sagte Quinn und ging zur Tür.

«Ausgezeichnete Idee», sagte Gordon und rührte sich nicht vom Fleck.

Mein liebster Quinn (Quinn las und lag in dem Bett, in dem er zum letztenmal vor sechs Jahren gelegen hatte, auch die sorgfältige Handschrift vor seinen Augen war sechs Jahre zuvor zu Papier gebracht worden), Dein gefühlloses Verhalten erschreckt mich. Du bist ein launenhafter Mann, und solltest Du Dich nicht ändern, so kann ich nicht versprechen, daß unsere Liebe überdauert, was bedauerlich wäre. Ich habe nie aufgehört, Dich zu lieben, doch als Du in meine Garderobe kamst und ich Dich als Retter in die Arme schloß, da spürte ich etwas, was ich seit unserem Kuß am Ufer des Saratoga Lake nicht mehr empfunden hatte (und ich habe mir in den dazwischenliegenden Jahren gewisse unumgängliche Vertraulichkeiten von Männern gefallen lassen). Aus diesem Gefühl schließe ich, daß mir eine Anlage zur Geduld gegeben ist, die sich, im Gegensatz zu den meisten vergänglichen Eigenschaften unserer Gattung, jeglicher Veränderung widersetzt. Dichter haben davon gesprochen, doch traute ich denen nie zu, daß sie etwas anderes als romantisches Gewäsch von sich gäben. Nun indes muß ich gestehen, daß sie etwas wußten, was mir bis dato unbekannt war.

Doch Du bist so überstürzt davongelaufen, daß mir nicht einmal Zeit blieb, Dir zu berichten, was damals in Saratoga zu unserer Trennung führte. Ich habe alles gesehen, was Dir an jenem Nachmittag auf der Veranda zugestoßen ist. Ich bin nicht auf dem Rotschimmel davongeritten, wie manche glaubten, sondern habe den Trick mit meinem Verschwinden bewerkstelligt, indem ich den Stallburschen beschwatzte, das Pferd auf eine nahe gelegene Farm zu bringen. Ich habe mich dann mit meiner Tasche auf dem Heuboden versteckt und die Geschehnisse beobachtet, denn ich brauchte Zeit, darüber nachzudenken, wie ich mich verhalten sollte. Ich wußte sogleich, daß Du meinen Ausweg aus der Zwangslage, in der ich mich nach unserer Rückkehr an jenem Nachmittag unversehens befand, nie gutheißen würdest. Denn da John McGee den Entschluß gefaßt hatte, uns zu verlassen und als Preisboxer voranzukommen, sah ich mich genötigt, fortan für Magdalenas Lebensunterhalt zu sorgen.

In ihrem wohlbekannten Starrsinn beschloß Magdalena, Obadjas Anwesen umgehend zu verlassen und unser unstetes Leben fortzuführen. Sie gedachte das Angebot eines New Yorker Produzenten anzunehmen. Dieser wollte sie auf eine Tanztournee schicken, deren Programm gewisse Treffen mit ausgewählten Besuchern einschloß, die begierig waren, ihre Schönheit aus nächster Nähe zu betrachten: Für jeden Händedruck sollte sie einen Dollar verlangen. Ich indessen fürchtete um ihre Gesundheit und wußte, sie würde sich auf Reisen verschlechtern. Sie war zutiefst betrübt und in sich gekehrt, und ich hielt es für meine Pflicht, sie einem weniger strapaziösen Schicksal zuzuführen. Dies erreichte ich, indem ich Obadjas Obsession von Magdalena auf mich lenkte. Wie ich herausfand, war er, ein Mann mit absonderlichen Vorlieben, auf weibliche Kniekehlen versessen, darum willigte ich ein, ihm die meinigen für zeitlich befristete Untersuchungen zur Verfügung zu stellen, wenn er Magdalena als Gegenleistung Trost und Labsal spendete und hinfort von ihr abließe.

Bald kehrten Frieden und heitere Gelassenheit in Magdalenas Leben ein, und kurz darauf besorgte ich ihr eine Begleiterin, ein französisches Einwanderermädchen namens Cecile, und begann mein Leben als umherreisende Spiritistin, das mir ein bescheidenes Einkommen und zahlreiche Drohungen von seiten übelwollender katholischer Iren einbrachte. Während eines Aufenthalts in Troy wollte ein solcher Haufen im Glauben, ich sei ein Apostel des Teufels, mir ans Leder. Ich entkam, entsagte alledem und verlegte mich fortan darauf, auf Mutters und Tantchens Wegen zu wandeln, will sagen, ich wurde die wagemutige Tänzerin, die ich blieb, bis du mich als Mazeppa triumphieren sahst. Dieser Triumph wird, so fürchte ich, ein Nagel zu meinem Sarg sein und zugleich meine finanzielle Rettung. Jetzt eröffnet sich mir ein neues Leben, ich bin überall für Auftritte gebucht. Diese Einzelheiten sind mir wirklich zuwider, doch tröstet mich die Erinnerung an unsere letzte Umarmung, und ich sende Dir meine zärtlichsten Liebkosungen.

Bis zu unserem nächsten Wiedersehen verbleibe ich in größter Liebe, Maud Fallon.

In der Kutsche bat Maud Quinn um die Erlaubnis, laut einstudieren zu dürfen, was sie am Abend vorlesen wollte: Auszüge aus Scott und Keats; und sie entnahm ihrer Handtasche ein schmales Bändchen, *Marmion* und *Der letzte Minstrel*. Die Lesung, erklärte sie, sei ihr Beitrag zum Wohltätigkeitsbasar für die Armee. Denn heute abend würde sie kein Honorar für ihre Arbeit verlangen, die sie letzthin in jenen Salons und Tempeln verrichtet hatte, in denen die Künste blühten.

«Der Vortrag im Salon hat Maud die Pferde im Hippodrom ersetzt», sagte Gordon.

«Der Vortrag im Salon. Äußerst exotisch», sagte Quinn.

«Ich brauchte etwas weniger Erschütterndes, als mein Leben lang allabendlich kopfüber einen abenteuerlichen Ritt zu Pferd zu absolvieren», sagte Maud. «Ich sehne mich nach Stille.»

«Danach sehnen wir uns wohl alle, wenn wir uns zur Ruhe setzen», sagte Quinn.

«Das hat nichts mit zur Ruhe setzen zu tun», sagte Maud in beleidigtem Ton. «Ich setze mich weder zur Ruhe, noch mache ich Schluß mit irgend etwas. Die Schwierigkeit lag in der Eintönigkeit und der physischen Tortur. Ich bin sicher, mein Körper hat mehr gelitten als Mazeppas.»

«Sie war grün und blau dekoriert», sagte Gordon.

«Dekoriert», sagte Quinn.

«Ich mußte lange Ärmel und hochgeschlossene Kragen tragen», sagte Maud.

«So eine Schande», sagte Quinn.

«Es war Strafe ohne Sünde», sagte Gordon.

«Ich hoffe, man hat es dir gut honoriert», sagte Quinn.

«Geld ist mir zuwider», sagte Maud.

«Meine Romanze mit dem Geld wird genug für uns beide abwerfen», sagte Gordon. «Deshalb habe ich Maud übernommen.»

«Ich glaube kaum, daß ich übernommen worden bin», sagte Maud.

«Du wirst es werden», sagte Gordon mit einem Lächeln.

Da beschloß Maud, auf das Einstudieren ihres Lesevortrags zu verzichten, und schwieg den Rest der Fahrt über.

Beim Betreten des Basars spürte Quinn, wie ihn jäh die düstere Vorahnung befiel, daß er auf die Klippen eines neuen Alptraums zusteuerte. Das war gegen jede Vernunft, und er wußte es. Die Anspannung machte sich als Druck in Kehle und Brustkorb bemerkbar. An Mauds Seite folgte er dem vorauseilenden Gordon, schlängelte sich durch die herausgeputzte Menge, sog die merkwürdige, geschäftige Atmosphäre dieses seltsamen Gebäudes mit dem Grundriß eines doppelten griechischen Kreuzes in sich auf, das man binnen zwei Wochen eigens zu diesem Zweck aus dem Boden gestampft hatte. Sie kamen unter dem erhöhten Podium des Orchesters vorbei, das den Abend mit einem Strauß-Walzer in Schwung brachte. Mit Girlanden aus Blumen und Immergrün geschmückte Bogengänge lenkten Quinns Blick auf Stände, die England, Irland, Rußland, Schenectady, Troy und Saratoga priesen. Hunderte von Gaslichtern warfen ihren Glanz auf die Versammelten, von deren Eleganz das Feuer einer Macht ausging, welches Quinn dem der leuchtenden Toten auf dem Schlachtfeld gleichzukommen schien. Gegen jede Vernunft. Quinn wußte es.

«Das ist ja ein wahrer Palast Aladins», sagte Gordon. «Und

all die edlen Damen, nun, sie erscheinen mir wie mythische Nymphen und Grazien.»

«Im großen und ganzen plump und abstoßend», sagte Maud und erklärte, daß eine der Grazien hier durch ihre Mitarbeit in Wahrheit nur öffentlich Buße täte, denn ihr Mann säße im Gefängnis, weil er Hufeisen an die Rebellenarmee verkauft habe.

Gordon überging Mauds Bemerkung und führte sie zum Raritätenstand, wo, so setzte er ihnen auseinander, die Pistole von Myles Standish ausgestellt sei, die Myles auf der *Mayflower* getragen und die Lyman Fitzgibbon erworben habe, nachdem seinem Ahnenforscher eine Verbindung zwischen Myles und den Fitzgibbons aufgefallen sei.

«Sie ist lediglich eine Leihgabe von Vater», sagte Gordon. «Gewiß nicht zu verkaufen. Ein geschichtliches Kuriosum.»

Quinn betrachtete die Pistole, fragte sich, wie vielen Wilden sie wohl mit ihrer Durchschlagskraft die Brust aufgerissen hatte, und ging dann weiter zu dem Schreibpult, das einst George Washington gehört hatte und auf dem Major Andrés Hinrichtungsbefehl unterzeichnet worden war. Er sah Madisons Spazierstock, Lafayettes Pistole, Grants eigenhändige Unterschrift und das Modell der Bastille (gefertigt aus Original-Steinen), das Lafayette George Washington zum Geschenk gemacht hatte. All die wunderbaren Revolutionen. Und erst der grandiose Bürgerkrieg. Wir dürfen nie vergessen, wie dergleichen zuwege gebracht wird. Er bemerkte ein Paar Lederschuhe, wie sie von den Insassen des Zuchthauses von Albany für die Unionstruppen gefertigt wurden. 506 Strafgefangene waren mit der Herstellung solcher Schuhe beschäftigt, die Hälfte davon Schwarze.

Dann sah Quinn ein Schriftstück in einer verschlossenen Vitrine, und mit einiger Konzentration gelang es ihm, die schwer lesbare Handschrift zu entziffern: «...graduelle Aufhebung der Sklaverei innerhalb ihrer Grenzen... Bemühen, die Personen afrikanischer Abstammung... auf diesem Kontinent anzusiedeln... alle Personen, die in einem Staate oder bestimmten Teil eines Staates als Sklaven gehalten werden... sollen von der Zeit an und für immer frei sein.»

Auf dem dazugehörigen Schild las Quinn, daß man für einen Dollar ein Lotterielos erstehen konnte, das einem die Möglichkeit eröffnete, dieses vom Präsidenten für den Basar gestiftete und als

Original-Entwurf der ERSTEN BEFREIUNGSPROKLAMATION des PRÄSIDENTEN datiert vom 22. September 1862

bezeichnete Dokument zu gewinnen und für alle Zeiten zu besitzen.

Woraufhin Quinn in seiner Tasche nach einem Dollar kramte und bei einer der Nymphen ein Los erstand.

Maud nahm Quinn beim Arm und sagte: «Ich muß dir etwas am Saratoga-Stand zeigen», und Gordon, dem das nicht entgangen war, folgte ihnen auf dem Fuße. Beim Durchschreiten des Querbaus spürte Quinn, wie seine Anspannung mit der Berührung durch den Leitstern Maud nachließ. Dann sah er am irischen Stand Will Canaday stehen. Ihn packte eine unbändige Freude ob des Zusammentreffens jener beiden Menschen, die ihm mehr bedeuteten als sonst irgendwer, und er lotste Maud hinüber. Als Will sie erblickte, ergriff er Mauds Hand und küßte sie auf die Wange; dann umarmte er Quinn, ohne daß einer von ihnen ein Wort sprach.

«Du hast nichts darüber verlauten lassen, daß du nach Hause kommst», sagte Will schließlich.

«Ich war mir nicht sicher, bis ich tatsächlich in den Zug stieg», erwiderte Quinn.

Sechs Jahre waren vergangen seit seiner letzten Begegnung mit Will Canaday, der gebeugter ging, als Quinn ihn je gesehen hatte, und dabei hinkte. Er hatte immer einen hübschen Spazierstock gehabt; nun indes stützte er sich auf einen stabilen Krückstock.

«Was ist mit Eurem Bein passiert?» fragte Quinn.

«Ach, sie haben mich eines Abends zusammengeschlagen, und dabei ist der Knochen gesplittert.»

«Wer?»

«Ein paar von diesen Knaben. Ich kannte sie nicht.»

«Die *Society*?»

«Schon möglich. Ich habe auch jede Menge neuer Feinde; sie haben sich nicht zu erkennen gegeben.»

Wills Ruf, die Geißel der Stadt zu sein, war nicht verblaßt, seit Quinn im Jahre 1858 Albany den Rücken gekehrt hatte, um es einmal mit New York zu versuchen und seine Seele etwas anderem als dem milden Klima der Nachsicht auszusetzen. Gegangen war er mit der Aufforderung Wills, über alles zu berichten, was ihm geeignet erschien, und dies hatte er getan, bis er bei Greeleys *Tribune* Anstellung fand. Doch selbst dann noch hatte Will alles nachgedruckt, worin er Quinns Handschrift erkannte.

«Und wie steht's bei dir», sagte Will, «geht's dir gut?»

«Das möchte ich nicht behaupten», sagte Quinn.

«Ich werde dich heute abend hier vorstellen. Du wirst doch gewiß etwas über den Krieg erzählen?»

«Ich glaube nicht», sagte Quinn. «Ich habe nichts zu erzählen.»

«Dann hat's auch sonst keiner auf der Welt. Du kannst dich kurz fassen. Dein Name ist hier jedem ein Begriff.»

«Ich bin nicht darauf vorbereitet, Will.»

«Du wirst es tun. Die Leute brauchen die Wirklichkeit des Krieges.»

«So? Das meint Ihr doch nicht im Ernst.»

«Doch, das tue ich.»

«Da seid Ihr an den Falschen geraten. Ich sähe die Wirklichkeit nicht, selbst wenn sie mich umwürfe. Und das hat sie getan.»

«Bloß ein paar Minuten, das reicht schon», sagte Will. «Und Maudchen, wie geht's dir? Du siehst ja wunderschön aus.»

«Ich wollte Daniel den Stand von Saratoga zeigen und unseren alten Freund.»

«O ja», sagte Will, «unseren Freund.» Er sah auf seine Taschenuhr. «In fünf Minuten ist es Zeit für deine Lesung. Du hast dich für Keats entschieden?»

«Ja, und vielleicht auch für etwas von Scott», sagte Maud.

«Scott ist immer ein Genuß.»

«Vielleicht ‹Lochinvar›.»

«Hervorragend», sagte Will und zwinkerte Maud zu.

Damit verließ er sie, und Quinn sah, was sich hinter Wills Rücken seinem Blick entzogen hatte: eine in Marmor gerahmte Photographie von General McClellan und daneben eine riesige saffiangebundene Bibel, gestiftet von Mr. R. Dwyer, dem Direktor der Bezirksirrenanstalt.

Quinn trat dichter an das große, gerahmte Photo einer Militäreinheit heran und sah, es war die Irenbrigade, angeführt von Batt Connors aus Wexford. Quinn war zwei Tage lang mit ihnen geritten und hatte ein wenig von ihrem Schicksal berichtet: es waren lauter ungestüme Männer, heldenhafte Draufgänger, von ihren Vorgesetzten stets dann in die Schlacht geworfen, wenn eine Sache als aussichtslos oder undurchführbar galt. Durch den ununterbrochenen Zustrom von den Einwandererschiffen wieder aufgefüllt, erlitt die Brigade das gleiche Schicksal wie die alten Keltenkrieger: sie zogen mutig in die Schlacht, doch stets, um zu fallen.

Am Stand von Saratoga fand Quinn die üblichen Antiquitäten und Kunstgegenstände vor, dazu Photographien und Zeichnungen der großen Hotels, der Ballsäle, der langgestreckten Veranden, der Parks, Quellen und Kiefernwälder. Was ihm neu erschien, war eine Zeichnung von Jockeys auf Rennpferden und einer sich erregt von ihren Plätzen erhebenden Menschenmenge auf der Haupttribüne der neuen Rennbahn, die in dieser Woche eröffnet wurde.

«Das hier wollte ich dir zeigen», sagte Maud zu ihm. «Siehst du, wer der Besitzer ist?»

Da sah Quinn das Photo eines Mannes, der neben einem dunklen Fuchsfohlen namens Blue Grass Warrior stand. Der Mann war gut gekleidet und trug einen schwarzen Vollbart.

«Das ist mein Pferd», sagte Maud.

«Wirklich? Na, du warst ja schon immer eine Pferdenärrin.»

«Es war das Geschenk eines Verehrers. Keiner von den sechsen, um deine Frage vorwegzunehmen. Er kam aus Kentucky. Ich traf ihn kurz vor dem Krieg in Saratoga, und er machte mir ein Pferd und ein Sklavenmädchen zum Geschenk.»

«Ich hoffe, du hast auch das Sklavenmädchen behalten.»

«Natürlich. Und es nach Kanada geschickt, für den Fall, daß er es sich anders überlegen sollte.»

Quinn las den Erläuterungstext zu dem Photo.

«Holla, das ist ja John», sagte er. «John McGee!»

«Du hast aber lange gebraucht, bis du ihn erkannt hast.»

«Das liegt an seinem Bart. Ich hab ihn noch nie mit Bart gesehen.»

Er studierte die neueste Inkarnation von John dem Eber: eine imposante Figur und ein gemachter Mann, so wohlhabend wie behaart. Das letzte, was Quinn von ihm mitbekommen hatte, war, daß John sich 1863 wie üblich Hals über Kopf in eine neue Zukunft gestürzt, sich mit seinem Ruf als Faustkämpfer den politischen Machthabern von New York City angedient und seinen Namen als Zugpferd für Spielsalons hergegeben hatte: aus John dem Eber wurde erst der famose John und schließlich der mächtige John, dessen Macht und Vermögen seinem Brustumfang in nichts nachstanden.

«Gehört die Rennbahn ihm?» fragte Quinn.

«Er ist einer der Hauptkapitalgeber. Eine Handvoll Millionäre.»

«Unser John hat es wahrlich zu etwas gebracht.»

«Er ist wunderbar zu Magdalena», sagte Maud.

«Lebt sie nicht mit Obadja zusammen?»

«Sie hat ihn vor fünf Jahren geheiratet. Doch du kennst Magdalena. Sie hat sich nie mit einem Mann allein begnügt.»

«Offenbar eine Eigenart, die in der Familie liegt.»

«Deine Eifersucht ist töricht», sagte Maud.

Während Quinn mit einem Lächeln seine Skepsis kundtat, wurde ihm klar, daß sein Wunsch, Maud zu besitzen, nicht allein Verlangen und Liebe entsprang, sondern auch dem Umstand, daß er Maud als Instrument ansah, vermittels dessen er Tod und Krieg abschütteln und dem Leben wieder in den Sattel helfen würde. So vielfältige Möglichkeiten hatte er einst auf Obadjas Veranda nach seiner ersten Rasur beim Warten auf Maud vor sich gesehen. Er hatte sich damals lediglich daran ergötzt, dieweil er dort auf sie wartete, umgeben von dieser ehrhaften, unbekümmerten Architektur und der gepflegten Rasenlandschaft, die zum See hin abfiel und ihn an den Rand all dessen führte, was ihm neu war, ihn mitten hineinversetzte in ein Geflecht wachsender Bedeutungsvielfalt. In solch herausragenden Momenten wurde sein Leben zu einer großen Leinwand der Phantasie, groß genug, daß die wahre Ausdehnung des Unbekannten zu erahnen war. Was er auf dieser Leinwand sah, war eine grenzenlose Freiheit, alles Menschenmögliche zu tun und zu denken und zu empfinden. In Mauds Gegenwart, ja selbst beim Warten auf ihr Erscheinen, wurde die Leinwand unerträglich kostbar und ungeheuer geheimnisvoll, und er wußte, wenn er Maud je verlöre, würde er einfältig dahinvegetieren.

«Ah, da bist du ja, Vetter!» hörte man eine Frauenstimme sagen, und auf Gordon kam mit ausgestreckter Hand eine hübsche Frau zugerauscht, um die dreißig und kunstvoll frisiert, in einem kastanienbraunen Seidenkleid von königlicher Pracht, dessen Reifrock im Näherkommen auf und nieder wippte.

Gordon ergriff ihre Hand und küßte sie auf die Wange. «Phoebe», sagte er.

«Wir hatten dich zum Tee erwartet», sagte Phoebe zu Gordon. «Hier steckst du also und bist ganz von deiner Begleitung in Anspruch genommen.»

«Zwei Freunde», sagte Gordon. «Miss Maud Fallon und der Kriegsberichterstatter Daniel Quinn.»

«Wirklich ein Vergnügen, Euch kennenzulernen», sagte

Phoebe. «Ihr habt uns alle hier über die schrecklichen Schlachten unterrichtet, die Ihr miterlebtet. Und wie apart, Euch in Kleidern zu begegnen, Miss Fallon. Gewöhnlich seid Ihr doch zu Pferd und nackt, nicht wahr?»

«Ich wurde nackt geboren», sagte Maud.

«Wie charmant», sagte Phoebe. «Wir werden dich dann morgen zum Tee erwarten, Gordon. Bitte komm allein.»

«Entschuldigt, Gnädigste», sagte Quinn zu ihr, «aber Ihr habt Manieren wie eine Sau», und er nahm Maud beim Arm und geleitete sie von dannen.

Will Canaday stöberte die beiden am Shaker-Stand auf und führte Maud zu der erhöhten Plattform vor dem Stand mit den Kriegstrophäen. Diesen Mittelpunkt der öffentlichen Veranstaltungen des Basars krönte ein Porträt Washingtons, und es wimmelte von Kanonen, gekreuzten Gewehren und Musketen sowie den grimmig, doch leidenschaftlich leuchtenden Regimentsfahnen und Nationalfarben von vor der Revolution bis hin zum gegenwärtigen Bürgerkrieg. Viele der stolzen Seidenbanner existierten nurmehr als tapfere Fetzen, am bemerkenswertesten die von achtzig Einschüssen durchlöcherte Fahne von Albanys 44. Regiment, die zwölf Standartenträger in der Schlacht um den Preis ihres Lebens und achtzehn weitere um den Preis schwerer Verwundungen unentwegt emporgehalten hatten.

«Ein merkwürdiger Ort für einen Gedichtvortrag», sagte Quinn.

«Genau der richtige Ort dafür», sagte Maud.

«Warum veranstaltest du diese Lesungen?»

Maud legte den Kopf schräg und suchte nach einer Antwort, ehe sie vor Will die Stufen zum Podium hinaufstieg. «Vermutlich», sagte sie, «sehnt sich auch der Intellekt nach ehrenvoller Anerkennung.»

Dann hielt Will dem Publikum eine kurze Einführungsrede, verwies auf Mauds internationalen Ruhm als Schauspielerin und erwähnte, daß sie sich in den vergangenen Jahren um die

Popularisierung der großen Dichter ebensosehr verdient gemacht habe wie um das Recht der Frauen auf eine Beteiligung am Geistesleben. «Und», setzte er hinzu, «wer von euch das Vergnügen gehabt haben sollte, mit unserer Maud zu sprechen, dem werden ihr Scharfsinn und Einfallsreichtum vertraut sein.» Diese, so schloß er, seien heute abend ihr Geschenk an den Basar, und nach ihrer Lesung werde ein Korb für Spenden herumgereicht werden.

Maud lächelte, und als sie ihren Blick über das Publikum schweifen ließ, bemerkte sie die strahlenden Gesichter der Männer und die wutstarren vieler Frauen. Wem gilt dieser Groll? Der tanzenden Spiritistin? Der sinnlichen Reiterin? Der Gedichte vortragenden Schauspielerin? Der berühmten Frau, die für die Macht unmittelbaren Erlebens steht? Nun, was immer es sein mag, Maud, sie zürnen dir: dir, die du mit jedem Atemzug einzigartiger wirst.

Maud schaute hinab auf Quinn und sah weder den Jungen noch den heranwachsenden Mann, die sie einst gekannt hatte (so kurz ihre Begegnung mit diesen beiden auch gewesen war). Sie sah ein versöhnliches Lächeln und wußte, daß sie der Anlaß dazu war, doch sie sah auch den Kummer dahinter, er war ihr gleich aufgefallen, als sie Quinn vor dem Haus getroffen hatte. Natürlich kam er vom Krieg, deshalb würde sie mit Keats beginnen, um Quinn zu zeigen, daß er womöglich mit der Behaglichkeit des Todes liebäugelte.

«Nicht zum Sterben bist du geboren», las sie, Quinn insgeheim beobachtend, und stellte fest, daß sein Lächeln verschwunden war und seine Miene gespannte Aufmerksamkeit verriet. Ihr *geis* hatte seine Wirkung getan, ihre Aufforderung, sie zu entführen, ihn in Bann geschlagen. Wenn sie sich nachher unterhielten, würde sie ihn einladen, in Saratoga ihr und Gordons Gast zu sein. Und wäre er erst dort... und wäre er erst dort...?

Sie schlug ihr zweites Buch auf, setzte ihren Zuhörern auseinander, daß sie das folgende Gedicht bis zu diesem Augenblick noch nie in der Öffentlichkeit vorgetragen habe, und begann:

Der Lord Lochinvar zog, getreulich und fest
Auf trefflichem Rosse daher von dem West,.
Von Waffen nur führt' er sein Breitschwert so rein,
Ritt sonst unbewaffnet und ritt ganz allein,
So treu in der Liebe, so tapfer er war;
Nie kannte man Ritter gleich Lochinvar...
Doch eh' er vom Pferde bei Netherby sprang,
Ergab sich die Braut schon, – er weilte zu lang,
Den Feigling in Lieb' und im Kriege nun gar
Helene sollt' freien, anstatt Lochinvar.

Maud las schwungvoll und einfühlsam die nächsten vier Strophen, verscheuchte das Strahlen der Männer, den Groll der Frauen von den Gesichtern und ersetzte beides durch andächtiges Interesse an der Erzählung, in der Lochinvar dem Vater der Braut schwört, er sei nur gekommen, um einen Becher Wein mit der ihm verwehrten Braut zu trinken, und begehre, nachdem der Becher geleert sei, nur einen einzigen Tanz mit der lieblichen Helene. Und sie tanzen in der Tat, indes Eltern und Bräutigam zürnen und die Brautjungfern beifällig zusehen. Dann nimmt sich Lochinvar, was ihm zusteht:

Er drückt ihr die Hand, und er raunt ihr ins Ohr;
Sie sind an der Tür, – und sein Roß steht am Tor;
Die Dame er rasch auf die Kruppe dem schwingt
Und leichter noch selbst in den Sattel auch springt:
«Mein ist sie! – Gut Roß, deine Kräfte nicht spar',
Man wird uns verfolgen», sprach Lord Lochinvar.
Zu Roß flogen Graemes vom Netherby-Clan,
Musgraves und Forsters, Fenwicks sprengten an;
In Cannobie Lee ward gehetzt und gerannt,
Die verschwundene Braut aber keiner fand;
So treu in der Liebe, so tapfer er war,
Nie kannte man Ritter gleich Lord Lochinvar.

Unter heftigem Beifall kam Maud die Stufen herab, und mit Freuden nahm sie zur Kenntnis, daß Quinn am heftigsten klatschte.

«Will Canaday schlug vor, ich solle von der Wirklichkeit des Krieges sprechen», begann Quinn, als er vor dem Publikum stand. «Diese Kanonen hier sehen mir wirklich genug aus... auch diese ganzen durchlöcherten Fahnen da. Und die Dinge dort drüben am Raritätenstand, von gefangenen Rebellen in Point Lookout hergestellt: aus Gummiknöpfen gefertigte Ringe, in die das Wort ‹Dixie› eingekerbt ist. Ihr könntet jetzt dort hinübergehen und einen Rebellenknopf kaufen, und das könnte als Wirklichkeit durchgehen. Die Jungs aus Albany in den Rebellengefängnissen unten in Carolina und Alabama stellen ebensolche Dinge her, schnitzen Abe Lincolns Kopf und die Fahne in Holzscheite, damit die Rebellen sie kaufen und ins Feuer werfen können.

Die Wirklichkeit ist in diesem Krieg nicht immer das, was man dafür hält. Nehmt beispielsweise die Kämpfe am Round Top, wo das 44. Regiment aus Albany zu der Brigade gehörte, die den Hügel einnehmen sollte. Einfach ein Hügel wie viele andere auf der Welt, und doch stürmten ihn 10000 unserer Männer, und nur 1200 haben es überlebt. Ein Berg von Toten, das ist die Wirklichkeit, von der ich spreche. Je höher der Berg, desto greifbarer die Wirklichkeit. Wir erreichten diesen Hügel vor den Rebellen, auch das ist eine wirkliche Tatsache. Ringsum wurde Mann gegen Mann gekämpft. Da es aussah, als würden unsere Jungs eine Schlappe einstecken, eröffneten unsere Batterien das Feuer und deckten die Kämpfenden mit einem gewaltigen Trommelfeuer ein – natürlich in der Absicht, die Rebellen zu stoppen. Die Tatsache, daß unsere Jungs mittendrin steckten, war nicht so wichtig, und so kamen sie durch ihre eigenen Kanonen um. Wirklichkeit auch das.

Dann gab es da den Major, nach dem der General verlangte, doch keiner konnte ihn finden. Dieser Major stammte aus Buffalo. Ein toller Kerl, und ich wußte sehr wohl, was für ein guter Soldat er war. Wir wollten nicht, daß er Ärger bekam, darum gingen wir ihn alle suchen. Ich fand ihn unter einer Brücke, wo er mit einem braunen Huhn das pflegte, was manche Leute als geschlechtlichen Umgang bezeichnen. Das mag nicht so scheinen, doch es ist die Wirklichkeit.»

Etliche Frauen wechselten bei dieser Bemerkung Blicke, erhoben sich dann umgehend von ihren Plätzen und verließen die Veranstaltung. Männer kicherten, und manche rutschten unruhig auf den Sitzen hin und her. Quinn begann ungezwungen auf dem Podium auf und ab zu schreiten, während er sprach, kein bißchen bange angesichts der Aufgabe, für die so schlecht geeignet zu sein er behauptet hatte.

«Da war so ein Rebell aus Texas», fuhr er fort, «der, unseren Jungs am Round Top vor die Flinte geraten, ausrief: ‹Erschießt mich nicht›, und sein Gewehr fortwarf. Kaum hatte er das getan, schoß ihm einer seiner texanischen Landsmänner in den Rücken. Wirklichkeit aus dem Hinterhalt.

Und der Angriff bei Cold Harbour, wo binnen acht Minuten 7000 von unseren Jungs beim Versuch, Lees Linien zu durchbrechen, ihr Leben ließen. Sie schafften es nicht. Auf einer Fläche von rund fünf Morgen Land lagen unsere Toten Schulter an Schulter. Man sah kaum einen Flecken Gras, der nicht mit toten Soldaten bedeckt war. Das war eine abscheuliche Wirklichkeit da unten in Cold Harbour.

Ich erinnere mich an einen Brief, den ich einem jungen Burschen vom Vierundvierzigsten verfassen half. Er schrieb, was für einen schrecklichen Fehler die anderen Jungs zu Hause begangen hätten, weil sie nicht mitgezogen seien, um am Ruhm des Vierundvierzigsten teilzuhaben. Er erlag irgendwo in Virginia einer Hirnhautentzündung. Es gab auch eine Masernepidemie, an der etliche unserer Jungs starben, noch ehe sie Gelegenheit gehabt hatten, sich von Rebellenmusketen totschießen zu lassen. Eine Art eingeschränkter Wirklichkeit, so könnte man das nennen.

Dann war da ein enger Freund von mir aus Albany, ein Hauptmann. Wir pflegten uns über wirkliche und unwirkliche Dinge zu unterhalten, wenngleich wir es nicht unbedingt so ausdrückten. Eines Tages wurde er in weniger als einer Minute von drei Schüssen getroffen. Einer erwischte ihn im Sitzen, also stand er auf, doch bevor er umkippen konnte, traf es ihn erneut und im Fallen noch einmal, und er hat's überlebt. Ist nach dreiundzwanzig Schlachten immer noch auf den Beinen, und das ist eine von den schöneren Wirklichkeiten, die ich in diesem Krieg kennengelernt habe.

Meiner eigenen Wirklichkeit sah ich an dem Tag ins Auge, als mich eine Kanonenkugel der Rebellen traf. Im Grunde streifte sie mich nur, und sie hatte nicht mehr viel Schwung. Doch warf sie mich zu Boden, brach mir das Bein, und ich blutete und dachte, jetzt müßte ich mutterseelenallein hier auf dem Schlachtfeld sterben. Ich könnte nicht einmal überzeugend erklären, weshalb mich diese Kugel traf. Die Schlacht war längst vorüber und ich kein Soldat. Ich trieb mich lediglich dort draußen herum und suchte nach Überlebenden, und irgendein Reb-Kanonier mag sich gedacht haben, warum brenne ich dem Yankeebastard nicht eins auf den Pelz? Er feuerte, ich kümmerte mich nicht darum, und schon war ich getroffen. Ich läge vielleicht immer noch dort draußen, wäre nicht dieser Graurock-Doktor gekommen, der sich um die verwundeten Rebs kümmerte. ‹Hey, Doc, könnt Ihr meine Blutung stillen und mein Bein richten?› rief ich aus. Und er meinte: ‹Ich kann keine Beine richten. Mir sterben hier meine eigenen Soldaten.› Und er fuhr fort, seine Rebellen zu verarzten. Darum rief ich noch einmal und sagte: ‹Hey, Doc, ich habe Gold bei mir und kann Euch bezahlen, wenn Ihr meine Blutung stillt und mein Bein richtet.› Und der Doc schaut mich prüfend an und sagt: ‹Wieviel hast du denn, mein Sohn?›, und ich sage: ‹Ich habe 25 Dollar in Gold, die ich mir für den Ruhestand aufgespart habe›, und er sagt: ‹Okay, ich kann dir in den Ruhestand verhelfen.› Und er kommt zu mir herüber, mustert mich von oben bis unten und sagt: ‹Wo ist das Gold?› Ich kramte in meinem Geldgürtel und zeigte es ihm, und er grinste mich an wie ein Honigkuchenpferd und machte sich an die Arbeit. Er vernähte meine Wunde und schiente mir das Bein, und dann legte er einen so wunderbaren Verband darum, daß ich auf der Stelle aufstand und umherzulaufen begann. Ich gab ihm das Gold und sagte zu ihm: ‹Besten Dank, Doc›, gerade so, als hätte ich ein menschliches Wesen vor mir. Und er sagt: ‹Keine Ursache, mein Sohn, aber belaste das Bein nicht zu sehr›, gerade so, als wäre ich ein gottverdammter Rebell.»

Die Druckser im Publikum, wie gebannt, seit von Sodomie die Rede gewesen war, sahen sich durch Quinns Fluch schließlich in helle Empörung versetzt; ein rundes Dutzend Männer und Frauen erhoben sich von ihren Plätzen, und einige riefen, man solle Quinn vom Podium holen. Doch als sie im Begriff waren zu gehen, trat Quinn an den Rand des Podiums, deutete mit der ausgestreckten Hand auf sie und rief: «Kennt ihr die Wirklichkeit von Eli Plum aus Albany?»

Das veranlaßte ein paar der Hinausgehenden, stehenzubleiben, und fesselte den eisern ausharrenden Rest. Daraufhin kniete Quinn vor aller Augen nieder und bekreuzigte sich.

«Wir nannten ihn Peaches Plum», sagte Quinn, «und er taugte in keiner erwähnenswerten Hinsicht viel. Er war ein Mitbürger von euch, und vor fünfzehn oder zwanzig Jahren sind wir hier zusammen zur Schule gegangen. Wir befanden uns in Virginia und hörten, wie das Trommlerkorps in den nahegelegenen Wäldern einen gedämpften Totenmarsch schlug, und wir alle wußten, was nun kommen würde. Schon bald erging der Befehl, mit der gesamten ersten Division Aufstellung zu nehmen, und das Vierundvierzigste rückte aus zu einer höhergelegenen Stelle am Rande eines freien Feldes. Dort traten die Männer in Linie vor fünf frisch ausgehobenen Gräbern an.

Das, meine Freunde, war ein gräßlicher Anblick. Zugleich irgendwie sehr erhebend, mit all den in der Sonne schimmernden Messingknöpfen und Gewehrläufen, den Kindern, die von Bäumen herunter zusahen, und den älteren Männern, allein zu Pferd oder auf den Dächern von Häusern postiert, und aller Augen ruhten auf Peaches und vier weiteren Burschen, die je zwei und zwei, mit Peaches allein als Schlußlicht, hinter dem Trommlerkorps herbeigeführt wurden. Ihnen folgte die Provostgarde, ihrer fünfzig, mit aufgepflanztem Bajonett. Auch fünf Geistliche waren dabei, die aus der Bibel lasen, und dreißig Sargträger trugen fünf neue Särge. Die Prozession schritt einmal die ganze Linie der angetretenen Soldaten ab, machte kehrt, und die Sargträger blieben vor den frisch ausgehobenen Gräbern stehen. Die fünf Gefangenen hielten ebenfalls an und standen dann da, mit gefesselten Händen, jeder einen Posten zur Seite. Schließlich setzten sich die fünf Männer auf ihre Särge.

Ich hatte keine Gelegenheit mehr, persönlich mit Peaches zu reden, doch nachdem ich ihn unter diesen fünfen entdeckt hatte, habe ich seine Geschichte ausgegraben. Obgleich ich sie niemals niederschrieb, und ich erzähle sie euch hier nur deshalb, weil Will Canaday meint, ihr Leute wärt erpicht auf die Wirklichkeit.

Peaches war einer, der sich achtzehnmal freiwillig meldete, die Prämie kassierte und anschließend desertierte. Als Peaches damit anfing, zahlte die Armee jedem Rekruten bloß 50 Dollar. Es gab genug Drittgeborene, geknechtete Ehemänner und junge Burschen, die ihr Mädchen in Schwierigkeiten gebracht hatten, und alle zogen mit Freuden in den Krieg und meinten, hier hätten sie bessere Aussichten. Doch der Krieg nahm kein Ende, und die Freiwilligen tröpfelten immer spärlicher, darum wurde die Prämie erhöht und erhöht bis zu den 1000 Dollar, die heutzutage gezahlt werden. Peaches hat auf diese Art einen Haufen Geld verdient, doch war es ihm nie vergönnt, etwas davon zu behalten. Wenn er die Kurve kratzte, brachte er das Geld stets nach Haus zu seinem Pa, wie das von ihm erwartet wurde. Nach Einführung der Wehrpflicht sagte sein Pa dann eines Tages zu ihm: ‹Meld dich wieder zum Militär, Peaches, aber diesmal bleibst du dabei. Du wirst anstelle deines Bruders gehen.› Dieser Bruder war Anwalt – ein Sohn, auf den der Vater angewiesen war; und Peaches konnte er entbehren.

Sooft Peaches auch Soldat wurde, ein Gefecht hatte er nie aus der Nähe erlebt. Er hatte sich einfach bei Nacht und Nebel aus dem Zug oder beim Marsch zu irgendeinem Regiment abgesetzt und sich dann auf den Weg nach Hause zu seinem Pa gemacht. Diesmal indes zog Peaches ins Gefecht. Er sah jede Menge Leichen und wollte nicht selber als Leiche enden, darum besann er sich auf seine Talente und Instinkte und setzte sich gen Norden ab. Dabei lief er geradewegs einer anderen Einheit in die Arme und wurde zusammen mit den anderen Burschen, die mit ihm getürmt waren, als Deserteur vor ein Kriegsgericht gestellt. Man befand sie für schuldig, und der

Präsident bestätigte den Spruch des Kriegsgerichts, daß sie – als Warnung für Feiglinge und gewinnsüchtige Elemente in der Armee – erschossen werden sollten. Wir wissen wohl alle, wie viele gute Soldaten der Drang zu fliehen überkommt, doch aus irgendeinem Grunde tun sie es nicht, sei es aus Angst oder Einsicht oder weil sie Rebellen töten wollen. Ein junger Kerl hat mir einmal erzählt: ‹Ich bleibe dabei, weil das Recht auf unserer Seite ist.› Viele Rebellen denken natürlich genauso, doch das tut nichts zur Sache. Der Tod ist das einzige, was zählt, und dessen Wirklichkeit, das weiß ich, wollt ihr alle spüren, so wie auch in alten Zeiten die Daheimgebliebenen gern wissen wollten, wie denn ihr Krieg verlief. Darum sammelten damals die Krieger Köpfe und Genitalien der Feinde, brachten sie mit nach Hause und zeigten sie vor zum Beweis, daß die Kämpfer ihre Pflicht taten. Mit derlei Späßen hatte Peaches nichts am Hut. Er war nur einer von den armen Schluckern, die blind durchs Leben tappen und nie genau die Regeln kennen und sich, selbst wenn sie die Regeln zu kennen meinen, nie an sie halten, ewig dazu bestimmt, als Faustpfand für andere herzuhalten.

Armer Peaches. Ergraute Männer um mich her weinten, als die Provostgarde mit schußbereitem Gewehr Aufstellung nahm, zehn Gardisten für jeden der fünf Gefangenen, etwa fünfzehn Yards von ihnen entfernt, indes der Gardehauptmann die fünf Hinrichtungsbefehle verlas. Die Geistlichen traten hinzu und sprachen ein paar Minuten lang mit jedem der Gefangenen, und dann begannen die Offiziere, den fünf Auserwählten die weißen Augenbinden umzulegen.

Ich konnte Peaches klar und deutlich erkennen, sah, wie er heulte und zitterte, und ehe ich wußte, was ich tat, rief ich: ‹Bis dann, Peaches, und viel Glück›, was nicht sehr angemessen war, das gebe ich zu, doch das rief ich. Peaches sah zu mir herüber und nickte. ‹Okay›, schrie er. Dann hatte er die Augenbinde um, die schwarze Kapuze wurde ihm übers Gesicht gezogen, und es hieß Gewehr bereit, legt an, gebt Feuer. Vier der Gefangenen fielen rückwärts auf ihre Särge. Doch Peaches trafen die Kugeln, ohne ihn umzuwerfen. Er sackte in sich zusammen, und nie in meinem Leben habe ich mich so als Außenstehender gefühlt. Das ganze pompöse Drumherum – für fünf weitere Leichen. Eine fragwürdige Sache. Doch das ist alles, was mir blieb, eine Art tödlicher Neugier, so könnte man es nennen. Ich hoffe, es hat sich gelohnt, sie mit euch zu teilen.»

Und damit verließ Quinn das Podium.

Quinn, so schrecklich unbewandert in den menschlichen Gebräuchen, ging inmitten von Scharen anderer Seelen seines Schlages einher, und er faßte eine Photographie ins Auge, die zeigte, wie sich ein Mann mitunter an der Seite eines Pferdes in Positur stellt. Da sagte sich Quinn: «Ich habe ein Pferd, doch kein so gutes.» Dies war eine Wahrheit, die Quinn nicht dienlich war, und doch fühlte er sich angestachelt. Er ging zu seinem Freund, dem Zeitungsredakteur, der klug über die gewaltigen Kröpfe und Entstellungen schrieb, unter denen die Menschen in diesem Leben zu leiden haben, und sein Freund sagte: «Ich glaube, es ist an der Zeit, daß du dich auf deine Platte besinnst.»

Daraufhin begab sich Quinn mit seinem Freund an einen Ort, wo sie einen Mann mit Kinnbackenbart antrafen, der eine schwere Tür aufzog und dahinter Die Große Platte des Unbekannten hervorholte, die Quinn vor langer Zeit am Boden eines Vogelbauers gefunden hatte.

«Ein bedeutsamer Gegenstand», sagte Quinn, als er ihr Gewicht in Händen wog. «Ich wünschte, ich wüßte, zu was sie früher diente.»

«Nun, das wirst du nie erfahren», sagte sein Freund, «denn so klug bist du nicht.»

«Ich bin klüger als so mancher andere», sagte Quinn.

«Darüber wollen wir nicht streiten. Trag sie einfach bei dir, und keiner wird sich im mindesten daran stören, daß du nicht weißt, zu was sie dient.»

Also ging Quinn zum Schlachthof, kaufte eine Schweineblase, blies sie auf wie einen Ballon, legte sie dann in Whiskey ein, bis die Haut fest und ledrig wurde, steckte seine Platte hinein, verschnürte sie mit einem Riemen und warf sie sich über die Schulter.

«Du machst dich auf», sagte sein Freund.

«Richtig», sagte Quinn.

«Weißt du auch, wohin?» sagte sein Freund.

«Weiß ich nicht.»

«Wirst du es wissen, wenn du dort bist?»

«Vielleicht», sagte Quinn, «vielleicht auch nicht.»

«Dann werde ich dich begleiten», sagte sein Freund. «Ich will selbst in diese Richtung.»

Also ritten die beiden los, jeder auf seinem Pferd, und fanden sich vor dem Hause wieder, in dem eine als die Große Mutter bekannte Frau gelebt hatte, bis sie erbarmungslos erdrosselt wurde. Beim Eintreten vernahmen sie aus dem Musikzimmer die Stimme eines Erzengels. Sie blieben wie angewurzelt stehen, und Quinn sagte: «Es ist eines Mannes Pflicht, zu singen.»

«Und wenn ein Mann singt», sagte sein Freund, «ist es anderer Männer Pflicht, zu lauschen.»

Und so lauschten sie denn, bis das Lied zu Ende war. Da wußte Quinn, daß es sich bei dem Erzengel um einen Burschen namens Moran handelte.

Quinn und Will Canaday traten ins Musikzimmer, sahen Maud am Pianoforte sitzen und in die lächelnden Augen dieses Moran blicken, und Quinn bemerkte mehr in ihrem Blick als nur einen strahlenden Glanz. Er beschloß, ihr dies zu sagen.

«Ich freu mich so, daß du gekommen bist», sagte Maud. «Wir haben euch beide erwartet.»

«Daß wir kommen, wußten wir erst, als wir hier eintrafen», sagte Will.

«Das stimmt», sagte Maud, «doch darüber macht euch keine Gedanken.»

«Du trägst Trauerkleidung», sagte Quinn zu ihr, und das tat sie: Eine schwarze Schleife hielt ihr hochgekämmtes Haar, und sie trug ein gesetztes schwarzes Bombasinkleid mit langem Rock und halblangen Ärmeln, dem freilich der tiefsitzende, herausfordernde Ausschnitt des Mieders einiges von seiner Strenge nahm.

«Wir halten eine Totenwache», sagte Maud.

«Wer ist denn gestorben?» fragte Quinn.

«Hillegond.»

«Noch einmal?»

«Auf den Tag genau vor sechs Monaten. Wir besinnen uns auf sie, nicht wahr, Joseph?»

«Ja, das tun wir», sagte Moran, «und ich erinnere mich auch an diesen Burschen hier. Er kann nicht eine Note singen.»

«Ihr habt ein gutes Gedächtnis», sagte Quinn, und sie schüttelten sich die Hand, obwohl Quinn eher danach war, ihn niederzuschlagen. Seit sechs Jahren hatte er Moran nicht mehr gesehen, und damals war er auch Maud zum letztenmal begegnet. Das Gesicht des Mannes war vorzeitig gealtert; wahrscheinlich hatte der Alkohol es zerstört. Der hatte ihn auch als Schauspieler zugrunde gerichtet: Betrunken auf der Bühne stehend, hatte er sein Publikum verspottet und vertrieben und sich damit bei den Theaterdirektoren zum Paria gemacht. Woraufhin er dem Alkohol abschwor, in Albanys Green Street Theater selbst Direktor wurde und sich durch die Besetzung von Mazeppas Rolle mit Maud einen Namen als Talententdecker machte.

«Joseph hat eben zum Andenken an Hillegond gesungen», sagte Maud und machte eine Handbewegung zu Ruggieros Wandbild hin, das Hillegond, offenbar von überirdischen Melodien umschwirrt, an demselben Pianoforte zeigte, vor dem jetzt Maud saß. Quinn warf einen Blick auf die gegenüberliegende Wand und sah, daß nunmehr ein Gobelin mit einem strahlend weißen Einhorn auf einem Feld goldener Blumen darauf das Wandbild von Petrus verdeckte.

«Freut mich, Hilly wieder unverhüllt an der Wand zu sehen», sagte Quinn. «Aber weshalb bleibt Petrus noch immer dem Blick verborgen?»

«Gordon hat sie beide verhängt, damit sie ihn nicht immerzu verfolgen», sagte Maud, «doch ich veranlaßte ihn, Hillegond freizulegen. Ich konnte es nicht ertragen, daß sie ganz und gar verschwunden war.»

«Daran hast du gut getan», sagte Quinn. «Und wo ist der Herr des Hauses heute?»

«In der Gießerei», sagte Maud.

«Ich dachte, Ihr wärt drunten im Süden damit beschäftigt, Musketenkugeln auszuweichen», sagte Moran zu Quinn.

Quinn besah sich Morans große, blitzende und zerbrechliche Zähne und legte dann seinen Beutel auf den Tisch.

«Das habe ich aufgegeben», sagte er.

«Ihr tut recht daran, hierher zurückzukehren», sagte Moran. «Ich liebe diesen Ort.»

«Wir alle lieben diesen Ort, und wir lieben einander, nicht wahr, Joseph?» sagte Maud.

«Liebe hält ewig», sagte Moran und starrte auf das Porträt. «Ich habe Hilly geliebt.»

«Wer hat Hilly nicht geliebt?» sagte Quinn.

«Der Schurke, der sie umbrachte», sagte Maud.

«Nun denn, das ist wahr», sagte Moran. «Schlimm genug, eine Frau umzubringen. Ein Akt der Leidenschaft, möglicherweise. Aber dann noch über Matty herzufallen.»

«Mörder haben ihre eigene Logik», sagte Maud.

«Wer ist der Mörder?» fragte Quinn.

«Ah», sagte Will, «das ist die Frage.»

«Finnerty», sagte Moran. «Ambrose Finnerty.»

«Joseph hat ihn nach Albany gebracht», sagte Maud.

«Ich sah ihn in Boston», sagte Moran. «Noch nie habe ich einen mitreißenderen Redekünstler gehört.»

«Er sitzt im Gefängnis», sagte Will. «Er besteht auf seiner Unschuld und sagt, er sei ein ehemaliger Priester, doch ob das stimmt, hat bislang keiner herausgefunden. Er reiste mit einer Frau und einem Baby, seiner Frau und seinem Kind, o ja. Doch ist sie eine bekannte Dirne, die sich als Nonne ausgibt und behauptet, Finnerty, ihr Beichtvater, habe sie im Kloster geschwängert. Gleichwohl liebte sie ihn und er sie, und sie wußten, die Welt war gut, und die Kirche war es nicht. Darum gingen sie mit ihrer absonderlichen Liebe zu Gott ans Theater. Möge der gerechte Jesus mit all seinen Heiligen fest zwischen uns und derlei Glauben stehen.»

«Die Katholiken haben so manches für sich», sagte Moran.

«Das gilt ebenso für Heiden und Hottentotten», sagte Will.

«Finnerty konnte auch singen», sagte Moran.

«Zotige Lieder über den Glauben», sagte Maud.

«Er küßte und koste seine Frau auf offener Bühne», sagte Will. «Sie trugen dabei ihr Nonnen- und Priesterkostüm.»

«Sie waren sehr erfolgreich», sagte Moran. «Wir hatten drei Wochen lang zweimal pro Abend ein volles Haus, bei einem Eintrittspreis von 35 Cent pro Nase. Kaum zu glauben.»

«Hillegond lag im Bett und las gerade Gordons Stück über Dido», sagte Maud. «Joseph wollte auch das an seinem Theater aufführen, mit ein wenig Unterstützung durch Hillegond, habe ich recht, Joseph?»

«Ich hegte Hoffnungen», sagte Moran.

«Sie trug ihr rosafarbenes Nachtgewand», sagte Maud, «und ihre wollenen Strümpfe, denn es war kühl. Und ihre silbernen Ohrringe. Die legte sie nie ab, nicht einmal zum Schlafengehen. Es ging auf Mitternacht zu, als sie von ihrem Buch aufsah und draußen vor ihrer Tür einen Schritt hörte.»

«Woher weißt du, daß sie von ihrem Buch aufsah?» fragte Quinn.

«Ich habe da so meine Methoden.»

Quinn nickte und öffnete seinen Beutel. Er zog seine Bronzescheibe mit dem zornigen Gesicht hervor. War es ein fetter Mann mit runder Zunge? War es ein Walroß? War es eine schreiende Frau mit Brille? Quinn legte die Scheibe vor sich auf den Tisch.

«Was ist denn das?» fragte ihn Moran.

«Irgend so ein Gegenstand. Ein runder Gegenstand», sagte Quinn.

«Das sehe ich.»

«Da legt Quinn Kartoffeln drauf», sagte Will.

«Hillegond», fuhr Maud fort, «war bis zu der Stelle im Stück gekommen, wo Dido Äneas anfleht, bei ihr in Karthago zu bleiben, doch er entgegnet, das könne er nicht. Ich habe ja so die Nase voll von diesen aufopfernden Frauen, die auf dem Altar der Liebe geopfert werden.»

«Woher weißt du, an welcher Stelle im Stück sie gerade angelangt war?» fragte Moran.

«Es gibt Dinge, die weiß man eben», sagte Maud.

Sie erhob sich vom Klavierhocker, durchquerte in königlicher Haltung das Zimmer und setzte sich auf einen Polstersessel, von dem aus sie Hillegonds Porträt und ihre Zuhörer im Blick hatte.

Quinn drehte seine Scheibe so, daß das Gesicht darauf Maud ansah. Er wußte nicht, weshalb, doch er tat es. Warum, so sagte er sich, sollte ich wissen müssen, warum ich tue, was ich tue?

«Dieser Finnerty fesselte Hillegond», sagte Will von seiner Polsterbank aus. «Sie lud ihn eines Abends zum Dinner ein, um seine Lebensgeschichte zu erfahren, und er gibt zu, daß sie miteinander schäkerten.»

«Das war mehr als Geschäker, würde ich sagen», sagte Moran.

«Sie fanden ihren Jadering bei Finnerty zu Hause», sagte Will. «Das hat ihn reingerissen.»

«Er behauptete, den hätte sie ihm geschenkt», sagte Moran. «Doch gibt es keinen Beweis. Seine Frau gab an, er sei in jener Nacht bei ihr gewesen. Freilich ist das die Aussage einer Ehefrau.»

«Hillegond bekam es mit der Angst, als sie draußen den Schritt hörte», sagte Maud, «denn er hörte sich schwerer an, als er hätte sein dürfen. Als indes die Tür aufging und sie ihn erblickte, da lächelte sie ihn an. ‹Ah, mein Geliebter›, sagte sie zu ihm. ‹Sieh an, du geisterst ja umher wie eine Nachteule.›»

«Du weißt sogar, welche Worte sie gebrauchte», sagte Moran.

«Es ist ganz bemerkenswert, was ich alles weiß», sagte Maud.

«Du pflegtest dergleichen ja regelmäßig zu tun», sagte Moran.

«Sie hat sich damit ihren Lebensunterhalt verdient», sagte Quinn.

«Hillegond rückte im Bett zur Seite, damit er sich neben sie setzen konnte», sagte Maud. «Er küßte sie sanft auf die Stirn, dann auf die Lippen – kein richtiger Kuß, wie sie erwartet hatte –, nahm ihr anschließend die Brille ab und küßte sie auf die Augen. Als sie unter seinen Küssen beide Augen geschlossen hatte, legte er ihr die Garrotte um den Hals und zog zu. Sie schlug mit ihren Armen um sich, doch sie war nicht stark. Sie war groß, indes das Alter hatte sie erschöpft, und bald gab sie den Kampf auf. Er zurrte die Garrotte fester und zog sie damit aus dem Bett. Ihre Füße stießen den Krug mit den Tulpen um.»

«Ein Eulenpärchen hat sich Hillegonds Zimmer zum Schlafplatz erkoren», sagte Will.

«Das würde ich mir gern einmal ansehen», sagte Quinn.

«Die werden jetzt schlafen», sagte Moran. «Eulen schlafen tagsüber.»

«Sei's drum», sagte Quinn.

«Ich sehe keinen Grund, sie nicht anzuschauen, selbst wenn sie schlafen», sagte Maud, erhob sich von ihrem Sessel und verließ als erste das Musikzimmer. Quinn packte seine Scheibe wieder in den Beutel.

«Kommst du, Joseph?» fragte Maud vom Fuß der Treppe.

«Wozu sollte man sich Eulen anschauen?»

«Tja, wozu», sagte Will.

«Aber das muß doch ein sehenswerter Anblick sein», sagte Quinn.

«Sie sind ganz wunderschön», sagte Maud.

«Ich habe nichts dagegen einzuwenden», sagte Moran.

Also stiegen sie die breite Treppe hinauf in Hillegonds Zimmer, dessen sechs Fenster freien Ausblick auf den Fluß und den Sonnenaufgang boten. Das Eulenpärchen schlief auf dem Volant der Glastür, die auf Hillegonds Balkon hinausführte. Das Zimmer bot ein Bild des Friedens und der Ordnung. Nichts deutete darauf hin, daß hier ein Mord geschehen war, wenngleich der Ruch der Schurkerei wie ein Dunst um das mit einem überladenen Baldachin versehene Bett hing: Alle vier Besucher machten einen Bogen darum.

Sie standen an der Glastür und spähten hinauf zu den schlafenden, zwei Fuß großen Eulen; das Weibchen war um ein weniges größer als das Männchen. Beide Vögel hatten blaßgraues

Gefieder, das ihnen bis auf die Krallen reichte: zwei große helle Bäusche von ebenbürtiger und unvergleichbarer Schönheit. Seite an Seite schlafend, die geschlossenen Augen dem Zimmer zugekehrt.

«Sie werden hier drin zugrunde gehen», sagte Quinn.

«Zum Fressen fliegen sie hinaus ins Freie», sagte Maud. «Die Diener öffnen bei Tagesanbruch die Tür, und dann wieder in der Abenddämmerung. Sie wissen, daß in diesem Zimmer niemand mehr wohnt und daß sie uns hier willkommen sind.»

«Eine Eule kann ihren Kopf ganz nach hinten drehen und rückwärts schauen», sagte Moran. «Ich habe mich einmal ausgiebig mit Vögeln befaßt.»

«Das Zimmer ist nicht mehr ganz so, wie es war», sagte Maud. «Die Delfter Vase und die Lampe mit den beiden liliengeschmückten Glaskugeln darauf gingen zu Bruch, als Matty hereinkam und um Hillegonds Leben kämpfte.»

«Ich dachte, man hätte Matty draußen auf der Treppe gefunden», sagte Quinn.

«Bei dem Zweikampf gerieten sie nach draußen. Matty kämpfte verbissen. Sie war eine kräftige Frau, und sie liebte Hilly.»

«Sie hat das Gerangel gehört?» fragte Quinn.

«Sie hörte nur, wie der Krug mit den Tulpen umkippte und zerbrach», sagte Maud.

«Du bist über alles im Bilde, wie?» sagte Moran.

«Ja», erwiderte Maud. «Ich weiß auch, daß es nicht Finnerty war.»

«Wenn Eulen schlafen, kann man sie in die Hand nehmen, ohne daß sie aufwachen», sagte Moran. Er trug Hillegonds silberne Barock-Ankleidebank zur Glastür und erklomm sie. Er langte hinauf, ergriff das Eulenweibchen mit beiden Händen und stieg von der Bank herab. Die Eule schlief weiter.

«Ein erstaunliches Kunststück, Joseph», sagte Will.

«Überhaupt kein Kunststück, wenn man sich nur ein bißchen mit Eulen auskennt», sagte Moran.

Maud öffnete die Flügeltür zum Balkon, und die Sommernachmittagsbrise wehte ins Zimmer herein. Quinn betrachtete die Eule in Morans Händen und stellte fest, daß der Eulenschlaf dem Koma gleicht: nur ein Schritt vom Tod entfernt. Er betrachtete Moran und bewunderte die Konzentration des Mannes auf den Vogel – seine Augen waren so hart und stechend wie zwei Eisennägel. Quinn spürte seine alte Abneigung gegen das Geschick, das Moran an den Tag legte, wenn es darum ging, sich gegen die Mehrheit der Menschen abzuheben.

«Während der Zeit, als ich Mazeppa spielte, wurden Joseph und ich zu Geliebten», sagte Maud. «Alle wußten davon, nicht wahr, Will?»

«Joseph neigt dazu, mit seinen Eroberungen zu prahlen», sagte Will.

«Er war sehr bemüht um mich in jenen Monaten», sagte Maud, «doch glaube ich nicht, daß ich ihn glücklich machte. Kaum hatte ich die Stadt verlassen, begann er Hillegond den Hof zu machen.»

«Da war er unermüdlich», sagte Will. «Es war schon eigenartig.»

«Welcher von deinen sechsen war er?» fragte Quinn.

«Nummer drei», sagte Maud, «und der einzige vom Theater.»

«Joseph wollte Hillegond heiraten», sagte Will, «und sie spielte eine Zeitlang mit dem Gedanken. Schließlich wollte sie dann doch nicht.»

«Wir blieben enge Freunde», sagte Moran. «Könnten wir nicht das Thema wechseln?»

«Er liebte dieses Anwesen», sagte Maud, «und alles, was dazugehörte. Alles, was mit Hillegond dahingegangen ist.»

«Dann merkte er, daß er es nicht bekommen konnte», sagte Will.

«Am Ende fand Hillegond den Gedanken an eine Ehe mit ihm lächerlich», sagte Maud.

«Er war nicht lächerlich», sagte Moran. «Über ernsthafte Absichten darf man sich nicht mokieren.»

«Wie edel von dir, Joseph», sagte Maud.

«Ich sehe meinen Fehler ein.»

«Die Neuigkeit wird Hillegond im Grab erschauern lassen.»

«Überaus bedauerlich», sagte Moran, «einem Herzen so nahegekommen zu sein und doch nicht erhört zu werden.»

«Eher der Gurgel», sagte Maud.

Quinn ließ sich diese Bemerkung durch den Kopf gehen und schloß daraus, daß das Leben mancher Menschen folgerichtig durch einen fatalen Fehler beendet wird, der vielleicht gar kein Fehler ist, sondern der unvermeidliche letzte Akt einer entwicklungsbedingten Verderbtheit. Er sah zu, wie sich der habgierige Moran, die Eule über dem Schoß in der Luft haltend, auf der Bank niederließ. Plötzlich war der Vogel wach und starrte, und Moran warf ihn sogleich hoch. Das widerspenstige Tier indes flog herab, und seine Krallen fuhren durch Morans Hose ins Fleisch seiner Schenkel. Moran stieß einen jammervollen Schrei aus, als er rücklings von der Bank fiel, und beim Geräusch des fließenden Blutes klappten die Augen des Eulenmännchens auf. Lautlos kam es vom Volant herabgeschwebt und grub Moran in einem Akt ausgleichender Gerechtigkeit seine Krallen in Gesicht und Hals.

TAMBO UND PADDY RÄUMEN AB

Saratoga
August
1864

Nun wieder ohne Reittier, bestieg ich, Daniel Quinn, schonungslos die Vergangenheit abstreifend, den Wagen der Pferdebahn, das erste von drei Transportmitteln, die mich nach Saratoga Springs zu Maud und den vor mir aufgebrochenen anderen bringen würden, und nahm neben einem Schwarzen Platz, in dessen Miene ich die Qual der Ungewißheit las. Die ist auch mir vertraut, doch weiß ich nicht, was sie für Schwarze bedeutet. Der Mann war unterwegs zu einem fernen Ort, das sah man an seinem gebündelten Gepäck, und ich begann an Joshua zu denken. Ich versuchte, diese Gedanken zu vertreiben, und öffnete den Beutel, in dem meine Scheibe lag. Lieber schaute ich mir die Scheibe an als Leute, die mich auf Dinge brachten, an die ich nicht erinnert werden wollte. Mir fiel auf, daß die runden Formen auf der Scheibe etwas Arabisches an sich hatten. Ob die Kelten in Wirklichkeit Araber waren? Vielleicht waren sie Juden: der verlorene Stamm von Tipperary. Der verlorene Stamm Abessiniens, wie manche behaupten. Geh mir aus dem Sinn, Joshua. Ich werde an dich denken, wenn ich die Kraft dazu habe. Ich konzentrierte mich auf meine Scheibe, und sie veränderte sich: Aus konvex wurde konkav – aus der dicken Zunge ein runder Mund; und aus der von dem keltischen Künstler beabsichtigten Zweideutigkeit las ich die Weisheit heraus, die der Bedeutungsvielfalt innewohnt. Hüte dich vor willkürlichen Kategorisierungen, hatte Will Canaday gewarnt. Ja, pflichtete Quinn ihm da bei, denn sie führen leicht zu Mord und Totschlag.

Wie hatte Maud die Einzelheiten des Mordes an Hillegond kennen können? Nun, sie kannte sie eben. Aller Wahrscheinlichkeit nach durch Psychometrie. Wie hatte sie den Kronleuchter von der Decke fallen lassen? Psychomagnetische Schwingungen höchstwahrscheinlich. Quinn hat keine dieser Begabungen. Was das Übersinnliche angeht, ist Quinn eine Null. Quinn erlebt alles und kommt zu keinem Schluß. *Tabula rasa ad infinitum.* Und dennoch, als die Eule Moran die Kehle zerfleischte, da hatte so etwas wie eine Läuterung stattgefunden. Quinn hatte erkannt, daß er ebensosehr auf das Anwesen erpicht gewesen war wie Moran, doch war sein Streben so aussichtslos, daß er gar nichts davon geahnt hatte. Wozu hast du dein Hirn, Quinn, wenn du nicht einmal deine eigenen Schwächen erkennst? Doch kaum von seiner verborgenen Gier befreit, wandte Quinn sich der Welt zu: wieder einmal falsche Rollen, falsche Bedürfnisse hinter sich lassend. Für Quinn liegt stets alles in den Anfängen, er ist ein Geschöpf, das fortwährend aufbricht. Wird er sich jemals festlegen?

Auf diesen neuerlichen Aufbruch war ich wie gewöhnlich nicht vorbereitet, außer in finanzieller Hinsicht. Von dem, was Dirck mir in den vergangenen fünfzehn Jahren hatte zukommen lassen, hatte ich weniger als 1000 Dollar verbraucht; der Rest hatte sich in Lyman Fitzgibbons Bank angesammelt. Für einen Reporter war ich einigermaßen wohlhabend und somit nicht darauf angewiesen, mich um eine Anstellung zu kümmern.

Zumindest für den Augenblick erlöst von der Vergangenheit und dem Elend des Krieges, stand Quinn im Begriff, sich dem Geistesleben zu widmen – jedenfalls schwebte ihm dergleichen vor. Und da fuhr er nun mit dem Zug gen Westen nach Schenectady, von dort aus mit dem nächsten nordwärts nach Saratoga, lauter unbeantwortbare Fragen im Kopf und unerwünschte Erinnerungen vertreibend, die sich nicht auf Dauer vertreiben ließen, zumal er nun unterwegs war zu den vergoldeten und samtenen Salons von John McGee, jenem Spieler, der mit den Fäusten umzugehen wußte und sich nicht scheute, es zu tun, und dessen Leben nicht mehr von Joshuas zu trennen war.

Als ich John kennenlernte, hatte er sich nie mit Glücksspielen abgegeben, sondern sein Erspartes lieber beiseite gelegt, um es zu versaufen. Doch im Laufe unseres Lebens finden wir für unsere Laster neue Ziele, und nachdem John den unumstrittenen Weltmeister Hennessey niedergeschlagen hatte, geriet sein Leben in einen Aufwind, der ihn zu Faustkämpfen nach Watervliet und Troy, nach Boston Corners, nach White Plains, Toronto und wieder heim nach Albany blies. Für die *Albany Chronicle* hatte ich fortlaufend über Johns Höhenflug berichtet – bis zu dem Kampf in Toronto, denn da hatte Will Canaday beschlossen, ganz so weite Ausflüge nicht zu bezahlen. Ich war keck genug, Will darauf hinzuweisen, daß er hier schieflag mit seiner Einschätzung des Nachrichtenwerts, hatte doch John McGee mit seinen Fäusten das Volk in Albany und Umgebung in Aufregung versetzt wie kein zweiter Sportsmann in neuerer Zeit.

«Sportsmann? Unsinn», sagte Will. «Dieser Mann ist ein Flegel. Derartige Rohlinge zu beweihräuchern kann zu nichts Gutem führen.»

Es stimmt, Johns Flegelhaftigkeit war dazumal legendär, und seine Rechte eine gefährliche Waffe. Bei seinen ersten Kämpfen hatte er einen Gegner nach dem anderen auf die Bretter geschickt, und zwischendurch den Entschluß gefaßt, zur Austarierung seines Einkommens in Albany einen Saloon aufzumachen. Er eröffnete ihn im Lumber District, der Irenbastion längs des Erie-Kanals, und nannte ihn «Blue Heaven». Über die Bar hängte er ein Schild mit der Aufschrift: «Wenn hier einer zuschlägt, bin ich das. Gezeichnet John McGee».

Und ein Rohling war John schon irgendwie. Gleichwohl war er eine Erscheinung, mit der es sich auseinanderzusetzen galt, wie selbst Will Canaday erkannte, als John in Toronto antrat. In jenem Kampf, mit großem Tamtam als Duell zwischen England und Irland angekündigt, schlug John in der 28. Runde einen britischen Streckenarbeiter bewußtlos, der Kanadas ganzer Stolz war. Der aufgebrachten Menge, die entschlossen war, derlei Dünkel mit Füßen zu treten, entkam John nur dank der Macht, List und Fäuste jenes Mannes, der einst sein Sparringspartner gewesen und dessen Talent, feindlichen Verfolgern zu entkommen, ebenfalls legendär war. Ich spreche von Joshua.

Hierauf ergab es sich, daß man John den Eber im Alter von

dreißig Jahren zum heroischen Irischen Champion der Vereinigten Staaten hochstilisierte und ihn gegen Arthur (den Yankee) Barker antreten ließ, den Stolz der gebürtigen Amerikaner. Der Kampf fand an einem Sommernachmittag des Jahres 1854 hinter der «Bull's Head Tavern» statt, einem Wirtshaus an der Straße von Albany nach Troy und Tummelplatz eigensinniger Spinner jeder Fasson und jeden Kalibers, wo dem Vernehmen nach Hähne, Hunde, Ratten, Uniformierte, Frauen und Nigger bis aufs Blut getriezt wurden und wo Butter McCall, der Leithammel der dort versammelten Herde, eine Börse von zehntausend Dollar, fünf von jedem Kombattanten, sowie eine Truppe erprobter Faustkämpfer beaufsichtigte, die reizbare Parteigänger unter den Zuschauern davon abhalten sollten, selbst in den Kampf einzugreifen. Seine Frau Sugar sammelte sämtliche Zeitungsberichte in einer Kladde, in der man heute noch einen Bericht über den historischen Kampf nachlesen kann, damals abgedruckt im *Albany Telescope*, einem Sportblatt, und verfaßt von keinem anderen als Butter selbst, der vielleicht in erster Linie Impresario war, doch zugleich ein Barde des Boxrings, Faustkampf-Philosoph und Lobpreiser ungezähmter Muskelkraft.

War es nicht ein toller Tag (schrieb Butter), da wir uns alle, zwanzigtausend an der Zahl, auf der Weide hinter «Bull's Head» versammelten, um den großartigsten Kampf mitzuerleben, den die Boxwelt jemals sah? Es war eine regelrecht apokalyptische Mixtur aus Saft und Kraft, aus Glut und Blut, die John (den Eber) McGee, auch bekannt als John vom Skiff und John vom Wasser (aus seiner Zeit auf dem Fluß), und Arthur (den Yankee) Barker, auch bekannt als Herzblatt von Poughkeepsie und Der wahre Amerikaner, im mörderischen Streit um die Entscheidung, wer der unumschränkte Faustkampf-Meister dieses gottesfürchtigen Landes sein sollte, am Kampfplatz zusammenführte. John erschien wie ein geölter Zeus, warf seinen Hut mit der irischgrünen Feder in den Ring und hechtete hinterdrein wie ein Hirsch in den See von Killarney. Ihm auf dem Fuße folgte sein Sekundant Mick die Ratte, ein stämmiger Abessinier, der, wie man hört, dereinst beim Sparringsmatch dem Gott des Wassers um ein Haar den Rüssel gebrochen hätte. Der Mick band eben seine Farben am Eckpfahl fest, als der Yank angewalzt kam, ohne Hut, dafür mit Fahne, denn um seine Schultern lag das Sternenbanner.

Man legte ab, und die Sekundanten nahmen ihre Plätze ein, indes man in der Ecke des Patrioten die Fahne um den Eckpfahl schlang. Ring- und Punktrichter wurden ernannt, die Titanen schüttelten sich die Hand, und johoho, schon ging's los. Die ersten Schlagwechsel waren ausgeglichen, doch die Bank der Iren bot drei zu zwei für McGee.

ERSTE RUNDE

Beide standen ihren Mann, doch das Herzblatt machte fraglos die bessere Figur. Hi-ho, verpaßt es dem Skipper mit der Linken eine mittschiffs und setzt flink mit einem rechten Cross-Schlag an seinen Hirnkasten nach, aber hoppla, bekam es da nicht voll eine zurück zwischen die Beißerchen, worauf es prompt zu Boden ging.

ZWEITE RUNDE

Dem Herzblatt gefiel das gar nicht. Es warf die rechte Brigade in den Kampf und patschte dem Eber einen Haken auf den Löffel, den der abschüttelte, als hätte ihm eine Katze aufs Ohr geniest, und mit einem enormen Hammer in die Visage des Patrioten konterte, daß dem die Knie flatterten. Sagte Mick die Ratte aus ihrer Ecke: «Jetzt wird die Fahne aufgerollt.»

DRITTE RUNDE

Wutentbrannt über Micks Witz machte sich der Patriot an die Arbeit, schoß los wie eine Hornisse auf Glatteis und beharkte die Tülle des Wassermanns blindlings mit rechten und linken Haken. Bing, bing! Wasser marsch, und wir sehen die rote Soße aus dem Eberrüssel laufen. «Erstes

Blut» geht auf Herzblatts Konto, worauf sich ein Mordsgeschrei erhob: drei zu eins für den Patriotismus, und jede Menge Einsätze wurden gemacht, so auch vom Eber selbst, der die Ratte anwies, ein Bündel Scheinchen aus seiner Jackentasche zu holen und dagegenzuhalten. Der Wassergott ließ seinen Helfer sekundieren, indes die Ratte ihre Bankgeschäfte tätigte.

VIERTE RUNDE

Die Jungs traten an die Markierung, und wieder ging der Patriot mit frischem Saft aus dem Yankeehimmel ran, nagelte den Wasserträger an die Seile und traf ihn nach Belieben. Wo sind deine Eberkräfte geblieben, Johnnyboy? Au wei, es war beängstigend, und das Blut floß dick wie Erbsensuppe. Hat er den Löffel abgegeben? Von wegen. Der Skipper schwingt sich mit einem bösen Haken vom Deck von Satans Schute; ein fieser Schlag war das, dem Wahren in die Wampe geknallt, daß er die Engel singen hörte. Der Patrioten-Schnute entwich ein gewaltiges Röcheln, und er sackte zusammen wie ein Hefestrudel.

FÜNFTE RUNDE

Schön und gut, der Eber hat Blut verloren, aber er ist kein Spielverderber. Mit neuerwecktem Groll zockte er dem Herzblatt einen schrecklichen Hieb aufs linke Guckerchen, was ihm die Aussicht zuschanden machte und das Blut spritzen ließ wie den Wasserstrahl aus einem Ziegenbock. Der Skipper packte den Patrioten an der Gurgel und gab sich alle erdenkliche Mühe, ihm die Singstimme zu ruinieren, was wir schade fanden, stimmt er mit seinem Schnuckelchen doch so gern das anheimelnde Duett an: «'ne Nonne bin ich nicht, 'ne Nonne werd ich nicht, dazu, mein lieber Arthur, bin ich zu verknallt in dich.» Die Sekundanten trennten die Kämpfer, und die Runde war zu Ende.

SECHSTE RUNDE

O weh, jetzt setzte es Dresche. Das Yankee-Herzblatt hielt sich wacker auf den Beinen und verpaßte dem Skipper eins auf die Kohltüte, aber ein Aufwärtshaken ließ es davontorkeln wie ein Huhn im Schneesturm. Der Eber setzte mit kurzen Linken und Rechten auf die Glotzer, den Riechkolben und die Beißerchen nach, doch Herzblatt wollte partout nicht umkippen. Es war hart im Nehmen, und das blieb es, aber, ach du lieber Heiland, das viele Blut. Es wird ihm nichts geschenkt vom Gott des Wassers, der's jetzt auf seine Kinnlade und den Schnotzblauer abgesehen hat, ein rundum blutiges Schauspiel, das einen Poeten Irlands unter den Zuschauern zu der Bemerkung hinriß: «Hätte unser John nich 'n prächtigen Bildhauer abgegeben?»

SIEBTE RUNDE

Das zerschlagene Gesicht mit geronnenem Blut verkleistert, kam der Patriot aus seiner Ecke, die Augen fast völlig zugeschwollen, Platzwunden am Kinn wie von einem Hackmesser, das Blut des Lebens tropft ihm auf die Brust, und er spuckt aus, was er sonst noch in sich hat. Floß je mehr Blut bei einem Kampf? Ich glaube nicht. Gleichwohl geht das patriotische Herzblatt, jetzt selber eine wandelnde Flagge – rot, weiß und blau, und es sieht Sterne und Streifen –, den Skipper an, der seine eigenen Quetschungen zu beklagen, aber keinen ernsthaften Schaden genommen hat. Und der Skipper plättet ihm eins auf den Riecher, worauf Herzblatt sanft entschlummert. Gluck, gluck, weg war er, unser Patriot, und lag da wie eine tote Hammelhälfte. Ein trüber Tag für die Eingeborenen, und das Irengrün steigt empor wie der Abschaum in den Kesseln des Fegefeuers.

Wir würden das, was in diesem Ring, dieser Stadt, diesem Staat, dieser Nation und Hemisphäre errungen wurde, ungeachtet anderslautender Ansichten einen populären Sieg nennen. John McGee hat sich als Mann von echtem Schrot und Korn erwiesen, und Der wahre Yankee weiß jetzt, was sein Kopf alles aushält. Für diejenigen, die es nach weiteren Kämpfen gelüstete, nun, für die gab es noch mehr – im Überfluß, also ganz nach dem Geschmack der Yankees, die nun mal gerne Dresche einstecken.

Ein jeder hat sich bestens amüsiert, zu Tode kam unseres Wissens nach keiner, und der Nigger trug König John auf seinen Schultern davon.

John McGee, die Bürde des schwarzen Mannes, zog sich nach diesem Kampf zurück und erhob mit gutem Recht Anspruch auf den Amerikanischen Meistertitel. Seinen «Blue Heaven» verließ er nur zu gelegentlichen Reisen nach Boston, New York und anderen Brennpunkten männlichen Lasters, um mit Joshua und ein paar ausgewählten Sparringspartnern bei Schaukämpfen für die Freunde des Boxsports aufzutreten. Er wurde überall als Held gefeiert und ließ es sich gern gefallen. In New York indes (so hat er Joshua einmal anvertraut) fühlte er sich allem nah, was ihn dort umgab: dem wimmelnden Irenmob, den irischen Radikalen, den Politikern, Spielern, Raufbolden, Säufern und, oh, all den herrlichen Frauen.

John behauptete stets, er habe sich seiner Nase zuliebe zurückgezogen. «Keine vernünftige Frau», sagte er, «will einen Mann mit 'ner Nase, die doppelt so platt ist wie lang und ihm in zwei oder drei verschiedenen Richtungen aus dem Gesicht wächst.»

Die Fähigkeit unseres Helden, die Aufmerksamkeit und Loyalität anderer Männer zu gewinnen, sowie die Magie seines Namens und seiner Fäuste brachten die Politiker der Demokratischen Partei in Manhattan darauf, sich die Gunst des Augenblicks zunutze zu machen. Also beauftragten sie John, ein paar Burschen zusammenzutrommeln und ihnen die von den Politikern der Nativisten-Fraktion gedungenen Banden vom Leib zu halten, deren bösartigste und meistgefürchtete Bill (der Metzger) Platt anführte. Dessen Methode war an Direktheit nicht zu überbieten: die Wahllokale der Demokraten-Hochburgen stürmen und die Urnen zerschlagen. Doch schuf der neuerdings gefürchtete John McGee hier Ausgleich und erbrachte durch den Einsatz von nackten Fäusten, Knüppeln und Wurfgeschossen den Beweis, daß die demokratischen Kandidaten sich in der Mehrzahl besser für die öffentlichen Ämter der großen Stadt eigneten.

Als Lohn für sein erfolgreiches Wirken gestand man John das Recht zu, ein illegales Spiellokal aufzumachen, und versicherte ihm, er habe, solange es aufrechte Demokratenrichter gebe, vom Arm des Gesetzes nichts zu befürchten. Bescheiden begann er seine Karriere mit drei Pharo-Tischen: etwas für Spieler mit wenig Geld in der Tasche. Die Grenzen dieses Arrangements erkennend, überredete John Männer mit Weitblick, ihn bei seinem beruflichen Fortkommen zu unterstützen, und nannte nach einigen Jahren sechzehn Spielhöllen sein eigen, einschließlich der luxuriösesten von ganz New York, ein Sandsteinhaus in der 24. Straße, aufs vornehmste eingerichtet (Geschmack daran hatte John in den herrschaftlichen Häusern von Hillegond und Obadja gefunden), mit verschwenderischen Speise- und unerschöpflichen Alkoholvorräten sowie einem Dutzend Pharo-Tischen, zwei Roulettekesseln und privaten Pokersalons ausgestattet, in denen John gelegentlich, wenn er Lust dazu hatte oder sich einer Herausforderung stellte, für das Haus spielte.

Ich habe aus Johns Mund nie ein Wort zugunsten der Sklaven oder gegen die Sklaverei vernommen, doch als er es zu etwas brachte, da ging es auch mit Joshua aufwärts, der als Mick die Ratte für ihn tätig war, erst als Sparringspartner, dann als Türsteher in seiner eleganten Spielhölle und schließlich als gewieftester aller Kartengeber beim Pharo, wo er mit behenden Fingern die betuchten Männer rupfte, die sich in Johns feudalem Etablissement ein Stelldichein gaben. Diese Arbeit übte Joshua aus, sooft er konnte; mehr als die Hälfte seiner Zeit indessen verbrachte er als Weichensteller der Underground Railroad. Bis zum Ausbruch des Krieges hatte er mehr als 400 entflohene Sklaven auf diesem Netz geheimer Pfade dem Polarstern entgegengeführt. Und er besaß, einen Straßenblock entfernt von Johns Pharo-Palast in der Barclay Street, seine eigene Lotterieannahme, wo vier befreite Sklaven für ihn Lose verhökerten.

Als ich nach New York umsiedelte, war ich eine geraume Zeitlang mit Joshua zusammen. Nach meinem Bruch mit Maud an jenem unangenehmen Abend in ihrer Garderobe hatte ich auf einmal das Gefühl, in Albany zu ersticken. Es war 1858, und ich hatte meine journalistischen Fertigkeiten so weit geschliffen, daß ich mir dachte, ich könnte als Freischaffender arbeiten. Will Canaday versprach, alles zu drucken, was ich schrieb, und ich nahm Verbindung mit anderen Redakteuren auf und begann in New York City zu leben. Mein Ziel war es, für Horace Greeleys *Tribune* tätig zu werden, da mir die Prinzipien dieses Mannes ebenso ehrenwert erschienen wie Will Canadays, und nach einer gewissen Zeit brachte ich den Mut auf, mit meinen Arbeitsproben in seinem Büro vorzusprechen.

«Euer Groll ist bewundernswert», sagte er zu mir, und so begann ich für die größte Tageszeitung der Metropole zu arbeiten. Anfangs beschränkte ich mich auf das, womit ich mich auskannte: etwa auf ein Interview mit John McGee und Reminiszenzen an seine Zeit als Boxer. Und ich machte mir Johns Verbindungen zunutze, um Zugang zu den von Iren beherrschten Banden (den Dead Rabbits und den Plug Uglies) in dem Five Points genannten Areal zu finden und über ihre fortwährende Fehde mit den Nativisten-Gangs (den American Guards und den Bowery Boys) zu schreiben. Dieser Bandenkrieg war ein fester Bestandteil des Stadtlebens; zu gewissen Zeiten gingen 800 bis 1000 junge Männer auf den Straßen aufeinander los, ohne daß die Polizei in der Lage gewesen wäre, dem blutigen Treiben Einhalt zu gebieten.

Ich berichtete auch über Joshua und seine ehemaligen Sklaven, ohne jedoch ihre Identität preiszugeben. Ich veröffentlichte die Geschichten so, wie ich sie aus Joshuas Mund vernahm:

Ein Sklave namens Bandy versuchte zu fliehen, und der Master zerschnitt ihm die Füße.

Eine Sklavin namens Mandy verlor beim Pflügen die Pflugeisen, und der Master band sie an einen Baum und peitschte sie aus, bis ihr das Blut über die Füße rann.

Ein Sklave namens Julius wurde übel ausgepeitscht, weil er seinen Master mit «Mister» angesprochen hatte.

Ein Sklave namens Pompey arbeitete für einen Mann, dessen Frau jeden Nigger ausgepeitscht sehen wollte, der ihr unter die Augen kam.

Ein Sklave namens George hatte einen Master, der sich in der Stadt über etwas ärgerte, betrunken nach Hause kam und George eine Kugel in den Fuß schoß.

Ein Sklave namens Abram wurde alt und war nicht mehr zu gebrauchen, aber der Master holte keinen Doktor. «Soll er sterben», sagte der Master, und der alte Mann starb mit Würmern in den Beinen.

Ein Sklave namens Hanson hatte einen so gemeinen Master, daß er sich über zweihundert Peitschenhiebe noch freuen konnte.

Ein Sklave namens Darius ernährte sich ein ganzes Jahr lang von nichts anderem als Maisbrot und Brühe von gekochtem Schweinefleisch.

Ein Sklave namens Adam lief davon, und sie fingen ihn ein, banden ihn auf dem Boden fest und peitschten ihn zu Tode.

Eine Sklavin namens Caroline mußte Lasten einen Hügel raufschleppen, fiel hin, stand auf und eilte weiter, und der Master peitschte sie mit den Worten aus: «Wieso kommst du nicht schneller den Hügel hinauf?»

Ein Sklave namens Tucker wurde bestraft, weil er abends eine Kirchenversammlung besucht hatte. Am nächsten Morgen rief ihn der Master herein und schlug ihm den Griff des Ochsenziemers über den Kopf, nahm seinen Hinterlader und schlug Tucker mit dem Verschlußstück auf den Kopf, nahm die Feuerzange und schlug sie Tucker auf den Kopf, nahm die Kehrschippe und schlug sie Tucker auf den Kopf; als Tucker dann hinauswollte, nahm der Master sein Messer und zog Tucker die Schneide übern Bauch und schlug ihm mit dem Messer auf den Kopf. Tucker entkam, hielt mit der Hand sein Gedärm fest und lief und lief sechzehn Meilen weit, fand einen Doktor und war fünf Tage lang dem Tode nahe, ist aber nicht gestorben.

So schrieb es Quinn.

Wie aus dem Ei gepellt saß Quinn in dem neuen Hemd, dem dunkelblauen Anzug (dem einzigen, den er besaß) und dem Schlapphut auf dem Haarschnitt vom Tag zuvor in einem der hundert oder mehr Schaukelstühle auf der belebten, zweihundertfünfzig Fuß breiten Veranda des United States Hotel, hatte die Morgenzeitung Saratogas vom heutigen 3. August 1864 im Schoß und las einen aus der *Tribune* nachgedruckten Bericht über die kürzlich ausgefochtene Schlacht um Atlanta, für die Rebellen die katastrophalste des ganzen Krieges: Shermans Armee hatte ein ungeheures Gemetzel angerichtet. Quinn las auch den Brief, den man bei einem von Grant gefangengenommenen konföderierten Soldaten gefunden hatte. Der Brief stammte von dessen Bruder, einem Rebellenoffizier, der folgendes schrieb: «Die Eroberung von Vicksburg und die Gefangennahme unserer Armee im vergangenen Jahr haben sich für unsere Sache als fatal erwiesen. Wir haben zu hoch gepokert. Sobald ich ausgetauscht werde, werde ich der Konföderation und unserer Sache den Rücken kehren und nach Europa gehen.» Und unter der Schlagzeile «Demokratischer Patriotismus» las Quinn: «Die Führer der Demokraten haben sich gegen den Einsatz von Negertruppen gewehrt, weil dies den Anschein erwecke, als seien die Weißen aus dem Norden nicht in der Lage, die Weißen aus dem Süden zu bezwingen. Das hat die Aushebung vieler tausend Negersoldaten verhindert. Doch wenn die Regierung dann weiße Männer auszuheben gedenkt, erheben sich dieselben Demokraten, um dies zu vereiteln, und stacheln sogar den Mob auf der Straße dagegen auf. Sie wollen die Neger nicht in den Krieg ziehen lassen, sie wollen selbst nicht ins Feld, und sie behaupten, Patrioten zu sein!»

Quinn spürte, daß wieder die alte Wut und Verzweiflung in ihm aufstiegen, legte die Zeitung beiseite und beobachtete die Ankunft von vier Personen, einem wohlhabenden Elternpaar mit zwei erwachsenen Töchtern, zwei verhätschelten Schönheiten, wie es schien. Ihre Kutsche hielt an der Hoteltreppe, und sogleich kamen vier junge Schwarze die Stufen herab. Einer war den Frauen beim Aussteigen behilflich, zwei kümmerten sich um das viele Gepäck, indes der vierte mit einem Kleiderbesen allen den Reisestaub von den Schultern kehrte.

Quinn, der andere Schwarze regelmäßig mit Joshuas kühnem Antlitz ausstaffierte, merkte, daß es ihm hier nicht gelingen wollte. Er konnte sich nicht vorstellen, daß Joshua jemals auch nur zu einem Hauch von offenkundiger Unterwürfigkeit fähig gewesen wäre, wenngleich er sich oft genug als Diener verdingt hatte. Wie hatte der Mann das vermieden? Es gab ein Porträt von ihm, gemalt von einem in Johns Spielkasino verkehrenden Maler, nach Meinung des Künstlers ein wirklichkeitsgetreues Abbild Joshuas: Er steht in seinem weißen Türsteher-Jackett vor einer Wand und lauscht der Musik, die im Nebenraum für Johns Dinnergäste gespielt wird. Ein Lächeln liegt auf seinem Gesicht, ein gütiger und umgänglicher Reflex auf die Musik, in dem die Einfachheit der schwarzen Seele zutage tritt, die sich so gern einlullen läßt, sich so im Einklang befindet mit den lieblichen Harmonien von Oboe und Violine.

Doch wenn Joshuas Lächeln auf diesem Gemälde überhaupt etwas aussagt, so bemäntelt es hinter einer Maske der Verstellung seine Erkenntnis, daß alles, was in dieser Musik mitschwingt, das genaue Gegenteil seiner selbst darstellt, und daß er den Rassenfeind besser durchschaut, weil er inmitten des privilegierten Publikums an dessen Vergnügen teilhat. Ich habe mir nie angemaßt, Joshua wirklich zu verstehen, doch gewisse Dinge sind so offenkundig, daß selbst die allergrößten Ignoranten sich eine Meinung bilden dürfen, und darum behaupte ich, daß Joshua nichts hinzog zu dieser Veranda, auf der ich saß, nichts hinzog zu der Fülle von Schrankkoffern, die vom Dach der Kutsche gewuchtet wurden, daß er keine Sehnsucht verspürte, an der Parade von Wichtigtuern und Hyänen teilzunehmen, die in den feudalen Foyers, Salons und Zimmerfluchten dieses labyrinthischen Hotels oder auf den herausgeputzten Straßen der Altstadt auf und ab stolzierten, daß er nicht nur kein Verlangen hatte, derartigen Prunk zu besitzen oder von ihm besessen zu sein, sondern daß er ihn verachtete, weil er weit entfernt war von der Wirklichkeit, zu der es ihn hinzog: jener grundbesitzlosen, kargen Freiheit, die auf das neue, elementare Siegesgefühl folgte, das sich nach der Abschaffung der Sklaverei eingestellt hatte.

Ich war Joshua in New York begegnet, kurz nachdem John entdeckt hatte, daß Limerick verschwunden war, dieser reinrassige irische Setter, für den er 8000 Dollar hingeblättert hatte, um in aller Öffentlichkeit seine Verachtung für die Armut seines früheren Lebens kundzutun. Der Hund war in der ganzen Stadt bekannt und wurde in den Klatschspalten der Zeitungen als Glückshund gepriesen, nicht weil er der Hund eines wohlhabenden Boxweltmeisters war, sondern weil mehr als nur eine Handvoll Spieler, nachdem sie ihm den Kopf gekrault hatten, an Johns Pharo-Tischen dem Ruin ins Auge sahen und trotzdem erstaunliche Gewinne einsackten. Die Geschichte war natürlich eine Erfindung John McGees.

Als John bemerkte, daß der Hund nicht mehr im Hause war, bahnte sich eine Krise an, die ganz Manhattan bis in die Grundfesten erschütterte. John schickte seine Leute los, um die Straßen nach ihm abzusuchen, und entsandte Joshua zum städtischen Hundezwinger der Polizei, ein dringlicher Auftrag, denn streunende Hunde ohne Maulkorb wurden täglich bei Sonnenaufgang vergiftet und um die Mittagszeit zur Müllkippe gekarrt, und die Besitzer, sofern man sie ermitteln konnte, zu fünf Dollar Geldstrafe verdonnert, weil sie in den tollwutgefährlichen Sommermonaten einen unbeaufsichtigten Köter frei herumlaufen ließen. Und wir hatten Mitte Juli. Ich traf Joshua auf der Straße, und als wir zusammen dahinschlenderten, erfuhr ich von der drohenden Tragödie.

«Der verdammte Hund weiß gar nicht, wie gut er's hat», sagte Joshua.

«Ist er schon einmal weggelaufen?»

«Versucht hat er's. Scheint, als sehnte er sich nach der Straße, dieser Hund. Das ist kein Haushund.»

«Vielleicht haben sie ihn schon vergiftet.»

«Kann sein», sagte Joshua. «Dann ist die Hölle los. John wird jeden Cop zur Schnecke machen, der ihm seinen Hund vergiftet.»

Die Hundevergifter legten eben eine Pause ein, als wir zu dem ehemaligen Lagerhaus kamen, einem Bau aus bröckelndem Mauerwerk, rohen Latten und Maschendraht, in dem sie ein wenig außer Hörweite des jämmerlichen Gekläffs der Todgeweihten saßen, das hinter einer hölzernen Trennwand erscholl. Wir wandten uns an den aufsichtführenden Sergeanten, trugen unseren Fall vor und wurden dann von einem ranglosen Lakaien zu dem Drahtkäfig geführt, in dem zwei Dutzend Hunde, zumeist räudige Bastarde, aber auch ein Foxterrier, ein Schlittenhund, ein Bullterrier und ein Collie wie toll gegen den Draht sprangen und uns anbellten. Limerick war unter ihnen und plötzlich außer sich vor Freude, als er Joshua erkannte.

«Was kostet es, diesen roten Hund dort rauszuholen?» fragte Joshua den Lakaien.

«Einen Dollar, aber ohne Maulkorb dürft Ihr ihn nicht mitnehmen.»

«Habt Ihr einen Maulkorb? Ich kauf ihn Euch ab.»

«Mnja.»

«Wie teuer?»

«Einen Dollar.»

Joshua zählte die Hunde im Zwinger.

«Habt Ihr sechsundzwanzig Maulkörbe?»

«Ja. Ich hab so an die hundert.»

«Dann ziehn wir diesen Hunden da Maulkörbe über und nehmen sie alle mit.»

«Sämtliche Hunde?»

«Habt Ihr was dagegen?»

«Was wollt Ihr mit sechsundzwanzig Hunden?»

«'n Hundeheim aufmachen.»

Joshua zog ein Bündel Geldscheine aus der Tasche, um zu beweisen, daß er es ernst meinte. Dann legten wir den Hunden die Maulkörbe an, und draußen ließen wir sie laufen. Mit etwas Glück würden sie es schaffen, sich des Maulkorbs zu entledigen, ehe sie verhungerten. Ihrem Schicksal, bei Sonnenaufgang vergiftet zu werden, waren sie jedenfalls entronnen.

Punkt elf, genau zur verabredeten Stunde, trafen Gordon und Maud auf der Hotelveranda ein, Maud in einer rosafarbenen Bluse mit passendem Seidenschal und einem weiten Rock mit einer Schleppe, das schimmernde Haar in großen, offenen Locken. Gordon, der zielbewußt neben ihr einherschritt, sah so glänzend frisch aus mit seiner gestärkten Krawatte, dem gelbbraunen Leinenhemd, seinem Frack und den neuen braunen Stiefeln, daß Quinn das Gefühl beschlich, er müsse in sein Zimmer hinaufgehen und passendere Kleider anlegen. Da er keine hatte, ärgerte er sich über diesen Gedanken und schwor, sich ordentlich gehenzulassen, noch ehe der Nachmittag vorüber war.

«Ah, Ihr habt die Zeitung», sagte Gordon. «Ich hörte, da steht was drin, was ich unbedingt lesen muß.»

Quinn reichte ihm das Morgenblatt, und Gordon setzte sich in einen Schaukelstuhl und vertiefte sich darin.

«Du schaust ja aus wie ein Rosenbukett», sagte Quinn zu Maud.

«Wie poetisch von dir, Daniel.»

«Was hast du heute für mich in petto?»

«Etwas, das du dir gar nicht vorstellen kannst.»

«Es gibt nichts, was ich mir nicht vorstellen könnte», sagte Quinn.

«Am Eröffnungstag einer neuen Rennbahn weiß man doch gar nicht, was einen alles erwartet.»

«Ich dachte, du hättest vielleicht etwas Exotischeres im Sinn.»

«Zwei alte Freunde von dir, John McGee und Magdalena, werden auch zugegen sein. Und die sind auf ihre Art doch recht exotisch, meinst du nicht?»

«Du nimmst mich auf den Arm.»

«Vielleicht später», sagte Maud. «Findest du, daß Saratoga sich verändert hat?»

«Überlaufener, mehr Geld, mehr Hotels, mehr Frauen.»

«Du warst also damit beschäftigt, dir die Frauen anzuschauen.»

«Das scheint das Naheliegende zu sein, wenn man hier auf dieser Veranda sitzt. Zweifelsohne kommen sie her, um sich anschauen zu lassen.»

«Gefällt dir mein neues Kleid? Es hat die gleiche Farbe wie dasjenige, das ich trug, als wir uns kennenlernten.»

«Sehr nostalgisch von dir, meine Liebe.»

«Nostalgisch zu sein ist nicht meine Absicht», sagte Maud.

«Widerwärtig», sagte Gordon und raschelte mit seiner Zeitung. «Ein Brief. Es geht darin um deine Tante.»

«Was könnte man über sie sagen, was nicht schon hundertmal gesagt wurde?» fragte Maud.

«Es ist eine unverhüllte Drohung, wegen ihres Festes heute abend», sagte Gordon. Er hielt ihnen die Zeitung unter die Nase, und gemeinsam lasen sie den Brief:

> Werter Herausgeber! Ich möchte einer gewissen ehemaligen Theaterschauspielerin fortgeschrittenen Alters raten, heute genau auf Offenbarungen zu achten, die ihr deutlich machen könnten, was sie und ihresgleichen den Einwohnern dieser Stadt bedeuten. Wir, die wir versuchen, die Sitten in Saratoga auf einem angemessenen Niveau zu halten, sind entsetzt über die Schande, die sie unseren Kreisen mit ihren lächerlichen gesellschaftlichen Ambitionen zufügt. Wir schlagen vor, sie möge sobald wie möglich über die Grenzen unserer Stadt verschwinden und uns von den widerlichen Erinnerungen an ihr skandalöses Leben befreien. Kurtisanen gehören zur niedersten Gattung der Säugetiere, und schauspielernde Kurtisanen, die ihre Beine zur Erbauung des Pöbels schwingen, sind eine Plage für unsere Gemeinde.
>
> Purity Knickerbocker
> (im Namen zahlloser Gleichgesinnter)

Quinn, der den Brief und Gordons Bemerkung darauf gleichermaßen einfältig und bedrückend fand, ließ den Blick über den Rest der Seite schweifen, entdeckte eine Reklame für Haschisch-Candy, das anregende Konfekt: ruft unnachahmliche geistige Munterkeit hervor. Und (ihm fielen Magdalenas fünf Abtreibungen ein) einen Gruß der Medizin an die Damen Amerikas: «Lyons Periodentropfen! Das hervorragende Heilmittel für die Frau! Aber Vorsicht!!! Dr. Lyon garantiert die Wirkung seiner Tropfen bei ausbleibender Menses, doch sollte deren Ausbleiben schwangerschaftsbedingt sein, führt ihre Einnahme mit Sicherheit zur Fehlgeburt, in welchem Falle Dr. Lyon keine Verantwortung übernimmt. MAN BEDENKE DIES RECHTZEITIG».

«Diese Art von Zuschrift ist etwas ganz Alltägliches», sagte Quinn, «nichts weiter als ordinäre Mißgunst. Ihr werdet Euch doch von so etwas nicht ins Bockshorn jagen lassen. Es hat nicht mehr Gewicht als all diese frivolen Anzeigen da.»

«Leicht gesagt», meinte Gordon, «aber hier wird doch eine Warnung ausgesprochen, als stünde etwas zu befürchten. Man wird gewiß versuchen, ihr das Geburtstagsfest zu verderben.»

«Ich bin sicher, Magdalena kann auf sich selbst aufpassen», sagte Maud. «Sie ist in solchen Dingen so unverwüstlich wie die *Monitor*.»

«Aber sie hat ein schwaches Herz. Das weißt du doch», sagte Gordon.

«Was ist mit ihrem Herzen?» fragte Quinn.

«Seit etwa einem halben Jahr hat sie Beschwerden. Sie ist zweimal zusammengebrochen, doch sie läßt sich ärztlich behandeln», sagte Maud.

«Ich mache mir Sorgen, daß sie bei dieser Sache zu Schaden kommen könnte, ganz gleich, was die im Schilde führen», sagte Gordon.

«Wird sie sich hier zu uns gesellen?» fragte Quinn.

«Wir werden sie und Obadja auf der Rennbahn treffen», sagte Gordon.

«Sie hat sich ihre Schönheit bewahrt?» fragte Quinn.

«Und ihre Figur», sagte Maud.

«Ausgezeichnet. Sie ist einer von unseren nationalen Schätzen.»

«Da gebe ich Euch völlig recht.»

«Das tut Ihr?» fragte Quinn. «Das hätte ich nicht von Euch erwartet.»

«Ich wüßte nicht, warum. Ich habe die ganze Familie gern.»

«Ich ebenso», sagte Quinn, und er beugte sich vor und küßte Maud auf den Mund.

«Ich finde, jetzt werdet Ihr aber ein bißchen vertraulich», sagte Gordon.

«Mit Recht», sagte Quinn. «Ich bin weit und für immer übers Vertrauliche hinaus, zudem bin ich unwiderruflich in Maud verliebt und habe vor, sie zu entführen.»

Gordon brach in ein solches Gelächter aus, daß ihm der Zylinderhut vom Kopf fiel.

«Wie herrlich», sagte er. «Ihr redet so wunderbar, wie Ihr schreibt. War das nicht herrlich, Maud?»

«Es war herrlich», sagte Maud.

«Du weißt natürlich, daß ich es ernst meine», sagte Quinn.

«Natürlich tust du das», sagte Maud.

«Hat Maud Euch je darum gebeten, sie zu entführen?» fragte Quinn.

«Nicht daß ich wüßte», sagte Gordon.

«Gut. Mich bat sie darum, doch war ich der Sache nie so ganz gewachsen und sie ein unschlüssiges Opfer. Nun indes habe ich beschlossen, mit ihr in die Nacht zu entschwinden, sie aus der Knechtschaft von Geld, Macht und Berühmtheit zu befreien und ihrer Seele erregende Dinge anzutun. Würde dir das gefallen, Maud?»

«Ich glaube nicht, daß du auf diese Frage antworten solltest», sagte Gordon.

«Ich habe nicht vor, sie zu beantworten», sagte Maud.

«Ich finde, sie ist ziemlich beleidigend», sagte Gordon.

«Liebe ist nie beleidigend», sagte Maud. «Reden wir nicht mehr davon.»

«Ich weiß nicht, ob mir deine Haltung gefällt», sagte Gordon.

«Oh, sie gefällt dir, sie gefällt dir», sagte Maud.

«Da bin ich mir nicht sicher.»

«Fahren wir nun zur Rennbahn oder nicht?» sagte Quinn.

«Wir fahren», sagte Maud.

«Nachdem ich meine Liebe zu dir gestanden habe, bin ich da noch willkommen, oder soll ich mir eine eigene Droschke nehmen?»

«Oh, Daniel, sei kein doppelter Flegel», sagte Maud.

In diesem Augenblick steigt unser Trio die Stufen der Veranda herab und nimmt Platz in Gordons stattlichem, von einem Paar Grauer gezogenen Landauer, um sich sodann notgedrungen in ein Steinchen des bewegten Mosaiks zu verwandeln, das Saratoga zu dieser Stunde ist. Der Landauer reiht sich ein in die Schlange, die sich eine halbe Meile weit von der Frontseite des Hotels am Broadway unter den Ulmen der Union Avenue entlang bis zum Gelände der neuen Rennbahn hinzieht. An den Kutschen lassen sich Strebsamkeit und Erfolg, fehlgeschlagene Träume, Handwerkskunst, gesellschaftliche Auswüchse, tonangebender Geschmack, fortschrittliche und rückwärtsgewandte Gestaltung, Liebe zur Phantasie, alberne Anmaßung und anderes mehr studieren. Sie sind Amerikas buntes Narrenkleid und befördern Bürger mit einem Sinn für Abwechslungsreichtum, Bürger einer Nation, die sich im Krieg befindet und sich der Kurzweil hingibt. Quinn, der sich darüber im klaren ist, daß die Unionstruppen an jedem Tag des Krieges 500 Pferde verbrauchen, erfaßt eine beunruhigende Freude darüber, an diesem pferde- und abwechslungsreichen Treiben teilhaben zu dürfen. Im Kummer seiner Einsamkeit und nach Sinn darbend, der nicht durch Blut geweiht ist, schließt er dieses bunte Volk ins Herz. Ehe sich der Tag seinem Ende zuneigt, wird Quinn unter denen, die hier auf dem Weg zum Rennplatz sind, die folgenden beobachten, mit ihnen ins Gespräch kommen oder Freundschaft schließen:

Price McGrady, Johns Partner aus New York City, ein Pharo-Geber von solchem Ruf, daß John ihm pro Monat 4500 Dollar plus 15 Prozent von den Einnahmen des Hauses an sämtlichen Pharo-Tischen zahlt, der hier jetzt in seinem Surrey mit dem fransengesäumten Verdeck neben seiner Auserwählten des Tages sitzt, in der Erwartung, sein Pferd, Tipperary Birdcatcher, werde das Hauptrennen gewinnen, oder, falls nicht, wird er auch dies in Kauf und beides zum Anlaß nehmen, sich in der Ekstase zu üben;

das Ehepaar Wilmot Bayard aus der Fifth Avenue, er ein Reiter und Segler, der wie John McGee sein Kapital in die Rennbahn investiert hat, Besitzer von Barrister, der im Hauptrennen laufen wird. Bayard, eine der glänzendsten Erscheinungen in der Parade, fährt einen in Frankreich gebauten, von acht Pferden gezogenen Landauer, überwacht von einem Paar Vorreiter, die Seidenblusen in den Farben des Bayard-Stalles tragen, Gold und Grün, die Farben des Geldes;

Lord Cecil Glastonbury aus Ottawa, der Eisenmagnat (und Konföderierten-Sympathisant), in einem weinroten, viersitzigen Brougham, er der Besitzer von Royal Traveler, dem Favoriten des heutigen Hauptrennens;

Jim Fisk, der Börsenspekulant und Finanzhai, in einer sechssitzigen geschlossenen Karosse, dem – sieht man von den Pferdeomnibussen der Hotels ab – größten Gefährt in der ganzen Parade, in dem der Hai fünf anschmiegsame Frauen befördert, diese sechs von sechs Pferden gezogen und einer deutschen Marschkapelle folgend, die Fisk eigens verpflichtet hat, damit sie ihn in dieser Woche bei jeder Ausfahrt begleitet;

Colonel Wally Standish von den 104th Regulars, der allein in seinem Kabriolett sitzt und damit beweist, daß die Verwundung, die er sich beim zweiten Manassas-Feldzug zuzog, ihm zwar einen steifen linken Arm beschert hat, daß sein rechter indessen noch immer kräftig genug ist, um seine lebhafte rotbraune Stute im Zaum zu halten;

Magdalena Colón und Obadja Griswold, er der Wagenbauer und John McGees wichtigster Partner beim Bau der Rennbahn; nach ihm ist das Hauptrennen des Tages um den Griswold-Preis benannt. Dieses bemerkenswerte Paar fährt in Magdalenas Landaulett mit zurückgeklapptem Lederverdeck, und sie lenkt das Gefährt, das als Saratogas teuerster Zweisitzer gilt: Obadjas Meisterwerk, mit vergoldetem Rokokodekor,

Türen aus poliertem Ebenholz, in das beidseits Magdalenas Initialen in weißem italienischen Marmor eingelegt sind. Sie und Obadja stellen sich allen zur Schau, an denen sie vorüberfahren, er ganz in Weiß, einschließlich weißem Stock und weißem Strohhut, sie in einem Sommerkleid aus grauem Foulard mit blauen Samtknöpfen, das Oberteil eine Kreation im Postillonstil mit dreigeteiltem Schoß, nach der neuen Mode, wie sie von jungen Frauen mit schlanker Figur bevorzugt wird; an der rechten Seite ihres Strohhuts ragt die flaumige, stets andersfarbige Feder empor – heute in Grau –, die sie seit ihrer Rettung aus dem tosenden Fluß stolz als Zeichen ihrer Auferweckung zur Schau trägt und an der man sie, ob in der Saison oder außerhalb, unter sämtlichen Frauen Saratogas auf Anhieb herauskennt.

Den Zug vervollständigen in diversen Buggys, Phaetons, Chaisen, Coupés und Triumphwagen Bankiers, Soldaten und Politiker, Farmer aus Kansas und Anwälte aus Boston, Literaten aus Philadelphia und Schauspieler aus Albany, lasterhafte Subjekte mit gefärbten Locken und eng geschnürte Witwen, denen jeder Atemzug schwerfällt, junge Frauen mit grazilen Armen und Schmollmund, deren Hauptsorge der Angemessenheit ihrer *botteries* und *chausseries* gilt, gichtkranke Sünder und kokette Diakone sowie korpulente Frauen mit ebensolchen Töchtern, die wie stets den Tag in der Hoffnung beginnen, heute dem bedeutenden Fremden zu begegnen, dem sie endlich das Opfer ihrer Jungfräulichkeit werden darbringen dürfen – sie und fünftausend weitere von nicht zu kategorisierender Art bewegen sich Zentimeter um Zentimeter voran am strahlendsten aller Vormittage, der sonnenhellen, himmlischen Verheißung Saratogascher Lebenskunst entgegen.

Eine Viertelmeile vor der Rennbahn kreuzte die endlose Reihe der Kutschen einen Zug Schwarzer, die zur Begleitung ihrer eigenen Marschkapelle sangen; ihr Gesang war volltönend und lebendig, die Musik mitreißend und der Zug auf dem Weg zu einer Feier (mit Gesang, Ansprachen und Gebeten, wie ich der morgigen Zeitung entnehmen sollte) anläßlich der Sklaven-Emanzipation in den rebellierenden Staaten der Amerikanischen Union und auch zum Gedenken an das dreißigjährige Jubiläum der Abschaffung der Sklaverei in Britisch-Westindien. Die Marschierenden sangen folgendes:

Muß nicht mehr im Maisfeld schuften, das ist jetzt vorbei, vorbei;
Muß nicht mehr im Maisfeld schuften, zu viele gingen drauf dabei.
Keine Hiebe mehr vom Schinder, das ist jetzt vorbei, vorbei;
Keine Hiebe mehr vom Schinder, zu viele gingen drauf dabei.

Mir fiel auf, daß die Gesichter der marschierenden Schwarzen wie stets Joshuas Antlitz und seine zahllosen Masken der Macht vor mir aufscheinen ließen.

Sobald wir in Sichtweite des Rennbahnportals kamen, wo die Passagiere samt und sonders aus den Kutschen stiegen, erblickte ich John McGee. Hier, blühender und gesünder als ich ihn je gesehen hatte, stattlich in gestärktes weißes Leinen, feinen Wollstoff und schwarze Lackstiefel gekleidet, der kohlrabenschwarze Vollbart makellos getrimmt, stand der schreckliche Gott des Wassers und der Pferde und wachte am Portal wie der dreiköpfige Hund am Hades. Er schien in der Tat drei Köpfe zu besitzen, so beschäftigt war er damit, die Gäste zu begrüßen und dabei die Spreu vom Weizen zu trennen. Jeweils bis zu sechs Personen auf einmal versuchten durchs Tor zur eigentlichen Rennbahn zu gelangen, und John kannte viele von ihnen beim Namen. Er gab einen ununterbrochenen Monolog von sich:

«Ah, da seid Ihr ja, Mrs. Woolsey, herrlicher Tag für ein Rennen... Mr. Travers, Euer Onkel ist einen Stock höher... Augenblick mal, Dimpy, Falschspieler können wir heut nicht gebrauchen (und mit einem unsanften Griff an Dimpys Ärmel beförderte John den Mann dorthin zurück, woher er gekommen war) ... Und auch keine von deiner Sorte, Darling (sanft ein aufgedonnertes Püppchen abweisend) ... Ah, heut nachmittag werden wir uns alle miteinander amüsieren, was, Henry? ... Und willkommen, Mrs. Fitz, wie geht's der Mutter? ... Du hast einen Begleiter, ja, Margie? Nun, meinetwegen – aber wenn ich dich mit den Fingern in andrer Leute Taschen ertappe, gerb ich dir das Fell und reiß dir dein Kleid in Fetzen... Das Pferd Eures Vetters hat beim Morgentraining eine blendende Figur gemacht, Mrs. Riley, und wenn ich Ihr wäre, dann würde ich beim Toto auf kein andres setzen... Werft den Ganoven dort raus...» Und so fort.

John überließ das Aussortieren der Unerwünschten zwei stämmigen Genossen und kam uns begrüßen; er schüttelte mir kraftvoll die Hand, legte Gordon seine Pranken auf die Schultern und küßte dann Maud mit zärtlicher Zuneigung die Hand.

«Ah, Maudchen, es gibt schlimme Neuigkeiten.»

«Magdalena?»

«Über die gibt's nichts Neues, außer daß sie ein Jahr älter ist. Es handelt sich um Warrior. Man hat ihm Gift gegeben.»

«Neiiin», stöhnte Maud, und sie sank so jäh in sich zusammen, daß ich sie aus Angst, sie werde umfallen, am Arm festhielt.

«Man hat einen Apfel ausgehöhlt, ihn mit Opium gefüllt und ihn ihm zu fressen gegeben. Doch der Geschmack war ihm wohl zuwider, und er hat ihn ausgespuckt. Wir glauben nicht, daß er dabei zu Schaden gekommen ist.»

«Wer war es?»

«Ach je», sagte John, «ich möchte niemanden beschuldigen. Doch ich mach mir so meine Gedanken.»

«Ich will zu ihm», sagte Maud.

«Das hab ich mir gedacht.»

Also nahm John Maud bei der Hand, brachte uns zu seiner Kutsche und dann zur Trainingsbahn auf der anderen Straßenseite, wo Blue Grass Warrior eben von einer letzten Runde zurückkehrte, als wir dort eintrafen. Der Jockey, ein Schwarzer von etwa sechzehn Jahren, kam auf uns zugeritten, und als John die Zügel ergriff, stieg er ab. Maud streichelte das schweißtriefende Pferd.

«Geht's dir gut, Baby?» fragte Maud den Hengst, und der neigte den Kopf.

«Es geht ihm glänzend», sagte der Jockey.

«Ich möchte jeden mit der Reitpeitsche züchtigen, der so einem schönen Tier ein Leid zufügt», sagte Maud.

«Eine Gemeinheit», sagte Gordon.

Nach einer Weile hatte sich Maud beruhigt, worauf wir mit Warrior zu den Ställen gingen und zusahen, wie andere Pferde, umringt von schwarzen Stallknechten, von Jockeys und Trainern, auf das Ereignis vorbereitet wurden. Wir sahen uns zwei von Warriors Konkurrenten aus der Nähe an: Tipperary Birdcatcher, den sich Price McGrady kürzlich nach einem besonders gewinnträchtigen Monat an den Pharo-Tischen zugelegt hatte, ein grauer Junghengst aus dem Gestüt der Dwyer Brothers in Pennsylvania, zweier bekannter Spieler und Pferdezüchter; und Comfort, ein junger Brauner, der Brad und Phoebe Strong aus Slingerlands, einem Vorort Albanys, gehörte, sie eine frühere Fitzgibbon (eine Base Gordons) und eine unverbesserliche Zankhexe.

Meinem ungeschulten Blick erschienen beide Pferde als prachtvolle Tiere, denn meine Kenntnisse über Pferde bewegten sich nur auf der allgemeinsten und praktischsten Ebene und ließen insbesondere zu wünschen übrig, was Vollblüter anging – eine Feststellung, die sich auf mein ganzes Leben hätte anwenden lassen: er kannte sich im allgemeinen aus, in Einzelheiten war er nicht bewandert.

Wir verabschiedeten uns von Warrior, und im Glauben, es bringe Glück, strich ich ihm mit der Hand über die rautenförmige Blesse zwischen den Augen. Anschließend nahm John uns mit zu einem kurzen Rundgang über seine Rennbahn, führte uns in Richtung des eingezäunten Areals, wo wir unsere Einsätze beim Toto machen konnten, vorbei an den zahlreichen Empfangsräumen und Saloons, wo Getränke, Schnellgerichte und Austern serviert wurden, unter den Kolonnaden entlang, wo das Gedränge zusehends dichter wurde, und die Treppe hinauf zu der überdachten Galerie, wo uns Magdalena und Obadja auf ihren Plätzen in der ersten Reihe erwarteten, direkt über der Ziellinie.

Mein erster Eindruck, als ich Magdalena nach einem Zeitraum von vierzehn Jahren wiedersah, war, daß ich eine wandlungsfähige Person vor mir hatte. Mit dem Alter war sie natürlich faltig geworden, und die Bequemlichkeit hatte sie in die Breite gehen lassen, vor allem ihr Hinterteil. Ihr Busen, dieser Garten der Verheißung und der Lüste, war so schön wie eh und je, und seine Rundung hatte eher zugenommen, ihre Lippen indes waren lebhaft gespitzt, und die Munterkeit ihrer Hände hatte etwas Vogelgleiches. Ja: sie war zu einem Vogel geworden. Vielleicht war sie immer schon einer gewesen? Durchaus möglich. Einst ein Paradiesvogel von gefräßiger Sinnlichkeit, jetzt, mit dem sich bauschenden Spitzenjabot, ein alternder Schwan mit unstetem Blick.

«Oh, fein», sagte sie, als wir uns ihr näherten. «Daniel ist hier. Der kennt sich in solchen Dingen aus. Auf welches Pferd sollen wir setzen, Daniel? Auf Mauds albernen Gaul oder den Kanadier?»

«Mein Pferd ist nicht albern», sagte Maud.

«Das weiß ich», sagte Magdalena.

«Ihr seht prächtig aus», sagte ich zu ihr. «Doch ich bedaure gestehen zu müssen, daß ich Euch hierbei nicht raten kann.»

«Natürlich nicht», sagte Magdalena. «Du bist ja eben erst gekommen. Du hast noch gar nicht ins Programm geschaut.»

«Er sollte auf jeden Fall mal ins Programm schauen», sagte Obadja.

«Dich geht das gar nichts an», sagte Magdalena. «Laß den Jungen in Ruhe. Du bist ein schöner Mann geworden, Daniel.»

«Ihr seid sehr liebenswürdig», sagte ich.

«Man sagt zu einem erwachsenen Mann nicht, er sei schön», sagte Obadja.

«Wirst du wohl den Mund halten und mich reden lassen? Setz dich her zu mir, Daniel», und ich tat es.

«Wenn du nicht auf Mauds Pferd setzt», sagte John, «verschwendest du dein Geld.»

«Unten am Tor hörte ich, wie Ihr einer Frau den Rat gabt, auf ein anderes Pferd zu setzen», sagte ich.

«Nun, man kann nicht alle auf das gleiche Pferd setzen lassen», sagte John und entschuldigte sich, weil er dabeisein wollte, wenn die ersten Einsätze beim Toto gemacht wurden.

Er versprach wiederzukommen und lud uns ein, ihm doch Gesellschaft zu leisten, falls wir Lust zum Wetten hätten, und die hatte ich, denn ich glaubte nur an Mauds Pferd, glaubte, Maud könne bei nichts auf der Welt verlieren. John ging und verschwand in der dichten Menge, die auf dem Höhepunkt des Tages 5000 Besucher zählen sollte. Alle Sitzreihen waren besetzt, auf jedem Quadratzoll der Galerie und der Freitribüne drängten sich die Leiber. Auf dem Platz davor, innerhalb des hohen Zauns, herrschte der gleiche Andrang, das Gerangel um einen Platz am Geländer hatte bereits begonnen. Männer, deren Zylinder den hinter ihnen Stehenden die Sicht nahmen, elegant ausstaffierte Damen, deren opulente Hüte gleichfalls hochaufragende Hindernisse darstellten, Frauen mit Operngläsern, die den Zielrichter, die Stallburschen, die Pferde und andere Frauen beobachteten, sie alle verliehen dem Ereignis das majestätische Gepränge eines Königshofes, dessen Hofdamen und Höflinge sich an einzig zu ihrem grenzenlosen Amüsement veranstalteten Rennen begeistern. Welch exquisites Privileg! Wie erhebend, daß diese Tiere da sind, um uns Freude zu bereiten!

«Wo hältst du eigentlich dein Pferd?» fragte ich Maud.

«Sie hat es in meinen Ställen stehen», sagte Obadja.

«Dich hat er nicht gefragt», sagte Magdalena. «Du mußt lernen, deinen Mund zu halten.»

«Ich habe es in Obadjas Reitstall stehen», sagte Maud.

«Siehst du?» sagte Obadja.

«Es ist schon eigenartig», sagte ich.

«Ein Pferd im Stall stehen zu haben?» fragte Obadja.

«Wirst du wohl still sein!» sagte Magdalena.

«Eigenartig, daß wir alle hier versammelt sind, und wie und warum es dazu kam», sagte ich. «Das haben wir Magdalena zu verdanken. Hättet Ihr nicht im Fluß den Tod gefunden und später dann Obadjas Einladung angenommen, nach Saratoga zu kommen, so befänden wir uns alle woanders. Gewiß, womöglich wären wir trotzdem alle hier, selbst wenn Ihr nie den Fluß überquert hättet. Doch ist das eine schicksalsergebene Betrachtungsweise.»

«Daniel ist so klug», sagte Magdalena. «Wäre ich jünger, ich würde ihm das Herz stehlen.»

«Nun, du bist nicht jünger», sagte Obadja.

«Halt den Mund. Ich weiß, daß ich nicht jung bin. Ich bin krank, und ich sterbe, und keinen kümmert es.»

«Wer sagt, Ihr würdet sterben?» fragte ich.

«Es ist mein Herz. Es flattert immerzu und verursacht mir stechende Schmerzen. Doch sterben müssen wir alle irgendwann.»

«Sei nicht morbid, Tantchen», sagte Maud.

«Seid insbesondere nicht morbid an Eurem Geburtstag», sagte Gordon. «Wie alt seid Ihr denn?»

«Älter als Methusalem.»

«Ihr seht wundervoll aus», sagte Gordon.

«Genau das sage ich ihr auch immer», sagte Obadja.

«Halt den Mund. Ich sehe aus wie ein Huhn, dem man den Hals umgedreht hat.»

«Weshalb gebt Ihr dann ein Fest und lenkt aller Aufmerksamkeit auf Euer Alter, wenn Ihr Euch so fühlt?»

«Wenn man sterbenskrank ist», sagte Magdalena, «dann hält man es für seine Pflicht, seinen Freunden auf angemessene Weise Lebwohl zu sagen.»

«Was aber, wenn Ihr nach diesem Lebwohl gar nicht sterbt?» fragte ich.

«Dann kann sie im nächsten Jahr ein weiteres Fest veranstalten», sagte Maud. «Das ist alles sehr albern. Du bist bei bester Gesundheit.»

«Sie ist stark wie ein Ochse», sagte Obadja.

«Du hältst den Mund. Ich bin schwach wie ein Kätzchen.»

«Hat Euch dieser Leserbrief in der Zeitung heute morgen beunruhigt?» fragte Gordon.

«Mit solchem Schwachsinn befasse ich mich nicht», sagte Magdalena.

«Damit fahrt Ihr am besten», sagte Gordon.

«Was stand denn in dem Brief?»

«Es war schlichtweg Schwachsinn, wie Ihr schon sagtet», sagte Gordon.

«Das dachte ich mir. Wurde ich namentlich erwähnt?»

«Namen wurden keine genannt. Selbst der Absender war ein Pseudonym: Purity Knickerbocker.»

«Alles Feiglinge», sagte Magdalena.

«Genau», sagte Gordon.

«Es hieß, ich solle mich vor etwas in acht nehmen?»

«Das wurde angedeutet», sagte Gordon.

«Äußerst dämlich. Was glaubt Ihr, war damit gemeint?»

«Ich würde mir darüber keine Gedanken machen», sagte Maud.

«Es ist vollkommen lächerlich», sagte Obadja.

«Es ist lächerlich, wenn du den Mund aufmachst», sagte Magdalena.

In diesem Augenblick beschloß ich, mir meine geistige Gesundheit zu bewahren und mir Magdalenas Donquichotterien zu ersparen. Ich stand auf und schlug Gordon, der zusehends mehr den Anschein eines ekelhaften Tieres unbestimmter Gattung erweckte, vor, loszugehen, um ein paar Wetten zu plazieren.

«Ich will auch mit», sagte Maud.

«Nein», sagte ich. «Du bleibst hier und leistest deiner Tante Gesellschaft.»

«Ich will wetten. Ich will auf Warrior setzen!»

«Ich werde es für dich tun», sagte ich.

«*Ich* werde für dich setzen», sagte Gordon. «Kümmere dich nicht um ihn.»

«Ich werde selbst setzen», sagte Maud.

«Dann geh alleine hin», sagte ich und setzte mich wieder.

«Du bist ein Esel», sagte Maud.

«Wenn ich ein Esel wäre, nähme ich an der Schlacht um Atlanta teil», sagte ich.

Maud entschloß sich zu guter Letzt hierzubleiben, und Gordon und ich zogen los wie zwei alte Schulkameraden.

«Trifft es zu, daß Ihr Euch für die Wahl zum Kongreß aufstellen lassen werdet?» fragte ich ihn. Ich hatte nicht das Bedürfnis, ihm gegenüber den Geselligen herauszukehren, doch hatte mir Will Canaday erzählt, er sei in Wirklichkeit ein Mann mit anständigen Grundsätzen, ein Unionist und unerschütterlicher (wenn auch verspäteter) Parteigänger Lincolns – im Gegensatz zu seinem Vater Lyman, der Lincoln für einen Tyrannen und Usurpator hielt – und stehe in gutem Einvernehmen mit den Arbeitern in den Gießereien. Ich fand ihn ein wenig zu sehr von sich eingenommen, doch immerhin hatte er Geschmack genug, Maud nachzusteigen.

«Das werde ich wohl tun», sagte er. «Die Partei hat es mir angeboten.»

«Die Republikaner?»

«Selbstverständlich.»

«Dann werdet Ihr unter Umständen gegen John antreten müssen. Der ist bei den Demokraten als Kandidat im Gespräch.»

«Davon habe ich gehört. Ich fürchte, über die Iren kann ich mir nicht viel Kopfzerbrechen machen.»

Die Vorstellung, daß ein Mann in der Lebensmitte eine neue Laufbahn einschlägt, war mir fremd, und doch schien sie reizvoll. Ich war stets nur auf Kontinuität bedacht gewesen, seit ich begonnen hatte, mich zu bilden, und die Vorstellung eines solchen Schwenks – wie in Gordons Fall aus der Industrie in die Politik – erschien mir wie eine Mutation der Spezies; gleichwohl datiere ich auf diesen Augenblick meinen Sinneswandel in bezug auf das geschriebene Wort.

Alles, was ich für Will und die *Tribune* geschrieben hatte, erschien mir wahr genug, doch als eine seichte Art von Wahrheit, die darunter Verborgenes nur unzureichend wiedergab. Joshuas, Johns oder mein eigenes Leben konnte durch den Gebrauch des Wortes, wie ich ihn praktizierte, nur andeutungsweise beschrieben werden. Das Großartige daran, will heißen die tragischen oder komischen Widersprüche und Verwicklungen eines solchen Lebens, sie lagen irgendwo jenseits der Grenzen meines Berufes. Mein Denken selbst verlief in eingeschränkten Bahnen, eingeengt durch traditionsbedingte Regeln und Inhalte. Wie sollte ich jemals, selbst vermittels des gesprochenen Wortes, einem anderen Menschen klarmachen, was ich für Maud empfand und wie ich zu ihr stand, welch gewaltigen

Wirbel sie in meinem Innern verursachte? Wie konnte ich diese Vorgänge erfassen, und sei es nur für mich, ohne eine angemessene Sprache, um sie auszudrücken? Ich mußte mich befreien – von Hemmungen, von toter Sprache und von den ewigen Wiederholungen der Konvention.

Hätte ich meine Scheibe nicht im Hotel zurückgelassen gehabt, so hätte ich sie jetzt aus meinem Beutel geholt und ihr Mysterium studiert. Und bei diesem Gedanken wurde mir klar: Das Verkehrte an meinem Leben und meiner Arbeit war, daß ich mich so sehr mit dem Sammeln von Tatsachen und Erfahrungen beschäftigte; so entging mir gänzlich, daß nur im Nachsinnen über das Rätselhafte Offenbarung zu finden war. Nur indem man sich dem Unbegreiflichen und Geheimnisvollen stellte, ließ sich alles zusammenfügen. Die elende Unzulänglichkeit meines Strebens nach Integrität von Geist oder Verstand, nachdem ich so viel Tod, Grausamkeit und Verrat gesehen hatte, war darauf zurückzuführen. Ich war zu einem Wesen geworden, das zu einem Zeitpunkt rein mechanisch und methodisch vorging, da einzig und allein im anarchischen Glauben an unwahrscheinliche Götter erhaltene Eingebungen Antwort geben konnten. Wie sollte ich je irgend etwas wissen, wenn ich nicht wußte, was ich nicht wußte?

«Nun», sagte ich zu Gordon, als wir uns dem eingezäunten Areal näherten, das dem Wettbewerb vorbehalten war, «ich hoffe, Ihr gewöhnt Euch an meinen Plan, Maud zu entführen.»

«Ihr leidet doch nicht an Gehirnerweichung, Quinn, oder? So eine Entführung ist eine ernste Sache.»

«Erst einmal müssen sie einen erwischen, und das kann ich mir nicht vorstellen.»

«Ihr seid unorthodox, na gut. Das weiß ich, seit ich Euch auf dem Basar reden hörte. Aber wie Ihr wißt, habe ich vor, das Mädchen zu heiraten.»

«Hat sie das auch vor?»

«Wir haben oft darüber gesprochen.»

«Ich glaube nicht, daß Maud viel vom Heiraten hält», sagte ich. «Ich glaube, sie zieht es vor, in Sünde zu leben.»

«Ihr solltet achtgeben, was Ihr sagt, Freundchen.»

«Ihr habt vollkommen recht. Das habe ich mir auch eben gedacht.»

Inzwischen waren wir am Ort der Ausübung jenes ausgesuchten Lasters angelangt, welches das Wetten auf Vollblüter ist. Der Auktionator stand auf einer erhöhten Plattform, flankiert von zwei Spähern, die unter den rund dreihundert Leuten nach Bietern Ausschau hielten. Schon seit dem frühen Morgen waren in Johns örtlichem Spielklub in der Matilda Street fieberhaft Einsätze gemacht worden, auf der Rennbahn indes erreichte das Wettfieber seinen Höhepunkt. Nun da der Starttermin näherrückte, wurden die im ersten Toto gemachten Einsätze für jedes Pferd mit Kreide auf einer Tafel notiert. Sodann wurde neuerlich und wiederholt für jedes Pferd einzeln gesteigert, und die Männer mit den dicken Geldscheinbündeln trieben den Preis ihrer Favoriten so hoch, daß gewöhnliche Wetter nicht mehr mithalten konnten. John hielt sämtliche Wetten; er händigte jedem Bieter ein Ticket für das Pferd seiner Wahl aus, mit dem dieser die Einsätze im jeweiligen Toto beanspruchen konnte, falls sein Pferd gewann. John kassierte von jedem Einsatz drei Prozent und konnte mithin nur gewinnen, ohne einen Cent zu riskieren: Chancen, bei denen ihm das Herz im Leibe lachte.

Zwei Rennen fanden heute statt – bei dem ersten (und bedeutenderen) ging es um den nach Obadja benannten Griswold-Preis: Entscheidend waren die besten zwei von insgesamt drei Läufen, jeweils über eine Meile, Gewicht 45 Kilo, alle Altersklassen, Nenngebühr 50 Dollar; Börse plus 1000 Dollar. Dies waren die Nennungen:

ROYAL TRAVELER, 4j., Besitzer: Lord Cecil Glastonbury
höchste Toto-Notierung bisher: $ 1200
BLUE GRASS WARRIOR, 5j., Besitzer: Maud Fallon
Toto: $ 950
BARRISTER, 4j., Besitzer: Wilmot Bayard
Toto: $ 600
COMFORT, 5j., Besitzer: Bradford & Phoebe Strong
Toto: $ 255

TIPPERARY BIRDCATCHER, 3j., Besitzer: Price McGrady
Toto: $ 180
ZIGZAG MASTER, 4j., Besitzer: Abner Swett
Toto: $ 60

Als Quinn und Gordon zu wetten begannen, war Warrior bereits auf 1100 Dollar gestiegen. Quinn bot 1150 Dollar und wurde von einer Schwarzen überboten, die mit einer Handvoll Banknoten wedelnd auf 1175 Dollar ging. Quinn erhöhte auf 1200 Dollar, die Schwarze auf 1225, Quinn auf 1250 und bekam den Zuschlag. Im Wissen, daß es Irrsinn war, soviel Geld aufs Spiel zu setzen, nahm Quinn das Ticket in Empfang. Doch daß er es Maud zuliebe getan hatte, machte es erheblich weniger irrsinnig. Zudem lag die Gesamtquote in diesem Toto bei 3805 Dollar. Sollte er also gewinnen, und das hatte er vor, so würde er das Dreifache seines Einsatzes herausbekommen.

«Ich bin froh, daß Ihr nicht gegen mich geboten habt», sagte er zu Gordon.

«Ich war nicht in Versuchung.»

«Es wird noch andere Gelegenheiten geben», sagte Quinn.

Die beiden Männer bemerkten die 500- und 1000-Dollar-Noten in den Händen von Neuhinzugekommenen, die in fieberhafter Aufregung Einsätze beim nächsten Toto machten. Sie sahen der Versteigerung dieses letzten Totos vor dem ersten Lauf zu und nahmen zur Kenntnis, daß Mauds Warrior zum Favoriten aufstieg: Er war diesmal mit 1050 Dollar notiert, Royal Traveler nur mit 990 Dollar, indes die anderen Pferde mehr oder weniger gleich standen. Dann machten sich die beiden auf den Rückweg zu ihrer Gesellschaft. Unterwegs sahen sie, wie die in Drahtkörben sitzenden Jockeys ausgewogen wurden, wie die Pferde im Rund des Sattelplatzes darauf warteten, daß es auf die Bahn ging, und auf dem Weg hinauf zur Galerie bemerkten sie, daß sich das erste Pferd mit dem Jockey im Sattel bereits auf der Bahn befand, indes die anderen, von Helfern geführt, soeben an den anwesenden Connoisseuren und Ignoranten in Sachen Pferdesport vorbeiparadierten. Das Stimmengewirr der Menge wurde lauter, die Zielrichter hatten links und rechts der Ziellinie auf ihrem Turm Posten bezogen, das Geläuf war ein Gemisch aus sandigem Lehm und Mergel, hart und fahl von der langen Trockenheit. Es nahte der Mittag dieses dritten Augusts, die Sonne stach, und von ihren privilegierten Sitzplätzen und den weniger privilegierten Stehplätzen darunter hielten die Fünftausend Ausschau, und noch weitaus mehr saßen auf Bäumen oder hohen Pferdewagen, die sie an der Peripherie der eine Meile langen, ringsum von sandfarbenen Krüppelkiefern gesäumten Rennbahn abgestellt hatten, in deren Oval ein Meer von Gras wogte.

Von seinem Galerieplatz zwischen Maud und Magdalena sah Quinn die Negerin, die er zuvor überboten hatte, in einem Pulk schwarzer Männer und Frauen ganz am Rand der Abtrennung eines Schwarzen vorbehaltenen Bereichs stehen, wo ihr nichts den Blick auf das Rennen versperrte. Sie und ihr Begleiter waren die einzigen Schwarzen gewesen, die überhaupt gesetzt hatten, und nun versuchte sich Quinn aus der Ferne ein Bild von ihr zu machen. Zunächst fiel ihre stattliche Gestalt auf, sodann ihr forsches Auftreten an diesem Ort, ein Umstand, der sie aus den vier Millionen Sklaven und der halben Million freier Schwarzer in dieser geteilten Union heraushob. Wie kommt sie dazu, hier zu sein, dieweil ihre Freunde und Verwandten nichts im Kopf haben als den Krieg? Wieso ist, so gesehen, überhaupt einer von uns hier? Quinn hätte gewettet, daß das allgemeine Urteil auf eine Puffmutter hinausgelaufen wäre. Das mochte sein. Er kannte solche Madams aus New York, hatte in ihren Etablissements getrunken, kannte ihre Mädchen. Doch als ebenso hoch schätzte Quinn die Wahrscheinlichkeit ein, daß die Frau ihre Einsätze in Joshuas Manier machte – eine Unternehmerin, die ihre Chancen erkannte und zu nutzen wußte. Sie mochte auch die Erbin eines Vermögens sein, das ein schuldbewußter Weißer hinterlassen hatte, oder eine geschäftstüchtige Königin der weitverzweigten schwarzen Unterwelt, von der die weißen Geschäftemacher so wenig begriffen. Oder war sie ein Zahlengenie, das den Anlagemarkt entdeckt hatte? Nun, Quinn fand es amüsant, ihr ihren Platz in der Welt zuzuweisen, wenngleich er wußte, er läge schief, ganz gleich, wozu er sich entschied, so wie keinem Menschen auf der Welt beim Anblick Joshuas dämmerte, was dieser sich an finanziellen Mitteln und Überlebenskünsten angeeignet hatte. War die Frau eine Bildhauerin aus der Karibik? Eine Zauberin aus Sierra Leone?

Joshuas Vater, bekannt als Cinque, war von Sklavenfängern aus Sierra Leone entführt worden, doch vor der Küste von Puerto Rico hatte er unter den Sklaven auf dem Schiff eine Revolte angezettelt und den Kapitän und den Maat umgebracht, indes die restliche Mannschaft in den Rettungsbooten das Weite suchte, war dann mit Hilfe des einzigen verbliebenen Seemanns in acht Wochen nach Amerika gesegelt, der Freiheit entgegen, und halb verhungert in Virginia angelandet, wohin sie der rachsüchtige Seemann gesteuert hatte, und dort hatte man Cinque und die anderen Sklaven, die die Reise überlebt hatten, des Mordes angeklagt. Doch statt ihm den Prozeß zu machen, verkaufte man Cinque, nicht zuletzt auf Grund seiner körperlichen Tüchtigkeit, an einen Plantagenbesitzer, der im Rufe stand, Aufmüpfige hart an die Kandare zu nehmen. Bald fand Cinque eine Frau, zeugte Joshua und wurde nach einem Fluchtversuch an den Füßen aufgehängt und so lange ausgepeitscht, bis er an den tiefen Striemen im Gesicht verblutete und es dem dreijährigen Joshua überließ, sein Vermächtnis aus Rebellion und unrächbarem Leid zu entdecken.

Als für den jungen Joshua die Zeit der Rebellion gekommen war, hatte er gelernt, im Verborgenen tätig zu werden, und brauchte niemanden umzubringen. Er entfloh nächtens seinem Herrn und machte sich auf gen Norden, nach New York, wo er sich der ersten Horde Schwarzer anschloß, die er traf, und das war in den Five Points, einer verkommenen Nachbarschaft, in der die Iren herrschten, doch in geringerer Zahl auch Schwarze und Italiener lebten und sich in der Unterwelt betätigten. Und nichts anderes als eine einzige Unterwelt war diese Gegend, wo jeder Fremde als Opfer galt und kein Mensch sicher war vor der Gewalt der Banden, die auf den

Straßen und dem Fluß ihr Unwesen trieben: die Daybreak Boys, die Short Tails, die Patsy Conroys.

In den Five Points hatte Joshua gelernt, wie man Rattenkämpfe inszeniert oder sich das Blut aus den zerschrammten Fingerknöcheln saugt – letzteres von einem Experten namens Suckface, einem Mitglied der Slaughterhouse-Gang, der für zehn Cents einer lebenden Maus und für einen Quarter einer Ratte den Kopf abbiß. Das Kartengeben lernte Joshua dort in einer Spelunke, die einem 150 Kilo schweren Negerweib namens Purple Turtle gehörte. Sie wohnte wie Joshua in einer Gasse mit Namen Double Alley, und als Joshua später einmal John davon erzählte, schmiedete die Erinnerung die beiden wie ein eisernes Band zusammen, denn John kannte die Five Points wie seine Westentasche, hatte dort Vettern aus Connacht (was manche für die schäbigste Gegend von ganz Irland halten, die Leute aus Connacht indes nicht), war oft in der Spelunke der Turtle verkehrt und sang noch Jahre danach das Lied von der Double Alley und ihrem poetischen Beinamen Paradise Alley.

Die Double Alley ist unsere Paradise Alley.
Denn dort fanden wir raus, wie man stirbt.
Wir lebten von Zwist, Keilereien und Gin,
Und liebten die Mädchen, die gaben sich hin.

Die alte Double Alley ist unsere Paradise Alley
Denn dort wurde nie jemand alt.
Wir kämpften um Nickel und starben für Dimes,
Und wußten, es zählt nur der Spaß an der Freud.
Oh, wie gern erlebt' ich sie noch mal in ihrer Blütezeit,
Die alte Double Paradise Alley.

Die Harmonie in den Five Points, die zwischen Iren und Schwarzen ohnehin nie so recht bestanden hatte, schwand zusehends, als das Kriegsfieber ausbrach. Für die Iren von Five Points, die vornehmlich darauf aus waren, ihr eigenes Elend zu überwinden, war der Kampf um die Befreiung der Nigger blanker Unsinn. Und so kam es, daß etliche Schwarze es für geraten hielten, aus dem Paradies in weniger lebensfeindliche Viertel umzusiedeln. Zu jener Zeit hatte Joshua längst der Double Alley den Rücken gekehrt, und als der Krieg ausbrach, hatte er bereits seit über einem Jahrzehnt die Weichen der Underground Railroad gestellt.

Auf einen energischen Trommelschlag hin kamen die Teilnehmer des Griswold-Rennens so gleichmäßig vom Start wie nur denkbar. Blue Grass Warrior und Tipperary Birdcatcher führten das dicht geschlossene Feld, Kopf an Kopf folgten Barrister und Royal Traveler, zwei Längen dahinter Zigzag Master, und Comfort lag am Schluß. So blieb es die erste Meile, bis Zigzag vorpreschte, das vorn liegende Duo angriff und seine Nase an Warriors Sattelgurt heranschob; Barrister fiel, vom Anfangsspurt bereits verausgabt, zurück, und Comfort lag weiterhin am Schluß. Als es nach einer dreiviertel Meile in die Kurve ging, wurde es ein Dreier-Rennen: Birdcatcher führte mit einer Länge Vorsprung, Zigzags Jockey machte freigebig von der Peitsche Gebrauch, um nicht den Anschluß zu verlieren, und an dritter Position, kaum mehr als eine Halslänge hinter Zigzag, lag Warrior, der Rest weit zurück, mit Comfort nach wie vor am Schluß. Nach der Kurve ging Catcher die Puste aus, Zigzag setzte sich eine Kopflänge vor ihn, doch von außen schob sich Warrior, getrieben von den Zurufen und der Peitsche des schwarzen Jockeys, an Zigzag heran, schaffte es mit einem Kraftakt auf eine Länge Vorsprung, war bald zwei Längen voraus, preschte auf der Geraden davon und gewann den ersten Lauf. Die Ergebnisse:

1. Blue Grass Warrior
2. Zigzag Master
3. Tipperary Birdcatcher
4. Royal Traveler
5. Barrister
6. Comfort

Comfort und Barrister wurden von ihren Besitzern zurückgezogen, und die Wetter kämpften verbissen um die Einsätze für den zweiten Lauf. Sobald die Pferde von der Bahn kamen, machten sich Stallburschen ans Striegeln, und zufällig, wirklich rein zufällig bemerkte ein Ordner mit scharfem Blick, daß eine lange Blesse an Zigzags Nase jetzt anders geformt war als vor dem Rennen; woraufhin man das überhitzte Tier untersuchte und feststellte, daß jemand ihm das Fell gefärbt hatte. Dazu befragt, gab der Eigentümer Abner Swett vor, er wisse von nichts. Doch schnell wurde in Erfahrung gebracht, daß der Mann ein Schwager Jeremiah Plums war, jenes Patriarchen der berüchtigten Plums, von denen die ganze nordöstliche Christenheit wußte, daß sie gestohlene Pferde umfärbten, um zu verhindern, daß ein Eigentümer sein Tier wiedererkannte und es zurückforderte. Noch ehe der Tag vorüber war, wurde allgemein bekannt, daß auch Zigzags Pferdepaß nicht stimmte, daß er vielmehr mit richtigem Namen Wild Pilgrim hieß und ein Vierjähriger mit so vielen Siegen war, daß er, wäre seine wahre Identität bekannt gewesen, neben Traveler und Warrior zumindest als Mitfavorit gegolten hätte (bei einer weit niedrigeren und weniger profitablen Notierung). Pilgrim hatte Traveler zweimal geschlagen, darum hatte er an diesem strahlend sonnigen Mittag im Grunde nur Mauds Warrior als Konkurrent zu fürchten, weshalb sich Johns Nachforschungen über Warriors Vergiftung auf Abner Swett aus Watervliet konzentrierten, einen Mann von zweifelhaftem Charakter.

Als die Pferde eben im Begriff waren, zum zweiten Lauf an den Start zu gehen, kam durch ein Tor am oberen Ende der Geraden eine einspännige Kutsche auf die Bahn gefahren, gefolgt von einem Pferd mit Reiter, die sich mit mäßig hoher Geschwindigkeit dem Einlauf näherten, wo sie ihr Tempo so weit drosselten, daß die Menge sie in allen Einzelheiten betrachten konnte. In der Kutsche, einem alten Landaulett, vergoldet wie Obadjas Meisterwerk und an den Türen mit den Buchstaben M. C. versehen, fuhr ein Neger in Frauengewändern, einschließlich einer unverwechselbaren Kopie von Magdalenas Hut, von dem eine scharlachrote Feder aufragte, und diese wie auch der Neger winkten der Menge im Vorbeifahren zu. Dahinter, nur mit weißer Unterwäsche und einer roten Damenperücke bekleidet und in jener Pose rücklings über die Pferdekruppe gebeugt, die Tausenden aus Zeitungsannoncen und Theaterplakaten geläufig war – Maud als Mazeppa –, ritt der zweite Neger, der ebenfalls der Menge zuwinkte und ihr sodann seine Kehrseite zeigte, auf der ein großes grünes Kleeblatt befestigt war. Mit der Geschicklichkeit eines Kunstreiters richtete er sich schließlich auf, und beide Neger verschwanden im Galopp die Bahn hinunter und zum Tor an der unteren Kurve hinaus, noch ehe jemand die Geistesgegenwart hatte, sie aufzuhalten.

Während das Publikum in schallendes Gelächter ausbrach, sank oben auf der Zuschauergalerie Magdalena ohnmächtig in Quinns Arme.

Bald nach dieser Spottvorstellung auf Maud und Magdalena begann der zweite Lauf des Griswold-Rennens. Drei Pferde gingen an den Start: Blue Grass Warrior, Tipperary Birdcatcher und Royal Traveler, und sie gingen auch in dieser Reihenfolge durchs Ziel, Warrior gewann mit einer Länge Vorsprung, Traveler in dritter Position weit abgeschlagen. Hinter der Ziellinie, auf einem Bahnabschnitt, der völlig glatt und eben erschien, trat Mauds Pferd in ein Loch, stolperte und brach sich den linken Vorderlauf. Der Jockey zerrte es wieder auf die Beine, und Warrior stand da mit seinem abgeknickten, lose baumelnden Bein. Männer vom Rennbahnpersonal kamen herbei, rangen ihn nieder und zwangen ihn, sich seitlich auf eine Plane zu legen; dann banden sie ihn darauf fest und zogen ihn fort. Nachdem John McGee die Sache mit Maud besprochen hatte, begab er sich in die Scheune, in die sie Warrior gebracht hatten, und schoß ihm eigenhändig zwei Kugeln in den Kopf.

In Blue Grass Warriors lose baumelndem Bein sah Quinn neuerlich den unausweichlichen Tod, so wie er ihn 1863 am zweiten Tag jener Woche gewalttätiger Ausschreitungen erlebt hatte, die heute als New Yorker Aushebungsunruhen bekannt sind. Die Straßenkämpfe an jenem Tag erreichten einen Höhepunkt, als Quinn und John McGee eben in die Ninth Avenue einbogen, auf dem Weg zu dem Haus, wo Joshua mit einem neu eingetroffenen flüchtigen Sklaven das Ende der Unruhen abwartete.

Quinn selbst war erst eine Woche zuvor von der Schlacht um Vicksburg zurückgekehrt, um aus seiner Sicht einen Bericht über diese Zerreißprobe zu schreiben, und als er damit fertig war, entspannte er sich, trank Lagerbier und unterhielt sich mit den anderen Tintenfressern in Charlie Pfaffs «Cave» am Printing House Square über die Finessen der Kriegsberichterstattung, der Literatur und Charlies deutscher Pfannkuchen. Indes arbeitete die Zeit, die Quinn mit den unteren Schichten in den Five Points verbracht hatte, seinem Erholungsbedürfnis entgegen: ein wackerer Redakteur der *Tribune* machte ihn ausfindig und gab ihm den Auftrag, die Points zu durchstreifen und sich ein Bild von dem Widerstand gegen die Aushebung zu machen, der dort nach Bekanntgabe der ersten Namensliste von Dienstpflichtigen durch die Bundesregierung aufgeflammt war.

In den Five Points wie auch in ähnlichen Slums der Metropole war man nahezu einhellig gegen den Krieg und die Rasse jener eingestellt, deren Elend ihn herbeigeführt hatte. Wie Quinn herausfand, wurden auch in den Five Points die mit den Südstaaten sympathisierenden Copperhead-Politiker, allesamt dicke Freunde John McGees, als heroische Figuren betrachtet.

Die Bewohner der Gegend, gemeinhin als Auswurf der Menschheit und Abschaum Europas tituliert, lebten dort in einträchtigem Elend mit den kriminellen Elementen der Stadt, zusammengerechnet an die 80000 Menschen, bei einer Gesamtbevölkerung von 800000 eine unheilverheißende Zahl.

In Anbetracht des zu erwartenden Durchsatzes einer solchen Gruppe mit asozialen Elementen und deren Abneigung gegen den Krieg und die Regierung, die ihn führte, sowie in Anbetracht ihres natürlichen Rachedurstes läßt sich rückblickend abschätzen, wie leicht hier die Balance der sozialen Gegensätze durch die Auflage eines verhaßten Gesetzes kippen konnte. Ein solches war das Konskriptionsgesetz, das zwar die Wehrpflicht einführte (bis dato hatten Freiwillige und Prämienjäger den Bedarf der Armee gedeckt), indes jeden vom Dienst freistellte, der in der Lage war, der Regierung 300 Dollar hinzublättern. Wir brauchen nicht zu erwähnen, was für eine himmelschreiende Ungerechtigkeit dies gegenüber den Armen im allgemeinen und insbesondere gegenüber den notleidenden Iren darstellte (ein Viertel der New Yorker Bevölkerung waren Iren), denen die seit Generationen erduldete Ablehnung und Erniedrigung zum Halse heraushing und für die freie Neger nichts anderes bedeuteten als Scharen von Mitbewerbern um die ohnehin knappen Arbeitsstellen an den Kochkesseln der Hölle.

So geschah es denn an einem mittsommerlich heißen Wochenende im Juli 1863, indes Lee sich noch die Wunden von Gettysburg leckte, daß sich ein erster, bunt zusammengewürfelter Mob, auf zehntausend geschätzt, in den Tanzhallen, Hurenhäusern und seinen bevorzugten Spelunken in Rage soff und mit bösen Absichten auf die Straße ging: das Büro des Wehrkreisbeauftragten niederbrennen, desgleichen die *Tribune*, dieses Abolitionistenblatt, und alles plündern und kurz und klein schlagen, was nicht auf unserer Seite ist.

John und ich stießen auf den Mob, als wir in die Ninth Avenue einbogen. Markerschütterndes Geschrei scholl uns entgegen, und es tobte bereits eine Schlacht zwischen fünfzig Polizisten und den zahllosen Aufrührern, die ein hünenhafter Einarmiger mit nacktem Oberkörper anführte, an dessen Seite ein junger Bursche stand, den ich vor zwei Tagen in den Five Points dabei beobachtet hatte, wie er vor einem Menschenauflauf eine flammende Rede hielt. Mir fiel sogleich ein, wie er die Neger geschmäht, seine Zuhörer zur Rebellion, zum Aufstand, zur Revolution und zum Widerstand gegen die Wehrpflicht angestachelt und seine Tirade mit Hurrarufen auf den Südstaatenpräsidenten Jefferson Davis beendet hatte.

Dieser junge Bursche kämpfte nun mit der Verbissenheit eines Bullterriers, fällte mit seinem Knüppel und der Gewalt seiner Raserei einen Polizisten nach dem anderen, und neben ihm drosch der Riese mit seiner enormen Keule um sich, dieser Verlängerung seines herkulischen rechten Armes, die mit Wucht Schädel und Wirbelsäulen splittern ließ, indes sein eigener Kopf und sein Körper die Hiebe der Polizeiknüppel bemerkenswert unbeschadet überstanden.

Der Mob drängte rücksichtslos vorwärts, und während wir zusahen, wurden die zwar tapferen, doch dem Ansturm nicht gewachsenen Polizisten zurückgedrängt und gezwungen, die Flucht zu ergreifen, wenn sie ihr Leben retten wollten. Ich weiß nicht, wie die Meuternden Joshuas Haus fanden. Womöglich hatten sie das Gesicht eines Schwarzen im Fenster gesehen, womöglich hatte auch ein Nachbar mitbekommen, daß Joshua sich in den letzten Tagen dort aufgehalten hatte. Jedenfalls nahmen sie sich dieses Haus zum Ziel, schlugen die Tür ein und stürmten hinein.

«Wenn er noch drin ist, dann ist er ein toter Mann», sagte John.

Das Geheul der Meuternden wurde wilder und schriller, steigerte sich zu einem wortlosen Gebrüll von animalischer Wut, und ihre Herzen schlugen vereint in einem barbarischen Pulsschlag, als sie die Beute aufspürten und darüber herfielen. Ein Mann schrie triumphierend ein paar Worte aus einem Fenster im ersten Stock des Hauses, die ich nicht verstehen konnte. Der Mob indessen begriff sie und beantwortete sie mit einem Aufschrei. Der Mann gab ein Zeichen, und die Menge gehorchte. Sie wich ein Stück zurück auf die Straße und wurde mit einem Schwarzen (nicht Joshua) belohnt, der kopfüber aus dem Fenster heruntergeworfen wurde, woraufhin die Menge sich um ihn schloß und ich von dem, was weiter geschah, nichts mehr sehen konnte.

Joshua führten sie zur Tür heraus. Er hatte einen blutigen Kopf, war aber noch fähig zu gehen, und bei seinem Anblick raste John los und drängte sich mit dem Ruf «Laßt ihn am Leben!» in den Mittelpunkt des Geschehens vor, nur um von dem einarmigen Hünen mit seiner Keule aufgehalten zu werden und einen Hieb verpaßt zu bekommen, der gereicht hätte, um zwei Männer von durchschnittlichem Wuchs ins Jenseits zu befördern. John fiel bewußtlos um, war voller Blut, und ich hielt ihn für tot – und sein Tod wäre wohl unausweichlich gewesen, hätte sich der Mob nicht seiner bevorzugten Beute zugewandt: Joshua. Die Meute ließ den Andersdenkenden liegen, und ich zerrte John von der Straße in den Kellereingang des nächsten Hauses, eines düsteren, verlassenen Baus ohne Tür. Ich richtete ihn in einer Ecke auf und versuchte, seine blutenden Wunden zu stillen, so gut ich konnte. Er atmete, doch wagte ich nicht, ihn jetzt an einen Ort zu bringen, wo man ihm helfen konnte, denn der Anblick dieses blutigen Schädels war allzusehr dazu angetan, dem Mob Lust auf einen weiteren Mord zu machen. Und so war es mir bestimmt, bei dem verwundeten John zu wachen und aus meinem düsteren Unterschlupf zu beobachten, wie der Mob sein grausiges Spiel mit Joshua trieb. So verfuhren sie mit ihm:

Sie schlugen ihn mit ihren Knüppeln
Und sie stachen ihn mit ihren Messern
und er starb nicht
Sie warfen ihm Steine auf die Brust
Sie warfen ihm Steine an den Kopf
und er starb nicht
Sie bohrten ihm mit Pfählen Löcher in den Leib
Sie banden ihm ein Seil um die Beine und zogen ihn fort
und er starb nicht
Sie überließen ihn den Harpyien
Und sie rissen sein Fleisch auf
und er starb nicht

Dann gossen ihm die Harpyien Öl in die Wunden
Und hielten ein Streichholz dran
und er starb nicht
Dann hängten sie ihn an einen Laternenpfahl
Machten unter ihm ein Feuer an
und er starb

Der Mob zog weiter, und nun war ich in der Lage, bei einer Familie ein paar Häuser weiter Hilfe zu holen und John zu einem Bett zu tragen, wo eine Frau ihm den Kopf verband. Zwei Barmherzige schnitten Joshua los, doch kehrten ein paar Versprengte aus der Meute zurück und hängten ihn ein zweites Mal. Als auf der Straße wieder Ruhe eingekehrt war, erklomm ich den Laternenpfahl und schnitt ihn von neuem ab. Man hatte ihm die linke Hand abgehackt. Ich konnte sie nirgends finden. Ich schleppte ihn in meinen Keller und ließ ihn dort, sah mich dann in der Nachbarschaft um, bis ich einen Straßenhändler mit einem Schiebekarren entdeckte. Ich heuerte ihn für zwei Dollar an, doch als ich ihm von meinem Vorhaben erzählte, wollte er aus dem Handel aussteigen. Ich drohte ihm, und er ging mit. Als wir in den Keller kamen, war Joshua verschwunden.

Als Magdalena Colón zu dem Schluß kam, ihr zweiter Tod stehe unmittelbar bevor, verkündete sie von ihrem Bett aus, die einzig angemessene Art und Weise zu sterben bestehe für sie darin, am Wasser unter einem Baum zu liegen. Die Vorahnung ihres baldigen Todes kam ihr des Nachmittags zu Hause, zwei Stunden, nachdem sie ohnmächtig in meine Arme gesunken war. Sie befahl Obadja, Maud, ihren Arzt und ihre Bediensteten zu sich ins Schlafzimmer und drängte darauf, jemand müsse John McGee ausfindig machen und ihn herbeiholen, damit er den Abend neu organisiere. Anstelle der Geburtstagsparty zur Feier ihres fünfundfünfzigsten Lebensjahres wünschte sie jetzt eine Totenwache, um ihre Vermählung mit dem holden Tod bekanntzugeben, doch abgehalten, solange sie noch lebte und imstande war, beide Formen der Existenz zu genießen.

«Du kannst keine Totenwache abhalten, wenn du noch nicht tot bist», gab Obadja an ihrem Bett zu bedenken.

«Ich werde dich nicht einmal dazu einladen, wenn du dein Mundwerk nicht im Zaum hältst», sagte Magdalena. Der Arzt hatte Palpitatio, Arrythmie und einen Kreislaufkollaps diagnostiziert und ihr verordnet, schlückchenweise Brandy zu trinken, die Füße höherzulegen als den Kopf, an Hals und Hüfte das Gewand zu lockern, Riechsalze zur Wiederbelebung im Falle einer neuerlichen Ohnmacht bereitzuhalten, nötigenfalls ein Kaffeeklistier zu verabreichen und im Zimmer für größtmögliche Frischluftzufuhr zu sorgen.

Maud bekam einen Weinkrampf angesichts von Magdalenas Zustand, Magdalena indessen genoß die Aufmerksamkeit, die ihr zuteil wurde, und trug der Zofe auf, ihr eine locker sitzende Bluse herauszusuchen, sie von jeglicher Unterwäsche zu befreien, ihr das Gesicht zu pudern, die Konturen ihrer Lippen und die hohlen Wangen mit blassem Scharlachrot zu schminken, ihr mit vierzig Strichen das Haar auszubürsten, Brauen und Wimpern mit dem Kohlestift nachzuziehen, ihrem Hals den Smaragdanhänger aufzubürden, den Obadja ihr zum fünfzigsten Geburtstag geschenkt hatte, ihr schließlich silberne Slipper über die Füße zu streifen und zwei kräftige Männer herbeizuholen, die sie hinaustragen und unter einem Baum auf den Rasen betten sollten, wo sie in aller Ungezwungenheit den erwarteten letzten Schnaufer tun könnte. Dann schickte sie nach mir, um sich hinsichtlich der Bekanntmachung ihrer Totenwache beraten zu lassen, denn sie wollte, daß all ihre Freunde und Feinde kämen. Ich schlug einen Handzettel vor.

«Fein», sagte Magdalena, «ich möchte auch gern, daß du etwas über mich schreibst und darüber, wie ich die Welt verändert habe.»

«Wie habt Ihr denn die Welt verändert?» fragte ich.

«Keine Ahnung. Deswegen will ich ja, daß *du* es schreibst.»

«Ich werde mein möglichstes tun», sagte ich.

«Ausgezeichnet. Du kannst es heute abend bei der Totenwache anstelle irgendeines dämlichen Gebets vorlesen.»

Zu dieser Tageszeit war ich allein; John weilte außerhalb an unbekanntem Ort, und Oba, wie ihn die Leute nannten, war in sein übliches Hauskostüm, den Morgenmantel und die schenkelhohen Glacéstiefel, geschlüpft und trieb sich im Gesindequartier herum. Maud hatte sich in ihrem Zimmer eingeschlossen, hing dort ihren eigenen Phantasien nach und erschien nur, um sich nach Magdalenas Befinden zu erkundigen, das sich zusehends besserte. Ihr Gesicht war aschfahl gewesen, als sie mir auf der Rennbahn in die Arme sank, doch mittlerweile hatte sie wieder Farbe bekommen und machte sich in der ganzen Schönheit, die sie noch aufzubieten in der Lage war, bereit zu sterben.

Ich begab mich in die Bibliothek, wo mir Obas Butler das halbe Dutzend praller Alben brachte, in die Magdalena ihre Zeitungsausschnitte in Spanisch und Englisch geklebt hatte. Ich schmökerte darin und gewann einen Überblick über ihr Leben, über den Verlauf einer allen vertrauten Karriere, blätterte in den höhnischen Kommentaren zu ihrem ersten Tod und weiter bis zu den Klatschspalten mit Berichten über ihr Leben mit Obadja. Vermutlich wollte sie einen Nachruf von mir, in dem ich sie wegen ihrer Großtaten als Tänzerin, Mystikerin und Gesellschaftsdame mit Glanz und Gloria überhäufte; doch allein schon der Gedanke daran langweilte mich. Wollte ich der Frau gerecht werden, dann mußte ich hinter die Barrikade nichtssagender Fakten dringen, in erhabenere Sphären vorstoßen – und beispielsweise das zu Papier bringen, was ich selbst als bedeutsam empfand: ihre Fähigkeit, als alleinstehende Frau in einer feindseligen Welt zu überleben; ihre Liebelei mit dem Tod; und, am wichtigsten (für mich), wie sie die unglaubliche Maud aufgezogen und das Schicksal dieses heiligen Geschöpfes dann mit meinem verwoben hatte.

Die Entscheidung, die ich vor so langer Zeit gefällt hatte, nämlich mein Leben dem geschriebenen Wort zu widmen, hatte im Krieg den Zenith ihrer Konsequenz erreicht und war dann in den Niederungen des falschen Pathos und anonymen Gemetzels in Vergessenheit geraten. Doch jedesmal wenn ich über all das Schlechte auf der Welt schrieb, spürte ich, wie in mir skrupellose Freude aufflackerte. Zweifelsohne fand mein Leben Erfüllung durch die Sprache, und langsam gelangte ich zu der Erkenntnis, daß ich durch sie und nur durch sie dem exzentrischen Leben Magdalenas oder der Tragödie Joshuas oder meinem eigenen stümperhaften Mysterienspiel vielleicht auf irgendeine unbekannte Weise einen glanzvollen Anstrich verleihen könnte. Indem ich ein Gefüge abstrakter Bilder ersänne, das mir nicht von heute auf morgen unter den Händen verdürbe, könnte ich mich vielleicht dem stellen, was eine Konfrontation wert war, nicht in der Erwartung, die Rätsel zu lösen, sondern vollauf zufrieden damit, sie anzustarren, bis sie so schön und kostbar würden, wie es Magdalena immer gewesen und Maud nun geworden war.

In dieser gehobenen Stimmung griff ich zum Stift und warf eine Handvoll Worte aufs Papier, die, so hoffte ich, den Anfang machen würden, nicht allein Verlorenes wiederzuentdecken, sondern auch das, von dem ich gar nicht wußte, daß es verloren war, das aber ohne Zweifel verlorengegangen sein mußte. Ich redete mir ein, daß beim richtigen Gebrauch der Worte die Harmonie, die sich hinter allen Gegensätzen, allen Kakophonien verbarg, zum Vorschein kommen müßte. Es war ein Akt des Glaubens, nicht der Vernunft.

Und so begann ich, statt eines Nachrufs Magdalenas Geschichte zu schreiben und entnahm die Fakten nicht ihren Zeitungsausschnitten, sondern meiner Vorstellung, wo sie bereits seit langem wie eine Dschungelblüte Wurzeln geschlagen hatten.

Ich, Daniel Quinn, weder der erste noch der letzte Abkömmling dieser Quinns (darauf baute ich), würde mit der echten oder falschen Courage, die sich mit einem jähen Anfall von Selbstüberhebung einstellt, eine Welt erschaffen, vor der ich endgültig und voller Ehrfurcht niederknien und darauf warten könnte, daß mich befreiendes Gelächter über die Tragik des Lebens erhöbe.

Ich schrieb nicht Magdalenas Nachruf, doch verfaßte ich die Bekanntmachung ihres Todes und brachte sie in die Stadt, um davon Handzettel drucken und sie überall verteilen zu lassen. Sie lautete:

BEKANNTMACHUNG EINES
BEVORSTEHENDEN TODES

Magdalena Colón Griswold, Mitglied der Gesellschaft dieser Stadt und ehemalige Bühnenheldin von internationalem Rang, lädt alle hier Verweilenden wie auch die ansässigen Bürger Saratogas heute abend herzlich nach Griswold Gardens, ihr Domizil am Ostufer des Saratoga Lake, gleichsam zu einem letzten Blick auf ihre sterbende Hülle. Ihr Hinscheiden wird auf dem Griswoldschen Rasen stattfinden; zwecks besserer Sicht sei daher allen Gästen empfohlen, eine Kerze oder Lampe mitzuführen. Es werden Dinner und Getränke gereicht, und um Punkt acht Uhr wird auf dem Rasen zum Tanz gebeten.

Magdalena hatte nichts weiter erwartet als eine feierliche Parade Trauernder, die an ihr vorbeidefilierten, Beileidsbekundungen murmelten und ihr die sterbliche Hand drückten. Doch als John McGee zurückkehrte, räumte er mit dieser Vorstellung auf.

«Wir geben ein Fest», sagte er. «Schließlich kannst du den Leuten nicht den Abend verderben, bloß weil du dich entschlossen hast zu sterben.» Aus diesem Grunde hatte man der Einladung den letzten Satz hinzugefügt.

Um sieben Uhr trafen die ersten Gäste ein. Diejenigen, die zur Geburtstagsfeier geladen waren, empfing man im Hause; wer zur Totenwache kam, wurde in den Garten geführt. Es war nicht zu übersehen, daß John, sobald er ins Haus kam, die Rolle des Hausherrn übernahm, indes Obadja zu einem lächerlichen kleinen Irrwisch schrumpfte. John nahm am Portal Aufstellung und begrüßte die Gäste, wie er es auf der Rennbahn getan hatte; nun aber wies er keinen ab, auch Diebe nicht.

«Aber untersteh dich bloß nicht, im Haus aufzutauchen», warnte er die Diebe, die er erkannte, «sonst reiß ich dich in Stücke und verspeis dich morgen zum Frühstück.»

Den Geburtstagsgästen wurden Champagner, Bordeauxwein, Brathühnchen und Hummer gereicht; den Trauergästen im Garten Bier, gedünstete Austern und Salzgebäck. Am Rand des glitzernden Gartenteiches hatte John eine Bühne errichten lassen, und um Punkt sieben eröffnete Adolph Bernsteins Orchester aus dem United States Hotel den Abend mit einem Chopin-Potpourri. John hatte auch Jim Fisk gebeten, seine deutsche Marschkapelle zum Fest mitzubringen; Fisk hatte zugesagt und Wort gehalten, womit bei Magdalenas mutmaßlicher Abschiedsvorstellung für ununterbrochene Musikuntermalung gesorgt war. Milo, der Meistermagier aus Albany, führte in der Pause seine Zaubertricks mit Hüten und Tieren vor, und als die Musik von neuem anhob, legte er einen Walzer mit einem Tanzbären hin, unter dessen Fell sich kein anderer als Cornelius Gómez verbarg, ein weiser Narr in Gestalt eines mexikanischen Zwergs, der später auf der Veranda jedem für einen Quarter die Zukunft voraussagte.

Magdalena beobachtete all dies von ihrem Aussichtspunkt am Scheitel des höchsten Abhangs im Garten; Maud an ihrer Seite las ihr jeden Wunsch von den Lippen ab und ging auf jede ihrer Launen ein, die indessen um so seltener wurden, je länger sich die Schlange der Fremden wand, die gekommen waren, um ihr ein angenehmes Hinscheiden zu wünschen.

«Was für eine himmlische Idee, die Leute zu Eurer Totenwache zu laden ... Seid Ihr schon tot, Magdalena? ... Wann werdet Ihr sterben? ... Werden wir bei Eurem Tod zugegen sein? ... Wir wünschen Euch eine angenehme Zeit im Himmel, Magdalena ... Wir werden Euch vermissen, Magdalena ... Gibt es zur Beerdigung auch ein Fest?»

«Wie lieb von euch, daß ihr alle gekommen seid», sagte Magdalena. «Ich hoffe, unsere Vorräte fürs Buffet reichen aus. Maud, wir haben doch genug für alle da?»

«Aber ja, Tantchen.»

«Das ist fein, meine Liebe. Wink sie weiter.»

Keiner erwähnte vor Magdalena die Posse auf der Rennbahn; davor war jeder in der Schlange auf Anweisung von John gewarnt worden, denn dieser hatte angekündigt, er werde jedem, der Magdalena darauf anspräche, beide Beine brechen. Durch Informanten hatte er herausgefunden, daß es sich bei den beiden Schwarzen um durchreisende Stallburschen handelte, die keine Ahnung vom Zweck ihrer Vorführung gehabt und sich mit dem, was ihrer Meinung nach zur Unterhaltung des Publikums diente, pro Nase drei Dollar verdient hatten.

Gordon Fitzgibbon war ob der besagten Posse so grüblerisch und melancholisch geworden, daß Maud seine Gegenwart unerträglich zu finden begann und ihn fortschickte, damit sie selber in Stimmung käme. Sie empfahl ihm, etwas gegen seine schlechte Laune zu unternehmen und frohgemut wieder zum Fest zu erscheinen, ansonsten wolle sie heute abend nichts mehr mit ihm zu tun haben. Gordon trollte sich, trank Gin an der Bar des United States Hotel und kam bei Sonnenuntergang mit keck schräg sitzendem Zylinderhut und einem verwegenen Lächeln im Gesicht zurück; das erste Mal, daß Quinn etwas Liebenswertes an diesem Mann fand.

Gordon erschien am Arm seiner Base Phoebe Strong, deren Pferd am Mittag durch seinen lächerlich langsamen Zieleinlauf so viele Längen hinter dem Sieger gleichfalls gedemütigt worden war. Gordon wußte ebensowenig wie Quinn, daß Phoebe die Urheberin und Vollstreckerin der Posse und Verfasserin des mit Purity Knickerbocker unterzeichneten Briefes gewesen war. Ans Licht gebracht hatten diese Tatsachen John McGee und sein Netz von Spionen in der feinen Gesellschaft der Stadt. John hatte nur Maud von seiner Entdeckung berichtet, darum erschien Phoebe zur Totenwache mit der Gelassenheit der Täterin, die das perfekte Verbrechen begangen hat.

Das Volk lief in hellen Scharen herbei, um Magdalena zu betrauern und seinen Kummer in Freibier zu ersäufen. Eine ungeheure Menschenmenge drängte sich auf der Rasenfläche, die Nacht funkelte im Glanze tausender Lichter, die den Garten heller erleuchteten als ein Vollmond. John fühlte sich berufen, einen in Magdalenas Kreisen verkehrenden Presbyterianerpriester herbeizuzitieren, der für die Seele der Todgeweihten beten sollte. Die Einzigartigkeit der Umstände indes verschlug dem Mann die Sprache, darum hielt er statt dessen eine Predigt über die heilbringende Wirkung des Nachtwindes. Magdalena verlor bald die Geduld und scheuchte ihn fort.

«Daniel», sagte sie, «sprich du ein Gebet für mich.»

«Nein», sagte ich. «Zu dergleichen sehe ich mich nicht mehr imstande. Doch werde ich Euch als eine der größten Philanthropinnen in der Geschichte der Sinnlichkeit porträtieren.»

«Er ist ein so kluger Kopf», sagte Magdalena. Und sie zog mich an sich und küßte mich auf den Mund.

«Ich beneide Maud», flüsterte sie mir zu.

«Ihr seid die Königin der Nacht», erklärte ich, und sie tat, als schwänden ihr die Sinne.

Die lange Reihe der Trauergäste schlängelte sich über die gesamte Rasenfläche, und auf dem ebenen Areal oberhalb des Hangs begann man zu tanzen.

«Ich möchte gern tanzen», sagte Magdalena. «Vielleicht hilft mir das beim Sterben. Ich möchte gern mit John McGee tanzen.»

«Dann solltet Ihr es tun», sagte ich, und wir holten Träger herbei, die Magdalena mitsamt ihrer Chaiselongue hinauf zur Tanzfläche schleppten. Ich rief nach John und sagte ihm, es werde nach ihm verlangt. Seine Rolle als Magdalenas Liebhaber hatte er nie aufgegeben, auch nach ihrer Eheschließung mit Obadja nicht – daß sie Schäferstündchen abhielten, wann immer John sich in Reichweite befand, war ein offenes Geheimnis. Sie fanden stets am Mittwochnachmittag statt, Magdalenas bevorzugter Wochentag, seitdem ihr einmal ein junger Geliebter erzählt hatte, der Mittwoch sei einst dem Gott der poetischen Eingebung gewidmet gewesen.

Und so tanzten wir denn: Magdalena und John, Gordon und Phoebe, Maud und ich, dazu ein paar hundert andere, und alle drehten sich im Takt zu «Beautiful Dreamer», diesem seinerzeit so populären Stück. Als ich Magdalena tanzen sah, glaubte ich nicht mehr daran, daß sie sterben würde. Sie sah unwiderstehlich aus. Wie konnte ein so lebhaftes Geschöpf aufhören zu existieren?

«Ich glaube, wir sollten die Partner wechseln», sagte Maud, und sie löste sich von mir und ging zu Gordon. «Ich möchte gern mit Phoebe tanzen», sagte sie.

«Mit Phoebe?» fragte Gordon überrascht.

«Mit Phoebe», sagte Maud, griff sich die widerstrebende Phoebe, hielt sie umfaßt, als wolle sie mit ihr Walzer tanzen, zog sie gewaltsam von Gordon fort, und unversehens sahen wir alle zu. Doch war Maud gar nichts an einem Tanz gelegen, was sie umgehend bewies, indem sie Phoebe herumwirbelte und ihr am Rücken das Kleid entzweiriß. Phoebe versuchte sich umzudrehen und Maud zu schlagen, doch Maud war weitaus kräftiger und auf Gegenwehr gefaßt. Sie warf Phoebe bäuchlings zu Boden und setzte sich auf ihren Rücken. Gordon und ein weiterer Mann versuchten dazwischenzugehen, doch John hielt sie zurück.

«Laßt die beiden», sagte John. «Das Schicksal braucht heute Ellbogenfreiheit.»

Maud riß weiter an Phoebes Kleid, dann an ihrem Petticoat und der seidenweichen Unterwäsche, indes Phoebe sich wand und natürlich wie am Spieß kreischte und um Hilfe schrie. Ich dachte, Maud müsse den Verstand verloren haben, doch ging sie so entschlossen und bedacht vor, daß offenbar ein Plan dahintersteckte.

«Um Himmels willen, Maudchen, was machst du da?» fragte Magdalena und beugte sich über die rangelnden Frauen.

«Das ist Phoebe Strong, Tantchen, Gordons leibliche Base.»

«Das weiß ich», sagte Magdalena. «Ich kenne doch Phoebe. Aber was machst du da mit ihr?»

«Ich zerreiße ihr die Kleider.»

«Ja, aber warum um alles in der Welt?»

«Weil sie das abscheuliche Miststück ist, das sich die Posse auf der Rennbahn ausgedacht hat, um dich und mich zu blamieren.»

«Phoebe war das? Hast du das getan, Phoebe?»

«Jawohl, und es war mir ein Vergnügen», stieß Phoebe zwischen zwei Schreien hervor.

Mittlerweile hatte Maud jedes Wäschestück an Phoebes Leib der Länge nach entzweigerissen, und indes der Kreis der beim Tanzen Gestörten sich immer enger um uns schloß, legte sie die Hinterbacken der kreischenden Phoebe bloß, damit alle sie sehen konnten.

«Ich dachte erst, ich fordere sie auf, sich zu entschuldigen», sagte Maud, «doch das hier schien mir eine bessere Lösung. Meinst du nicht auch, Tantchen?»

«Oh, gewiß», sagte Magdalena. «Ganz gewiß. Doch weißt du, das ist ja ein höchst unangenehmer Anblick. All die Beulen und Pickel! Bitte verhüll sie schleunigst.»

Unter dem schallenden Gelächter der Umstehenden erhob sich Maud, und die gedemütigte Phoebe preßte heulend und zitternd ihre Fetzen an sich und rannte davon in Richtung Haus. Das Orchester begann von neuem zu spielen, und die schönen Träumer von Saratoga nahmen ihren Tanz unter den Sternen wieder auf.

Zu fortgeschrittener Stunde tauchten vier Huren auf, allesamt Empfänger von Magdalenas milden Gaben (sie unterstützte Liebesdienerinnen, Waisen und Schauspielerinnen), und schluchzten hemmungslos, als sie sich herabbeugten, um ihr Lebwohl zu sagen. Magdalena in so blendender Verfassung zu sehen, beflügelte sie indes so sehr, daß sie nach ein paar Bieren im Chor «Vater ist ein Säufer, und Mutter, die ist tot» anstimmten, was dem Abend eine neuerliche Wendung gab.

Die Menge verlief sich, das Licht verglomm. Zahlreiche Paare durchlebten am Ufer des Sees, im einsamen Dunkel des Waldes oder im Refugium von Obadjas Staudengarten die unterschiedlichsten Phasen romantischer Verzückung. Gordon konnte gar nicht mehr aufhören, sich für das Verhalten seiner Base zu entschuldigen, und nahm alle Schuld auf sich. Maud indes wollte nichts mehr davon hören, überließ ihn sich selbst und tanzte mit mir.

«Ich glaube, nun wird es Zeit, dich zu entführen», sagte ich.

«Der vortreffliche Ausklang eines vortrefflichen Tages», sagte Maud.

«Ich möchte unter diesem Bogen sitzen», sagte ich und deutete auf das Spalier, unter dem wir dereinst Magdalena gesehen hatten, als sie sich auf Johns Drängen hin vor Obadja entblößte. Wir setzten uns auf dieselben Bänke, auf denen sie gesessen hatten, die Rosen an den Spalieren ringsum leuchteten in der düsteren Aura des Nachthimmels und den tanzenden Flämmchen von tausend Laternen und Kerzen in einem lebhaften Blau. Und dann küßte ich Maud zum erstenmal seit unserem Wiedersehen in Hillegonds Haus. Seit unserem morgendlichen Treffen auf der Hotelveranda hatte ich mich ihr fern gefühlt, doch mit diesem Kuß forderte ich die alte Vertrautheit zurück; und das Übermaß meiner Leidenschaft beflügelte meine Erinnerung. Denn nun kehrte nicht nur jede einzelne liebevolle Reminiszenz an sie zurück, es tat sich vielmehr eine ganze Gefühlslandschaft auf, von deren Existenz ich überzeugt gewesen war, die ich indes niemals hatte orten können: jenes unbekannte Fleckchen, an dem es sich leben ließ. Es verschwand so fix wie es aufgetaucht war, ein *trompe-l'œil* der Phantasie, doch ich wußte, solange Maud um mich war, konnte ich es zurückholen. Im selben Augenblick, als ich Maud an der Hand nahm, erschien Gordon.

«Ihr nehmt Maud zu sehr für Euch in Anspruch», sagte er zu mir.

«Ich wollte soeben mit ihr verschwinden, um ihr irgendwo näherzukommen», sagte ich.

«Derartiges Gerede solltet Ihr lieber unterlassen, Freundchen.»

«Es ist mehr als nur Gerede, Gordon.»

«*Ich* werde diese Frau heiraten», sagte er.

«Ich liebe sie seit fünfzehn Jahren», sagte ich. «Glaubt Ihr, nun, da ich sie gefunden habe, lasse ich sie so ohne weiteres wieder gehen?»

«Maud», sagte er, «ich will, daß du uns allein läßt.»

«Sie hat einen eigenen Willen, Gordon. Wieso, glaubt Ihr, ist sie bei mir?»

«Ihr seid ein arroganter Schweinehund», sagte er.

«Und Ihr ein unerträglicher Schnösel», sagte ich.

Ich stand auf, und er machte Anstalten, auf mich loszugehen, doch ich schubste ihn einfach auf die Bank zurück. Da blieb er sitzen.

«Ich werde Satisfaktion fordern!»

«Nur zu», sagte ich.

«O nein», sagte Maud. «Niemals.»

Ich ergriff ihre Hand und zog sie mit mir fort über den Rasen, von wo aus ich John sah, der die in seinen Armen ruhende Magdalena zum Seeufer hinuntertrug. Wir blieben stehen und beobachteten die Träger, die ihnen mit der Chaiselongue folgten und sie mitsamt zwei großen Kandelabern nahe am Wasser abstellten. John bettete Magdalena so darauf, daß sie auf die weite Wasserfläche hinausschauen konnte, und setzte sich dann neben ihr ins Gras.

Über dem See braute sich ein Sturm zusammen, und binnen einer Stunde würde ein Wind aufkommen, die meisten Kerzen auslöschen, und die Party wäre zu Ende. Morgen würde ein Tag des Fastens und der inneren Einkehr folgen, vom Präsidenten angeordnet, um die Aufmerksamkeit der Nation neuerlich auf die Beendigung des Krieges zu lenken. Quinn würde über ein mögliches Duell mit Gordon nachdenken und sich an Joshuas Duell mit dem Leben und an dessen Fazit erinnern: «Wenn du verlierst, war's Schicksal», hatte Joshua gesagt, «und wenn du gewinnst, war's ein Trick.» Quinn würde sich seine Gedanken darüber machen und feststellen, daß er sich verändert hatte, daß er für immer einer einsamen Minderheit angehören würde – ein irischer «Nigger» und ein besessener Narr, dessen Ekel größer war als der ihn verursachende Gegenstand und der in dieser Welt zu rechtfertigen suchte, was allein in einer anderen kosmischen Sphäre zu rechtfertigen war. Erklärungen, die Quinn zufriedenstellten, standen nicht zur Verfügung, nur ein wachsendes Wissen um unfaßliche Versäumnisse in seinem Leben und ein resoluter Wille, gegen jene Macht anzukämpfen, welche die Vergangenheit auf ihn auszuüben schien: die Macht, ihn mit tödlichen Qualen und göttlichen Rätseln an sich zu fesseln. Er würde aus Träumen erwachen, in denen er seine Scheibe und die Gesichter darauf sähe, barbarischen Träumen gänzlich neuer Art: von Gesichtern, so alt wie die toten Kelten, und von Kräften in Gestalt einer abgetrennten Hand oder einer abgeschnittenen Zunge, die Quinn zu großer Macht im Leben verhelfen würden.

«Ihr werdet in den Krieg ziehen», hatte ihm der mexikanische Zwerg auf der Veranda prophezeit. «Ihr werdet lange leben, Söhne großziehen und glücklich sterben.» Quinn glaubte das alles nicht und glaubte doch daran.

In ihr Zimmer oder ins Hotel wollte Maud nicht gehen; stattdessen führte sie ihn hinauf in die oberen Stockwerke und auf jene Seite des Herrenhauses, von der aus man den Garten und den See überblickte. Sie versuchte es mit einer beliebigen Tür, und dahinter bot sich ihnen ein besonderer Anblick: Obadja lag auf den Knien, hielt den Rock eines Stubenmädchens namens Adelaide hoch und leckte an deren rechter Kniekehle. Sie gingen weiter, fanden ein leeres Zimmer und schlossen sich ein, und dann küßten sie sich so leidenschaftlich, daß Quinn glaubte, ihm werde die Brust zerspringen, so deutlich gewahr war er sich der Tatsache, daß er Maud endlich geraubt hatte.

«Sachte», sagte er und löste die dunkle Schleife, die Mauds Kleid am Mieder zusammenhielt. Sie zog das Band aus den

Schlaufen des Kleides und band es sich wie einen Vatermörder um den Hals. Er befreite sie von ihrem Kleid und allem übrigen, und sie verfuhr ebenso bei ihm. Das Band war lang und ungleich breit, und es fiel ihr über den ganzen Leib herab und verdeckte einen Teil ihres Schamhaars. Quinns Augen musterten sie mit einer erstaunlichen Gier und einer Liebe, die so grenzenlos war wie das All. Maud ließ sich auf das schlichte Eisenbett zurücksinken und winkelte die Beine an, wobei ihr das Band zwischen die offenen Schenkel rutschte und ihr Geschenk fast vollständig verbarg. Quinn kniete sich zwischen ihre Beine und schob sanft das Band zur Seite. Und dann waren Maud und Quinn endlich bereit zur Liebe.